Alina Grabowski

FRAUEN
UND KINDER
ZUERST

Roman

Aus dem Englischen
von Eva Kemper

Atlantik

Die Originalausgabe erscheint 2024 unter dem Titel
Women and Children First bei SJP Lit / Zando.

Atlantik ist ein Imprint des Hoffmann und Campe Verlags, Hamburg.

1. Auflage 2023
Copyright © 2023 by Alina Grabowski
Für die deutschsprachige Ausgabe:
Copyright © 2023 Hoffmann und Campe Verlag, Hamburg
www.hoffmann-und-campe.de
Umschlaggestaltung: Vivian Bencs © Hoffmann und Campe
Umschlagabbildung: © jametlene-reskp / unsplash
Satz: Pinkuin Satz und Datentechnik, Berlin
Gesetzt aus der Adobe Caslon Pro
Druck und Bindung: GGP Media GmbH, Pößneck
Printed in Germany
ISBN 978-3-455-01658-1

HOFFMANN
UND CAMPE

Ein Unternehmen der
GANSKE VERLAGSGRUPPE

»Es heißt nur aus einem Grund
›Frauen und Kinder zuerst‹ –
man will sehen,
ob die Rettungsboote stark genug sind.«

Jean Kerr

VORHER

11
Jane

54
Natalie

100
Layla

138
Mona

180
Marina

NACHHER

201
Olivia

233
Rae

267
Maureen

299
Sophia

343
Brynn

VORHER

Jane

Am letzten Samstag im Mai ertrinke ich im Schlaf. Es passiert schnell. Ich stehe am Strand, und als ich ins Wasser schaue, streckt mein Spiegelbild eine zittrige Hand aus und zieht mich hinab. Allerdings ist es weniger ein Ziehen als vielmehr ein wütender Ruck, als wäre mein Arm ein wippender Pferdeschwanz, und plötzlich drückt mich meine eigene Hand von oben in den Sand. Ich will schreien, aber meine Worte lösen sich auf in einen Strom aus Blasen. Ich bin noch nicht so weit, will ich sagen. Aber dann wird alles schwarz.

Ich dachte, in Träumen dürfte man nicht sterben?

Als ich die Augen öffne, sehe ich, dass ich das Fenster neben meinem Bett offen gelassen habe, weil ich manchmal bescheuert bin. Der Regen strömt so heftig herein, dass meine nasse Bettwäsche wie Seetang an meiner Brust klebt, als ich mich aufsetze. Wäre ich nicht wissenschaftlich veranlagt, könnte der Traum mir zusammen mit der Dusche im Bett wie ein schlechtes Omen erscheinen. Aber ich bin eine nicht abergläubische Atheistin, deswegen stört es mich nicht.

Wenn ich das Fenster zumachen will, muss ich mit der Faust laut gegen das Glas schlagen, also schleiche ich zu Moms Zimmer am Ende des Flurs und sehe nach, ob sie noch im Bett liegt. Durch den schmalen Schlitz zwischen der Wand und der Tür sehe ich sie: Sie schläft nicht, aber sie liegt in Unterwäsche auf ihrer Decke und streicht sich mit einem nicht angezündeten Joint aus der Apotheke übers Kinn. In letzter Zeit läuft sie oft halb nackt durchs Haus, was ich nicht besonders toll finde. Sie sagt, ihr wäre heiß, sie würde verglühen, richtig brennen, aber nichts hilft – weder gefrorene Erbsen auf der Stirn noch ein Bad in Eiswasser oder die klebrige Salbe, die ich bei Walgreens gekauft habe und die nach künstlicher Minze riecht. Was ist, wenn das alles nur in meinem Kopf ist?, hat sie eines Tages gefragt, nachdem ein Arzt vorgeschlagen hat, sie soll zweimal täglich Tabletten nehmen, um die Hitzewallungen zu verhindern. Ist es nicht, sagte ich. Aber selbst wenn, dann wäre es immer noch echt.

So leise wie möglich schließe ich die Tür, aber als sie zuklickt, höre ich das Federn der Matratze. »Jane?«, fragt Mom. »Ist etwas passiert?« Da bin ich schon halb in meinem Zimmer, wo der Regen so schnell und heftig hereingeweht wird, dass meine Bettdecke quatscht, als ich mich in der Jogginghose darauf knie und mit einem festen Schlag das Fenster schließe.

Draußen riecht es nach Seetang und Krabbenschalen, was bedeutet, dass die Straße überflutet ist. Der Schneesturm im Januar hat Risse in einen Teil der Ufermauer gesprengt, aber das interessiert niemanden, weil es auf unserer Seite des Strands passiert ist, wo tatsächlich Leute leben, und nicht auf der anderen Seite mit den »Sommerhäusern«. Manchmal wate ich barfuß durch das strömende Wasser und versuche, mit unserem Küchensieb Sanddollars oder Pfeilschwanzkrebse zu fangen (wenn ich sie auf meinem Fensterbrett trockne, kann ich sie den Souvenirläden am Hafen verkaufen), und der ein oder andere Nachbar beobachtet mich von seiner Veranda aus. Dann nickt er aggressiv und sagt etwas wie: »Und das finden die so in Ordnung?«, nur sagt keiner, was er mit *die* oder *das* meint.

Es ist früh, sieben Uhr, und es ist noch niemand auf. Unter der Markise mit Fernbedienung, mit der Mom ihr Auto vor den Elementen schützt, weil wir keine richtige Garage haben, sondern nur eine Einfahrt, die wir im Sommer als Terrasse nutzen, setze ich mich auf mein Fahrrad. Ich binde Plastiktüten um den Sattel und meinen Kopf, auch wenn meine Haare blöd aussehen, egal was ich mache, weil ich von irischen Bauern mit dichten Locken abstamme, die zu viel Kohlenhydrate gegessen haben. Als ich gerade auf die Straße fahren will, höre ich, wie unsere Nachbarin die Seitentür öffnet. Sie ist vor sechs Monaten eingezogen, kurz vor dem Schneesturm. Wir haben uns nicht vorgestellt, auch keinen Kuchen vorbeigebracht oder ihr einen Zettel in den Briefkasten geworfen, was wohl heißt, dass wir unfreundlich sind. Sie ist schwanger – war sie von Anfang an –, aber ich habe drüben nie einen Mann gesehen. Heute trägt sie ein Schlafshirt in Übergröße und, soweit ich es erkennen kann, keine Hose. Ihre Beine sind sehnig und sehen aus, als hätte sie ein schmales Becken, das ein Baby nicht so einfach durchlassen wird. Ich werde nie Kinder bekommen, weil ich nicht gern unnötige Schmerzen ertrage.

Sie reibt ihren großen Bauch unter dem großen Shirt und schaut auf die Straße. »Muss was Besonderes sein«, sagt sie, und ich sehe mich tatsächlich um, wer so früh noch auf ihrer Veranda ist, weil sie doch garantiert nicht mit mir spricht.

»Was?«

»Der Junge muss was Besonderes sein, wenn du dich bei dem Unwetter aufs Fahrrad setzt.« Durch den Regen klebt das Shirt an ihrem Bauch, und ich kann ihren nach außen gestülpten Nabel als spitzen Knubbel sehen. Wir schauen einem Stück Holz nach, das die Straße hinuntertreibt, und ich wünschte, ich könnte mich daran festhalten und mich von diesem Gespräch wegziehen lassen. »Was hält deine Mom von ihm?«

»Ich fahre zur Arbeit«, erkläre ich und zupfe am Kragen meines Poloshirts von Village Market.

»Das ist doch schön.« Sie faltet die Hände unter ihrem Bauch, als könnte er ohne ihre Finger als Sicherheitsnetz abfallen. »Angeblich können wir Frauen heutzutage ja alles haben.«

Darauf fällt mir keine Antwort ein, aber das macht nichts, denn sie zieht mit ihrem großen Zeh die Tür auf und schlüpft wieder ins Haus.

Niemand ist auf der Straße, abgesehen von magersüchtigen Müttern auf dem Weg zum Fitnesstraining, sonnenverbrannten alten Männern, die zum Jachthafen wollen, und mir. Unsere Nachbarin hat recht damit, dass ich jemand Besonderes sehen werde, aber es ist kein Junge.

Einer der alten Männer fährt sein Fenster herunter, um sich zu unterhalten, als wir an einer Ampel neben den Salzwiesen stehen. Verwilderte Rohrkolben ragen schwer vom Regen in unsere Fahrbahn, und ich muss die Augen zusammenkneifen, damit kein Wasser hineintropft. »Was für ein Junge überlässt denn seine Freundin sich selbst bei diesem Wetter?«, fragt er. Seine Lippen, auf denen kleine Stückchen Kautabak zittern, bewegen sich weiter, als er schon nicht mehr spricht.

Ich versuche, mich an den Ton zu erinnern, den ich früher bei den Angelfreunden meines Vaters angeschlagen habe. »Die Art Junge, die nicht mithalten kann.«

Er lacht sehr darüber und schlägt mit seinen Wurstfingern aufs Lenkrad. Männer lieben es, wenn man sich über andere Männer lustig macht. Sie finden, es sorge dafür, dass »sie nicht übermütig werden«, was sie offenbar nicht allein schaffen.

»Bleib so pfiffig, junge Dame«, sagt er, bevor die Ampel umspringt und er losfährt. Mit kleinen, geröteten Augen beobachtet er mich in seinem Seitenspiegel, und ich strample extra schnell, um ihn zu überholen, einfach, weil ich es kann. Der Wind treibt mir den Regen scharf gegen die Wangen, meine durchnässten Socken klatschen wie tote Fische gegen meine Knöchel, und mir fällt wieder ein, wie sehr ich es früher geliebt habe, schnell zu sein. Wenn ich etwas will, verdränge ich jeden Gedanken daran, dass es unmöglich sein könnte. Dadurch habe ich so viele Rennen gewonnen. Die anderen Mädchen sind auf etwas Dummes wie Hoffnung zugelaufen. Ich lief auf das Unvermeidliche zu.

Die Straße wird zu einer Brücke, die gewölbt über die Bucht führt und dann zum glatten Asphalt der Main Street abfällt, der Straße zwischen den Anlegestellen und den bonbonfarbenen Markisen der Läden. Ich rase im niedrigsten Gang durch den Hafen, über mir kreischen die Möwen, die Läden neben mir verschwimmen, und unter mir spritzt das Wasser aus den Pfützen. Weil ich keine Regenjacke trage, rinnt mir das Wasser unters Shirt und macht meinen BH nass, was sich anfühlt, als hätte ich einen Eisbeutel um die Rippen geschnallt. Warum mache ich das eigentlich?, denke ich, als wüsste ich es nicht längst.

Es regnet noch heftiger, und ich halte den Kopf gesenkt, bis ich die Route 5A erreiche, den einzigen Highway, der durch die Stadt führt. Aus Gründen, die meine Mutter »eindeutig irre« nennt, steht an der Kreuzung mit der Main Street nur ein Stoppschild statt einer Ampel. In der Schule nennen alle sie die Mörderauffahrt, was die Eltern gern erwähnen, wenn wieder einmal jemand stirbt und sie einen Kommentar an den *Mariner* schicken. Ihre Artikel sind alle gleich: *Das Problem mit den Kindern heutzutage*, denn wenn man auf der 5A stirbt, war man wahrscheinlich betrunken oder wurde von einem Betrunkenen angefahren, was die Autoren immer wieder zum gleichen Schluss kommen lässt, entweder liegt es an *schlechter Erziehung* oder an *nicht genug Kirche*. Ich weiß nicht, warum sie nicht mal einen von uns fragen. Die Antwort ist einfach: Die Welt fühlt sich groß und grenzenlos an, wenn man betrunken in einem schnellen Auto sitzt, und klein und erstickend überall da, wo sie einen im Blick haben.

Am Straßenrand stehen so viele weiße Fähnchen, dass sie von Weitem wie Wildblumen auf einem Feld aussehen. Früher wurde mir immer schlecht, wenn ich an ihnen vorbeifuhr, einmal musste ich mich tatsächlich übergeben – ich bin nicht mal abgestiegen, ich habe nur schneller gestrampelt, den Kopf zur Seite gedreht und den Mund aufgemacht. Aber letztes Jahr gab es irgendeinen Jahrestag zum ersten Fähnchen, und plötzlich fingen die Leute an, sich mit ihnen zu fotografieren. Meistens Kinder aus der Schule, aber auch ein paar Fremde. Es waren so viele, dass sie auf die Straße traten, die Autos ignorierten, die auf die linke Fahrspur ausweichen mussten, und auch mich auf meinem Fahrrad ignorierten, bis ich so nah kam, dass sie *Pass auf!* riefen. Sie waren beschäftigt. Sie schrieben lange Bildunterschriften über Kindheit und Engel und die Vergänglichkeit des Lebens, sie markierten all ihre Freunde, sie markierten ihre Freunde noch einmal, weil sie jemanden vergessen hatten, sie sahen traurig aus, sie sahen aus, als hätten sie Verstopfung, weil sie nicht wussten, wie man traurig aussieht, sie nahmen sich gegenseitig in den Arm, weil das hier das echte Leben war, weil sie erwachsen wurden, weil sie sich fragten, wie es sein würde, wenn sie starben, ob man sagen würde, sie seien witzig oder nett oder klug oder hübsch oder heiß gewesen. Sie dachten nicht daran, dass niemand irgendetwas über sie sagen würde, zumindest nicht lang. Wenn man sich an einer Stelle fotografiert, an der ein Kind gestorben ist, kommt man nicht zurück und macht es noch mal.

Wenn ich an den Fähnchen vorbeifahre, so wie jetzt, schaue ich nirgendwo anders hin als geradeaus in die Ferne.

Meine Kreuzung kommt schnell näher. Wasser spritzt an meine Waden, als ich mich nach rechts lehne, und dann lasse ich mich den Hügel hinunterrollen zu Sandpiper Coffee Roasters. Das einzige Auto auf ihrem Parkplatz ist ein weißer Jeep mit einem angeknibbelten Aufkleber auf dem Kotflügel, auf dem steht *MILF: Mann, ich liebe Frösche.* Wegen des zerfetzten Aufklebers weiß ich, dass es Olivia Cushing gehört, weil ich im letzten Herbst gesehen habe, dass ihre Mom, die zufällig unsere Direktorin ist, auf dem Schulparkplatz versucht hat, ihn mit einer Rasierklinge abzukratzen. Ich fahre an dem großen Seitenfenster des Ladens vorbei und entdecke Olivia in der Ecknische, das Gesicht platt auf dem Tisch, die langen Haare umgeben ihren Kopf wie eine dunkle Pfütze. Sie ist ein Tornado – eines dieser Mädchen, die nicht nur sich selbst Probleme einbrocken, sondern allen um sie herum. Ich halte nichts davon, andere Leute in den eigenen Mist mit reinzuziehen.

Weil es keinen Fahrradständer gibt, kette ich mein Rad an einen Telefonmast, wo der Hinterreifen in ein vollgeregnetes Schlagloch eintaucht. Über dem Sandpiper sind auf drei Etagen Wohnungen, vor denen rostige Feuertreppen im Zickzack wie aufeinandergestapelte Zs bis zum Boden führen. Rob wohnt hier, der neue Mathelehrer meiner Schule. Er hat letztes Jahr in Amherst seinen Abschluss gemacht, aber *nicht* an der UMass-Amherst, wie Direktorin Cushing extra klargestellt hat. Auf der Feuertreppe ist nie jemand, weil vom ersten Absatz offenbar dauerhaft ein Schild herunterhängt, auf dem *VORSICHT REPARATURARBEITEN* steht.

Auf vom Regen rutschigen Stufen laufe ich die Treppe so schnell hinauf, dass sie unter mir schwankt wie ein Bootsanleger. Früher war ich Kurzstreckenläuferin, aber dann wurde ich eines Morgens wach und verstand nicht, warum ich meinen Wecker immer auf fünf Uhr stellte, nur um zu versuchen, schneller im Kreis zu laufen als die anderen dünnen weißen Mädchen, die ein Erfolgserlebnis brauchten. Das Leben ist zu kurz für sinnlose Erfahrungen, habe ich unserer Teamkapitänin gesagt, was im Rückblick vielleicht etwas zu direkt war. Herrje, sagte sie. Die werden dich da draußen fertigmachen, Jane.

Ich habe immer noch keine Ahnung, was sie damit meinte.

Robs Wohnung ist im dritten Stock, dem obersten des Gebäudes. Es ist beängstigend, so weit oben zu sein nur mit einem dünnen Metallgeländer hinter sich, aber ein bisschen Nervenkitzel mag ich. So war ich schon als Kind – ich habe die Zehen über den Rand des Bahnsteigs geschoben, mich über Felsvorsprünge gebeugt, solche Sachen. Es gibt einem ein Gefühl von Macht, so kurz vor einer schlechten Entscheidung zu stehen und sie dann nicht zu treffen.

Rob taucht gleich auf, als ich an sein Fenster klopfe. Seine Haare liegen heute gut, was sie öfter tun, seit ich ihm erklärt habe, dass man seine Locken nicht bürsten soll, sondern nur mit den Fingern kämmen, damit sie ihre Form bewahren. Er streckt mir seine Hand entgegen, aber statt sie zu ergreifen, schiebe ich ungelenk ein Bein durchs Fenster und recke die Zehen, bis sie den Boden berühren. »Mein Gott, bist du nass«, sagt er, als ich endlich ins Zimmer stolpere. Er beugt sich über meine Schulter, um den Kopf aus dem Fenster zu strecken. »Ich wusste gar nicht, dass es regnet.«

»Du Glücklicher.« Ich binde meine Schuhe auf, bringe sie ins Bad und lehne sie kopfüber an die Heizung. Meine Socken hänge ich auf die Stange des Duschvorhangs, wo von ihren Spitzen Wasser in die Wanne tropft. Er hat weder Waschmaschine noch Trockner hier, es gibt nur Gemeinschaftsgeräte im Keller, die alle im Haus benutzen. Ich knote die Plastiktüte auf, die während der Fahrt von meinem Kopf auf meine Schultern gerutscht ist wie der traurigste Schal der Welt. »Du hast keinen Fön, oder?«

Er bringt mir Kaffee in einem der Pappbecher von Starbucks, die er neben seiner Mikrowelle aufbewahrt. Spülen kann er nicht ausstehen. »Leider nein. Ich könnte dir aber einen besorgen, wenn du willst.« Er kommt ins Bad und öffnet das Schränkchen unter dem Waschbecken, als könnte sich da ein Fön verstecken. Tut er nicht.

Ich bereue es unglaublich, dass ich Rob erzählt habe, wir hätten kein Geld. Wahrscheinlich stellt er sich vor, wir würden im Keller der Episkopalkirche leben, wo sie die Suppenküche und den Spritzentausch betreiben. »Ich habe einen Fön«, stelle ich klar. »Nur *hier* nicht.«

»Sei nicht beleidigt«, sagt er, dabei bin ich nicht beleidigt, ich rede nur. Beleidigend ist höchstens die Aufmachung, die er für die Nachhilfe trägt, ein derart zerknittertes grünes Shirt, dass es wie eine Erbse aussieht, die zu lange in der Mikrowelle war. Er hat schöne Arme, weil er im College gerudert ist, aber seine langen Ärmel verbergen sie komplett. Für mich ist es wahrscheinlich besser, wenn er schlunzig aussieht. Rob gibt Nachhilfe bei Große Erwartungen, in dem Einkaufszentrum gegenüber vom Village Market, wo ich arbeite. Ich werde richtig eifersüchtig, wenn ich mir vorstelle, wie er Bethany oder Amy oder wem auch immer gegenübersitzt und sie daran erinnert, ihre Brüche zu kürzen, beide Seiten zu multiplizieren, die Lösung zu überschlagen. Es ist sexy, wenn jemand Sachen erklärt, die man nicht versteht.

Ich rieche, dass etwas anbrennt. Er isst seinen Toast so schwarz, dass seine Zunge davon dunkel wird, und er hört nie, wenn ich ihm sage, dass man von verbranntem Essen Krebs kriegt. »Willst du Frühstück machen oder Brandstiftung begehen?«, frage ich.

Er knallt die Tür zu, im Schränkchen fällt etwas um, das ich nicht sehen kann. »Willst du mir sagen, dass mein Toast fertig ist, oder bloß ein Arschloch sein?«

»Herrje, das war ein Witz.« Ich konzentriere mich darauf, ein loses Stückchen von meinem Fingernagel abzuknibbeln, damit ich ihn nicht ansehen muss. Bei Blickkontakt werden seine Launen oft schlimmer.

»Tut mir leid, wenn ich das Leben nicht als einen großen beschissenen Witz betrachte.«

Er stampft aus dem Bad, damit ich auch ja weiß, dass er wütend ist. Ich versuche, es mir nicht zu Herzen zu nehmen. Für einen Lehrer ist Rob echt sensibel.

Von der nassen Kleidung wird meine Haut kalt und juckt, deshalb ziehe ich meine Arbeitsuniform und die Unterwäsche aus und hänge sie über den Rand des Waschbeckens, wohin ein Sonnenstrahl durchs Fenster fällt. Ich sehe hässlich aus im Spiegel. Mein Körper ist ein langes Rechteck, weder Hüften noch Brust, nur über Knochen gespannte Haut, aber nicht wie bei einem Model, sondern wie bei einem unterernährten Teenager, der jeden Ego-Shooter durchgespielt hat. Ich frage mich, ob ich hier wäre, wenn ich hübsch wäre. Es ist schwerer, etwas zu verstecken, das alle wollen.

Im Badezimmerschrank, unter einem Regal mit Bodyspray und Salben vom Arzt, finde ich ein Handtuch. Es ist dünn und schlammfarben und riecht muffig, aber wenigstens kann ich mir etwas Trockenes um die Brust wickeln. Ich halte es mit einer Hand zusammen und nehme mit der anderen den Kaffee.

Rob ist immer noch in der Küche, obwohl er den Toast nur mit Butter bestreichen und auf einen Teller legen muss.

»Alles in Ordnung?«, rufe ich den Flur hinunter.

»Alles gut. Warum sollte nicht alles gut sein?«, ruft er zurück.

Wenn er meint. Ich gehe in sein Schlafzimmer, setze mich auf die Bettkante und stütze den Kaffeebecher auf meinem nackten Knie ab, damit ich seine Hitze durch den Pappboden spüren kann. Rob kommt mit seinem Toast auf einem Teller nach, in seinem Kragen steckt eine Serviette wie bei einem kleinen Kind. An der Tür bleibt er stehen. »Was hast du da an?«, fragt er.

»Ein Handtuch.«

»Klugscheißer«, sagt er, aber jetzt lächelt er. Unsere Blicke treffen sich, und ich schaue nicht weg, obwohl mir eigentlich nicht ganz wohl dabei ist. Bei Rob ist alles ein Experiment. Ich lerne, was mir gefällt und was nicht, und ich kann sicher sein, dass er im Gegensatz zu den Jungs in der Schule keinem Menschen etwas davon erzählt.

»Liebst du mich?«, frage ich. Nicht, weil ich glaube, er würde Ja sagen. Sondern weil ich hören will, was er stattdessen sagt.

Sein Gesichtsausdruck verändert sich. Er schmeißt seinen Teller auf die Kommode und zieht mit dem Rücken zu mir die Schubladen auf. »Hier.« Mit dem Gesicht immer noch zur Wand wirft er ein Flanellhemd und Boxershorts aufs Bett. »Zieh das an.«

»Ich habe dich was gefragt.« Die Knöpfe an seinem Hemd sind auf der anderen Seite, es ist nicht einfach, sie zu schließen. Die Boxershorts kann ich leichter anziehen, aber sie sind nicht so weich, wie ich gedacht habe – der steife Stoff erinnert mich an ein Krankenhaushemd.

Die Sehnen unter seinen Ellbogen spannen sich an, als er die Fäuste ballt. »Spiel nicht mit mir, Jane.«

»Ich weiß nicht, was du meinst.«

Er dreht sich um und atmet so schwer durch die Nase aus, dass ich den Luftzug im Nacken spüre. »Das ist nicht die Highschool. Das hier ist das echte Leben.« Dazu sage ich nichts. Er kniet sich vor mich und nimmt mein Kinn zwischen Daumen und Zeigefinger. »In Ordnung?«

»In Ordnung«, sage ich. Ein Tropfen fällt von meinen Haaren auf sein Handgelenk. Als ich spreche, spüre ich den Druck seiner Finger am Kiefer.

Er legt seinen Daumen auf meine Lippen, und ich öffne den Mund. Seine Haut schmeckt salzig. Ich könnte zubeißen.

Wir wissen beide, dass ich es nicht tun werde.

Als ich auf den Parkplatz vom Market einbiege, ist er leer bis auf zwei schief geparkte Autos und eine Schar zeternder Seemöwen. Der Regen hat endlich nachgelassen, ich stelle mich auf die Pedale und hebe das Gesicht der schwachen Sonne entgegen. Am Ende hat Rob meine Kleidung in den Wäschekeller gebracht und sie getrocknet, jetzt liegt mein Kragen noch warm an meinem Hals und riecht nach Jasmin von den Trocknertüchern, die er in Großpackungen kauft und in seiner Wohnung verteilt, um die Mäuse fernzuhalten. Manchmal vergesse ich, wie glücklich einen Kleinigkeiten machen können.

Mitarbeiter nehmen den Hintereingang neben der Betonrampe, an der die Lieferwagen ausladen. Ich kette mein Fahrrad an das verrostete Gatter für die Einkaufswagen neben dem Müllcontainer, noch aus der Zeit, als der Market ein inhabergeführtes Geschäft mit Apotheke war und halb so groß wie heute. Ich habe gehört, dass die ursprünglichen Besitzer verkauft haben, nachdem ihr Sohn in der Spätschicht eine Überdosis genommen hat – sie haben ihn im Kühlraum neben den Kisten mit dem abgepackten Fleisch gefunden. Ob das mit der Überdosis stimmt, kann ich nicht sagen. Ich weiß nicht mehr, wer mir die Geschichte erzählt hat oder was er damit bei mir auslösen wollte.

Ich gehe hinein und sehe im Hinterzimmer Erics Fleecejacke an der Garderobe. Wenn ich so etwas wie einen Feind habe, ist er es, weil er zu groß ist und schlecht arbeitet. Ich überlege kurz, ihm die alten Twinkies aus dem Wagen mit den abgelaufenen Lebensmitteln in die Taschen zu stopfen, bevor ich meine Stempelkarte durch den Schlitz im Plastikkasten an der Wand ziehe.

»Hallo, Stolperfalle«, sagt Eric, als ich durch die Schwingtür den Feinkostladen betrete. So nennt er mich, seit ich die Fliesen vor der Käsetheke gewischt habe und eine Frau in mittleren Jahren ins Rutschen gekommen ist wie auf einer Eisfläche. Ihr ist nichts passiert, sie hat sich beim Sturz nur das Handgelenk geprellt (und dabei hatte ich nicht nur ein VORSICHT-NASS-Schild aufgestellt, sondern gleich zwei), aber unser Filialleiter Ricky hat trotzdem eine richtige Panikattacke bekommen.

Ich sage nicht mal Hallo, ich gehe einfach zur Spüle und wasche mir die Hände. Eric ist auch im zweiten Highschooljahr, aber er geht zur Beacon Prep, an die man geschickt wird, wenn man reich, männlich und von öffentlichen Schulen eingeschüchtert ist. Er arbeitet nur hier im Laden, weil sein Vater im Ort einen Hummerhandel besitzt und will, dass Eric das Geschäft »von der Pike auf« lernt. Sein Vater bildet sich etwas darauf ein, dass er ein Selfmademan ist, was offenbar heißt, ein Geschäft zu besitzen, das seit Jahrzehnten von Vater zu Sohn vererbt wird. Als ich Eric gefragt habe, warum er nicht für seinen Vater arbeitet, hat er die Nase gerümpft und gefragt, ob ich schon mal ein Hummerboot gerochen hätte.

»Hast du nach der Temperatur von den Sandwiches geguckt?«, frage ich.

»Nein.«

»Hast du die Sandwiches überhaupt rausgeholt?«

Er lehnt sich gegen die Zutatentheke, öffnet eine Schachtel mit Gummihandschuhen und dehnt einen, bis er reißt. »Nein.«

»Hast du irgendwas gemacht?«

»Jedes Mal dieselben Fragen.« Er schnalzt mit der Zunge. »Du bist total berechenbar, weißt du das?«

Ich nehme ein Tuch aus dem Schrank über der Theke, gehe herum und wische sie von der Kundenseite ab. Als ich verschmierten, eingetrockneten Krautsalat wegreiben will, fällt ein Schatten auf das ausgestellte Fleisch in der Theke.

»Eric?«, fragt unser Filialleiter. Noch in der Hocke drehe ich mich um. Ricky reibt sich so fest die Hände, dass kleine Stückchen gerollter Haut auf das gesprenkelte Linoleum rieseln. Vor Kurzem hat er uns erzählt, dass er angefangen hat, Prozac zu nehmen, aber nicht glaubt, dass es wirkt.

Ich widme mich wieder dem Krautsalat. Durch die von Fingerabdrücken verschmierte Abdeckung kann ich Eric von der Hüfte abwärts sehen: glänzender Ledergürtel und ausgebeulte Taschen mit einem Vape Pen und dem Schlüssel vom Mercedes seiner Mom. »Was?«, fragt er.

»Ich würde gern unter vier Augen mit dir sprechen.«

Seine Khakihose knittert am Oberschenkel, als Eric einen Schritt nach vorn macht. »Kriege ich jetzt Ärger? Ich wollte gerade die Sandwiches rauslegen.«

»Nein, nein, nichts dergleichen. Geh schon mal vor in mein Büro.«

Erics Hände über dem eingeschweißten glasierten Schinken zittern. Die Truhe ist von meinem Atem beschlagen, und ich wische sie mit dem Ellbogen sauber. Auf der anderen Seite ballt er die Hand zur Faust, nur den Mittelfinger hält er gerade und tippt damit einmal gegen das Glas, direkt über meiner Nase.

»Na bitte«, sagt Ricky, als Eric den Feinkostbereich verlässt. Dann wendet er seine Aufmerksamkeit mir zu. Meine Knie knacken, als ich aufstehe. Ricky sieht sich zu allen Seiten um, als wollte er mir etwas Verbotenes erzählen. »Eric kommt heute nicht zurück, in Ordnung?«

»Feuerst du ihn?« Als ich mir das vorstelle, verspüre ich das gleiche kribbelige, befriedigende Gefühl wie früher, wenn ich beim Rennen ein anderes Mädchen überholt habe.

Ricky wirkt entsetzt, aber das passiert schnell. »Nein, nein. Es ist was rein Persönliches.«

»Ist alles in Ordnung?«

Aus den Lautsprechern kommt »You're So Vain«. Ricky hebt den Kopf und hält eine Hand hoch, als wollte er bei seinem Leben schwören. Er liebt es, mehr zu wissen als andere. »Das kann ich wirklich nicht sagen.«

Nach der Arbeit fahre ich mit dem Rad zum Strand und rauche bei den Gezeitentümpeln. Hier ist einer der wenigen Orte, an denen ich ungestört allein sein kann. Früher bin ich in die Bibliothek gegangen, aber dann ist mir eines Abends eine Frau gefolgt, als ich mein Fahrrad holen wollte. Ich habe das Klatschen ihrer Flipflops auf dem Gehweg gehört, als ich mich hinkniete, um mein Schloss zu öffnen, und dann ihren feuchten Atem hinter mir. Du solltest im Dunkeln nicht allein draußen sein, sagte sie, als ich aufschaute. Ihr Pferdeschwanz war so straff gebunden, dass es aussah, als würde ein Teil ihrer Stirn mit nach hinten gezogen.

Bin ich ständig, sagte ich.

Und was hält deine Mutter davon? Ein Windstoß fuhr über den Parkplatz, und sie steckte die Hände in die Kängurutasche ihres roten Sweatshirts. Auf der Brust stand in hässlichen Blockbuchstaben *Vorstand Elternausschu*ss.

Ihr ist das egal, antwortete ich ihr.

Vielleicht sagt sie, dass es ihr egal ist, aber das ist es nicht.

Doch, wirklich. Es ist ihr egal. Ich stellte die richtige Kombination ein, und das Schloss öffnete sich. Kann ich jetzt gehen?

Du erinnerst mich an meine Tochter. Die Frau bewegte die Hände in der Tasche – es sah aus, als würde sich ein Eichhörnchen darin winden. Sie findet, dass ich schlechte Ratschläge gebe.

Ich kenne Ihre Tochter nicht. Ich schwang ein Bein über den Sattel und stand da, die Fersen vom Boden gehoben.

Nein, sagte die Frau und schaute über meine Schulter. Wahrscheinlich nicht. Dann starrte sie zum Mond hinauf, der als verschwommene Sichel über den Bäumen hing, und ich radelte los. Pass auf, dass dir nichts passiert, rief sie mir nach, als könnte ich das kontrollieren oder als könnte sie das, indem sie es sagte.

Ich ziehe meine Turnschuhe und Socken aus, tauche die Zehen ins Wasser und beschreibe im sandigen Tümpel Kreise, bis ein Strudel entsteht. Die Oberfläche des wirbelnden Wassers, in dem sich der Rauch meiner Zigarette spiegelt, erinnert mich an das marmorierte Papier, das wir in der Grundschule im Kunstunterricht gemacht haben. Früher habe ich vor dem Training geraucht, ich habe mich hinter dem Football-schuppen versteckt und so viele Parliaments gequalmt, wie ich konnte, bevor jemand nach mir suchte. Nach ein paar Zigaretten bin ich schneller gelaufen – das war einfach so. Wenn ich danach leicht benommen und mit enger Brust meine Runden auf der Bahn drehte, stellte ich mir vor, wie mein Körper sich von innen heraus reinigte, er verbrannte, damit ich ihn wieder aufbauen konnte. Wenn ich schnell genug rannte, würde alles verglühen. Was hieß, dass ich neu sein konnte.

Ich bleibe nicht lange bei den Gezeitentümpeln. In einem der vermieteten Häuser am Strand feiert jemand Hochzeit, und beschwert sich lautstark über den Sand und den Geruch. Als ich an ihrer Veranda vorbeigehe, sehe ich, wie sich der Netzstoff des Rocks zwischen den Holzpfosten hindurch-schiebt, und höre sie fragen, warum hier draußen irgend so ein Mädchen ihre Fotos ruiniert – weiß es nicht, dass hier quasi ein Privatgrundstück ist?

Auf dem Heimweg fahre ich durchs Drive-in der Apotheke und hole Moms Medizin. Wie jedes Mal beim Bezahlen halte ich den Atem an, weil ich immer noch Dads Karte benutze, die ich ihm letztes Jahr aus dem Portemonnaie geklaut habe, als er anfing, davon zu reden, in den Westen zu ziehen. Zu der Zeit hat er Mom auch gesagt, er hätte so viel Geld auf seinem medizinischen Sparkonto, dass sie sich überhaupt keine Sorgen machen müsste, solange er weg ist. Das ist ihre Schwachstelle. Wenn ihr jemand sagt, er hätte etwas Gutes getan, will sie ihm nur zu gern glauben.

Natürlich weiß er, dass ich die Karte habe, immerhin bezahle ich damit jeden Monat zwischen fünfhundert und tausend Dollar für Medikamente. Eine Möglichkeit ist, dass er aus schlechtem Gewissen nicht anruft und danach fragt, weil er sich kein einziges Mal bei uns gemeldet hat, seit er gegangen ist. Die andere Möglichkeit ist, dass er glaubt, er könnte das Geld irgendwann zurückzahlen, solche Sachen macht er sich nämlich vor. Höchstwahrscheinlich ist es eine Kombination aus beidem. Seine Schwachstelle ist sein Glaube, er könnte sich verändern, trotz überwältigender Beweise für das Gegenteil.

Als ich nach Hause komme, liegt Mom bei geschlossener Jalousie und ausgeschaltetem Licht in meinem Bett und liest eine Zeitschrift. Sie ist high, das weiß ich, weil sie nur dann ohne Erlaubnis in mein Zimmer geht. Normalerweise hält sie sich daran, zu fragen. Ich schalte das Licht ein.

»Ich sehe, du hast meine Giftmischung mitgebracht«, sagt sie und zeigt auf die Papiertüte mit ihren Tablettenröhrchen. »Wo warst du noch?«

Ich schleudere meine Turnschuhe von den Füßen, und sie prallen mit einem leisen, dumpfen Geräusch von der Wand ab. »Arbeit.«

»Arbeit, Arbeit, Arbeit.« Sie singt es leise, als wäre es eine Zeile aus einem Musical. »Du arbeitest zu viel, Schätzchen.«

»Ich arbeite gerade genug.« Auf ihrem Schoß steht ein Pappteller mit einem aufgewärmten Stück der Pizza, die wir letzte Woche bestellt haben, unter der Kruste hat sich orangefarbenes Öl gesammelt. »Schmier das bitte nicht auf meine Bettdecke.«

Sie reißt Mund und Augen auf und macht aus ihrem ganzen Gesicht ein erschrockenes O. Wenn sie bekifft ist, benimmt sie sich wie eine Pantomimin. »Das würde ich doch nie machen. Immerhin muss ich die Sachen ja auch waschen.« Sie hebt die Pizza an den Mund und beißt ab. Ihre Mundwinkel glänzen vom Fett, auf ihrem Kragen liegen Krümel. »Was hast du nach der Arbeit gemacht? Hattest du nicht um vier Feierabend?«

»Ich war in der Bibliothek.« Ich krabble neben ihr unter die Bettdecke. »Und was hast du so gemacht?«

»Ach, das Übliche.«

»Ist es schlimm?« Ich drehe mich auf die Seite und sehe sie an. Tagsüber raucht sie nur, wenn sie sich vor Schmerzen selbst das Becken brechen und ihr Gehirn durch die Ohren rausschütteln will. So beschreibt sie es, wenn sie witzig sein will. Wenn sie nicht witzig sein kann, macht sie die Badezimmertür hinter sich zu, legt sich nackt in die leere Wanne und lässt sich heißes Wasser über den Kopf und die Papierklammern laufen, die sie sich an den weichen Teil ihres Unterbauchs gesteckt hat. Akupunktur Marke Eigenbau.

»Hast du was gegessen?«, fragt sie.

»Brauchst du Advil?« Rezepte für Percocet oder OxyContin bekommt man nicht mehr so leicht, zumindest nicht in dieser Gegend. Und Moms Schmerzen haben keinen Auslöser, sagen die Ärzte, womit sie es sich bequem machen, weil Mom jedes Mal auf dieselben Stellen unter ihrem Nabel und am Hinterkopf zeigt, wenn sie gefragt wird. Was bedeutet, dass die Ärzte keinen *Beweis* für einen Auslöser sehen, weil man als Arzt offenbar alles anzweifelt, was ein Patient sagt, bis es durch einen Scan oder einen Test bewiesen ist.

»Ich kann dir ein Sandwich machen.« Sie isst die restliche Pizza und stellt den Teller auf den Teppich. »Das war das letzte Stück.«

»Ich habe keinen Hunger.«

»Du musst was essen.«

»Werde ich schon.«

Sie schnalzt mit der Zunge.

»Später, Mom.« Ich schließe die Augen und drücke meine Daumen auf die Lider, bis ich knallrot sehe. »Lass mich einen Moment lang einfach hier liegen.«

Seufzend hebt sie ihre Zeitschrift auf, aber ich höre nicht, dass sie umblättert. Sie sieht mich an. »Meine süße, kleine Jane«, sagt sie leise. »Wann bist du so alt geworden?«

Dasselbe hat Dad gesagt, als er mich im März beim Training überrascht hat. Ich hatte gerade den Reißverschluss meiner Sporttasche zugezogen, da entdeckte ich ihn hinter dem Maschendrahtzaun, wo er mit Pusteblumen spielte, die er aus dem Boden gerissen hatte. Zum Glück redeten alle über den Abschlussball, deshalb achtete niemand auf mich, als ich ihnen zum Abschied winkte und zu ihm lief. Du siehst aus wie ein Pädophiler, sagte ich.

Ich freue mich auch, dich zu sehen.

Warst du zu Hause?

Nein, war er nicht, sagte sein Gesichtsausdruck, und nein, würde er auch nicht. Wie geht es deiner Mom?

Sie zählt die Tage, bis du zurückkommst, sagte ich, obwohl das nicht stimmte.

Im September, antwortete er. Das habe ich dir schon gesagt. Ich bin wieder da, bevor dein letztes Schuljahr anfängt.

Ja, klar.

Sag das nicht so.

Wir hielten uns beide an den Metallrauten des Zauns fest, den die Sonne auf etwa zweihundert Grad aufgeheizt hatte. Ich schloss mit mir die Wette ab, dass er eher loslassen würde als ich. Wie geht's dem Nilpferd?

Nenn ihn nicht so, Jane.

Das ist mein Spitzname für Dads Bruder John, weil er ein echtes Großmaul ist. Dad ist überhaupt nur nach San Diego gezogen, um ihm zu helfen, irgendwelche Sicherheitssysteme zu verkaufen – John meinte, wegen des warmen Wetters und des »aktiven Lebensstils an der Westküste« gäbe es eine Menge schöner Tage, an denen Diebe in Häuser einbrechen, während die Bewohner unterwegs sind und surfen oder so.

Ich versuche, das Richtige zu machen, sagte er. Er ließ die Hand vom Zaun fallen.

Aus dem Augenwinkel bemerkte ich, dass sich meine Teamkolleginnen umdrehten und zu uns herübersahen. Ich winkte ihnen mit ausladenden Bewegungen zu, so wie sie winkten, wenn ihre Freunde sie abholten, als wäre ich ein normales, fröhliches Mädchen ohne Probleme und mit einem optimistischen Blick auf meine Zukunft. Sie unterhielten sich weiter.

Hör mal. Ich spürte, wie die Sonne durch die Löcher in meinem Trikot drang und mir auf den Schultern brannte. Es geht mir langsam wirklich auf den Sack, dass du dich ständig beweisen musst.

Er sagte, das würde ich schon noch verstehen, wenn ich später eine eigene Familie hätte, um die ich mich kümmern muss.

Ich habe jetzt schon eine Familie, um die ich mich kümmern muss, sagte ich.

Darauf hat er mich dann gefragt, wann ich so alt geworden wäre, und auch, ob er mich nach Hause fahren könnte. Kann er, habe ich gesagt, denn hätte ich mich von einer der anderen

Sportlerinnen mitnehmen lassen, hätte ich über blödsinnige Sachen reden müssen, zum Beispiel, ob Blasen als Sex zählt.

Ich bin bald wieder da, hat er gesagt, als er mich abgesetzt hat. Versprochen.

Er hat immer Versprechungen gemacht. Ich stand am Straßenrand und sah ihm nach, als er rückwärts auf die Straße setzte und losfuhr, weil er wissen sollte, dass ich ihm nachsah und dass ich nicht vergessen würde, was er gesagt hatte, auch, wenn er es sich einredete.

»Ich bin erst sechzehn«, sage ich zu Mom.

»Ich habe mich nie so alt gefühlt wie mit sechzehn.« Sie zieht die Decke bis zur Brust und rückt mit dem Kopf auf meinem Kissen so nah, dass sich unsere Nasen berühren. Ihr fallen die Augen zu.

»Soll ich das Licht ausmachen?«

»Ich kann nicht schlafen, wenn du nichts gegessen hast.«

»Ich gehe jetzt. Gibst du mir deinen Teller?« Beim Rausgehen schaue ich aufs Handy – halb acht. »Gute Nacht, Mom.«

»Gute Nacht, Schätzchen.« Ich schalte das Licht aus, und das Zimmer wird grau. Sie dreht sich auf den Bauch, ihre knochigen Schultern ragen unter den Laken auf wie Berggipfel. Plötzlich vermisse ich sie, obwohl sie doch direkt vor mir liegt.

Ich mache mir in der Küche ein Sandwich mit Erdnussbutter und Marmelade und gehe raus, um es im Vorgarten zu essen. Ein paar Straßen weiter feiern die Sommerleute eine Party, wahrscheinlich um die Saison einzuläuten. Sie nutzen unsere Straße mit zum Parken, wenn sie feiern – manchmal stecken sie uns sogar eine Warnung in den Briefkasten: *Hallo Nachbarn, heute Abend könnte es ein bisschen laut werden!* Jemand hat unsere Auffahrt mit einem weißen BMW blockiert, und ich gehe hin und drücke die Stirn gegen das Beifahrerfenster. In der Kunststoffablage hinter dem Schaltknüppel liegen teuer aussehende Lippenstifte. Ich versuche, die Tür zu öffnen, um zu sehen, ob sie wirklich so dumm sind, wie ich glaube, und sie schwingt lautlos gegen meine Hüfte. Ich beuge mich hinein, nehme einen der Lippenstifte und ziehe die goldene Kappe ab. Der wächserne Stift ist violett, wie die Trockenpflaumen, die wir im Market in großen Kisten verkaufen. Ich überlege, was ich schreiben könnte, etwas, das einem ewig nachhängt, eine Mischung aus Gemeinheit und Wahrheit mit Langzeitwirkung, wie damals, als meine Cousine meinte, ich wäre gar nicht so schlau, ich könnte den Leuten nur gut das Gefühl geben, dass sie etwas Dummes gesagt hatten. Aber am Ende schreibe ich nur *HAUT AB* in großen Blockbuchstaben auf die Motorhaube. Ich werfe den offenen Lippenstift auf den Sitz und hoffe, er schmilzt und verschmiert das Leder.

Als ich meinen Teller nehme und wieder ins Haus gehen will, wird der Partylärm lauter. Ich kann weder das Haus noch die Leute sehen, aber ich höre Gelächter und Gläserklirren. Ihre Musik dröhnt durch unser Viertel und übertönt die Wellen und den Wind.

Für den nächsten Tag sind Rob und ich verabredet, zum Strand in Rockpoint zu fahren, einer Stadt eine Stunde entfernt, in der uns niemand kennt. Ich warte in meinem Strandkleid am Fuß der Feuertreppe, in der Hand einen Picknickkorb mit Gurkensandwiches und einem Einmachglas mit selbst gemachter Limonade. Ich bin aufgeregt und gleichzeitig verlegen, wie jedes Mal, wenn ich mir bei irgendwas Mühe gebe. Die Gurkensandwiches sind vielleicht zu viel. Die Idee habe ich aus der Martha-Steward-Zeitschrift, die ich aus dem

Laden geklaut habe und in der stand, »Tee-Sandwiches« wären das ideale Essen für den Strand.

Wir haben zwölf Uhr ausgemacht, aber ich warte eine Viertelstunde, und Rob taucht nicht auf. Dabei ist Rob immer pünktlich.

Ich lasse den Picknickkorb und mein Fahrrad auf dem Rasen zurück, steige zu seinem Fenster hoch und klopfe zweimal. Er kommt langsam ins Zimmer und zieht das Fenster und den Fliegengitterrahmen hoch, als würden sie fünf Millionen Pfund wiegen. »Bist du sauer auf mich?«, frage ich ihn durch den leeren Rahmen.

»Warum sollte ich sauer sein?«, fragt er von drinnen.

»Weiß ich nicht. Deshalb frage ich ja.«

Ich warte darauf, dass er sagt, er sei nicht sauer, dass er irgendetwas macht, um mich aufzumuntern, zum Beispiel sagt, ich sei schön. Mir hat noch nie jemand gesagt, ich sei schön. Mom hätte das vielleicht tun können, aber sie findet, das würde Mädchen die falschen Werte vermitteln, deshalb sagt sie mir lieber, ich sei scharfsinnig und zäh. Wer will denn scharfsinnig und zäh sein?

Rob sagt mir nicht, ich wäre schön. »Brauchst du was?«, fragt er stattdessen, und in keiner Welt würde ich zulassen, dass ich Ja sage.

Ein Windstoß durch den Gitterrost der Feuertreppe weht meinen Rock hoch, und ich streiche ihn mit den Händen nach unten. »Fahren wir noch zum Strand?«

»Scheiße.« Er schlägt mit den Fingerknöcheln gegen den Fensterrahmen.

»Du hast es vergessen.«

»Ich hatte zu tun.«

»Es ist Sonntag.«

Er saugt die Lippen ein, als ich das sage. Es zischt leicht, als würde Luft aus einem Ballon entweichen. »Verarschst du mich?« Ich habe keine Ahnung, wovon er redet, und sage es ihm. »Deine Freundinnen haben nichts gesagt?« Er schaut über meine Schulter, als könnte eine von ihnen unten stehen.

»Welche Freundinnen?«, frage ich, weil ich weiß, dass er Mitleid mit mir bekommt, und ich nicht zu den Leuten gehöre, die es hassen, bemitleidet zu werden. Mitleid ist eine der besten Möglichkeiten zu bekommen, was man will. Und ich will an den Strand.

Aber er hört nicht zu. Sein Blick geht an mir vorbei. »Jane?«

»Ja?«

»Du solltest echt dein Fahrrad abschließen.«

Sein Auto roch nach künstlichem Lavendel und abgestandenem Kaffee, und sein Rücksitz war mit zusammengedrückten Cola-Light-Dosen übersät. Ich überlegte, ob es ihn weniger anziehend machte, dass er so viel Cola Light trank, weil es mich an die Lyrikmädchen erinnerte, die sich zu Halloween als Sylvia Plath verkleideten und irgendwelche Kräuter in ihre selbstgedrehten Zigaretten krümelten. Tat es nicht, beschloss ich am Ende. Weil es etwas war, das nur ich über ihn wusste und niemand sonst.

Er fragte, ob es mir etwas ausmachen würde, wenn er unterwegs anhielt und tankte. Er fuhr mich nach Hause nach Kid2Kid, der Nachhilfegruppe der Mittelschule, bei der ich seit meinem ersten Highschooljahr mitmachte und deren Studienberater er seit Kurzem war. Ich hatte gewartet, bis alle anderen gegangen waren, bis nur noch wir zwei am Straßenrand saßen, und sagte ihm, meine Mom würde nicht auf meine Nachrichten reagieren. Er legte einen Finger an die

Lippen und kniff die Augen zusammen, deshalb dachte ich, er würde mich gleich nach meinem Notfallkontakt fragen, oder ob einer meiner Nachbarn zu Hause sei. Aber dann sagte er, er könnte mich fahren, das wäre überhaupt kein Problem.

Während er an der Zapfsäule stand, steckte ich eine der Coladosen in meinen Rucksack. Erst später, als ich mir den Tag im Bett noch einmal vorerzählte, wurde mir klar, dass das nicht normal war. Mir fehlt dieses angeborene Gespür, das die meisten Menschen haben, diese Intuition, was akzeptabel ist und was nicht.

Im Bett nahm ich die Dose aus meiner Tasche und drückte sie an meine Lippen, bis sie gegen meine Schneidezähne klackte. Ich schloss die Augen und sah vor mir, wie sein langer, spitzer Finger die Lasche zurückzog, wie sich seine Lippen öffneten und an dem Metallrand saugten. Ich dachte, die Dose würde nach ihm schmecken, aber das tat sie nicht. Stattdessen schmeckte sie metallisch, wie ein Penny oder wie Blut.

Von diesem Tag an fuhr er mich immer nach Hause. Wir sprachen nicht darüber. Wir wussten es einfach beide.

Ende April küssten wir uns zum ersten Mal. Der Himmel war den ganzen Tag dunkel gewesen, jetzt rannen Regentropfen an seiner Windschutzscheibe hinab wie Schweißperlen. Warte mal, sagte ich kurz vor der Einfahrt zu Opal Point. Halt hier an.

Er parkte zwischen verblassten Linien bei der Betontreppe am Strand. Ich liebe das Meer, wenn es stürmt. Wir lehnten uns an die Ufermauer, die nach Jahren mit Hurricans und Schneestürmen und Hochwasser spröde und verwittert war, und beobachteten die Schaumkronen, die aussahen wie zu schnell eingegossene Limonade. Einen Moment lang dachte ich, das Aufflackern des Leuchtturms wäre ein entfernter Blitz, eine Möwe, die durch den Lichtschein flog. Dann donnerte es, und der Regen wurde stärker. Ich schloss die Augen und spürte, wie Rob meine Hand nahm. Ich war nicht sicher, ob es wirklich geschah, aber als ich die Augen öffnete, war es echt.

Die Windschutzscheibe war überströmt, wie beim Klarspülen in der Waschanlage. Die Kapuze meines Sweatshirts hatte sich vollgesaugt, die ersten Tropfen rannen meinen Rücken hinab. Ich zog Schuhe und Socken aus und wrang meinen Pferdeschwanz über der Fußmatte aus.

Du zitterst ja, sagte er. Auf seiner Nasenspitze bebte ein Regentropfen. Er langte auf den Rücksitz und kramte ein Badetuch hervor, das er mir um die Schultern legte. Es war mit Mädchen bedruckt, die mit Kokosnuss-BHs Hula tanzten.

Er stützte einen Ellbogen auf die Armlehne zwischen uns und legte den Kopf schief, als hätte er etwas nicht verstanden, das ich gesagt hatte. Er wartete, begriff ich.

Ich streckte eine Hand aus, legte sie zwischen seine Schultern und zog ihn zu mir. Die andere hob ich an sein Gesicht. Sein Kiefer zitterte unter meinem Daumen. Entspann dich, flüsterte ich. Ich legte ihm einen Finger auf die Lippen, die in der Mitte glatt waren und außen rissig wie Baumrinde. Dann drückte ich meine Lippen auf seine. Der einzige Kuss, der je von mir ausgegangen war.

Wir wichen gleichzeitig zurück, unser pfeifender Atem übertönte das leise Plätschern des Regens. Tja, sagte er schließlich. Und was jetzt?

Vor Robs Wohnung stehe ich auf der Rasenfläche bei den Müllcontainern und starre auf mein Fahrrad. Diesen Tag kann ich nur noch retten, indem ich ein bisschen Geld verdiene, also schwinge ich mein Bein über den Sattel und strample los

zum Market. Das dürfte wohl das sein, was Ricky als Eigen-
initiative bezeichnet.

Als ich mit ratternder Kette um die Ecke des Ladens biege,
höre ich einen dumpfen Schlag. Hinter der Ecke steht Eric,
leicht geduckt wie ein Boxer, einen Ellbogen spitz zurückgezogen. Ich klappe den Fahrradständer aus, als seine Faust
die Backsteinwand trifft und über die rauen Fugen schabt.

»Was soll denn der Scheiß?«, frage ich hinter ihm. Er trägt
sein Polohemd von der Arbeit, zwischen seinen Schulterblättern ist der Stoff feucht und dunkel vor Schweiß. Ich spüre
den seltsamen Drang, ihn zu berühren.

Mit erhobener Faust wirbelt er herum. Seine Knöchel sind
aufgeschrammt, von ihnen tropft Blut, das aussieht wie der
Fleischsaft in den Roastbeefpackungen. Er atmet schnell. Mir
wird klar, dass ich wahrscheinlich Angst haben sollte. »Warum
trägst du Badesachen?«, fragt er.

Ich werfe einen Blick auf den grünen Bikini, der unter meinem Strandkleid hervorschaut, einem weißen Häkelkleid mit
Quasten unten. »Das ist eine lange Geschichte.«

Mit einem Grummeln dreht er sich wieder zur Wand und
zieht den Ellbogen zurück. »Warst du schon mal –«, fragt er
und knallt die Faust gegen die Backsteine, »– total wütend
und konntest damit nirgendwohin?« Wieder geht der Ellbogen nach hinten; die Faust saust vor.

Blut rinnt zu seinem Handgelenk, aber ich wende mich
nicht ab. »Seit wann kann man mit Wut irgendwohin?«

Wenn seine Knöchel aufprallen, klingt es, als würden
Zweige zersplittern. »Na ja, du weißt schon. Irgendjemand ist
an der Wut schuld. Und du kannst sie an ihm auslassen.« Er
legt eine kleine Pause ein und stemmt keuchend die Hände
in die Hüften.

»Ich habe meine Wut noch nie an jemandem ausgelassen.«

Er hat sich vorgebeugt, aber jetzt schaut er zu mir hoch. »Echt nicht?«

»Echt nicht.«

»Und was machst du dann?«

»Keine Ahnung.« Ich zucke mit den Schultern. »Ich schlucke sie runter. Irgendwann wird sie zu Enttäuschung.«

Er schüttelt den Kopf, und Schweißtröpfchen fliegen von seiner Stirn. »Das kann nicht funktionieren.« Immer noch vornübergebeugt, winkt er mich zu sich. »Komm her.«

Ich mache zögerlich einen Schritt auf ihn zu.

»Komm her und schlag mich.« Er richtet sich auf und lässt die Schultern kreisen. Seine Wangen sind gerötet, die Härchen seiner Augenbrauen stehen in alle Richtungen ab.

»Das kann ich nicht.«

»Doch, kannst du.« Er stellt sich direkt vor mich, so nah, dass ich seinen Atem auf meiner Nase spüre. »Du hasst mich, oder? So oft, wie ich in unserer Schicht einen Scheiß gemacht habe. Und ich habe dich Dreckstück genannt.«

Hitze steigt in mir auf, mein Hals wird ganz warm. »Wann hast du mich Dreckstück genannt?«

Er macht einen Schritt nach hinten und lehnt sich gegen die Wand, als wollte er sagen: Was willst du dagegen unternehmen? »Ach, ständig. Jedes Mal, wenn du so tust, als hättest du das Sagen. Nur weil in deinem Leben noch nie jemand auf dich gehört hat, heißt das nicht, dass du mich dazu zwingen kannst.«

Ich habe noch nie irgendwas geschlagen, nicht einmal ein Kissen. Die Sehnen in meinem Arm glühen wie eine Wunderkerze, und ein unsichtbares Band zieht meinen Ellbogen Richtung Schulterblatt. Die Luft in meiner Lunge knistert.

Und dann entlädt sich plötzlich alles, wie das Schießpulver beim Feuerwerk. Ich sehe, wie meine geballte Faust sein Kinn trifft. Meine Knöchel gleiten in seinen feuchten Mund, rutschen über seine glatten, scharfen Schneidezähne und vorbei an seinem blassen Zahnfleisch. Danach ist meine Hand mit rötlichen Spuckefäden überzogen. Ich laufe im Kreis, fast auf der Stelle. Ich setze mich auf den Boden und lehne mich an die Wand. Die Sonne scheint immer noch.

Er hustet und spuckt ein bisschen Blut auf den Gehweg. Neben dem Riemen meiner Sandale sammelt es sich zu einer kleinen Pfütze. Er lässt sich neben mich plumpsen. Wir ringen beide mit aufgerissenen Mündern nach Luft. »Wie geht es deiner Hand?«, fragt er nach einer Weile. Ich lege sie schlapp auf sein Knie, weil ich keinen Teil von mir aufrecht halten kann. Meine Ellbogen ruhen auf meinen eigenen Knien, mein Oberkörper ist nach vorn gesackt.

Ich drehe den Kopf und sehe, wie er den Riss begutachtet, eine breite, rote Wunde. »Fass es an«, sage ich.

Er lacht auf.

»Mach ruhig.« Die Haut hat sich von den Fingerknöcheln zurückgerollt wie abgezogenes Klebeband. Ich drehe die Faust vor ihm.

Er sieht mich direkt an, als könnte ich zurückzucken. Das tue ich nicht. Als er mit einem Finger über die aufgerissene Haut fährt, brennt es wie ein Antiseptikum. Ein Fingernagel taucht in die Wunde, und ich zische durch zusammengebissene Zähne. Schließlich ist er fertig und legt seine Hand auf seinen Oberschenkel, mit meinem Blut unter seinen Nägeln. Er drückt den Kopf gegen die Mauer. »Ich habe dich nie ein Dreckstück genannt«, sagt er. »Und es war alles nicht so gemeint.«

»Ich weiß.«

»Ich dachte nur, es würde dir wehtun. Dich wütend machen.«

»Ich weiß.«

»In der Aufmachung kannst du nicht arbeiten gehen.«

»Ich weiß.« Meine Lider fühlen sich schwer und dick an. Ich lasse sie zufallen. »Scheiß auf Ricky.«

Eric lacht. »Ja, scheiß auf ihn. Scheiß auf alle, bis auf uns.«

Mom sitzt am Küchentisch, als ich nach Hause komme. »Wie war es am Strand?«, fragt sie. »Bist du nicht geschwommen?«

Ich berühre meine trockenen Haare. »Die Wellen waren zu stark.«

Sie nickt und schaut mit zusammengekniffenen Augen auf ihr Laptop, das mit voller Helligkeit vor ihr steht. Ein Eisbeutel ist gegen die Knöpfe ihrer Jeans gedrückt und lässt Schwitzwasser in ihren Schoß sickern. »Hast du das schon gesehen?«, fragt sie und kippt das Display, damit ich mitlesen kann.

Liebe Familien der Nashquitten High,
mit großer Trauer muss ich Ihnen berichten, dass an diesem Wochenende Lucy Anderson verstorben ist. Lucy war ein wichtiges Mitglied unserer Gemeinschaft, und unsere Gedanken sind nach diesem furchtbaren Verlust bei ihrer Familie. Morgen findet eine Versammlung statt, und allen Schülerinnen und Schülern, die in dieser Zeit Unterstützung brauchen, steht Ms Layla Owens als Ansprechpartnerin zur Verfügung.
Mit bekümmerten Grüßen
Janet Cushing, Direktorin

»Kanntest du sie?«, fragt Mom.

Meine Hände werden kalt und meine Fingerspitzen taub.

Ich kannte Lucy. Seit Anfang des Schuljahrs habe ich vor dem Lauftraining den Kunstraum aufgeräumt, damit Mrs Brown ihren Sohn rechtzeitig von der Vorschule abholen konnte. Sie hat mir dreißig Dollar die Woche gezahlt, und meist war Lucy da und hat gemalt. Aber ich hätte Lucy auch so gekannt. Alle kannten sie, weil sie vor ein paar Monaten im Schulbus einen Krampfanfall hatte und jemand sie dabei aufgenommen und das Video mit einem EDM-Song unterlegt hat, dessen Beat zu ihren Zuckungen passte. Unsere Teamkapitänin hat es uns eines Tages beim Stretching gezeigt. Ich hielt den Fuß eines anderen Mädchens in der Hand und drückte ihn in Richtung Hüfte, als uns das Handy vor die Nase gehalten wurde. Und, was sagt ihr?, fragte sie, als es vorbei war. Wir brummelten alle irgendwas Unverbindliches, weil nicht klar war, in welche Richtung wir getestet wurden. Dann ging sie im Kreis um uns herum und sah jeder Einzelnen in die Augen. Wenn ich *jemals* eine von euch dabei erwische, dass ihr diesen Scheiß teilt oder was Ähnliches aufnehmt, trete ich euch so fest in den Arsch, dass ihr nicht mal vor eurem Freund auf die Knie gehen könnt. Und das war ihr Ernst. Ich habe sie beim Bankdrücken gesehen, sie stemmt hundertzehn Kilo.

»Also, ich habe von ihr gehört«, antworte ich.

»Na ja, es tut mir leid, es ist bestimmt trotzdem schwierig«, sagt Mom. »Du bist ihr ja sicher mal auf dem Flur begegnet oder so.«

Ich ringe mir ein Nicken ab und versuche, mich auf das Gespräch zu konzentrieren. Aber in Gedanken fahre ich um die Ecke des Ladens und höre, wie Erics Faust die Mauer trifft, bevor ich es sehe. Es war ihretwegen, so viel ist jetzt klar. Waren die beiden zusammen? Ich habe nie gehört, dass Lucy einen Freund hatte, aber bei solchen Sachen bin ich auch nicht gerade auf dem Laufenden. Es macht einen doch für alle Zeiten fertig, wenn die Freundin in der Highschool plötzlich stirbt. Ich frage mich, was Rob tun würde, falls irgendwas passieren sollte. Ob er zu meiner Beerdigung kommen würde?

»Haben sie nicht geschrieben, wie sie gestorben ist?«

»Vielleicht wissen sie es nicht.« Ihr Blick hängt immer noch am Bildschirm, und ihre Augen zittern, als sie die Worte noch einmal liest. »Was willst du zum Abendessen? In der Vorratskammer sind noch Makkaroni mit Käse. Und wir haben Tiefkühlpizza.«

»Ich mache die Makkaroni mit Käse.« Als ich die Tür der Vorratskammer öffne, höre ich, wie sie ihr Laptop zuklappt. Das Quietschen auf den Fliesen sagt mir, dass sie ihren Stuhl herumdreht.

»Jane?«

»Ja?« Ich ziehe an der dünnen Kette, die von der Decke hängt, und Licht flutet über unsere Kartons und Dosen, Tüten und Gläser. Wann ist alles so staubig geworden? Ich trete gegen eine gespannte Mausefalle in der Ecke, aber sie schnappt nicht zu.

»Du kannst mir alles erzählen, das weißt du, oder?«

Ich nehme die blaue Schachtel von Kraft vom zweiten Regalbrett. »Klar weiß ich das«, sage ich, bevor ich das Licht ausschalte. Ich achte darauf, dass ich lächle, bevor ich mich umdrehe.

Am Montag treffe ich bei Dunkin' Donuts an der Main Street zufällig Eric. Es ist halb neun; wir sollten beide in der Schule sein. »Was machst du denn hier?«, fragt er. Er hat ein rotes, halb gefrorenes Getränk in der Hand und steht von seinem kleinen Tischchen am Fenster auf, um mir in der Schlange Gesellschaft zu leisten.

»Dasselbe wie du.« Die Frau vor mir geht mit ihrem Kaffee raus, und ich bestelle ein Dutzend Donuts und sage dem Verkäufer mit der braunen Schirmmütze, er soll sie aussuchen. Während er uns den Rücken zudreht, in einer Hand eine rosa Schachtel hält und mit der anderen vorsichtig die Donuts auswählt, saugt Eric geräuschvoll an seinem dicken orangefarbenen Strohhalm. »Was ist los?«, fragt er.

Ich streiche meine Haare glatt. »Was meinst du?«

»Du siehst scheiße aus.«

»Danke.« Der Verkäufer gibt mir meine Schachtel, und ich bezahle bar. Eric führt mich zurück zu seinem Tisch, aber als ich ihm einen Donut anbiete, lehnt er ab. »Das sind meine Kalorien für heute Morgen«, sagt er und zeigt auf sein Getränk. Ich klappe die Schachtel auf und entscheide mich für Erdbeerglasur. Der Donut hinterlässt ein fettiges O auf dem Wachspapier. »Du siehst auch scheiße aus«, sage ich zu Eric. »Woher kanntest du sie?«

Er blickt von seinem Daumennagel auf, unter dem er Dreck hervorgekratzt hat, fragt aber nicht, wen ich meine. »Sie war meine Cousine.«

»Es tut mir leid«, sage ich automatisch. Die vier dümmsten Silben der Welt.

Mit den Zähnen drückt er seinen Strohhalm zusammen. »Danke. Wir waren uns ziemlich nah.« Er zieht sein Handy aus der Tasche und tippt aufs Display. Sein Blick springt rauf und runter, als er scrollt. »Wirklich neue Bilder von uns habe ich gar nicht. Sie konnte es nicht ausstehen, fotografiert zu werden.«

Er legt sein Handy auf den Tisch und öffnet Instagram. Als er gerade auf seine markierten Fotos tippen will, sehe ich in seinem Feed ein Bild von ihr. »Was ist das?«, frage ich. Lucy in ihrem Schlafzimmer, mit dem Rücken zur Kamera steht sie am Fußende ihres Betts und versucht, ein dünnes grünes Trägerkleid anzuziehen. Der enge Stoff hat sich über ihrem Kopf verheddert, man sieht ihren weißen BH und ihren Slip, während sie mit beiden Händen nach dem Ausschnitt tastet. Ihre gebeugten Arme glänzen im matten Licht ihrer Schreibtischlampe, und neben ihrem Schmuckkästchen steht eine Bierflasche. Es fühlt sich schmutzig an, dieses Foto zu betrachten, als würde ich etwas sehen, das ich nicht sehen sollte. Dann wird mir klar, dass es am Winkel liegt. Der Blick geht von oben hinunter auf ihren Körper, wie bei einer Überwachungskamera. Darunter steht 20.5. 21:49:22.

»Warum habe ich das noch nie gesehen?«

Ich beuge mich vor, um auf den Namen des Users zu tippen, der es gepostet hat, *lucystopsandshoots*, aber Eric reißt das Handy weg. »Ihr Fotoaccount war privat.«

»Das sah gar nicht nach ihr aus.« Lucy hat lange, bauschige Kleider getragen, wie die Frauen im Einkaufszentrum, die einem Vitaminabos andrehen wollen. Und auf den Armen hatte sie vielleicht Zeichenkohle oder getrocknete Farbe, aber keinen Bodyglitter.

»Das war ein Projekt für ihre Bewerbungsmappe für die Kunstschule«, sagt Eric. Er steckt das Handy in seine Tasche und wirft mir einen Blick zu. »Und damit das klar ist, ich habe dir nichts gezeigt.«

Ich beiße von meinem Donut ab. »Ich weiß gar nicht, wovon du redest.«

Lucy arbeitete nach dem Unterricht im Kunstraum an einer

Leinwand, die so groß war wie die Doppeltüren der Schule, und sie benutzte Meerwasser dafür. Was riecht hier so?, fragte ich eines Tages, und sie schaute auf, als hätte sie mich vorher gar nicht wahrgenommen.

Sie erklärte es mir, und ich fragte, ob ich das Bild sehen dürfe. Sie schien sich nicht ganz sicher zu sein, sagte aber trotzdem Ja. Sie hatte einen großen orangefarbenen Eimer von Home Depot, der voller Wasser war, aber auch voller Einsiedlerkrebse und Strandschnecken und ledrigem Seetang. Hast du das aus den Gezeitentümpeln?, fragte ich. Sie nickte.

Sie verdünnte Goldfarbe mit Wasser und träufelte sie auf die Leinwand, wo sie zu kleinen Pfützen zusammenfloss, wie das Blut in dem Mull, nachdem mir der Weisheitszahn gezogen worden war. Das Bild roch nach einem von der Sonne aufgeheizten Strand, nach Salz und Fäulnis, vor allem, wenn die Sonne durch das Fenster gegenüber fiel.

Was machst du mit dem Wasser, das übrig bleibt?, fragte ich einmal.

Ich schütte es zurück.

Jeden Tag?, fragte ich. Sie nickte. Kann ich mitkommen?

Sie fuhr mit dem Pinsel ein paarmal über ihre Hand, um die Farbe zu testen. Wenn du den Eimer trägst.

An einem Tag im Oktober, als der Herbst alles braun und raschelig machte, begleitete ich sie. Wir trugen beide Sweatshirts, und im Rinnstein am Strandparkplatz sammelte sich das erste Laub. Überall standen große Schilder mit der Aufschrift *SCHWIMMEN VERBOTEN*. Die Algenblüte hatte das Wasser vergiftet, die Wellen sahen aus wie das Blut in Blutkonservenbeuteln. Strandmöwen sind immer aggressiv, aber an diesem Tag kamen sie links und rechts von uns im Sturzflug an den Strand und schnappten sich den angespülten toten

Kabeljau. Der durchdringende Geruch der Verwesung lag so schwer in der Luft, dass ich ihn regelrecht schmecken konnte. Lucy hatte mir auf dem Parkplatz ein Taschentuch gegeben, und jetzt wusste ich warum: damit ich mir die Augen abtupfen und den Mund bedecken konnte, wenn ich husten musste. Es kam mir vor, als wäre die Welt untergegangen, und irgendein Dummkopf hätte uns als Überlebende ausgewählt.

Ich folgte Lucy zu einer Gruppe von Gezeitentümpeln, die ich noch nicht kannte. Wie sich zeigte, gibt es in dem großen Felsen, auf dem sich alle gern sonnen, einen Hohlraum, der sich hinter dem Eingang, durch den man sich quetschen muss, zu einer Grotte weitet. Lucy sagte, bei Flut würde sich die Grotte füllen, aber bei Ebbe würde sich das Meer zurückziehen und ausgewaschene Felsen freilegen. Wir sprangen vorsichtig von Stein zu Stein, aber das rötliche Wasser spülte in die Höhle und berührte die Spitzen unserer Turnschuhe. Obwohl die Algenblüte erst vor ein paar Tagen aufgetreten war, hatte sie die Tümpel schon gefärbt. Nicht berühren, sagte ich.

Habe ich nicht vor. Sie nahm mir den Eimer ab, schüttete das saubere Wasser in den Tümpel und spülte damit einen Teil der Farbe fort.

Sie werden sterben, sagte ich. Ich meinte die drei Einsiedlerkrebse im Eimer.

Wenigstens sind sie frei, sagte sie, was mir wie ein schwacher Trost erschien, aber die Flut kam, und wir mussten gehen.

Eric trinkt aus und überlegt es sich anders, was die Donuts angeht. Er zieht einen Boston Cream vom Wachspapier, hält eine Hand unter sein Kinn und will den ersten Bissen machen. Mittlerweile hat es zur ersten Stunde geklingelt, was bedeutet, dass ich nicht auf dem Weg zu Spanisch an der offenen Tür zu Robs Klassenzimmer vorbeigegangen bin. Ich schaue unter dem Tisch auf mein Handy, um zu sehen, ob er geschrieben hat. Hat er nicht.

»He«, sage ich. »Hast du Lust, zum Strand zu gehen?«

Es herrscht Ebbe, und kleine Wellen ziehen sich durch den nassen Sand, als hätten sich tausend Schlangen ein Rennen ins Meer geliefert. Wir sitzen vor dem hässlichen Geotextilschlauch, den sie letztes Jahr vor das Steilufer geschoben haben, damit es nicht abrutscht. Ich vergrabe meine Füße im kalten Sand, während Eric eine leere Miesmuschelschale von einer Hand in die andere wirft. Wenn es mit der Erosion so weitergeht, sind wir angeblich in fünfundsiebzig Jahren unter Wasser. Solche Sachen erwähnen sie immer in den naturwissenschaftlichen Fächern, als Verbindung zur realen Welt. Aber sie sagen nie, was wir deswegen unternehmen sollen, außer die Frage im Test richtig zu beantworten: Wie heißt die Kraft, die auf die Küste von Nashquitten einwirkt?

Ich zupfe ein winziges Haar von Erics Nacken und warte ab, ob er es bemerkt. Tut nicht. Um das angehäufte getrocknete Seegras hinter uns schwirren Fliegen. Außer uns ist niemand hier.

»Würdest du lieber ewig leben oder morgen sterben?«, fragt er und streicht über den Rand der Muschel.

»Morgen sterben«, antworte ich, ohne zu zögern. »Und du?«

»Ewig leben.«

»Warum?« Ich versuche, nicht zu abwertend zu klingen; natürlich glaubt ein Junge, er wäre mit 397 Jahren noch zu irgendwas nutze.

Er legt sich auf den Sand und rudert mit den Armen, als wollte er einen Schneeengel machen. Als ich ihn so ansehe, stelle ich mir eine Version meines Lebens vor, in der wir uns verlieben. Wir würden uns gegenseitig Muffins von der Bäckerei im Market klauen, in der Umkleide vom K of C knutschen und beieinander übernachten, wenn unsere Eltern nicht zu Hause wären. Es macht mich ein bisschen traurig, weil ich mir so sehr wünsche, diese Dinge würden schön klingen. Aber auf mich wirken sie einfach scheißlangweilig.

»Ich kann mir nicht vorstellen, dass ich jemals bereit bin«, sagt er. »Ich werde mir immer mehr Zeit wünschen.«

»Mit wem? Es werden alle tot sein.«

»Du nicht. Wenn du die Frage richtig beantworten würdest.«

Er wackelt mit den Augenbrauen, offenbar halten die Jungs von der Beacon Prep das für Flirten. »Den Sand bekommst du nie mehr aus den Haaren«, sage ich. Er setzt sich auf und schüttelt den Kopf wie ein Hund. »Und was würdest du machen, wenn du morgen sterben würdest?«, frage ich.

Einen Moment lang ist er still. »Du darfst dich nicht darüber lustig machen, okay?« Er wartet, bis ich nicke. »Ich würde in mein Baumhaus gehen, in dem ich als Kind gespielt habe, und allein sterben, wie ein Wolf. Ich mag die Vorstellung nicht, dass jemand dabei wäre.« Er senkt den Blick auf seine Hände. »Das hat niemand verdient.«

»Du bist ja verdammt düster.« Ich wische ein Stück trockenen Seetang von seinem Hinterkopf. »Und es stimmt nicht.«

Er hält drei Finger nach oben, wie ein Pfadfinder. »Ich schwöre es. Ich habe darüber schon nachgedacht.«

»Nein, ich meine, Tiere sterben gar nicht allein. Das ist ein Mythos.«

Er kratzt sich skeptisch an der Nase. »Bist du sicher?«

»Tausendprozentig.«

»Ich glaube, du lügst«, sagt er, aber er grinst dabei.

»Tue ich nicht!«

Er nimmt Sand in die Hand und pustet ihn mir ins Gesicht wie Glitter. Gerade noch rechtzeitig schließe ich die Augen.

Ein paar Stunden später fährt Eric mich nach Hause, mit meinem klappernden Fahrrad im Kofferraum. Ich betrachte sein Profil, während er fährt, den Huckel an seiner Nasenwurzel und die wulstige Narbe durch seine Augenbraue. Seine Zukunft wird äußerst geradlinig verlaufen, wie bei den meisten Leuten, die ihr Leben im Großen und Ganzen mögen. Vier Jahre Studium an der UMass, ein hübsches Mädchen namens Christine oder Elizabeth, ein Dutzend Lobsterboote, ein Golden Retriever, den er Waffles oder Nugget nennt oder nach einem anderen Kinderessen. »Ich spüre, dass du mich ansiehst«, sagt er.

»Mache ich gar nicht.«

Er fängt meinen Blick im Rückspiegel auf. »Na klar.«

»Hat es dich überrascht? Dass ich dich gefragt habe, ob wir zum Strand fahren?«

»Was ist denn das für eine Frage?« Er öffnet das Fenster einen Spaltbreit und lässt den Wind durchs Auto wehen. »Ich denke gerade nicht an dich. Tut mir leid.«

Ich bedecke meine Wangen mit den Händen. Er soll nicht sehen, dass sie rot sind.

Zu Hause finde ich auf dem Küchentisch einen Klebezettel: *Jemand hat für dich angerufen.* Ich schaue auf mein Handy, das ich lautlos gestellt hatte, und tatsächlich: fünf verpasste Anrufe, drei Sprachnachrichten. Ich ziehe die Schuhe aus und lasse die Schachtel von Dunkin' Donuts auf die Arbeitsplatte fallen. »Mom, ich habe Donuts!« Ich gehe zu ihrem Zimmer und öffne die Tür ein Stückchen. »Donuts«, flüstere ich.

Sie sitzt mit einer Schüssel Müsli auf dem Schoß im Schneidersitz mitten auf ihrem Bett. »Ich habe gehört, dass du heute nicht in der Schule warst.« Sie klopft links neben sich aufs Bett, aber ich bleibe an der Tür stehen.

»Wer hat dir das gesagt?« Ich überlege, ob ich wohl mit Schwindeln weiterkomme. Bei dem, was gerade los ist, hätte ich nicht gedacht, dass sie darauf achten, ob jemand schwänzt.

»Mrs Beagin. Die Schule ruft an, wenn du fehlst, weißt du.« Wieder klopft sie auf die Bettdecke. »Heute Morgen gab es eine Versammlung. Wegen dieses Mädchens.«

Ich gehe langsam über den Teppich. »Sie hat einen Namen.« Ich hocke mich auf die Bettkante, und die alte Matratze sinkt unter mir zusammen.

»Lucy.« Sie hebt den Löffel an die Lippen.

»Ja.«

»Auf dem Anrufbeantworter ist eine Nachricht für dich. Von einem Henry.« Henry ist Robs zweiter Vorname. »Er hat gesagt, es ist dringend.«

»Ich kenne keinen Henry.«

»Er hat gesagt, er wollte Jane anrufen.«

»Muss eine andere Jane sein.«

Sie schaut mich mit diesem ganz eigenen Blick an – als wären mir meine Gedanken auf die Stirn geschrieben, und ich kann zusehen, wie Mom sie liest. »Ich habe übrigens mit deinem Vater gesprochen. Ich soll dir von ihm Entschuldigung sagen.«

Ich wische meine Handflächen an der Bettdecke ab. Sie sind verschwitzt. »Wofür?«

Sie fährt mit einer Hand durch meine Haare und löst mit ihren Fingern die Knoten. Dicht über dem Nacken verhakt sie sich in einem, und der Ruck fühlt sich an, als könnte er mir die Kopfhaut abreißen. »Hat er nicht gesagt.«

»Oh. Warte, ich nehme das.« Ich strecke die Hand nach ihrer Müslischüssel aus, obwohl sie nicht ganz leer ist. Mom gibt sie mir trotzdem, und ich spüre ihren Blick im Rücken, als ich aufstehe und die Tür öffne. Ich schließe sie so schnell hinter mir, dass etwas Milch über den Rand auf meine Socke schwappt, und ich ziehe den Fuß über den Teppich, um die Socke zu trocknen. Im Wohnzimmer merke ich, dass ich mir die Haut am Knöchel komplett abgeschabt habe. Ich berühre das klare Sekret und überlege, was mein Vater sagen würde, wenn er die Sache mit Rob herausfinden würde. Wahrscheinlich nichts. Wenigstens etwas Gutes, das ich über ihn sagen kann. Er hat sich aus meinen Angelegenheiten immer rausgehalten. Vielleicht hatte er auch nur Angst, was er entdecken würde, falls er es nicht tut.

»Was ist das?«, fragt Mom in ihrem Zimmer. Sirenen heulen lauter und lauter. Ich reiße die Gardinen über dem Sofa zurück und sehe gerade noch, wie ein Krankenwagen in die Einfahrt unserer Nachbarin biegt. Sie steht in einem kurzen rosa Kleid, das ihre Knie umflattert, auf der Treppe neben dem Haus, hat eine Hand auf den riesigen Bauch gelegt und stemmt die andere in den Rücken. Als sie einen Schritt weitergeht, sehe ich, dass die Rückseite ihres Kleids nass ist und an ihren Oberschenkeln klebt. Das Baby kommt.

»Was ist los?«, ruft Mom aus dem Schlafzimmer.

Sie trägt grüne Plastikflipflops, schüttelt sie aber aus einem Grund, den ich nicht verstehe, von den Füßen, als einer der Sanitäter zu ihr läuft, um ihre Hand zu nehmen. Er hat eine

Transportliege in die Auffahrt gestellt, aber die will unsere Nachbarin offenbar nicht. Er hilft ihr die letzte Stufe hinunter, dann fällt sie hin, auf Hände und Knie, der Bauch hängt unter ihr. Ich muss an das Video von der Pferdegeburt denken, das uns in Gesundheitskunde gezeigt wurde, an das Blut und die Fruchtblase und das klebrige Heu überall, aber auch daran, wie die Stute nach hinten geschaut hat, als es vorbei war, als könne sie kaum glauben, was sie vollbracht hatte. Unsere Nachbarin hebt den Kopf, und unsere Blicke treffen sich durchs Fenster. Sie öffnet den Mund, ihre Lippen beben, als wollte sie gleich etwas Wichtiges sagen, doch was hervorkommt, ist ein Schrei. Fast taumle ich zurück zum Sofa, aber ich reiße mich zusammen. Ich bleibe.

»Was ist passiert?«, ruft Mom. Das Bett quietscht – sie steht auf. Draußen schließt unsere Nachbarin ruckartig die Augen, aber ich sehe nicht weg. Es geht noch jemand zu ihr, eine Sanitäterin. Sie setzt sich zu unserer Nachbarin, streicht ihr mit dem Handrücken über die Stirn und sagt etwas, das ich nicht höre. Wie es aussieht, wollen die Sanitäter sie wieder reinbringen – der Mann zeigt aufs Haus –, aber unsere Nachbarin schüttelt den Kopf.

»Nichts, Mom.«

Sie öffnet die Tür. »Jane«, sagt sie streng. »Lüg mich nicht an.«

Der Teppich schluckt ihre Schritte, deshalb merke ich erst, dass sie direkt hinter mir steht, als ich den muffigen Geruch ihres ungewaschenen Shirts rieche. Sie umklammert meine Schultern so fest, dass ich ein paar Schritte zurücktaumle, und als sie mich näher zieht, klingelt mein Telefon, unsere Nachbarin stößt einen Schrei aus, und eine zweite, schwache Stimme klingt zum ersten Mal auf und kostet die Luft.

Natalie

Meine Mutter findet ihren Lippenstift nicht.

»Wo ist er?«, fragt sie panisch. Ihre Hand streckt sich über das Gitter ihres Krankenhausbettes und sucht, und die Schläuche, die an ihrem Arm festgeklebt sind, spannen sich. Ich sehe auf dem Monitor, dass ihre Herzfrequenz steigt, wie bei jeder kleinen Unannehmlichkeit heute, von der fehlenden Cola Light bis zu dem Juckreiz, der sich nicht stillen ließ, wie oft ich auch mit der Plastikgabel über ihren Hals kratzte. Das Piepen zusammen mit dem statischen Knistern aus dem Nachbarzimmer erinnert mich an die Einwahlgeräusche eines alten Modems. Ich habe Stunden vor dem AOL Instant Messenger gesessen, aber nur mit Robotern gechattet und ihnen Fragen gestellt wie: *Welches Obst magst du am liebsten?*, und: *Weißt du, dass du nicht echt bist?*

»Mom, hör auf.« Ich greife nach ihrer Hand, die selbst jetzt von ihrer Handcreme mit Rosenduft ganz glatt ist. Sie hat die Krankenschwestern mehrfach gefragt, ob sie auch Maniküren anbieten, was mir so peinlich ist, dass ich mich auf die Toilette verabschiede, bevor ich ihre Antworten hören kann. Ihre Nägel sind in Pflaume lackiert, nur beim Daumen ist der Lack in kreidigen Streifen abgesplittert. Als würde mich so etwas stören, steckt sie den Daumen unter die gekrümmten Finger. Ich habe sie noch nie ungeschminkt gesehen, nicht einmal, wenn sie abends fernsieht in ihrem rosa Seidenpyjama und mit dem Gesicht voller Foundation von Chantecaille, die sie bei Nordstrom Rack im Angebot kauft. Einmal habe ich gehört, wie mein Vater seinen Freunden erzählt hat, dass sie sogar mit Make-up schläft und sich ein Handtuch unterlegt, damit sie ihr Kissen nicht verschmutzt. Sollte ich mir Sorgen machen?, hat er gefragt, es aber so klingen lassen, als wäre es ein Witz.

»Hier«, sage ich, »trink ein bisschen Wasser.« Ich reiche ihr einen der winzigen Plastikbecher, die das Krankenhaus bereitstellt, und sie trinkt zierlich ein Schlückchen. Ich hatte vergessen, wie geschickt meine Mutter mich in die Erschöpfung treiben kann, mit einer Handvoll Bitten und Kommentare kann sie meine Geduld zum Bröckeln bringen, wie ein Bildhauer die scharfen Kanten eines Marmorblocks abschlägt. Eine echte Künstlerin, könnte man sagen.

»Ich brauche ihn«, beharrt sie.

Es ist fast ein Uhr nachts. Was sie braucht, ist eine Schlaftablette. Trotzdem gehe ich zum Koffer, einem verkratzten grauen, mittig geteilten Modell, das meinem Vater gehört, schließlich findet meine Mutter wirklich praktische Dinge immer enttäuschend. Auf der Unterseite sind immer noch Eddingstriche, aus dem Sommer, in dem ich in ein Ferienlager geschickt wurde und die Tage bis zu meiner Freilassung gezählt habe. Damals habe ich zum ersten Mal verstanden, warum meine Mutter so viel Wert auf Äußerlichkeiten legt. Die anderen Mädchen hatten riesige Koffer mit Messingschlössern und gesteppte Taschen mit Paisleymuster, in denen Briefpapier mit Namen und Gelstifte in Neonfarben steckten. Mein aufregendster Besitz war ein winziger Handventilator mit Flügeln aus Schaumstoff, den ich allen Mädchen in meiner Hütte unbedingt zeigen wollte. Lass das vielleicht lieber sein, sagte Mona, als wir am ersten Abend in Flipflops, an denen heruntergefallenes Laub klebte, zu den Duschen gingen.

»Ist er da?« Meine Mutter streicht das Seidentuch glatt, unter dem sie ihren nackten Kopf versteckt. Sie hat ihre Tücher an die Metallbeine ihres Beistelltischs geknotet, und jeden Morgen binde ich eine neue Auswahl für sie los. In zwei Tagen wird ihr die linke Brust abgenommen.

»Ich sehe ihn nicht.« Ich ziehe den Reißverschluss ihrer metallicfarbenen Schminktasche auf und entdecke eine überwältigende Anzahl kleiner Tuben und weicher Pinsel, aber keinen Lippenstift. »Du solltest dich ausruhen. Morgen finden wir ihn.«

»Nein, nein.«

Ich schaue auf und sehe, dass ihre Pupillen klein wie Saatkörner sind; sie ziehen sich immer so zusammen, wenn es ihr wichtiger ist, dass etwas gefunden wird, als das gesuchte Teil an sich. Meine Mutter ist eine von sieben Schwestern, das jüngste Kind eines Hummerfischers und einer Sekretärin einer katholischen Schule, und hat früh gelernt, wie weit man mit Beharrlichkeit kommt. Meine Tante erzählt gern die Geschichte, wie sie einmal Festhalten gespielt haben. Kelly (die Älteste) fuhr den Truck der Familie, und die restlichen Schwestern saßen auf der offenen Ladefläche und griffen an jedem Stoppschild nach den Ästen der Bäume am Straßenrand. Dann ging es darum, wer seinen Ast am längsten festhalten konnte, wenn Kelly losfuhr. Normalerweise schafften sie es nicht lange, höchstens ein paar Sekunden, aber bei meiner Mutter sah die Sache anders aus. An diesem Abend war es kalt, und ihre Schwestern hatten ihr zum ersten Mal erlaubt mitzukommen, weil sie kurz zuvor neun geworden war. Neun, da waren sich die Schwestern einig, war ein angemessenes Alter für dieses Spiel. Sie wohnten am westlichen Rand von Nashquitten, der damals noch dichter bewaldet war, und meine Mutter schnappte sich beim ersten Halt den Ast einer Hemlocktanne. Bist du sicher?, fragte Rachel, die mittlere Schwester, weil Hemlocktannen spitze grüne Nadeln haben. Meine Mutter wollte sich beweisen, also nickte sie und packte fester zu. Kelly fuhr los. Die Kleine hatte Mumm, sagt Rachel an dieser Stelle der Geschichte immer. Sie hatte echt Mumm in den Knochen.

Ihren Schwestern zufolge ging meine Mutter mit einem Salto über die Seite der Ladefläche, weil sie den Ast nicht losließ, und als sie auf dem Boden aufschlug, brach der Ast ab. Ihre Schwestern mussten nach ihr suchen, weil sie hinter einem Stechpalmenbusch gelandet war, mit den Beinen über dem Kopf wie mitten in einem Purzelbaum. Beide Hände waren aufgerissen, die Wunden mit Hemlocknadeln übersät. Wir dachten, sie wäre tot, behauptet Kelly. Ich wünschte, ich wäre dabei gestorben, warf meine Mutter einmal ein, als ihre Schwestern die Geschichte beim Osterbrunch so lebhaft erzählten, als wäre sie erst gestern passiert. Alle wurden still.

»Es ist zu spät, um noch mal loszufahren.« Ich zeige aus dem Fenster, wo der Mond über dem Parkhaus steht. »Die Läden haben zu.«

»Bitte deinen Vater darum. Auf der anderen Straßenseite ist ein CVS, das rund um die Uhr geöffnet hat.« Mein Vater sitzt in diesem Moment in unserem Auto und hält sich an einer Tasse Kaffee aus dem Automaten fest. Jeden Tag gönnt er sich zwanzig Minuten Pause. Die restliche Zeit über sitzt er neben meiner Mutter auf einem Klappstuhl, weil der breite Sessel ihn weiter von ihr fernhalten würde. »Er macht das«, sagt sie, jetzt schon bestimmter. Sie hat recht.

Mein Handy vibriert, es brummt auf dem Heizkörper, auf den ich es gelegt habe. Ich weiß schon, dass es eine Slack-

Nachricht vom Gründer ist. In San Francisco ist es erst neun Uhr abends – nicht, dass er sich an irgendwelche traditionellen Zeitvorstellungen halten würde –, also dürfte er gerade damit fertig sein, die Hausaufgaben seines jüngsten Sohns durchzusehen. Einmal habe ich ihm etwa um diese Zeit ein Laptop gebracht, und er bestand darauf, dass ich reinkomme und mir den Aufsatz seiner Tochter über *Mrs Dalloway* anhöre. Sie hatte gerade in Yale ihr Studium begonnen und ihre ersten Semesterarbeiten geschrieben.

Vielleicht ist »bestand darauf« falsch formuliert, immerhin hat er es mir nicht befohlen oder versucht, mich zu überreden. Kommen Sie rein und hören Sie sich den Aufsatz meiner Tochter an, mehr hat er nicht gesagt, dann hat er sich umgedreht, ist ins Haus gegangen und hat einfach angenommen, wie es jeder reiche Mensch tun würde, dass ich ihm folge. Und ich bin ihm gefolgt.

Ich durchquerte eine marmorne Eingangshalle mit einer Flügeltreppe und gab mir Mühe, nicht die riesigen Porträts an den Wänden anzustarren. Ich hatte keine Ahnung, ob die Gesichter Familienangehörigen oder berühmten Leuten gehörten oder einfach Kunst waren, aber die goldenen Rahmen sahen so schwer aus, dass ich in der Mitte der Halle ging, weil ich fürchtete, einer könnte herunterfallen und mir eine Gehirnerschütterung verpassen. Er schaute kein einziges Mal zurück, und während er weitermarschierte, versuchte ich, mich nicht zu genau umzusehen. Der Gründer nahm immer viel zu viel Platz in meinen Gedanken ein, und ich wusste, dass ich jede Einzelheit, an die ich mich erinnerte, säuberlich sezieren würde; ich würde den Preis der Möbel im Wohnzimmer googeln, Rezensionen der Bücher in den Regalen lesen, Freunde auf seinen Fotos identifizieren. Genau wie meine Mutter bin ich fasziniert von einer solchen Art zu leben, die für mich unerreichbar ist, aber für mich ist sie kein Ziel, sie weckt eher anthropologisches Interesse. Der Gründer ist interessant, weil mir weder die vielen Gespräche, die wir führen, noch seine E-Mails, die ich überarbeite, oder die Zimmer in seinem Haus, die ich betreten habe, etwas über ihn als Menschen verraten. Wahrscheinlich opfert man einen beträchtlichen Teil seines Innenlebens, um sich selbst einzureden, dass man auf Innovationen aus ist und nicht auf schändlich viel Geld.

Als wir endlich die Küche erreichten, fühlte ich mich benommen, als wäre ich aus dem tiefsten Schlaf erwacht. Die Tochter saß mit ihrem Laptop am Küchentisch und trat mit den Fersen gegen die Wand hinter sich.

Das ist Natalie, stellte der Gründer vor. Sie hat Englisch studiert.

Das stimmte nicht – ich habe einen Abschluss in Soziologie –, aber für ihn war es alles dasselbe. Ich war nur ein weiteres Mädchen, das keinen Code schreiben konnte.

Ich war der Tochter noch nie begegnet (hatte aber ihre Reisen zur Uni und zurück gebucht und die Unterlagen für ihr Studium zusammengestellt) und hatte erwartet, dass sie diese Information mit Missachtung strafen würde, weil Teenagermädchen mögliche Verbündete oft verabscheuen, vor allem, wenn ihre Eltern sie zu solchen erklären. Stattdessen lächelte sie. Sie war erst vor Kurzem neunzehn geworden – ich hatte im Sommer Monate damit zugebracht, in den umfangreichen Akten der Familie für eine der zahlreichen Collegebewerbungen ihre Geburtsurkunde zu suchen. Es machte mir Sorgen, wie erschöpft sie aussah, aber ich wusste, dass ich daran nichts würde ändern können.

Die Tochter fragte mich, ob ich *Mrs Dalloway* gelesen hätte, und ich sagte Ja.

Ja, ja, sagte der Gründer ungeduldig. Er öffnete einen Kühlschrank, der in die Wand eingelassen war und nichts als übereinandergestapelte Weinflaschen enthielt. Er schenkte sich Rotwein ein und lehnte sich gegen die Küchentheke. Lies es ihr doch mal vor. Sie warfen sich einen Blick zu, der zeigte, wie unangenehm ihr die Situation war, aber er ließ seinen Kopf nach vorn rucken auf eine Art, die ich kannte, es war eine Geste, die sagte: Na los, wird's bald.

Die Tochter räusperte sich und setzte zu einer Analyse von Gender in diesem Roman an. (Ich hatte zufällig gehört, wie der Gründer sich darüber beklagt hatte, dass sie als Hauptfach Frauenforschung belegen wollte, was in seinen Augen ebenso »bedeutungslos und inhaltsleer« war wie der Versuch seiner Nichte, professionelle Influencerin zu werden.) Sie behandelte die Darstellung weiblichen Bewusstseins, die Bedeutung von Clarissas gesellschaftlicher Stellung, die Charakterisierung von Privatsphäre als Grundlage von Unabhängigkeit. Normalerweise kann ich mich nach zwanglosen Gesprächen nicht an solche Einzelheiten erinnern, aber die Situation wirkte nicht zwanglos. Sie wirkte wie ein Test. Wobei sich mir die Frage stellte, wer auf die Probe gestellt wurde: sie oder ich?

Das war wunderbar, sagte ich, als sie fertig war, und bereute es sofort. Der Gründer macht keine Komplimente, auch wenn sie noch so angebracht wären. Er ist der Ansicht, dass Menschen ihre besten Leistungen erbringen, wenn ihre Fähigkeiten infrage gestellt werden.

Ach komm. Er rollte seine geballte Hand über die Küchentheke, bis die Knöchel knackten. Seine Finger waren riesig, so angeschwollen wie gekochte Hotdogwürstchen. Er hat etwas, das in seinen medizinischen Unterlagen, wie ich einmal gesehen habe, als Ganzkörperschwellung bezeichnet wird, und treibt ständig Sport, um den Verursacher seiner Schwellungen auszuspülen. All seine Ärzte behaupten, sie stünden vor einem Rätsel; ein echter Witz, weil der Mann offensichtlich Alkoholiker und passionierter Drogenkonsument ist. Als wir einmal die Letzten im Büro waren, hat er mich betrunken gefragt, ob er aus meinem Bauchnabel Koks schniefen dürfe. Es war so jämmerlich und vorhersehbar, dass ich einfach nur Nein sagte.

Sag ihr deine ehrliche Meinung, Li, drängte er. So nennt er mich, weil er es lustig findet – der Witz soll sein, dass der Name asiatisch klingt, ich aber weiß bin.

Das war nicht gelogen. Ich fand es wirklich wunderbar.

Das ist das Problem mit euch beiden. Ihr sagt nicht, was ihr tatsächlich denkt. Er riss seiner Tochter den Aufsatz aus der Hand. Was sagt das denn aus? Das ganze Ding ist verschissen zaghaft. Triff doch mal eine richtige Aussage, verdammt. Mit einem bestrumpften Zeh drückte er auf den Hebel des Abfalleimers und warf den Aufsatz hinein. Dokumente mit dramatischer Geste wegzuwerfen gefiel ihm. Einmal habe ich gesehen, wie er dasselbe mit der staatlichen Ankündigung seiner Steuerprüfung gemacht hat.

Ich hätte gern etwas zu seiner Tochter gesagt, aber was? Es tut mir leid, dass dieser Mann dein Vater ist, es tut mir leid, dass dich nicht jeder verstehen wird, von dem du es dir erhoffst, es tut mir leid, dass ich hier stehe und überlege, was mir alles für dich leidtut, statt irgendetwas zu tun, um dir zu helfen?

Die Tochter zeichnete mit ihrem Finger einen Wirbel in der erstaunlich glänzenden Tischplatte nach. Interessiert es dich, fragte sie nach einem Moment und schaute auf, dass ich dich hasse? Und dass dich die meisten Menschen hassen, die dich kennen?

Ich drückte mich mit dem Rücken gegen die Wand. So sprach niemand mit ihm. Mein Puls pochte unter meiner Zunge.

Ich hatte den Gründer noch nie so völlig und so offenkundig fassungslos erlebt. Er bildet sich etwas darauf ein, dass er jede Situation aus unerwarteten Perspektiven betrachtet und dass er durch seine unkonventionelle Denkweise schon jede Idee, die man ihm vorstellt, angedacht und verworfen hat. Er schwenkte seinen Wein mit solchem Schwung, dass er fast aus dem Glas geschleudert wurde. Ich treibe dich lieber zu Höherem an, auch wenn es dir unbequem ist, als bequeme Mittelmäßigkeit zu akzeptieren, sagte er.

Die Tochter stand auf und drückte ihr Laptop an die Brust. Was soll das überhaupt heißen, Dad? Sag doch einfach, dass du nichts lieben kannst, was nicht deinen Vorstellungen entspricht.

Ich konnte hören, wie mein Atem pfeifend aus meiner Nase entwich.

Sie verschwand den Flur hinunter, und er trank seinen Wein mit einem großen Schluck aus und stellte das Glas klappernd auf den Tresen. Während sie mit nackten Füßen die Treppe hinaufpolterte, standen wir schweigend da.

Ihre Mutter und ich lassen uns gerade scheiden, sagte er zu dem Tisch, an dem seine Tochter gesessen hatte. Wir starrten beide beflissentlich geradeaus. Es ist eine schwere Zeit für sie.

Natürlich.

Sie ist wie ich, sagte er und rieb sich das Kinn. Genauso stur. Das führt zu … Unstimmigkeiten.

Klar.

Und sie ist blitzgescheit. Ich meine, du hast den Aufsatz ja gehört.

Habe ich.

Er öffnete den Abfalleimer. Erzähl im Büro nicht, dass du in meinem Haus warst, sagte er. Er holte die Blätter heraus, an einer Ecke waren sie mit Kaffeesatz verschmiert.

Mache ich nicht.

Du kannst sagen, dass du *vor* meinem Haus warst. Um mir das Laptop zu bringen. Das ist in Ordnung.

Ist gut.

Ich lege großen Wert auf meine Privatsphäre.

Verstehe ich.

Er kicherte, wie ich es noch nie gehört hatte, als würde er sich tatsächlich über etwas amüsieren. Er wedelte mit dem verschmutzten Papier vor mir herum. Das wirst du nie verstehen.

Meine Mutter dreht den Kopf hin und her. »Was brummt da so?«, fragt sie. »Ist das Kathy? Ich will nicht mit ihr reden.«

Ich öffne Slack. Der Gründer will wissen, ob die neuen Snacks für die Büroküche schon bestellt sind und ob ich mit unserem Internetprovider über eine Aufstockung unseres Vertrags gesprochen habe. Seine letzte Nachricht lautet: *Das ist kein Urlaub, richtig?* »Nein, es ist nichts«, antworte ich ihr. »Ich besorge dir deinen Lippenstift.«

Das Krankenhaus wirkt wie alle Krankenhäuser, als hätte es ein vollgekokster Architekturstudent extra so entworfen, dass sich die Besucher zwischen den Spritzputzwänden verlaufen. Ich bin seit drei Tagen hier, und die aufgemalten Wegweiser in hellen Farben ergeben immer noch keinen Sinn – ich gehe in Richtung der Cafeteria, nur um zu erfahren, dass ich die

Neurologie betreten habe, mit der Kardiologie um die Ecke, der Pädiatrie den Flur runter, der Traumatologie in der Etage darüber und der Abteilung für Brandwunden da, wo der diagonale Pfeil hinzeigt. »Haben Sie sich verlaufen?«, fragt munter ein Krankenpfleger, der ein Metallwägelchen vor sich herschiebt.

Ich frage ihn, wie ich ins Foyer komme, und er betrachtet mich mit einer Mischung aus Mitleid und Überdruss.

»Der schnellste Weg ist zwei Etagen runter und an der Notaufnahme vorbei.« Er zeigt auf eine Tür und winkt dann mit seinem Finger nach links. »Achten Sie gar nicht auf die Wegweiser.«

Ich öffne die Tür, auf die er gezeigt hat, und steige ins Herz des Krankenhauses hinab, das nach künstlicher Zitrone und mit Bleiche weggeputztem Erbrochenen riecht. Meine Schritte hallen endlos wider, die Geräusche dringen weiter, als ich sehen kann. Ich begegne niemandem.

Bevor ich die Notaufnahme betrete, höre ich sie schon – geblaffte Namen übertönen langgezogenes Stöhnen und leise Gespräche. Ich komme im Flur neben dem Empfang heraus, wo eine Krankenschwester mit einem Klemmbrett in der Hand ihren Blick über die Stuhlreihen schweifen lässt. Eine Frau in einem Dolly-Parton-Shirt voller Glitzersteinchen sieht aus, als wollte sie mit einer Rückenlehne bei sich selbst das Heimlich-Manöver durchführen, und ein Junge mit einer Red-Sox-Baseballmütze drückt blutigen Mull auf seinen Unterarm. Die Krankenschwester scheint keinen von ihnen zu bemerken.

»Kann ich Ihnen helfen?«, fragt sie. Bevor ich antworten kann, hat sie eine Hand über meinen Kopf gehoben. »Hallo!«, ruft sie. »Sie da!«

Ein Mann, etwa so alt wie mein Vater, steht vor der Drehtür, sein aufgerissener Mund erinnert an eine Höhle. Als ich ihn ansehe, passiert etwas, das mir erst einmal im Leben passiert ist: Ich höre ihn schreien, bevor er es tatsächlich tut.

Vor sechs Monaten stand ich in der U-Bahn-Haltestelle am Civic Center und wartete auf die Bahn. Es war Nachmittag, fast drei Uhr, und ich aß einen Müsliriegel mit Blaubeeren, den ich ganz unten in meiner Handtasche gefunden hatte. Auf dem Bahnsteig war nicht viel los; außer mir war nur eine andere Frau da und ein Mann, der an der gelben Sicherheitslinie auf und ab lief. In einiger Entfernung tauchten zwei Lichter auf, und durch die Lautsprecher wurde ein Zug angekündigt. Ich trat vor und sah, wie der Mann beide Arme an die Brust drückte – zu einem X geformt wie beim Fallschirmspringen – und einen Satz machte. Seine 49er-Baseballmütze war zu groß, sie flatterte davon wie ein Blatt. Aber als ich den Kopf drehte und mich überzeugen wollte, dass es wirklich geschehen war, lief der Mann immer noch auf dem Bahnsteig auf und ab. Er wird springen, sagte ich zu der anderen Frau, die jetzt neben mir stand. Was?, fragte sie. Ich klang wohl hysterisch, denn sie ging ein paar Schritte weiter und setzte ihre Kopfhörer auf. Er –, versuchte ich ihr zuzurufen. Und dann passierte es.

Im Wartezimmer bin ich nicht die Einzige, die einen Blick in die Zukunft werfen kann. Alle drehen sich um, und obwohl der Mann immer noch den Mund zu einem stummen O aufgerissen hat, hält eine Mutter ihrer Tochter die Ohren zu, ein Mann beißt in seinen Hemdkragen, und die Frau mit dem Dolly-Parton-Shirt hält über den Stuhl gebeugt inne.

Als sein jammervoller Schrei kommt, spüren wir ihn in den Zähnen. Er klingt, als würde etwas aufplatzen, das kein Faden mehr zunähen kann. Wie etwas, das zu einer Narbe wird. Wir sehen einander an und denken: Ich werde keinen von euch je wiedersehen.

Der Mann schiebt sich eine Hand in den Mund, er stopft sie hinein, bis die Knöchel hinter seinen hervorstehenden Zähnen verschwinden. Immer noch versucht er zu schreien. Speichel läuft an seinem Handgelenk hinunter und tropft auf den Boden.

Niemand rührt sich.

»Wollen Sie nichts unternehmen?«, fragt jemand. Als die Krankenschwester mich anstarrt, wird mir klar, dass ich gesprochen habe.

»Wahrscheinlich ein Obdachloser«, sagt sie, aber ihre Stimme zittert. »Wo sind die Sicherheitsleute?«

»Weiß ich nicht«, sage ich. »Ich arbeite hier nicht.«

»Ist mir schon klar«, fährt sie mich an und beugt sich zu der Rezeptionistin. »Sally, pieps Nathan an.« Sie durchkramt mehrere Schubladen. »Wo ist das Narcan?«

Der Mann sackt vornüber, ohne hinzufallen. Er nimmt die Hand aus dem Mund, würgt und schnappt nach Luft wie ein an Land gezogener Fisch. Ich reiße den Blick los.

Der Raum wirkt plötzlich wie aus Wasser. Die Ränder des Notausgangsschilds wabern, der gesprenkelte Fliesenboden wogt, die Gesichter der Menschen verlaufen wie Farbe. Ich versuche, mich auf das Schwarze Brett neben mir zu konzentrieren, mit seinem Poster für die *Selbsthilfegruppe für Krebspatienten* und dem Flyer *Blut gegen Brötchen* für eine Blutspendeaktion, aber die Worte wirken unecht und hohl.

»Fehlt Ihnen was?«, frage ich den Mann. Meine Füße schlurfen auf ihn zu, mein offener Schnürsenkel springt bei jedem Schritt. Ich fühle mich wie ein Ballon, der im Fleisch und Blut meines Körpers auf und ab hüpft.

Er schaut zu mir auf, sein Blick ist so glasig, als wären seine Augen von einem Film überzogen. »Wo ist Lucy?«

»Das weiß ich nicht«, antworte ich. Er hält die Hände gekrümmt an die Brust und zerrt am Kragen seines T-Shirts.

»Warum wissen Sie das nicht?« Er tritt einen Schritt näher. »Wo ist sie?«

Aus dem Augenwinkel sehe ich die Krankenschwester am Telefon, sie redet so schnell, dass sie sich verhaspelt. Der Mann ist einen weiteren Schritt näher gekommen, da stürzt eine Frau durch die Drehtür. Sie läuft zu ihm, ihr dürftig gebundener Pferdeschwanz schlägt gegen ihr Rückgrat und löst sich weiter. Das Haargummi fällt herunter und springt bis vor meine Füße, als die Frau stehen bleibt und die Haare sich über ihre Schultern breiten. Ich überlege, ob ich etwas sagen sollte.

»Herrje, Charlie!« Sie packt ihn an den Armen und zieht ihn zurück. Ich berühre das Haargummi mit der Spitze meines Turnschuhs. »Was machst du denn für einen Mist?«

»Die hat gar keine Ahnung«, sagt er und zeigt auf mich. »Sie ist zu nichts zu gebrauchen.«

Das ist etwas, das der Gründer sagen würde – das er schon gesagt hat –, und trotz allem spüre ich den Drang, mich zu verteidigen. Aber mein Mund ist so trocken, dass ich keine Worte formen kann.

Eine Hand legt sich an meinen Ellbogen. »Alles in Ordnung, Ma'am, alles in Ordnung«, flüstert ein Mann. Er riecht nach Menthol, und als ich den Kopf nach ihm drehe, sehe ich, dass er ein weißes Hemd mit dem Stoffabzeichen des Sicherheitsdienstes auf dem Ärmel trägt.

»Ich muss los«, sage ich zu ihm.

»Geht es Ihnen gut? Sie zittern ja.«

»Reiß dich zusammen«, sagt die Frau zu dem Mann. »Wir

wissen beide, dass es wahrscheinlich nur ein Krampfanfall war.«

»Wie wäre es mit etwas Wasser?«, fragt der Sicherheitsmann.

»Wir wissen gar nichts«, sagt der Mann. Plötzlich wird sein Blick klar, als wäre er aus einem Tagtraum aufgeschreckt. »Sie hat jetzt eine Kamera, wusstest du das?«

Die Frau berührt ihren Hals, mit gekrümmten Fingern tastet sie nach ihrem Haargummi. Ich versuche, es mit einem Tritt zu ihr zu befördern, aber das Gummi dreht sich nur auf die andere Seite und ist ihr nicht näher als vorher. »Nein, hat sie nicht.«

»Doch, hat sie.«

»Setzen Sie sich wenigstens«, sagt der Sicherheitsmann zu mir.

Die Doppeltüren am anderen Ende des Raums schwingen auf, und eine neue Krankenschwester kommt herein. Ihre schwarzen Clogs quietschen auf dem Boden. »Hast du sie ihr gekauft?«, fragt die Frau. Sie ist wütend. »Solche Sachen müssen wir zusammen entscheiden, das habe ich dir schon mal gesagt.«

Der Mann streckt ihr die leeren Hände entgegen. »Ich habe keine Ahnung, woher sie das Ding hat.«

Die Krankenschwester bleibt vor dem Paar stehen. Sie hält ein Klemmbrett in der Hand, an dessen Metallspange mit einem verschlissenen Faden ein Stift befestigt ist. »Reden wir doch, wo wir ungestört sind«, schlägt sie vor, und sie eilen an mir vorbei zurück durch die Doppeltüren. Das Parfüm der Frau steigt mir in die Nase, ich atme kräftig aus, um den Geruch loszuwerden. Künstlicher Lilienduft und etwas Moschusartiges, wie nasses Holz.

»Ich muss los«, sage ich wieder zu dem Sicherheitsmann, der mich zu einem Plastikstuhl neben dem Schwarzen Brett führen will.

»Sie müssen erst mal richtig durchatmen«, widerspricht er.

»Sie müssen aufhören, mir zu sagen, was ich tun soll«, sage ich, und weil ich von diesen ganzen Anweisungen die Nase voll habe, gehe ich eilig durch die Automatiktüren der Notaufnahme, obwohl der Sicherheitsmann mir nachruft, das sei die falsche Richtung.

Im CVS beruhige ich mich, indem ich einem Deo von Secret Shower Fresh die Kappe abziehe und den Geruch von Baumwollextrakt einatme. Dieses Deo benutze ich, seit ich zehn war, als meine Mutter mir nach einem Fußballspiel sagte, ich würde nach Angst riechen.

Draußen hat es geregnet, und jetzt tropft Wasser von meinem Pony auf meine Wangen. Der Gang mit dem Make-up liegt verlassen da. Tatsächlich ist der ganze Laden leer bis auf einen Teenager vor den Kondomen und Gleitgels, die unerklärlicherweise neben einem Regal mit Nagellack platziert sind. Seine Haare sind hochgegelt, und sein Kinn ist geschwollen von der Art Akne, die Narben hinterlässt. Er erinnert mich an den Jungen, der mich nach dem Vorfall in der U-Bahn zum Bus begleitet hat. Die Polizei hatte den ganzen U-Bahnhof abgesperrt und einen Bus gerufen, der uns zu unseren Zielorten fahren sollte. *Bitte bleiben Sie ruhig*, forderten die Lautsprecher uns auf. Ich saß auf einer Metallbank und hatte den Kopf in die Hände gestützt, als der Junge mir auf die Schulter tippte. Ich glaube, wir müssen gehen, sagte er. Ich verstand nicht, woher er gekommen war, und starrte ihn nur stumm an. Also, nach oben, erklärte er.

Er nahm meinen Arm und half mir aufzustehen, und ich weiß noch, wie weich sich der Ärmel seines Sweatshirts angefühlt hat. Er redete auf der Rolltreppe mit mir, und ich fragte mich, warum der ganze Bahnsteig unter uns leer war, und dann dachte ich: Ach ja. Er führte mich zur Straße, wo ein weißer Bus am verschrammten Bordstein wartete. Kommst du nicht mit?, fragte ich, als er nicht mit mir einstieg. Ich muss in die andere Richtung, sagte er und zeigte mit dem Daumen hinter sich. Alles Gute.

Und dann schlossen sich die Türen, und wir fuhren los.

Ich gehe in die Hocke und sehe mir die Lippenstifte an. Zur ewigen Enttäuschung meiner Mutter benutze ich kein Make-up. Aber du kannst jetzt Kajal tragen, sagte sie mir, als ich dreizehn wurde und damit offiziell die Schwelle zum Teenagersein überschritt, das richtige Alter, wie sie und mein Vater fanden, für echte gepolsterte BHs und den Make-up-Tresen bei Macy's. Ich zeige es dir, drängte sie, aber ich sagte ihr, durch Kajal würde man schnell Bindehautentzündungen bekommen, die zu der Zeit an unserer Schule die Runde machten. Das stimmt gar nicht, sagte sie und erklärte lang und breit, dass Make-up eine Form von Kunst und Selbstdarstellung sei, aber ich hörte nur mit halbem Ohr zu.

Ich entscheide mich für einen roten Lippenstift in einer goldenen Hülle. Er steht genau in der Mitte, und ein Aufkleber zeigt, dass er im Angebot ist.

»Ein sehr schöner Farbton«, lobt mich die Kassiererin, als ich bezahle. Sie ist stark geschminkt, ihre Augenbrauen sind aufgemalt, und an den kleinen Härchen an ihren Mundwinkeln klebt Foundation. »Ihr Mädchen habt wirklich Glück«, sagt sie.

»Welche Mädchen?«, frage ich.

»Sie wissen schon.« Sie gibt mir mein Wechselgeld. »Die, die sich kaum anstrengen müssen.«

»Was ist das?«, fragt meine Mutter, als ich ihr den Lippenstift gebe. »Das ist Tomatenrot.«

»Solltest du nicht schlafen?«, kontere ich.

Mein Vater ist aus dem Auto zurückgekehrt, er wirft mir von seinem Stuhl aus einen Blick zu, der sagt: Sei nett.

Mom dreht an der Hülle, und der Lippenstift fährt in die Höhe wie eine ausziehbare Zeltstange. Ohne erst gebeten werden zu müssen, nimmt mein Vater einen Taschenspiegel vom Nachttisch. Er hält ihr den Spiegel vors Gesicht, und sie beugt sich vor. Draußen steht die Krankenschwester, ihre Silhouette fällt dunkel auf das Milchglasfenster. Drinnen trägt meine Mutter Farbe auf. Mein Vater wartet. Ich sehe zu.

Um mich herum ist alles schwarz: schwarz wie zerbrochene Kohle, schwarz wie ein Tintenklecks, schwarz wie nichts. Ich blinzle und versuche, meine Umgebung klarer zu sehen, aber meine Augen finden keine einzige Schattierung in der Dunkelheit. Ich frage mich, ob das der Tod ist: Unentwegt nach Vertrautheit zu suchen, die es nicht mehr gibt. Plötzlich verfliegt die Dunkelheit, grelles Licht dringt ein. Diese Helligkeit hat etwas Feindseliges an sich, wie blendendes Sonnenlicht, und ich kneife die Augen zusammen. Als ich sie wieder öffne, starre ich in das Taschenlampenlicht vom Handy meines Vaters. »Du hast im Schlaf gesprochen«, flüstert er. »Ich dachte erst, es wäre deine Mom, aber ich wollte nicht das Licht anmachen.«

Die Vorhänge sind zugezogen, aber sie sind dünn, Mondlicht dringt hindurch und fällt auf meine Mutter. Ihr Kopfkissen und ihre Wange sind mit Lippenstift verschmiert.

Morgen früh wird sie entsetzt sein und uns die Schuld dafür geben. Hättet ihr es nicht wegwischen können?, wird sie sagen. Als würden wir sie nicht lieb haben, wenn wir nicht richten, was sie verbockt.

»Du hast immer wieder Lucy gesagt.« Er nimmt meine Hand. »Wer ist das?«

Ich reibe mir die Augen – es sticht. Meine Kontaktlinsen sind noch eingesetzt, und sie sind auf meinen Augen zu Glas getrocknet. »Niemand.«

Nach dem Vorfall in der U-Bahn habe ich zum ersten Mal eine Therapie gemacht – so nannte meine Therapeutin es, einen *Vorfall*, als könnte das Wort *Selbstmord* einen psychischen Zusammenbruch auslösen. Ich war nur da, weil meine Versicherung es bezahlte und meine Mitbewohnerin behauptete, meine Stimmung würde »die Vibrationsenergie unserer Wohnung dämpfen«. Verstört Sie bei dem Vorfall, was Sie gesehen haben, oder was Sie nicht gesehen haben?, fragte sie. Ich hatte keine Ahnung, was sie meinte, und sagte es ihr. Sie haben gesehen, wie ein Mann die folgenreichste Entscheidung seines Lebens getroffen hat, erklärte sie, aber Sie kennen nicht den Hintergrund dieser Entscheidung und werden ihn nie erfahren. Wir begegnen ständig anderen Menschen auf ihrem Weg, aber es kann verwirrend sein, diese Nähe mit der Undurchschaubarkeit ihrer Entscheidungen zu vereinbaren.

Undurchschaubarkeit fremder Entscheidungen wäre ein guter Name für eine Band, war meine Antwort.

Nein, wäre es nicht. Sie schrieb etwas auf den gelben Notizblock auf ihrem Schoß. Aber Vermeidung von Verletzlichkeit zur Wahrung emotionaler Ausgeglichenheit wäre es.

»Du musst zu schwer arbeiten«, sagt Dad. »Mit deinem Chef würde ich gern mal ein oder zwei Wörtchen reden.«

»Ich bin erwachsen. Du kannst mich nicht vor meinen eigenen Entscheidungen beschützen.«

Er grummelt etwas Unverständliches, dann legt er in seiner typischen Geste elterlicher Sorge eine Hand ans Kinn und betrachtet mich kummervoll mit leicht schief gelegtem Kopf. »Ich weiß.« Er ringt sich ein Lächeln ab. »Dazu bist du selbst bestens in der Lage.«

Mir kommt der Gedanke, dass ich in den Augen meines Vaters nicht in der Lage bin, jemandem wehzutun, auch mir selbst nicht. Ich gähne, und er drückt mir den Autoschlüssel in die Hand.

»Fahr lieber nach Hause, Schätzchen«, sagt er. »Pass auf dich auf.«

Als ich durchs Parkhaus gehe, schreibt der Gründer mir. *bekommst du meine nachrichten?*, will er wissen, und ich habe mir zwar angewöhnt, nicht emotional zu reagieren, egal, was er tut, aber ich bin auch erschöpft nach meinem unterbrochenen Traum, verspannt vom Sitzen auf dem Krankenhausstuhl, meine anstehende Periode verursacht mir Krämpfe, der Mann in der Eingangshalle hat vielleicht Lucy verloren, der Mann in der U-Bahn konnte das Leben nicht mehr ertragen, und meine Mutter in dem eiterfarbenen Krankenhaus hinter mir wird vielleicht sterben. Ich trete gegen die Autotür, ohne eine Spur zu hinterlassen. *was glaubst du wohl?*, schreibe ich zurück. Was ich bereuen werde, das weiß ich jetzt schon.

Als ich am nächsten Morgen in meinem alten Kinderzimmer aufwache, fühle ich mich, als würde mir jemand sein Knie auf die Brust drücken. Das Gefühl wird stärker, als ich die wackligen Bücherstapel aus der Collegezeit entdecke, die Ringordner unter der Kommode, das Bücherregal mit chronologisch sortierten Tagebüchern, die so vollgestopft sind mit den Einzelheiten des Alltags, dass man meinen könnte, die Autorin hätte ihrer Heiligsprechung entgegengesehen. Das Mädchen, das in diesem Zimmer gelebt hat, wollte eindrucksvolle Dinge tun, die etwas bewirkten – sie beschrieb sich selbst als »zielorientiert« und »ambitioniert«. Wenn ich jetzt an sie denke, wirkt sie so grundlegend anders als mein heutiges Ich, als wäre ich nur versehentlich ihre Nachfolgerin.

Ich stehe auf und strecke mich, halte den Kopf unter den Wasserhahn, kneife die dünne Haut unter meinem Schlüsselbein zusammen. Nichts hilft. Ob existenzielle Angst in der Kehle stecken bleiben kann wie eine nicht richtig geschluckte Tablette? Wird der Verstand der endlosen Sorgen, die durch ihn hindurchwirbeln, irgendwann überdrüssig und lagert sie in den Körper aus, wo sie sich zumindest als etwas Greifbares ausprägen können, etwa als verspannte Muskeln oder ein geschwollenes Knie?

Vielleicht leide ich unter Koffeinentzug.

Ich gehe nach unten, um Kaffee zu kochen, und da steht Mona vor dem offenen Kühlschrank. Mona gehört zu meinem alten Ich, das sie witzig und chaotisch fand und im genau richtigen Maße gemein. Ich bleibe in der offenen Tür stehen und warte, bis sie sich umdreht.

»Ach du Scheiße«, sagt sie, als sie endlich den Kühlschrank zumacht. »Hallo, hi.« Sie sieht gut aus – sie hat eine karierte gelbe Hose an, die bei mir unmöglich wäre, und trägt ihre Haare auf diese typische Art von reichen Leuten, bei der die Strähnen aufgemalt werden statt mit Folie abgeteilt. Meine Mom hat es letztes Jahr so machen lassen, als Geschenk von meinem Dad. »Ich habe nur eine Lasagne gebracht«, sagt sie, beinahe nervös, als hätte ich sie beim Klauen erwischt.

»Wir haben euren ganzen Kühlschrank gefüllt.« Sie lacht unnötig.

Ich stelle mich vor sie, um Kaffee zu kochen. Meine Anwesenheit scheint sie zu verunsichern, aber ich weiß nicht, warum. Vor mir hat nie jemand Angst. Es ist ein schönes Gefühl. »Wie geht es dir?«, frage ich.

Zum letzten Mal haben wir miteinander gesprochen, als ich beschlossen hatte, meine Stelle anzunehmen – vor fast genau zwei Jahren. Ich konnte weiterstudieren und den Opioidkonsum in Fischerorten in Massachusetts untersuchen, oder ich konnte als bessere persönliche Assistentin eine fast sechsstellige Summe verdienen. Meist schrieben wir nur Mails, aber ich hatte das Gefühl, dass diese Entscheidung einen Anruf wert war, auch wenn Telefone bei ihr Beklemmungen auslösten, über die sie sprach wie über eine grauenvolle Krankheit. Ich weiß noch, wie ich auf der Kante meines extralangen Einzelbetts saß, in der Hand ein Edible, das mir eine meiner Mitbewohnerinnen gegeben hatte, und hörte, wie den Flur hinunter die Bierflaschen beim Vorglühen klirrten.

Stirbst du?, fragte sie. Du weißt doch, was überraschende Anrufe mit meinem Blutdruck machen.

Findest du, ich verkaufe mich? Wenn ich den Job annehme?

Ich hörte ein feuchtes Schmatzen und wusste, dass sie auf ihrer Unterlippe kaute. Bei unseren Analysisprüfungen war es so schlimm geworden, dass der Arzt ihr eine Beißschiene verschrieb. Ich glaube, mit zweiundzwanzig kann man das nicht, sagte sie. Ich meine, was könntest du überhaupt verkaufen?

Eine Seele.

Großer Gott. Du hast recht, du solltest lieber ins Kloster gehen.

Bist du betrunken? Du klingst so.

Nein, ich genieße nur diesen kurzen Moment im Leben, in dem ich jung und heiß bin und doch schon klug genug, um Walter Benjamin zu zitieren.

Ich weiß nicht, wer das ist. Im Flur hinter mir ertönten Schritte, was bedeutete, dass das Vorglühen beendet war. Jetzt konnte der Abend richtig anfangen.

Alles menschliche Wissen nimmt die Form der Interpretation an!

Ist das ein Ratschlag, oder zitierst du deinen toten Typen? Ich nehme mal an, dass er tot ist.

Oh ja, ist er. An ihrem Ende raschelte und federte etwas. Sie warf sich zu gern bäuchlings auf ihr Bett wie ein theatralischer Wal. Ich meine, ich weiß nicht, was du von mir hören willst, Nat. Geld ist Geld. Moralvorstellungen sind nur etwas, das man vorgibt zu haben, bis es zu schwer wird, sich an sie zu halten.

Ich glaube, so was Deprimierendes hast du noch nie gesagt.

Eine Tür wurde geöffnet, lebhaftes Gerede. Nat, ich muss gehen, Alice hat sich auf ihre Lieblingsslipper übergeben. Geh los und rette die Welt! Irgendwer muss es ja machen.

Und das war der letzte Abend meines alten Ichs.

Sie setzt sich an den Küchentisch, auf dem sich zusammengelegte Bettwäsche stapelt, und spielt mit der Ecke eines Spannbettlakens. »Ach, mir geht's gut. Alles beim Alten.«

Laut meiner Mutter, die alles weiß, was in dieser Stadt passiert, bewirbt Mona sich für ein weiterführendes Studium, was für mich völlig unsinnig klingt. Nach ihrem Abschluss in Englisch war sie so übersättigt, dass sie vorschlug, neben jedem Buch sollte eine praktische Fähigkeit auf dem Lehrplan stehen. Etwa: Lest *Hamlet*, schließt eine Deckenlampe neu an.

»Willst du Kaffee?«, frage ich. »Trinkst du überhaupt Kaffee?« Sie hat lange komplett auf Koffein verzichtet, weil das gegen ihre Angstzustände helfen sollte. Dann hat sie eine Kommilitonin kennengelernt, die Xanax verkauft.

»Wenn es dir keine Mühe macht. Mittlerweile finde ich Koffein ganz geil.« Sie ahmt mit einer Hand nach, sie würde aus einer Tasse trinken, und mit der anderen, sie würde einen Blowjob geben.

Ich hatte vergessen, wie ermüdend es mit jemandem ist, der glaubt, den anderen zu unterhalten und eine Verbindung zu ihm aufzubauen wären dasselbe. Ich drehe ihr weiter den Rücken zu, während ich das Kaffeepulver abmesse. Sie strahlt eine Erwartungshaltung aus, wahrscheinlich aus einem Bedürfnis nach Katharsis heraus oder vielleicht nach Vergebung. In dem Sommer, als wir zwölf waren, stand sie ein paar Wochen, nachdem wir aus dem Ferienlager zurückgekommen waren, neben unserem Briefkasten und rang die Hände. Ich wusste gar nicht, dass du kommen wolltest, sagte ich.

Ich dachte, ich schaue mal auf einen Sprung vorbei, sagte sie, eine Formulierung ihrer Mutter.

Was ist los?

Es war so heiß, dass die Wärme in schimmernden Wellen von der Straße aufstieg. Es wäre nur total nett, wenn du, äh … Sie kratzte sich mit allen fünf Fingern am Hinterkopf. Wenn du meinen Eltern einen Brief schreiben könntest, sagte sie.

Was für einen Brief?

Na ja, einen Dankesbrief.

Monas Eltern hatten das Ferienlager für mich bezahlt. Sie hatten sogar darauf bestanden – sie wollten eine »Bereicherung schenken« und auch eine Gelegenheit, um »Seilschaften zu bilden«, wenn ich mich recht entsinne. Ich wollte nicht mal mitfahren – Mona hatte mir erzählt, dass die Badezimmer nicht in der Hütte waren, sondern in einem Gebäude am anderen Ende der Wiese –, aber meine Eltern fanden, es wäre eine »besondere Gelegenheit für meine Entwicklung«. Als ich ihnen sagte, ich wisse schon, wie man Freundschaftsbändchen knüpft, ignorierten sie mich.

Haben deine Eltern den Wein nicht bekommen?, fragte ich. Nach unserer Rückkehr hatten meine Eltern sich den Kopf zerbrochen, welche Flasche sie zu ihrer Dankeskarte und dem Dankesgeschenk auswählen sollten, eine Keramikschale genau wie unsere, die Monas Mutter einmal bewundert hatte. Wir waren fast eine Stunde lang in dem Weinladen und begutachteten eine verstaubte rote Flasche nach der anderen – es herrschte Uneinigkeit, welche Art von Wein gekauft werden sollte. Als ich fragte, ob wir gehen könnten, sagte Mom, ich müsse eine bessere Botschafterin für unsere Familie werden.

Etwas von dir, brachte Mona kieksend heraus. Etwas von dir wäre nett.

Mein Lid zuckte wie sonst, wenn Mom böse auf mich war und ich nicht verstand, was ich falsch gemacht hatte, wenn ich etwa der Tochter ihrer Freundin nicht mein Zimmer zeigen wollte oder bei Tisch las, wenn wir meine Cousins besuchten. Ich habe die Karte unterschrieben, sagte ich.

Mona schaute sich um, als hoffte sie, jemand würde kommen und sie erlösen von ihrer Aufgabe, Dankbarkeit einzutreiben. Ja, ich glaube, sie hätten gern was von dir, weißt du. Von dir allein.

Mich überkam der urtümliche Drang, Mona in den Schritt ihrer Jeansshorts zu treten. Es hätte sich perfekt gefügt: Ich wusste, dass sie ihre dritte Periode überhaupt hatte, und dass sie gerade erst angefangen hatte, Tampons zu benutzen, was hieß, sie hätte Panik bekommen, dass mein kräftiger Tritt den Pampex Pearl für alle Zeiten in ihrem Becken versenkt hätte, weil sie Mona war und ein so sorgenfreies Leben hatte, dass sie ihre Ängste an unmöglichen, ausgedachten Situationen festmachte. Sie wäre vor Schmerzen auf dem heißen Gehweg auf die Knie gefallen, eine Hand in der Unterhose, um nach dem garantiert verschwundenen Rückholbändchen zu tasten, die andere zur Faust geballt aus Wut über meine übermächtigen Sneaker.

Aber natürlich tat ich es nicht. Vor allem, weil ihre Mutter es erfahren hätte und mir zwar egal war, was Monas Mutter von mir hielt, aber meiner Mutter nicht. Und was ich machte, war nie allein meine Sache, es spiegelte immer wider, was meine Mutter mir beigebracht hatte oder eben nicht. Tut mir leid, sagte ich, nachdem ich sicher eine halbe Minute lang durch zusammengebissene Zähne geatmet hatte. Ich bastle ihnen eine Karte.

Jetzt gieße ich in der Küche für sie Kaffee in den Thermobecher meiner Mutter, der Getränke stundenlang brühend heiß hält. »Schwarz?«, frage ich.

»Mit einem Schuss Milch, wenn es dir nichts ausmacht. Diesen veganen Mist mache ich nicht mehr.« Ich werfe einen Blick auf den Kühlschrank, und sie steht sofort auf. »Ich hole sie.« Sie muss die Fächer lange durchstöbern. Was direkt vor ihrer Nase war, konnte sie noch nie gut sehen. »He, ich will nicht nerven«, sagt sie, den Kanister halbfetter Milch endlich in der Hand, »aber ich glaube, du hast mich zugeparkt.«

Ich werfe einen Blick aus dem Küchenfenster. Als ich letzte Nacht so spät nach Hause gekommen bin, war ich so müde, dass ich ihren Camry in der Auffahrt kaum bemerkt habe – mein Vater war früher Mechaniker und repariert im Notfall immer noch Autos für seine Kumpel, deshalb nahm ich an, der Wagen würde einem von ihnen gehören. Ich habe mich kurz gewundert, warum er diagonal geparkt ist, und mich ganz an den Rand gestellt, damit der Fahrer leicht zurücksetzen kann. Es ist reichlich Platz, um auf die Straße zu fahren und loszurasen. »Ich fahre ihn gern weg«, sage ich zu ihr. »Du sollst hier ja auf keinen Fall festsitzen.«

Als der Kaffee fertig ist und das Auto meines Vaters parallel zum Gehweg steht, setzen wir uns auf die Veranda hinter dem Haus. Es regnet immer noch, Wasser strömt von unserer gestreiften Markise, das Meer vor uns hat die Farbe von mattem Stahl.

»Was ist da passiert?«, fragt Mona und zeigt auf einen Abschnitt der Ufermauer, von dem nur sonnengebleichter Schutt übrig ist. »Colleen?«

Ich nicke. Colleen ist der Schneesturm, der im letzten Winter durch die Stadt fegte, er peitschte die Wellen so heftig auf, dass sie gegen die Mauer schlugen, bis der Beton nicht mehr anders konnte und zerbröckelte. Eiskaltes Wasser strömte in unseren Garten und überflutete das Erdgeschoss, unsere Möbel dümpelten auf den verirrten Wellen, Stühle scharrten an den Zimmerdecken. Meine Eltern waren zu Freunden weiter landeinwärts gezogen und erzählten mir, sämtliche Nachbarn würden in Winterjacken in ihren Auffahrten stehen und nach Osten blicken, zur Küste hin. Sie konnten das Gefühl nicht abschütteln, das Wasser würde auch sie heimsuchen, es wäre nur eine Frage der Zeit.

Aber das Wasser kam nicht, zumindest nicht zu denen, die weiter als fünf Kilometer vom Ufer entfernt lebten. Ich sah mir an meinem Schreibtisch in San Francisco Videos ohne Ton an, in denen rote Rettungsschlauchboote durch unsere überflutete Straße fuhren. Ich dachte, das Haus wäre nicht mehr zu retten. Aber einmal im Leben hatten wir Glück. Das Wasser erreichte die obere Etage nicht, und das Geld der Versicherung kam schneller als erwartet, wahrscheinlich weil die Medien ausführlich über den Sturm berichteten. Mein Vater schickte mir Fotos von meiner Mutter, auf denen sie neben einem riesigen Luftentfeuchter moderigen Teppich herausriss, die Haare zu einem perfekten Dutt aufgesteckt. *Deine Mom ist der Hammer!*, schrieb er dazu, worauf meine Mutter antwortete: *warum schickst du ihr dieses foto.*

»Erinnerst du dich noch?«, fragt Mona und pustet den Dampf von ihrem Kaffee.

Ich weiß, was sie meint. Wir haben uns beide an dieser Mauer festgehalten, als wir uns mit sechzehn zum ersten Mal betranken. Danach stolperten wir zum Strand, Mona übergab sich ins Wasser, und die Wellen trugen es als gelben Film hinaus aufs Meer. Was glaubst du, wie viele Fische das fressen werden?, fragte sie und wischte sich den Mund ab.

Mindestens dreihundert, sagte ich.

Drei*hundert*? Vor Schreck wollte sie ein paar Schritte zurückweichen, aber sie war so neben der Spur, dass sie auf den Hintern fiel. Ich wollte ihr aufhelfen, stattdessen zog sie mich mit nach unten. Der Sand fühlte sich an meinen Oberschenkeln kalt und glitschig an, wie nasser Matsch, und bevor ich aufstehen konnte, schwappte eine Welle über uns und zog uns ans Ufer.

In meiner Tasche vibriert mein Handy, es schlägt gegen den Rand meines Stuhls. Ich sehe nicht nach.

»He.« Unbeholfen legt Mona ihre Hand auf meine, wie es vielleicht eine Lehrerin tun würde, der es unangenehm ist, die sich aber verpflichtet fühlt. »Ich wollte nur sagen, dass es mir leidtut. Wegen deiner Mom.«

Ich ringe mir ein Lächeln ab. »Danke.«

»Wird sie –«

»Sterben?« Bei dem Wort zieht sich Monas Gesicht zusammen. »Die Ärzte sind sehr zuversichtlich, dass sie sich erholt.«

Mona schaut zum Strand hinüber. Durch den Regen sieht das Meer aus, als hätte es lauter kleine Dellen. »Hast du gehört, dass letzte Nacht ein Mädchen gestorben ist?«

Sie sagt es beinahe ungläubig, als wäre es etwas Besonderes. Als wir in der Highschool waren, ist gefühlt jeden Monat jemand gestorben. Alkohol am Steuer meistens, aber auch Überdosen. Mona lieh mir ihre schwarzen Kleider, damit ich nicht bei jeder Trauerfeier dasselbe anziehen musste, und noch immer verbinde ich den Tod mit dem Lavendelgeruch ihres Weichspülers. Selbst als ich den U-Bahnhof verließ, roch ich diesen künstlichen Seifenduft. In der Schule gab es eine Versammlung, nachdem ein Mädchen mit dem Auto von der Brücke und in die Salzwiesen gefahren war, und ich weiß noch, wie ich auf meinem Klappstuhl in der Aula saß, mir von der Klimaanlage Gänsehaut den Rücken hinunterkroch, und ich dachte: Ich kann das in Ordnung bringen. Ich hörte gar nicht zu, was die Direktorin sagte oder die Klassenlehrerin des Mädchens oder einer der anderen, die ernst am Podium standen und sich zum Mikrofon hinunterbeugten, das niemand verstellte, obwohl es zu niedrig war. Ich dachte an die Studien, die ich an meinen Mitschülern durchführen, an die Workshops, die ich für sie leiten könnte, an die verschiedenen Möglichkeiten, aus ihren Gewohnheiten und Ansichten Datensätze und verwertbare Erkenntnisse zu gewinnen. An die Publikationen, die ich schreiben, Vorträge, die ich halten, und Preise, die ich gewinnen könnte. Wenn eine Tragödie geschieht, gibt es einen seltsamen Impuls festzulegen, in welcher

Beziehung man selbst zu dem Geschehenen steht. Selbst wer davon im Großen und Ganzen nicht betroffen ist, verspürt den Drang, eine Verbindung zu dem Ereignis zu entdecken, damit diese Nähe zur Katastrophe dem eigenen Leben Dringlichkeit verleiht. Zumindest ging es mir so, damals in der Aula. Als würde es etwas bedeuten, dass ich durch dieselben Flure ging, durch die sie gegangen war. Als würde schon das meine Tagträume bei der Versammlung ihr zu Ehren rechtfertigen, und als würde ihr Tod meine eigenen Ambitionen nähren.

»Was ist passiert?«, frage ich.

Mona sieht mich an, der Wind zieht ihr die Haare vors Gesicht. Mit zusammengekniffenen Augen streicht sie die Strähnen zurück. »Keine Ahnung. Bei irgendeiner Party ist was schiefgelaufen. Ich habe es von meiner Mitbewohnerin gehört. Sie hat sie unterrichtet.«

»Wie geht es ihr?«

»Wem?«

»Deiner Mitbewohnerin.«

Die Frage scheint Mona zu überraschen. »Ach, gut, glaube ich. Erschüttert natürlich.«

»Ich fände es furchtbar, wenn man sich so an mich erinnern würde.«

»Wie?«

Ich hebe einen Stein auf, der neben meinem Stuhl liegt, und schleudere ihn über die Verandabrüstung. »Als nur irgendein Mädchen von der Highschool.«

Im Krankenhaus verlangt meine Mutter nach einem Abführmittel. »Ist das dein Ernst?«, frage ich. Sie ist so dünn, dass ihr papierenes Krankenhaushemd nichts hat, an dem es anliegen könnte, es hängt wie ein Kasten über ihrem Skelett. Sie zupft an meinem Ärmel und zieht mich näher heran. »Die mästen mich hier«, flüstert sie verschwörerisch. »Siehst du meinen Bauch?« Mit einer Hand knüllt sie ihr Hemd zusammen und schüttelt es. »Ich werde fett und einsam sterben.«

»Einsam? Wir sind doch bei dir.«

»Dein Vater hat mich verlassen.« Plötzlich ist sie den Tränen nahe. »Ich wusste, dass das passieren würde, ich wusste es.«

»Er ist nur im Badezimmer.« Ich weiche ein paar Schritte zurück. »Ich hole ihn.«

»Nein!«, ruft sie. »Nein, bleib hier. Bitte. Bleib hier.«

Zu bleiben ist mir schon immer schwergefallen. Veränderungen sind einfach, weil sie die Bindung zu demjenigen kappen, der man vorher war. Und ich mochte immer lieber, wer ich sein konnte, als wer ich tatsächlich war. Aber hier, vor den keuchenden Geräten und der kleinen Frau, die daran angeschlossen ist, einer Frau, die ich vor diesem Besuch monatelang nicht gesehen habe, einer Frau, deren Anrufe ich ignoriert und der ich gesagt habe, ich müsse *arbeiten, arbeiten, arbeiten*, als hätte ich nicht gewusst, wie krank sie war oder wie verängstigt, muss ich anders sein. Aber ich weiß nicht wie.

»Mom, ich bin gleich wieder da.« Ich kann sie nicht ansehen, als ich die Tür öffne. »Versprochen.«

Ich finde meinen Vater am Automaten, wo er ein Tütchen M&M's kauft. Die Metallspirale mit den Packungen dreht sich, und die Süßigkeiten kippen nach vorn. »Mom flippt aus. Sie will ein Abführmittel.«

Er seufzt. »Ich glaube, sie ist nur nervös wegen der Operation heute Abend – das macht sie paranoid.« Er bückt sich, um das Tütchen aus dem Schacht zu nehmen, und es knackt in seinem Rücken. »Werd nicht alt, Lala.« So nennt mich außer ihm niemand. »Es macht keinen Spaß.«

»Zum Glück ist das Jungsein unbestreitbar die reinste Freude.«

Er lacht, reißt die Tüte auf und winkt, ich solle meine Hand ausstrecken. »Es kommt dir vielleicht nicht so vor, aber was du hast, ist ein Geschenk.«

Ich werfe mir die M&M's in den Mund. »Und was genau habe ich?«

»Gesundheit. Unabhängigkeit. Ein festes Einkommen.«

»Ah, ja. Die heilige Dreifaltigkeit.« Weißt du, was ich an dir mag?, fragte der Gründer eines Abends, als wir als Einzige noch im Büro waren. Am nächsten Tag sollte uns ein Risikokapitalgeber besuchen, und der Gründer bestand darauf, jede Einzelheit über diesen Mann durchzugehen, ob beruflich oder privat, von Podcasts, an denen er teilgenommen hatte, bis zu dürftig verfassten Blogeinträgen, die seinen hypnotisch-charismatischen Tonfall analysierten. Der Gründer trank ein Bier, ich hatte abgelehnt. Du arbeitest einfach mit, fuhr er fort. Ich trage dir etwas auf, und du machst es.

Ist das nicht bei Arbeit immer so?, fragte ich.

Er lachte so heftig, dass ihm Bier aus der Nase tropfte. Gott, sagte er und wischte sich mit der Hand das Gesicht ab. Ich wünschte, es wären alle so devot wie du.

Dad bietet mir wieder seine M&M's an, aber ich schüttle den Kopf. »Sollten wir Mom etwas mitbringen? Einen Tee oder so? Vielleicht beruhigt sie das.«

»Sie soll nichts essen oder trinken. Verhalten wir uns einfach normal, hoffentlich nimmt sie sich an uns dann ein Beispiel.« Ich verkneife mir die Frage, wann meine Mutter sich jemals ein Beispiel an uns genommen hätte. Wir gehen zurück zu ihrem Zimmer, aber bevor Dad die Tür öffnet, hält er inne. »Das habe ich ganz vergessen zu sagen – die Framinghams kommen heute vorbei. Das wird sicher nett, oder?«

Ich habe auf den Boden gestarrt, der die Farbe von Sauce tartare hat, aber als er das sagt, blicke ich auf. »Wirklich?«

»Warum klingst du so überrascht?«

»Ich habe heute Morgen Mona getroffen. Sie hat nichts davon erwähnt.«

Dad dreht den Türknauf und zuckt mit den Schultern. »Anna hat gesagt, sie würde mitkommen. Vielleicht hat sie es vergessen.«

Mona hatte schon immer die Angewohnheit, wichtige Details zu verschweigen. Als würde sie glauben, etwas würde interessanter, wenn man es für sich behält. »Kann sein.«

»Wo hast du sie gesehen?«, fragt er und macht einen kleinen Schritt ins Zimmer.

»Wen?«

»Mona.«

Ich bleibe auf dem Metallstreifen stehen, der das Zimmer meiner Mutter vom Flur trennt. An den Schultern meines Vaters kann ich nicht vorbeischauen, aber es ist still. Sie schläft. »Ach, bei Dunkin'.«

Er zieht eine Augenbraue hoch. »Ich dachte, du kannst Dunkin' Donuts nicht ausstehen.« Jetzt flüstert er.

»Das habe ich nie gesagt.«

Seine Hand liegt immer noch auf dem Türknauf. »Doch«, raunt er. »Hast du.«

Das Handy brummt in meiner Tasche.

Die Framinghams bringen Blumen und Karten und mit Metallicpulver bestäubte Pralinen, die man nur bei dem überteuerten Chocolatier am Hafen bekommt. Mona hat sich seit dem Morgen umgezogen; die knallige Hose ist verschwunden. Sie trägt ein weißes, in der Taille gebundenes Kleid und Perlenohrringe. Mein weißes T-Shirt hat am Kragen einen Erdnussbutterfleck. Ich versuche, fröhlich auszusehen.

Wir umarmen uns und geben uns Küsschen auf die Wange und nicken, als alle umarmt und geküsst sind. Alle stolpern immer wieder über die Drähte am Fuß von Moms Bett, vor allem Mrs Framingham, die jedes Mal erschrocken die Augen aufreißt. »Hast du Wasser?«, fragt sie. Mir wird erst nach einem Moment klar, dass sie mich angesprochen hat. Ich schraube eines der kleinen Wasserfläschchen auf dem Nachttisch auf und gebe es ihr. »Danke, Liebes«, sagt sie und tätschelt meinen Unterarm.

Eine Frage: Hasse ich Mrs Framingham? Man sagt ja allgemein, dass man niemanden hassen sollte und es andernfalls für einen verstörenden Mangel an Großzügigkeit aufseiten des Hassers spräche, mehr als für ein unerhörtes Verhalten desjenigen, der gehasst wird. Außerdem wirkt es irgendwie unweiblich – im Katechismusunterricht wurde behauptet, Frauen seien zu grenzenloser Vergebung imstande und zu radikaler Liebe. Aber die Idee einer Absolution ohne Buße konnte ich nie nachvollziehen, weil sie mir eher wie eine geschönte Version einer praktizierten Passivität erschien. Einer der vielen Gründe, warum ich eine schlechte Katholikin war.

Vor Jahren, bei Monas Party zum Highschoolabschluss, hatte Mrs Framingham sich mit Dirty Martinis betrunken und schwankte mit einer leeren Cocktailschale in der Hand auf mich zu. Wir standen auf ihrem weitläufigen, makellosen Rasen direkt gegenüber von Opal Point, dem beliebtesten

Strand. Ihr Wohnzimmer war komplett verglast; wenn man auf dem Sofa saß, konnte man bis hinüber zum Leuchtturm am anderen Ende der Stadt sehen. Ich erinnere mich, dass ich beobachtete, wie ihr Spiegelbild in meine Richtung marschierte.

Sie blieb wackelig vor mir stehen. Bist du glücklich, Liebes?, fragte sie.

Worüber?, fragte ich. Monas Mutter war geschickt darin, Fallen zu stellen.

Du musst doch nicht nervös werden! Über deine beeindruckende Leistung. Sie lächelte mich an und verzog dabei die Lippen zu dünnen, gummiartigen Strängen. Ich bin stolz auf dich, Natalie.

Mona und ich hatten dasselbe College als erste Wahl angegeben, aber nur ich hatte einen Platz bekommen. Danke.

Mrs Framingham legte mir eine Hand auf die Schulter und lehnte sich leicht wankend näher. Schlachte sie aus, so gut es geht, sagte sie.

Wie bitte? Ich wäre gern zurückgewichen, aber sie stützte sich zu schwer auf mich. Hätte ich mich bewegt, wäre sie umgefallen.

Deine Geschichte, Liebes. Das war doch Monas Problem, oder? Sie reckte den Hals und schaute zum leeren Haus hinter sich hinüber. Es leuchtete von innen heraus wie eine riesige Laterne. Sie hatte es immer ein bisschen – hier deutete sie mit Daumen und Zeigefinger eine winzige Menge an – zu einfach.

Ich habe keine Geschichte, sagte ich.

Sie musterte mich von oben bis unten wie etwas Zerbrochenes, von dem sie nicht wusste, wie sie es reparieren sollte. Doch, hast du.

Auf der anderen Straßenseite schlugen die Wellen an den

Strand. Irgendwie klang das Meer hier immer ruhiger als bei mir zu Hause. Ich fragte mich, wo Mona war.

Es ist besser, sagte sie schließlich. So aufzuwachsen wie du.

Ihre Hand auf meiner Schulter wurde langsam heiß. Wir sind nicht arm, sagte ich. Wir gehören zur Mittelschicht.

Das fand sie unfassbar lustig. Natürlich, Liebes, sagte sie. Natürlich. Sie versuchte, aus ihrem Glas zu trinken, aber es war leer. Denk nur daran, wenn du dort bist: Du hast es verdient. Sie strich mit einem Finger über mein Ohrläppchen und schnippte dann sanft gegen meine Kreole. Der Ring zitterte noch, als sie schon gegangen war.

»Marie, du siehst wunderbar aus«, sagt Mrs Framingham. Sie ist angezogen, als wollte sie gleich zur Happy Hour im Jachtclub – sie trägt ein schwarzes Seidenkleid, dessen unauffällige Art erkennen lässt, dass es absurd teuer war, und Diamantohrhänger. »Doug«, sagt sie zu Mr Framingham, »sieht sie nicht wunderbar aus?«

Mr Framingham räuspert sich. »Du siehst toll aus, Marie.«

Wir sitzen im Halbkreis vor dem Bett meiner Mutter, wie Reporter, die darauf warten, dass sie eine wichtige Rede hält. »Danke, Anna. Danke, Doug«, sagt Mom. Ich versuche immer noch, fröhlich zu wirken. Allmählich wird es anstrengend.

»Natalie, du bist richtig erwachsen geworden.« Mrs Framingham dreht sich zu mir um. »Du warst ziemlich lange nicht zu Hause, oder?«

»Ein paar Monate. Bei der Arbeit war ziemlich viel los.«

»Anna«, sagt Mr Framingham und zeigt auf seine Zähne. Am Schneidezahn seiner Frau klebt roter Lippenstift, leuchtend wie Blut. Mrs Framingham wirft ihm einen vernichtenden Blick zu, als hätte er allen im Zimmer gesagt, sie hätte gefurzt.

»Eine *Serviette*«, flüstert Mrs Framingham ihrem Mann zu. »Besorg mir eine Serviette.«

Mr Framingham sieht sich hektisch im Zimmer um, bis er eine Packung Kleenex auf der Heizung entdeckt. Er springt so schnell von seinem Stuhl auf, dass die Metallbeine über den Boden poltern wie heruntergefallenes Kleingeld. Ich versuche, Monas Blick aufzufangen, aber sie starrt irgendwohin in die Ferne. Ich neige ihr den Kopf zu und lasse vielsagend das Kinn vorrucken, aber ihr Gesicht hat etwas Wächsernes an sich, als hätte jemand diesen geistesabwesenden Ausdruck modelliert.

»Wie läuft es bei Mullaney's?«, fragt mein Vater Mona. »Wir haben letzte Woche hervorragenden Heilbutt bei euch gekauft.«

Ich kann mich nicht zurückhalten und frage: »Du arbeitest bei Mullaney's?« Ich habe mal mit angesehen, wie Mona sich in einen Mülleimer übergeben hat, weil eine Seemöwe einen kopflosen Fisch vor uns auf den Gehweg hatte fallen lassen.

»Nur vorübergehend«, wirft ihr Vater ein. Er setzt sich wieder und gibt seiner Frau das Papiertuch, worauf sie die Zähne bleckt und sich abwendet.

»Ganz gut«, antwortet Mona meinem Vater. Dabei sieht sie ihn nicht an, und ich versuche herauszufinden, wohin genau ihr Blick geht. Auf Moms Monitore? Das Lüftungsgitter? Diesen komischen gelben Fleck an der Wand, der aussieht wie Florida? »Es geht doch nichts über Personalrabatt, oder?«

Mrs Framingham hat sich von dem Lippenstiftfiasko erholt und beugt sich über das Fußende von Moms Bett. »Es ist erstaunlich, wie viel man mit einem geisteswissenschaftlichen Abschluss *nicht* erreichen kann, oder?«

Meine Mutter richtet sich ein wenig auf. Sie glaubt, sie habe die Oberhand. »Na ja, Natalies Abschluss hat sich jedenfalls bezahlt gemacht. Sie arbeitet bei einem Start-up.«

»Mom«, sage ich.

»Wirklich?«, fragt Mr Framingham ehrlich interessiert. »Bei was für einem?«

»Ach, nur E-Commerce.«

»Schreibst du immer noch?«, fragt mein Vater Mona.

»Oh!« Mrs Framingham schüttelt den Kopf. »Nein. Das macht sie nicht mehr.«

»Wie es ist, in der Tech-Branche zu arbeiten?«, fragt Mrs Framingham und lehnt sich von meiner Mutter weg in meine Richtung. »Glaubst du, es würde Mona gefallen?«

»Miserable Arbeitszeiten.« Mein Vater verschränkt die Arme. »Natalie hat fast nie frei.«

Wenn ich eines nicht ausstehen kann, dann zu hören, wie meine Eltern die in ihren Augen herausstechende Eigenschaft meines Jobs beschreiben. Ich schubse meinen Stuhl zurück, er gleitet mit einem schrillen Geräusch über die Fliesen. Alle drehen sich um. »Tut mir leid«, sage ich. »Ich muss aufs Klo.«

Ich bin halb den Flur hinunter, als das Klackern von Absätzen auf Fliesen die Klimaanlage des Krankenhauses übertönt. Ich drehe mich um und sehe Mona, die hektisch winkt, als würde sie sich durch eine dichte Menschenmenge kämpfen. »Nimm mich mit!«, ruft sie. »Gleich fragen sie mich nach meinem Zehnjahresplan!«

»Wohin sollen wir gehen?«, frage ich, als sie mich keuchend wie nach einem Sprint einholt. Sie raucht eindeutig wieder.

Mein Handy vibriert in meiner Hand, und als ich überschlage, wann ich zum letzten Mal Slack geöffnet habe, wird mir ein bisschen schlecht.

»Egal wohin.«

Auf meinem Display leuchtet eine Vorschau von der Nachricht des Gründers auf. *du riskierst deinen job indem du nicht antwortest.* »Verkauft das CVS hier Bier?«

Mona lacht. »Du warst zu lange in Kalifornien, Alter.«

Wir nehmen den Fahrstuhl ins Erdgeschoss und machen uns in der Ecke klein. Schultern hochgezogen, runder Rücken, Hände in den Taschen. So machen es höfliche gesunde Menschen in Krankenhäusern – sie kehren ihr Glück nicht heraus. Normalerweise schaue ich auch zu Boden, um niemanden anzustarren, aber heute ist außer uns nur ein Mann im Fahrstuhl, er lehnt an der gegenüberliegenden Wand und sieht aus wie wir. Nicht krank. Und irgendwie vertraut, mit dem Gesicht eines Menschen aus meiner Kindheit oder aus einem Traum. Sein Mund hat etwas an sich – die gekräuselten Lippen sind leicht geöffnet, als wollte er etwas sagen, fände aber nicht den richtigen Moment. Der Mann aus der Notaufnahme. »Entschuldigung«, sage ich.

Monas Blick gleitet zu dem Mann.

Sein Blick gleitet zu mir.

»Ja?« Er hält eine Zeitung in der Hand und schlägt sie rhythmisch gegen sein Bein. Ich kann das Lied nicht erkennen.

Wir nähern uns schnell dem Erdgeschoss. Weder in der vierten, noch in der dritten, noch in der zweiten Etage halten wir. Mein Handy vibriert an meiner Hüfte, und zum ersten Mal erfüllt mich das warnende Brummen nicht mit Unruhe. Denn es wird sich nichts ändern, ob ich an mein Handy gehe oder nicht. Der Gründer wird weiter reicher werden, meine Miete wird weiter teurer werden, der Meeresspiegel wird weiter steigen, bis wir in unserer Auffahrt stehen und der Schatten der letzten Welle auf uns fällt.

»Erinnern Sie sich an mich?«, frage ich.

»Wie bitte?« Der Mann hört auf, mit der Zeitung zu klopfen, und Mona berührt meinen Ellbogen.

»Aus der Notaufnahme, letzte Nacht.«

Er drückt einen Finger unten an seinen Hals, als wollte er seinen Puls fühlen. »Oh.«

Die meisten Augenblicke unseres Lebens rutschen ins Archiv der Vergangenheit und werden fein säuberlich in den Kategorien abgelegt, aus denen wir unsere eigene Geschichte bauen. Kindheitstrauma, der erste Moment der Scham, die erste Liebe, Identitätskrise als Teenager, Identitätskrise als Erwachsene. Manche allerdings bleiben im Umlauf, sie lassen sich nicht einlagern oder zuordnen. Meine: diese eine Minute in dem stillen U-Bahnhof, die Turnschuhe des Mannes, die über die gelbe Sicherheitsmarkierung scharren, meine Stimme in meiner Kehle, kurz davor, etwas zu sagen. Immer, für alle Zeiten kurz davor. »Geht es ihr gut?«, frage ich. »Geht es Ihnen gut?«

Sobald ich die Worte ausgesprochen habe, begreife ich, dass ich zwei unmögliche Fragen gestellt habe. Sein Gesichtsausdruck entgleitet ihm, wie ein Fels eine Klippe hinunterrutscht. Dann sind seine Füße direkt von meinen, seine Stirn liegt auf meiner Schulter, feucht und zuckend, die Brauenknochen drücken scharf gegen mein Shirt. Er riecht nach Bier, starkem Mundwasser, altem Schweiß. Ich schrecke nicht zurück, wie ich es erst dachte, als er auf mich zustürzte. Stattdessen bin ich dankbar für meinen Körper, dessen Gaben ich oft vergesse: empfangen, stützen, bleiben. Die Türen öffnen sich: Erdgeschoss. Er tritt zurück und hält mit warmen Fingern meine Hände. »Danke«, sagt er. Und dann verlässt er den Fahrstuhl, biegt um eine Ecke und ist verschwunden.

Mona streckt den Kopf in den Flur. »Was war das denn?«

»Wie hieß das Mädchen?«, frage ich. »Die, die gestorben ist.«

»Oh, das weiß ich nicht mehr.« Die Türen wollen sich schließen, und Mona zieht mich hinaus. »Irgendwas mit L?«

»Lucy?«

»Ja, ich glaube, das war's.« Mona zeigt mir den Weg, sie dreht mich an den Schultern in die richtige Richtung. »Und woher kanntest du den Typen?«

»Das ist eine lange Geschichte.«

Mona seufzt genervt – früher hat sie sich oft beschwert, ich würde einen Teil von mir unnötig verbergen – und tritt vor mich. Der Flur führt zur Notaufnahme, ich folge Mona vorbei an den miteinander verbundenen Stühlen und in einen weiteren gefliesten Flur.

»Wohin gehen wir?«, frage ich.

Sie sieht sich um, um sich zu vergewissern, dass ich nicht zu weit zurückbleibe. »Was meinst du?«

Wir gehen durch automatische Türen und lange Flure, die nach Clorox und Zitronenschale riechen, und haben es irgendwie geschafft. Wir sind in der Eingangshalle. Ich hatte vergessen, was mich zuerst an Mona angezogen hat: ihre Fähigkeit, sich in komplizierten Systemen zurechtzufinden, als könnte sie ihren Aufbau intuitiv erfassen. Als ich jünger war, dachte ich, das wäre eine Begabung. Jetzt halte ich es für erlernte Zuversicht, die aus dem Wissen erwachsen ist, dass sie besagte Systeme notfalls einfach umgehen kann.

Vor uns ist ein Geschenkladen, in dessen Schaufenster sich Stofftiere gegenseitig künstliche Blumen und Pralinen reichen. Auf einem Schild über ihnen steht in glitzernden Blasenbuchstaben *WIR LIEBEN FAMILIEN!*.

»Was dachtest du, wohin wir gehen?«, fragt Mona auf dem Weg durch die Drehtür nach draußen.

»Nirgendwohin«, sage ich, und sie lacht in ihrer kleinen, abgeteilten Kammer.

Am Ende landen wir bei CVS, wo wir zwei Orangenlimos, eine Tüte Bugles und ein Nerds Rope kaufen. Die Snacks unserer Jugend. Der Junge, den ich letzte Nacht gesehen habe, bedient die Kasse, er schiebt unseren Einkauf über den Scanner, als würde jedes Teil fünfhundert Pfund wiegen.

»Du arbeitest ja hier«, sage ich, als ich ihm eine Kreditkarte gebe.

Er wirkt zutiefst beleidigt. »Ja.«

»Ich war gestern hier«, versuche ich, mich zu rechtfertigen. »Ich habe einen Lippenstift gekauft.«

Er bläst eine lila Kaugummiblase auf und bringt sie mit einer aufgebogenen Büroklammer zum Platzen. »Hier kommen alle her und kaufen Kleinigkeiten, die sie brauchen, oder was zum Knabbern.« Er lässt einen Knöchel knacken. »Quittung?«

Draußen setzen wir uns an einen Picknicktisch auf einer kleinen Betoninsel neben dem Parkplatz. »Ich weiß gar nicht, ob unsere Körper das verkraften«, sagt Mona, als wir uns einander gegenüber auf die Bänke setzen.

»Mit Sicherheit nicht.« Ich reiße die Verpackung vom Nerds Rope auf und begutachte die Trauben von Zuckerdragees auf der Fruchtgummistange. Als ich mir das Ding in den Mund stecke, ist es so zäh wie Dörrfleisch. »Ich habe gehört, du willst dich an der Uni bewerben«, sage ich mit vollem Mund.

Mona nippt gelassen an ihrer Limo. »Und?«

»Na ja, stimmt es?«

»Ich habe mich schon beworben. Jetzt warte ich nur noch.«

»Das ist aufregend.«

Sie schiebt einen Finger in die Öffnung eines Bugles. Er sitzt auf ihrem Nagel wie die Mütze eines Weihnachtselfs. »Du musst jetzt keine Unterstützung heucheln. Ich weiß, dass du mich für eine schlechte Autorin hältst und für moralisch fragwürdig.«

Ich bin so überrumpelt, dass ich husten muss. »Das tue ich gar nicht.« Hinter uns setzt ein roter Civic aus einer Parklücke und fährt fast eine Frau um, die zügig zurück zu ihrem Auto marschiert. Sie schlägt mit der offenen Hand auf den Kofferraum des Civics und schreit etwas, das ich nicht richtig verstehe.

»Ich dachte, *du* hättest entschieden, dass ein Englischabschluss nutzlos ist.«

»Wovon redest du da?« Sie zieht verwirrt die Augenbrauen zusammen. »Meinst du diesen Witz über praktische Fähigkeiten, den ich vor ewigen Zeiten gemacht habe? Den hast du immer wieder vorgekramt. Dass du immer alles so wörtlich nehmen musst.«

»Das stimmt überhaupt nicht.« Meine Wangen werden heiß, und es macht mich wütend, dass sie mich immer noch so leicht in Verlegenheit bringen kann. »Warum willst du wieder studieren?«, frage ich, um mich zu fangen.

Sie beißt in den Bugle. »Weil es schön wäre, wenn mein Alltag etwas von dem widerspiegeln würde, was mir wichtig ist.«

Ich kann mich nicht beherrschen. »Lernen, Bücher – das ist dir wichtig?«

»Du weißt schon noch, dass wir uns um den Rang als Jahrgangsbeste Konkurrenz gemacht haben, oder?« Ihr verkniffenes Lächeln erinnert mich an ihre Mutter. »Ich darf durchaus Dinge wollen, die du nicht nachvollziehen kannst.«

Vor Ärger kribbelt es in meinem Nacken. Das Problem ist nicht, wie ich Mona sehe, sondern wie Mona sich selbst sieht. Klar, man kann sich darstellen, wie immer man möchte, solange einen niemand an der eigenen Geschichte misst. »Weißt du noch, was du zu mir gesagt hast?«, frage ich. »Als ich dich wegen meines Jobs angerufen habe?«

Sie lacht. »Gott, ich hatte mich total abgeschossen. Was war es – zieh los und rette die Welt?«

»Nimm das Geld. Im Wesentlichen.«

Sie verdreht die Augen. »Das hätte ich nie gesagt.«

»Doch. Hast du.«

Sie zuckt mit den Schultern und nimmt den nächsten Bugle aus der Tüte. »Na ja, wahrscheinlich bin ich mit gutem Grund davon ausgegangen, dass du nicht auf mich hören würdest.« Ihr Lachen klingt leicht und spröde, wie ein trockenes Blatt. Ich stelle mir vor, wie ich es zertrete.

»Ich hätte weiter studiert.«

Später an diesem Nachmittag sitze ich bei meiner Mutter, während mein Vater schnell nach Hause fährt, um einen Koffer frischer Kleidung zu holen. Mona hat darauf bestanden, dass ich nachher ins O'Dooley's komme, damit ich ihr dabei zusehen kann, wie sie die alten Männer, die sie »Schätzchen« nennen, unter den Tisch trinkt. Als ich mich bei meinen Eltern entschuldigte, dass ich sie so abrupt hatte sitzen lassen, winkte mein Vater nur lässig ab. »Ach, wir haben angenommen, dass Mona dich zu irgendeinem Vorhaben mitgeschleppt hat.«

Die Sonne schickt sich an unterzugehen, orangefarbenes Licht fällt in breiten Streifen durch das Fenster. Bald werden die Ärzte kommen und Mom für die Operation vorbereiten.

»Was ist meine schlechteste Eigenschaft?«, frage ich.

Mom lacht. »Ist das eine Falle?«

Stöhnend schlage ich mir eine Hand vor die Augen. Ich habe mich selbst satt. »Nein. Keine Ahnung. Vielleicht?«

Ich sitze auf dem Stuhl meines Vaters, und sie streckt die Hand aus und drückt meinen Arm. »Du bist wie ich«, sagt sie. »Wenn du dir erst mal eine Meinung über etwas gebildet hast, kannst du dir nicht vorstellen, dass es auch anders sein könnte.«

Ich befreie mich aus ihrem Griff, ihre Hand schwebt in der Luft, als würde sie noch immer meine Haut berühren. »Das stimmt nicht.«

»Ich will nur sagen, dass es viel interessanter ist, seine Ansichten zu ändern, als an ihnen festzuhalten.« Sie legt die Hand aufs Bettgitter und trommelt mit den Fingern einen Rhythmus, den ich nicht sofort erkenne.

»Welches Lied ist das?«

Sie lacht und trommelt weiter. »Das? ›Landslide‹.«

Der Türknauf dreht sich, und wir schauen uns beide um. Eine Krankenschwester mit einer blauen Duschhaube sagt uns, sie würde Mom gleich abholen. Die Tür schließt sich, nur um sich einen Moment später wieder zu öffnen. Mein Vater. Außer Atem stolpert er herein und drückt sich eine Hand auf die Brust. »Oh, gut! Ich hatte Angst, sie hätten dich schon geholt.«

Ich gehe raus, damit sie noch miteinander reden können, bevor die Schwester zurückkommt. Auf dem Flur ist es still, und ich laufe weiter, bis ich die Besucherecke in der Nähe der OP-Säle finde. Hier stehen zerkratzte Plastikstühle, es stinkt nach verbranntem Kaffee und parfümierten Taschentüchern. Ich ziehe mein Handy aus der Tasche und spähe mit zusammengekniffenen Augen auf die winzige rote Blase in der Ecke des Slack-Icons. Darin steht eine 27. Ich rufe meinen Chat mit dem Gründer auf und hebe die Daumen. Mir fallen einige Sachen ein, die ich schreiben könnte, zum Beispiel *halt deine wabblige Fresse* und *fahr zur Hölle* und *deine Tochter hatte recht*. Ich erinnere mich auch an das, was ich schon ein paarmal fast gesagt hätte, bei verschiedenen Gelegenheiten. Die Worte spulen sich vor meinem inneren Auge ab wie auf einem unglaublich verführerischen Tickerband. *Ich kündige.*

Das Quietschen ungeölter Räder hallt durch den Flur. Als ich mein Handy in den Schoß lege und aufblicke, winkt meine Mutter. Eine Plastikhaube bedeckt ihren Kopf, ein Sauerstoffschlauch führt in beide Nasenlöcher. Eine der Krankenschwestern drückt ihre Schulter sanft nach unten und sagt ihr, sie solle sich entspannen.

»Natalie«, sagt sie. »Vergiss nicht – du kannst jederzeit nach Hause kommen.«

Die Doppeltüren zum OP-Bereich schwingen auf, und die Krankenschwestern schieben sie hindurch, während sie eine Hand hochreckt. Ich senke die Daumen und fange an zu tippen.

Layla

Ich fahre auf den Lehrerparkplatz, als die Kiffer gerade ihre morgendlichen Blunts an der Wand der Schule ausdrücken. Drinnen klingelt die Glocke, extra laut dank des Lehrer-Eltern-Ausschusses, der kürzlich Spenden für einen neuen Lautsprecher und eine Sprechanlage gesammelt hat. Ich hatte für einen Vertrauenslehrer oder eine automatische Rollstuhlrampe gestimmt, aber gut. Ich arbeite hier ja nur.

Die Schülerinnen und Schüler im Flur grüßen mich, vielleicht ein wenig lässiger, als mir lieb wäre. Ein Junge aus der obersten Klasse ruft meinen Namen und tut so, als würde er mit den Zeigefingern seinen Freund erschießen, der sich sterbend gegen die Schließfächer wirft. Automatisch lächle ich. Meinen Bewertungen zufolge bin ich: zugänglich, nett, entspannt. Mir wäre lieber gewesen, sie hätten gesagt: einschüchternd, anspruchsvoll, streng. In diesem Grenzbereich von Respekt und Angst kommt einem keiner blöd. Bei mir dagegen: erlaubt sich jeder alles.

Ich versuche, nicht zu tief einzuatmen, während ich mich durch das Meer von Schülern schiebe. Sie stinken nach ungewaschenen Haaren und spärlich benutztem Deo, ihr ungefilterter Teenagerdunst steigt als dichte Wolke von Gerüchen auf, die wir anderen in der Öffentlichkeit peinlich vermeiden. Das Schlimmste am Highschoolalter ist, dass die Körper erwachsen werden, bevor die Kinder selbst es sind. Es ist erschreckend und verstörend mitanzusehen: die Brüste, die unter Trägertops hervorquellen, die Haare, die sich unter Hemdkragen hervorlocken, die eingezwängten Hüften in den zu engen Hosen. Und vor allem ihr verschleierter Verstand, das Babyhirn mit der halbgaren Hirnrinde wie Mus. Sollte ich altmodisch klingen, kann ich versprechen, das bin ich nicht. Ich bin erst sechsundzwanzig.

»Das ist inakzeptabel, das wissen Sie schon, so im letzten Moment hereinzuspazieren«, erklärt Mrs Johnson, als ich unser gemeinsames Büro betrete. Mrs Johnson ist tatsächlich altmodisch. Vor ihrer Diät hat sie sich immer eine gebügelte Leinenserviette in die Bluse gesteckt, wenn sie Spaghetti aus der Mikrowelle mit einer richtigen Gabel aß. »Sie geben für die Schüler damit ein schlechtes Beispiel ab.« Sie kaut auf einer Handvoll Mandeln herum, einem der Bestandteile ihrer aktuellen Diät, bei der sie nur ungesalzene Nüsse, vollfetten Joghurt und Mineralwasser zu sich nimmt. Jede Stunde rülpst sie mindestens fünf Mal.

»Kommt nicht wieder vor«, lüge ich. Aber mal ehrlich, hat schon mal irgendjemand irgendwo während der ersten fünf Minuten etwas Wichtiges verpasst?

Mrs Johnson grunzt und wirft sich mehr Mandeln in den Mund. Mir ist noch nie eine Frau begegnet, die so rundum unangenehm ist. Einmal habe ich zufällig gehört, wie eine Schülerin sie mit einem Ei verglichen hat, und jetzt sehe ich immer dieses Bild vor mir. Ein blasses, ausdrucksloses Gesicht und ein auffällig ovaler Körper ohne jede Kurve, wo die Hüften oder die Taille sein sollten. Wenn sie ein Kleid mit Gürtel trägt, drückt es sie in der Mitte unnatürlich zusammen, und ich muss dann immer wieder hinstarren.

»Was?«, blafft sie.

Heute trägt sie einen Gürtel. »Nichts.«

Ich setze mich an meinen Schreibtisch, der am anderen Ende des Zimmers steht und durchgehend in Dunkelheit gehüllt ist. Wir sind im Untergeschoss, Sonnenlicht kann nur durch die Reihe gedrungener Fensterchen direkt unter der Spritzputzdecke einfallen. Besagte Fenster sind praktischerweise neben Mrs Johnsons Schreibtisch. Als ich letztes Jahr hier angefangen habe, behauptete sie, die Möbel müssten aus Brandschutzgründen so stehen, und weil ich Konflikte generell vermeide, habe ich nichts dagegen gesagt.

Mit der Winterdepression, die ich deshalb das ganze Jahr lang nicht loswerde, habe ich mich abgefunden, und ich versuche, die Kinder nicht mit runterzuziehen. Ich lasse den ganzen Tag meine Lampe brennen und zünde Kerzen mit peinlichen Namen wie *Prinzessin Primel* und *Göttin des Verlangens* an, damit mein Schreibtisch einigermaßen einladend wirkt. Als ich Direktorin Cushing fragte, ob wir eine Deckenlampe installieren und das permanent feuchte Zimmer auf Schimmel untersuchen könnten, sagte sie mir, ich solle nicht gierig werden. Direktorin Cushing ist eine dieser heißen, unnachgiebigen Frauen, bei denen es erregend ist, sie zu hassen.

Ich habe nicht einmal meine Lampe eingeschaltet, als unsere Tür über den Linoleumboden scharrt. Sophia West erscheint im Türrahmen, die Haare im Nacken zu einem Dutt gebunden, am Handgelenk drei klimpernde Messingarmbänder. Sie trägt einen lavendelfarbenen Overall und Turnschuhe, die so weiß sind, dass Sophia sie jeden Abend in Bleiche tauchen muss. Als ich in der Highschool war, habe ich Satinkleider über Stretchshirts aus Kunstfaser getragen und regelmäßig die Gummibänder verschluckt, die ich von der oberen zur unteren Zahnspange spannen musste. Hätte mir das Internet doch nur beigebracht, meine peinliche Phase zu vermeiden.

»Ms Layla«, sagt sie und eilt näher, als wäre ich ein Bus, den sie fast verpasst, »ich muss noch eine Uni auf meine Liste setzen.«

Direktorin Cushing hat mir ausdrücklich gesagt, ich soll so etwas nicht erlauben. Im Moment ist Sophia bei dreizehn, und ihr Vater ist jetzt schon skeptisch, weil so viele geisteswissenschaftliche Colleges dabei sind. *Ich meine, brauchen wir wirklich noch eine Englischstudentin mit fünfzigtausend Dollar Schulden?*, hat er mich in einer E-Mail gefragt. Ich hole tief Luft und verwandle mich in den Menschen, der alle in meiner Stellenbeschreibung genannten Eigenschaften verkörpert: gut organisiert, professionell, hervorragend darin, mehrere Aufgaben gleichzeitig zu bewältigen. Diese Frau ist nicht ich, aber ich weiß, wie ich sie sein kann.

»Deine Liste ist jetzt schon richtig gut«, sage ich.

Sophia beugt sich über meinen Schreibtisch, um die Lampe einzuschalten. »Aber es ist keine in New York dabei.«

»Die Unis in New York sind mit die teuersten.«

»Ja, aber Lucy sagt, für Menschen, die studieren, was wir studieren wollen, ist der Zugang zu kulturellen Institutionen unerlässlich.«

Sophia würde Lucy in den Krater eines speienden Vulkans folgen, wenn sie nur bitte sagte. »Ah.« Ich lasse einen Stift um meinen Finger kreisen, um meine Skepsis zu überspielen. »Und was ist das?«

»Na ja, so genau weiß ich das nicht.« Sie lässt sich auf den Stuhl für Schüler fallen, den ich noch nicht von meinem weggerückt habe. »Kunst, Stadtplanung, kreatives Schreiben. Irgendwas Unkonventionelles.«

Ich verkneife mir die Bemerkung, dass die unkonventionellen Mädchen, mit denen ich zur Highschool gegangen bin, jetzt aus dem Kofferraum ihres Prius' heraus CBD-Öl verkaufen. »Nicht Mathe oder Ingenieurwissenschaften? Ich habe gesehen, dass du letztes Jahr eine Auszeichnung bei einer Matheprüfung bekommen hast.«

Sie stöhnt. »Ich mache nie wieder bei einem Mathewettbewerb mit. Den Test habe ich nur gemacht, weil Direktorin Cushing mir eingeredet hat, Frauen müssten ›besser repräsentiert‹ sein.«

Cushing hat ein besonderes Talent dafür, unsere Mädchen in Männerdomänen zu drängen. Ich habe gehört, dass sie als Kind nicht einmal Turnschuhe tragen durfte, weil ihre Eltern fürchteten, sie würde mit den ruppigen Aktivitäten ihrer Brüder mithalten wollen. Schließlich sollten Frauen sich nicht schneller als im leichten Laufschritt bewegen.

»Legen wir mit den neuen Unis mal eine Pause ein. Wie wäre es, wenn du dich stattdessen auf deinen Aufsatz konzentrierst?«

Sophia hält ihren Aufsatz für genial. Tatsächlich ist er eine Katastrophe. Auf den Seiten finden sich Rezepte von Pilgerinnen, Liedtexte über die Traurigkeit der untergehenden Sonne über dem Meer, ein Zitat aus dem zweiten Gesang der *Odyssee*, eine Reihe sinniger Gedanken über den Tod von einer unbekannten Dichterin aus dem 18. Jahrhundert und eine kurze Erläuterung der String-Theorie, die dem Wikipedia-Eintrag ein wenig zu sehr ähnelt.

»Ich arbeite an einer neuen Fassung«, sagt sie. »In der dritten Person.«

»In der dritten Person?«

Sie nickt. Ein großer Teil meiner Arbeit besteht darin, meine Schülerinnen und Schüler davon zu überzeugen, sie wären selbst auf Ideen gekommen, die ich ihnen eingepflanzt habe. »Warum konzentrierst du dich nicht auf deinen Bruder?«, versuche ich es. »Du hast gesagt, dass er ein wichtiger Teil deines Lebens ist. Oder deine Mutter.«

»Über sie schreibe ich nicht.« Das sagt sie in einem scharfen, untypischen Tonfall, der mich neugierig macht.

»Warum nicht? Sie steht auf deiner Ideenliste.«

»Das ist zu persönlich.«

»Der Aufsatz soll persönlich sein«, halte ich dagegen.

»Ich will es nicht, in Ordnung?« Sie reibt an einer ihrer Creolen, und ich sehe, dass ihre Finger zittern. »Ich sehe sie sowieso kaum.«

Wäre ich gerade ich selbst und nicht Ms Layla, würde ich ihr sagen: Genau das wollen sie. Trauma! Schmerz! Einen neuen Blick auf die Welt! Irgendetwas, das zeigt, dass du nicht nur ein weiteres braves weißes Mädchen aus der Vorstadt bist.

Aber in der Schule bin ich nicht ich selbst.

»Vielleicht«, taste ich mich behutsam vor, »lohnt es sich gerade deshalb, darüber zu schreiben, weil es einen Nerv trifft.«

Sie lässt die Hand vom Ohrring sinken. »Ich werde mich dadurch nicht besser fühlen. Wenn ich darüber schreibe.«

»Es geht nicht darum, dich besser zu fühlen.« Ich höre, dass ich langsam genervt klinge, und räuspere mich. »Es geht darum, ihnen zu zeigen, wer du bist.«

»Also bin ich meine abwesende Mutter?«

Zwischen uns breitet sich Stille aus, so gespannt wie ein straffes Bettlaken. »Das meine ich damit nicht.«

Sophia mustert mich mit einem Blick, der über meine Haut schabt. »Ich wünschte, Sie würden sich trauen, mir zu sagen, dass ich ohne sie nicht interessant genug bin.« Bevor ich antworten kann, hat sie ihren Stuhl zurückgeschoben und durchquert das Zimmer mit so schweren Schritten, dass sie die Beine meines Schreibtisches zittern lassen.

»Das haben Sie ja toll hingekriegt«, sagt Mrs Johnson, als die Tür in den Rahmen donnert. »Jetzt verstehe ich, warum die Schule mehr junge Leute wie Sie einstellen will.«

Ich überlege, zu bleiben, wo ich bin, an meinem zerkratzten Schreibtisch mit der Lampe, in deren gallegelbem Licht jedes Gegenüber kränklich aussieht. Aber das würde Ms Layla nicht tun, schließlich hat Ms Layla vor Kurzem zusätzlich zu ihrer eigentlichen Stelle auch den Titel als vorübergehende Vertrauenslehrerin bekommen, weil Mrs Brown beschlossen hat, ihre Elternzeit auf unbestimmte Zeit zu verlängern. Außerdem gehört sie zu den wenigen Menschen an dieser Schule, die das Wohlergehen der Schülerinnen und Schüler nicht nur als Priorität betrachten, sondern als Verpflichtung.

»Laufen Sie ihr nicht nach«, ruft Mrs Johnson. »Das mögen sie nicht.«

Aber natürlich bin ich schon halb den Flur hinunter, als sie das sagt, und halte auf den Ort zu, an den jedes aufgebrachte Mädchen geht. Die Damentoilette.

Olivia Cushing lehnt an dem kaputten Waschbecken, als ich hereinkomme, dem mit dem Sprung, der aussieht wie ein Haarriss in einem Knochen. Wir sind hier im alten Teil der Schule, mit fleckigen Kacheln und ranzigem Teppich und freiliegenden Rohren, die sich wie Gedärme an den Wänden entlangziehen. »Hallo«, sagt sie mit dieser bemühten Freundlichkeit, die mir verrät, dass sie eine Zigarette oder ein Tütchen mit Pillen in der Hand hält, die sie hinter ihrem Rock versteckt.

Aber das interessiert mich gar nicht. Bevor sie noch etwas sagen kann, lege ich einen Finger an die Lippen und zeige mit der anderen Hand zur Tür. »Geh«, flüstere ich, und sie geht, weil sie in Wirklichkeit nicht halb so schlimm ist, wie die

Lehrerschaft sie hinstellt. Ich will mir gar nicht ausmalen, wie es sein muss, die Tochter der Direktorin zu sein. Sie schleicht ständig so gebeugt durch die Flure, dass man meinen könnte, sie würde immer nur angeschrien. Aber unterschwellig knistert in ihr auch diese gewisse Spannung, die manche Kinder haben. Als könnte sie den ganzen Laden in Brand stecken, wenn man im genau richtigen Moment genau das Falsche zu ihr sagt.

Am anderen Ende des Raums spricht jemand leise. Ich gehe in die Hocke und sehe, dass unter der Tür der letzten Kabine nicht nur ein Paar Schuhe hervorschaut, sondern zwei.

»Sie versucht nur, realistisch zu sein«, sagt eine Stimme, die warm ist, aber auch ungeduldig, wie bei jemandem, der die Reaktion seiner Freundin übertrieben dramatisch findet. Lucy Anderson. »Der Aufsatz ist irgendwie … zusammengestückelt.«

»Ich weiß, du willst mich nur trösten, aber ich fühle mich dadurch noch mieser.«

»Na ja, ich glaube, deine Mutter könnte als Aufhänger interessant sein.«

»Klar glaubst du das.«

»Was soll das denn heißen?«

Ich lehne mich neben den Waschbecken an die Wand und lasse mich nach unten rutschen. Die Fliesen fühlen sich durch meine Strumpfhose hindurch kühl an.

»Ich wollte diese Fotos nicht machen.«

Eine Pause. »Und warum hast du nichts gesagt?«

»Wann hätte ich das denn machen sollen?«

»Du hast gesagt, du findest es aufregend.«

Etwas prallt gegen die Kabinenwand. Wahrscheinlich Sophias Rücken. »Ich habe gelogen.«

Ein Fuß hebt sich vom Boden, ein Lederclog mit einer Rüschensocke darin. Lucys. Er verschwindet, und ich höre, wie sie mit dem Absatz über ihren Knöchel reibt. »Bei den Fotos ging es ja gerade darum, dass du dich nicht wohlfühlst, Soph.«

»Derjenige, der sie ansieht, soll sich unwohl fühlen. Nicht derjenige, der fotografiert wird.«

Hinter mir geht die Tür so plötzlich auf, dass meine Haare über meine Schultern streifen. »Sie sind immer noch hier?«, fragt Olivia. Es scheint einen Moment zu dauern, bis sie begreift, dass ich auf dem Boden sitze. »Hatten Sie einen Schlaganfall oder so was?«

Dann wird die Tür der Kabine aufgestoßen. »Ms Layla?«, fragt Sophia.

Zu den erstaunlichsten Dingen an der Arbeit als Lehrerin gehört es, wie sehr das ganze System plötzlich infrage steht. Man begreift, dass die eigenen Lehrer im Grunde keine echte Autorität besessen haben – sie waren nur älter als man selbst und konnten einen zur Nachhilfe schicken. Aber so ist es wohl mit allem beim Erwachsenwerden: Die Systeme, denen man früher vertraut hat, erweisen sich als dürftig zusammengezimmerte Phantasien von Macht und Ordnung.

»Tut mir leid!« Ich springe auf und knalle dabei mit dem Kopf gegen den Münzautomaten für Tampons. »Ich dachte, das wäre die Lehrerinnentoilette.«

»Ist alles in Ordnung?«, fragt jemand, vielleicht Olivia, vielleicht Sophia, vielleicht Lucy.

»Mir geht's gut, Mädchen, nichts passiert.« Ich hoffe, wenn ich sie Mädchen nenne, halten wir damit wieder fest, dass sie Kinder sind und ich eine erwachsene Frau bin, auch wenn ich mir gerade möglicherweise eine Gehirnerschütterung an einem Automaten für Hygieneprodukte geholt habe. Ich stürme durch die Tür und laufe den Flur hinunter, meine Wangen brennen so heftig, dass ich mir vorstelle, sie würden wie Kerzenwachs von meinem Schädel tropfen. Durch das Fenster in der Tür sieht es aus, als wäre das Lehrerzimmer leer. Ich husche hinein und begutachte mein Gesicht im Spiegel über dem Waschbecken mit dem verstopften Abfluss, der nach den Resten der Lean-Cuisine-Gerichte darin stinkt. Irgendwie bin ich unversehrt geblieben.

Den restlichen Vormittag verbringe ich damit, Aufsätze zu lesen, die mich mit ihrer unbefangenen Aufrichtigkeit abwechselnd berühren und deprimieren. Es fühlt sich unangemessen an, wie viel ich über das Privatleben der Schülerinnen und Schüler erfahre, über die Dinge, mit denen sie zu kämpfen haben, über ihre Träume. Sie entblößen ihre Seele nur, weil sich vielleicht eine Tür öffnet, wenn sie es überzeugend genug tun. Und wenn sie sich nicht öffnet, na ja – dann bin ich diejenige, die ihnen erklären soll, warum.

Es klingelt zur letzten Stunde vor der Mittagspause, der Stunde, in der ich Rob treffe. Sein Klassenzimmer ist zwei Etagen über mir, im Schimmelstreifen, wie wir die Ecke nennen. Wir sind die letzten Neuzugänge an der Schule, deshalb hatte er bei der Auswahl der Klassenräume am wenigsten zu melden. Wenn ich unterrichten würde, wäre ich direkt neben ihm, in dem ungenutzten Raum mit den Konservendosen von der Spendenaktion, aus der am Ende nichts geworden ist.

Ich werfe den Aufsatz in meiner Hand auf den Tisch und reibe mir die Schläfen, bis sie brennen. Die Schule hat mich über ein Feld-der-Träume-Stipendium eingestellt, das sie letztes Jahr bekommen hat, was Geld für einen ausgebildeten

Collegeberater bedeutete und außerdem den Kontakt zu ein paar vornehmen Leuten aus Boston, die herkommen und den Kindern erzählen, wie schön es auf dem Campus der Tufts University sei und dass in Harvard gar nicht so ein Hauen und Stechen herrsche, schließlich sei man vor allem eine Gemeinschaft. Die Kinder sehen mich bei diesen Vorträgen – wir nennen sie Kaffeeklatsch, obwohl wir gar keinen Kaffee servieren, sondern nur Kakao – immer an, als wollten sie fragen: ernsthaft? Und dann kann ich nur noch auf den Sprecher starren, wenn ich meinen professionellen Gesichtsausdruck nicht verlieren will. Mir ist nie ganz klar, für wen diese Gespräche überhaupt stattfinden, für die Kinder oder für den Newsletter, den Cushing den Eltern schickt.

Am Ende ist Cushing das eigentliche Problem, weil ihre Ziele für die Schule direkt aus dem Handbuch für aufstrebende Vorstädter stammen könnten. Sie will den Matrikellisten aus Southington und Wassasit Konkurrenz machen und neben den Trophäenschrank eine Liste der überqualifizierten Ehemaligen und ihrer beeindruckenden, aber nichtssagenden Stellenbeschreibungen hängen: Lydia, *Beraterin*, James, *Produktmanager*. Bisher funktioniert es nicht. Wären wir doch wenigstens in Texas, sagte im September ein Elternteil bei einer Veranstaltung zum Schuljahresbeginn. Dann würde der Staat wenigstens Privatschulen bezahlen.

Es klingelt wieder – wehe, du bist nicht im Klassenzimmer –, und ich mache mich auf den Weg, bevor Mrs Johnson von ihrer Besprechung zurückkommt. Im Vorbeigehen trete ich dreimal gegen ihren Joghurtkühlschrank, dass er richtig wackelt. Das heitert mich auf.

Ich steige die Treppe hinauf und komme an einigen Austauschschülern aus Italien vorbei, die sich am Wasserspender herumdrücken. Cushing hat den Austausch vor ein paar Jahren ins Leben gerufen, in der Hoffnung auf eine »gegenseitige Befruchtung intellektueller und kultureller Art«. Soweit ich das sehen kann, passiert hier höchstens eine Befruchtung sexueller Art. »Wo solltet ihr eigentlich sein?«, frage ich und merke sofort, welchen Fehler ich gemacht habe. Wenn man ihnen irgendwas aufträgt, tun sie so, als würden sie kein Wort Englisch verstehen. Eines der Mädchen hebt in gespielter Verwirrung die Hände, aber als ich *Samstag nachsitzen* sage, eilen sie den Flur hinunter. Und in diesem Moment sehe ich Jane Ryder hinter dem Mülleimer, sie drückt sich gegen die Wand, als würde sie sich verstecken. Sie ähnelt enorm ihrer Mutter, der ich erst einmal begegnet bin, bei einem College-Infoabend für begabte Schülerinnen und Schüler der ersten beiden Highschoolklassen. Die anderen Lehrer haben mich gewarnt, sie habe ein Tablettenproblem: Offenbar war sie früher im Lehrer-Eltern-Ausschuss sehr aktiv. Ihr Mann soll schuld gewesen sein – er hat sie mit jungen Frauen betrogen, die im Sommer am Hafen arbeiteten, die Segeln unterrichteten oder Kajaktouren führten. Anfangs verstand ich nicht, warum sie Mrs Ryder so interessant fanden; normalerweise tratschen Lehrer lieber über andere Lehrer. Dann begriff ich, dass, wenn jemand ohne Erklärung verschwindet, man selbst festlegen kann, was mit ihm passiert ist. Und so viel Einfluss haben wir nicht oft. Zumindest nicht hier in der Schule, unter der Aufsicht von Cushing und der Schulbehörde und Eltern, die so übertrieben engagiert sind, dass sie ihre Kinder wieder mit der Nabelschnur an sich binden würden, wenn sie es könnten.

Sie trug die Haare zu langen, dünnen Zöpfen geflochten, was man bei älteren Frauen selten sieht, und ihre Wangen waren so blass, dass sie im hell erleuchteten Zimmer bläulich wirkten. Nach meinem Vortrag kam sie zu mir, während die anderen Eltern sich am Snacktisch glasierte Zuckerplätzchen und Brownies aussuchten. Sie müssen mir etwas versprechen, sagte sie. Ich nickte, wahrscheinlich skeptisch – die Eltern glauben immer, ich hätte deutlich mehr Einfluss auf die Zulassungen, als es der Fall ist. Sorgen Sie dafür, dass sie nicht hier in der Stadt bleibt?, bat sie. So etwas konnte ich natürlich nicht versprechen. Aber als sie meine Hände nahm und sie an ihr Herz drückte, sagte ich doch Ja.

»Geht es dir gut?«, frage ich.

»Ja, alles in Ordnung.«

»Willst du zu Mr Taylor?« Ich werfe einen Blick auf Robs Tür. Sie steht offen.

»Nein, nein, tut mir leid. Alles okay.«

Ich tätschle ihr sanft den Rücken – nur Schulterblatt und Knochen. »Er beißt nicht.«

»Ha«, sagt sie, und das Wort hallt durch den Flur. »Mir fehlt wirklich nichts. Danke.« Ich sehe ihr nach, als sie die Treppe hinunterläuft, den Kopf gesenkt wie ein gescholtener Hund, und ein ungutes Gefühl grummelt durch meinen Magen. Bei den stillen Kindern ist es immer so schwer, sich um sie zu kümmern. Sie verstehen, wie die Aufmerksamkeitsökonomie in der Schule funktioniert; wenn man nie etwas verlangt, gerät man auch nie in den Fokus.

Als ich Robs Klassenzimmer betrete, lehnt er sich mit seinem Stuhl so weit nach hinten, dass sein Hals nur Fingerbreit vom Betonboden entfernt ist. »Welche Geschmacksrichtung?«, fragt er.

Ich setze mich an ein Pult und sprühe es mit dem Desinfektionsmittel aus meiner Tasche ein, weil man nicht glauben sollte, was Teenager vor aller Augen machen. Jemand hat *lutsch meinen geometrischen Schwanz* ins Holz geritzt. »Hattest du einen Termin mit Jane?«

»Welcher Jane?«

»Ryder.«

Er springt auf, die schnelle Bewegung lässt seinen Stuhl tanzen. »Jane ist nicht in meiner Klasse.« Mit der Faust schlägt er auf seinen Schreibtisch, bis sich die Schublade klappernd öffnet. »Warum?«

»Sie stand gerade vor deiner Tür. Als würde sie auf etwas warten.«

Plötzlich wirkt er aufmerksam. »Worauf?«

»Weiß ich nicht. Auf dich, dachte ich.«

»Den Jahrgang unterrichte ich nicht.« Er greift so tief in die Schublade, dass sein Arm bis zum Ellbogen verschwindet. »Das weißt du doch.«

»Tue ich das?«

»Ja, tust du.« Als er endlich seinen Arm herauszieht, hält er zwei Vape Pens in der Hand. »Mach dir keine Sorgen um Dinge, die nicht dein Problem sind. Ihr geht es bestimmt gut. Also – welche Geschmacksrichtung?«

Aber Jane ist mein Problem. Alle Schülerinnen und Schüler sind mein Problem. Sie kommen zu mir, wenn ich an meinem Schreibtisch zu Mittag esse, wenn ich mir auf der Toilette die Hände wasche, wenn ich am Getränkeautomaten eine Sprite kaufe. Sie bitten mich, ihren Eltern nichts zu erzählen. Ich muss ihnen versprechen, nicht auszuflippen. Sie zeigen mir seitenweise Listen der Kalorien ihrer Mahlzeiten, verheilte Narben, die sie sonst unter langen Ärmeln verstecken, Textnachrichten von Freunden, Freundinnen, Fremden.

Nicht, dass Rob das auch nur ansatzweise verstehen würde.

»Welche hast du denn?«, frage ich.

»Tango Mango oder Milder Mojito.«

Ich entscheide mich für den Pen, der nach Mojito schmecken soll. Rob pustet eine Rauchwolke aus, die nach Tropen riecht, und ich stehe auf und öffne mit ein paar Schlägen gegen den Rahmen das Fenster, das monatelang von Farbe zugeklebt war, bis wir es an den Ecken mit einer Brechstange aufgestemmt haben. Als ich es hochschiebe, weht ein Hauch Geißblatt herein.

Draußen neben dem Schülerparkplatz blühen die ersten Tulpen. Ein Junge in einem Fußballtrikot pflückt eine und tut so, als würde er sie essen, zur Belustigung seiner Freunde stopft er sich die Blütenblätter in den Mund. Auf dieser Welt ist doch nichts so verlässlich wie Jugendliche und ihr Sinn für Humor.

Rob sieht so jung aus, dass er oft für einen Schüler gehalten wird. Er ist dünn und groß und weiß noch nicht recht, wie er mit seinem Körper umgehen soll, seine Gliedmaßen schwingen oft in entgegengesetzte Richtungen. In seiner Stimme liegt das nervöse Zittern eines Jungen, der in seiner Kindheit gerügt worden ist, weil er zu leise war – sprich lauter, Sohn! Das hat er wahrscheinlich oft gehört. Allerdings weiß ich nicht viel über Robs Vater. Wenn er über ihn redet, was er selten tut, dann auf diese ehrfürchtige, unreflektierte Art von Männern, die versucht haben, die Angst vor ihren Vätern zu etwas wie Bewunderung umzubiegen.

»Wie läuft es auf Tinder?«, frage ich. Ich habe ihm letzte Woche geholfen, ein Konto zu erstellen, als wir uns zusammen im Kunstmaterialraum versteckten, während wir mittags Pausenaufsicht halten sollten. Meine Aufgabe war es, die stets wertvolle weibliche Perspektive beizusteuern.

»Ich traue mich nicht.« Er kaut auf dem Ende seines Vape Pens. »Was, wenn mich ein Schüler sieht?«

»Stell das Mindestalter einfach auf fünfundzwanzig oder so. Außerdem sind sie nicht auf Tinder angewiesen. Sie können sich gegenseitig vögeln.«

Er schüttelt den Kopf. »Zu paranoid. Wann richten wir dein Konto ein?«

Ich rechne mir schlechtere Chancen aus, per Tinder ein Date mit einer interessanten Frau zu finden, als gleichzeitig von einem Blitz und einem Kometen getroffen zu werden. »Ich kann diese Apps nicht ausstehen. Ich komme mir dabei vor wie ein Kleid, das bei jemandem online im Einkaufswagen liegt, der sich nicht entscheiden kann, ob er es kaufen will oder nicht.«

Rob lacht, beugt sich zur Seite und spuckt in seinen metallenen Abfalleimer, dünne Spuckefäden baumeln von seinen Lippen. Mir kommt der Gedanke, dass ich mir wirklich einen neuen Verbündeten in der Schule suchen sollte. »Zumindest könntest du es haben, wenn du wolltest.«

»Was soll das heißen?«, frage ich, obwohl es mir natürlich klar ist.

»Na ja, du weißt schon, dass es für Frauen einfacher ist. Vor allem für Frauen *mit* Frauen. Ihr seid nett zueinander.«

»Sind Frauen nicht nett zu dir?«, rutscht es mir heraus.

Er lächelt schief, eine Lippe bleibt am Schneidezahn hängen. »Die Frauen in meinem Alter nicht.«

Ich verdrehe die Augen. Rob liebt die Aufmerksamkeit, die er von den Mädchen bekommt – sie steigern sein Selbstwertgefühl, was Frauen in seinem Alter offenbar nicht tun. »Sterben heutzutage noch Leute an Bleivergiftung?«, versuche ich, das Thema zu wechseln.

»Traurige Menschen, die viel Zeit in Kellerräumen verbringen.« Er will noch einen Zug nehmen, aber ein kleines Lämpchen an der Spitze des Pens blinkt orange.

»Also im Grunde wir.«

»Im Grunde ja.«

In meinem Pen ist noch etwas Saft, trotzdem lege ich ihn auf Robs Schreibtisch. »Ich muss mal langsam weitermachen.« Ich stehe zu schnell auf, die Ränder meines Sichtfelds verpuffen, Dunkelheit kriecht näher, in meinem Kopf ist Helium. Ich taumle zurück, und Rob drückt mir die Hände gegen den Rücken.

»Alles gut?«, fragt er.

Ich blinzle, und das Zimmer wird wieder normal: laminierte Geometrieposter, elektrischer Bleistiftanspitzer, eine Tafel mit geisterhaften weggewischten Gleichungen. »Alles in Ordnung.«

Er berührt immer noch meinen Rücken. »Gut.«

»Wo waren Sie?«, fragt Mrs Johnson, als ich ins Büro zurückkomme. »Meine Mails lassen sich nicht öffnen. Wissen Sie noch, wie mein neues Passwort lautet?«

Ich setze mich auf meinen Stuhl und ignoriere sie. Diese Taktik wende ich nicht bei vielen Menschen an, weil ich es selbst hasse, ignoriert zu werden, aber wenn ich ihr immer wieder helfe, lernt sie es nie. Bring einem Mann das Fischen bei und so weiter. »Layla«, sagt sie. »Layla. *Layla!*« Erstaunlich, wie hässlich der eigene Name aus dem Mund anderer klingen kann. Ich gebe nur nach, weil ich es nicht noch einmal hören will.

»War es nicht wackelcorgi34 oder so was?« Ich öffne meine eigenen E-Mails. Eine Mutter droht, sie werde *DER DIREKTORIN EIN PAAR TAKTE SCHREIBEN*, wenn ich nicht aufhöre, ihrem Sohn *FLAUSEN ÜBER EIN PAU-SENJAHR IN DEN KOPF ZU SETZEN!* Ich überlege zu antworten, dass ein Jahr Pause nach dem Abschluss eine aufregende, bereichernde Erfahrung sein kann, vor allem für Schüler wie Corey, der mit Vorliebe Klopapierrollen anzündet und sie unter den Türen der Toilettenkabinen hindurch auf ahnungslose Jungen schleudert. Stattdessen schreibe ich: *Vielen Dank für Ihre Rückmeldung.*

»Corgiwackelhintern154«, murmelt Mrs Johnson. Ich kann hören, wie sie mit dem Zeigefinger auf die Entertaste einsticht. »Und warum zum Teufel schickt mir jemand eine Mail über ein Grundstück in Äthiopien?«

Ich sage, dass es ein Betrugsversuch ist.

»Ist es nicht. Er schreibt, dass er sogar auf die Anzahlung verzichten würde.«

In meinem Posteingang taucht eine neue Nachricht auf, mit der Betreffzeile: *Gespräch in meinem Büro – sofort.* Die Mail stammt von Direktorin Cushing. Ich öffne sie, aber sie enthält keinen weiteren Text.

»Hören Sie mir zu?«, fragt Mrs Johnson mich, als ich aufstehe.

»Nein.«

Plötzlich gibt es einen Knall – sie hat ihren Absatz auf den Boden gerammt. Er ist so laut, dass ich im ersten Moment denke, unsere Deckenplatte wäre wieder heruntergefallen. »Ist das wirklich der Ton, den Sie Ihrer Vorgesetzten gegenüber anschlagen wollen?«, fragt sie.

Mrs Johnson gehört zu diesen Frauen, die ihr ganzes Selbstwertgefühl aus ihrer Fähigkeit ziehen, Autorität auszuüben. Soweit ich es sehen kann, besitzt sie weder erkennbare Talente noch ein Leben außerhalb der Schule. Das ist keine bösartige Sichtweise, es sind schlichte Tatsachen. Die Schulsekretärin hat mir verraten, dass sie sich Mrs Johnson nennt, weil es sie verlegen macht, in ihrem Alter nicht verheiratet zu sein. Schon das sollte wahrscheinlich ein Mindestmaß an Mitgefühl wecken, aber sitzen Sie mal zusammen mit einem anderen Menschen in einem verschimmelten Büro von der Größe eines überdimensionierten Wandschranks und sagen mir, ob Sie einen Hauch Mitleid mit ihm empfinden. Manchmal male ich mir aus, wie ich sie mit Klebeband an ihren Stuhl fessle, sie nach draußen schiebe und hinter einem der geparkten Schulbusse in den toten Winkel stelle.

Ich schlinge mir meinen Rucksack über die Schulter und hole so angespannt Luft, dass meine Rippen beben. »Seit wann sind Sie meine Vorgesetzte?«

Sie ruft meinen Namen, aber ich öffne schon die Tür zum kühlen, leeren Flur.

Alicia, unsere Sekretärin, scheint überrascht, als sie mich in ihrem Büro sieht. Sie ist süchtig nach Onlineshopping und hat schon versucht, Lehrerinnen in ein Netzwerkmarketingding für ätherische Öle zu locken, um ihre Sucht zu finanzieren. Wenn ich kann, gehe ich ihr aus dem Weg. Sie legt ihr Gespräch in die Warteschleife und drückt das Telefon an ihre Schulter. »Gibt's Ärger?«, flüstert sie.

»Hoffentlich nicht.«

Sie schüttelt den Kopf. »Wenn du es nicht weißt, dann ja.«

»Das ist aber kein tröstlicher Gedanke.«

Sie zuckt mit den Schultern. »Trost ist was für Welpen und Waisen.«

Ich nicke, als wäre es normal, so etwas zu sagen.

»Owens?«, blafft Cushing durch ihre geschlossene Tür.

»Geh lieber rein«, sagt Alicia. »Vom Warten wird sie launisch.« Als ich an ihr vorbeigehe, hält sie sich wieder den Hörer ans Ohr und fragt, ob mittlerweile auch diese neuen monatlichen Raten angeboten werden.

Cushings Büro ist zurückhaltend eingerichtet, mit schwarzen Metallregalen und einem riesigen Eichenschreibtisch, der garantiert mehr gekostet hat, als ich im Monat verdiene. Vor dem Fenster hinter ihr mit Blick auf den Lehrerparkplatz und den Fußballplatz steht eine schmale Glasvase mit Wasser, aber ohne Blumen.

Sie winkt, ich solle mich auf einen Stuhl in Kindergröße vor ihrem Schreibtisch setzen. »Ihnen ist sicher bewusst«, sagt sie, »dass die Umstände für unser Gespräch nicht ideal sind.«

Ich kann nie erkennen, wie alt sie ist – vierzig? Fünfzig? Ihre Mimik ist so minimal, dass Falten keine Chance hatten. Was bedeutet, dass es in ihrem Gesicht nichts Freundliches gibt, auf das man sich konzentrieren könnte, keine gefältelten Lider oder Lachfalten. Nichts, was andeuten würde, dass diese Frau auch weich sein kann. Es versteht sich von selbst, dass sie mir eine Scheißangst einjagt. Und genau das macht sie so scharf.

»Ich habe vor etwa« – sie schaut auf ihre goldene Uhr – »zehn Minuten eine Beschwerde von Sophia Wests Vater bekommen.« Sie trägt einen schwarzen Blazer über einem weißen Rollkragenpulli aus Seide, und ich frage mich, wie sie es schafft, nicht zu schwitzen. »Er sagt, Sie hätten sich bei der Studienberatung emotional unangemessen verhalten?«

»Emotional unangemessen?«

Auf ihrem Nasenrücken sitzt eine Lesebrille mit Schildpattrahmen, und sie neigt den Kopf, um mich darüber hinweg anzusehen. »Das ist ein Zitat, ja.«

Ich lasse mich auf dem Stuhl nach hinten fallen. Es ist ein Holzstuhl mit niedriger Rückenlehne, die sich wie ein stumpfes Messer unter meine Schulterblätter drückt. »Was soll das überhaupt bedeuten?«

Sie seufzt, als hätte ich sie gebeten zu erklären, warum Regen nass ist. »Wir wissen beide, dass Ihre Arbeit Einfühlungsvermögen erfordert, Layla. Trotzdem gibt es Grenzen.«

Cushing hat etwas an sich, das meinen inneren Teenager hervorlockt. Dieses *Etwas* ist, dass sie mich an meine Mom erinnert. »Tut mir leid, worum geht es eigentlich? Ich habe ihr vorgeschlagen, sie soll über ihre Mutter schreiben. Mehr nicht.«

Schweigen breitet sich aus, ein stilles Anerkennen, dass ich zu stur sein werde, irgendeine Erklärung von ihr zu akzeptieren, und dass sie zu stur sein wird, irgendeine Begründung von mir zu akzeptieren. Sie streicht mit einem mandelförmigen Fingernagel über das dünne Goldkettchen, das ihr deutlich hervortretendes Schlüsselbein berührt. Ich stelle mir vor, wie ich die Kette für sie öffne, wie ich den zarten Verschluss mit den Fingernägeln trenne. Die Kette rutscht von ihrem sommersprossigen Hals und fällt in meine offene Hand. Als ich die Finger um die Metallglieder schließe, spüre ich die Wärme ihrer Haut.

»Was möchten Sie?«

Diese Stimme gehört nicht Cushing. Sie ist nasal und knarzig, und meine kleine Schmuckphantasie löst sich auf. Stattdessen sehe ich Alicia, die den sehnigen Hals ins Zimmer streckt, eine cremig-schmierige Hand am Türknauf. Sie schaut herein, um zu fragen, ob Cushing einen Caesar Salad zum Mittagessen haben will oder ein Erneuerungs-Quinoa, was auch immer das ist.

Wie mit einem Hammer schlägt Cushing mit der Faust auf ihren Schreibtisch, ohne den Blick von mir abzuwenden. »Ich bin in einem Gespräch.« Ihr Ton ist so schneidend, dass ich fast erwarte, Alicia würde in Fetzen zu Boden flattern. Sie stößt einen Schwall Entschuldigungen aus und starrt mich finster an, bevor sie sich ins Sekretariat zurückzieht, als wäre ich irgendwie verantwortlich. Zu Alicias Verteidigung muss ich sagen, dass Cushing andere mit Leichtigkeit dazu bringen kann sich zu wünschen, sie könnten jemand anderem die Schuld für ihr Tun zuschieben.

»Es ist für die Familie ein heikles Thema«, sagt Cushing, als wir wieder allein sind. Ich muss immer noch ihre Kette anstarren. Vielleicht könnte ich meine Arbeit besser erledigen, wenn ich mehr Sex hätte. Sollen regelmäßige Orgasmen nicht für ein ausgeglichenes Gemüt sorgen, wie Joggen oder Meditieren?

»In Ordnung«, antworte ich schleppend, weil ich mich mühsam konzentrieren muss. »Was soll ich jetzt machen?«

Cushing nimmt ihre Brille ab und schiebt sie mit einer geschmeidigen Bewegung in das Lederetui auf ihrem Schreibtisch. »Nun. Das ist ein Symptom eines größeren Problems, über das ich schon länger mit Ihnen sprechen will.«

Mein Magen rutscht mir in die Kniekehlen.

»Die Schule wird Ihren Vertrag Ende des Jahres nicht verlängern. Wir wissen Ihre Bemühungen sehr zu schätzen, aber wir glauben, dass die Studienberatung eine robustere Leitung braucht.«

Das Wort *robust* klingt für mich fremd und hässlich, wie mein Name aus Mrs Johnsons Mund. »Wann«, frage ich, »haben Sie diese Entscheidung getroffen?«

»Machen Sie bitte nichts Persönliches daraus. Wir haben

lediglich erkannt, dass wir jemanden mit ein bisschen mehr Erfahrung brauchen.«

»Welche Erfahrung ich habe, wussten Sie, als Sie mich eingestellt haben.«

»Ja, nun. Wir waren nicht sicher, wie es sich entwickeln würde. Vergessen Sie nicht, für uns ist das auch Neuland.« Sie steht auf, für sie ist die Besprechung also beendet. Aber ich hake die Füße hinter meine Stuhlbeine, statt ebenfalls aufzustehen. Es ist nicht richtig, dass sich so viel an einem einzigen Tag verändert, und das ohne jede Ankündigung! Gänsehaut überzieht meinen Körper wie ein Ausschlag. Niemand warnt einen mehr vor! Wir nähern uns alle langsam dem Abgrund und sehen einander dabei zu!

Sie will gerade die Tür öffnen, als ich spreche. »Wenn es wegen Coach ist, dann sagen Sie es bitte einfach.«

Coach ist unser Sportlehrer; er besteht darauf, so genannt zu werden. Vor einer Weile haben einige Schülerinnen, die ich berate, mir gemeinsam erzählt, dass er manchmal in die Umkleide gekommen ist, wenn sie sich umzogen, und jedes Mal überrascht tat, als wäre es nur ein Versehen gewesen. Sie haben auch berichtet, dass seine Hände bei der Skolioseuntersuchung, für die er zuständig war, auf Wanderschaft gingen, und dass sie einmal gesehen hatten, wie er ein bestimmtes Mädchen für weitere Untersuchungen in sein Büro gezogen hat. Das war vor ein paar Jahren – das Mädchen hat die Schule gewechselt und nie wieder etwas von sich hören lassen.

Seitdem hat Coach die Basketballmannschaft der Jungen zu drei Siegen auf Bundesstaatenebene geführt.

Meine Schülerinnen wollten nicht zu Cushing gehen. Also übernahm ich das und versprach, ihre Namen geheim zu halten. Cushing sagte, sie werde die Sache untersuchen, aber dass ich nicht viel erwarten solle, wenn die Mädchen selbst nichts sagen wollten. Man sollte meinen, sagte sie damals, dass sie ihre Namen öffentlich machen wollen. Als ich sie fragte, warum sie das glaubte, lehnte sie sich gegen die Wand und zuckte mit den Schultern. Jeder will doch ein Held sein, oder?

»Ich habe es Ihnen gesagt«, antwortet sie. Ihre Augenbraue bebt, aber ein Zucken erlaubt Cushing ihr nicht. »Wir untersuchen die Sache, auch wenn Sie es mir nicht glauben, ich weiß.«

Rob meinte mal, Cushing würde nur interessieren, ob sie als fähig wahrgenommen wird. Sie habe Kluges-Mädchen-Syndrom, erklärte er. Ihren Selbstwert ziehe sie allein daraus, immer der fähigste Mensch im Raum zu sein. Alles, was das Gegenteil beweisen könnte, würde ausgemerzt. »Ich glaube, wir haben klargestellt, dass wir uns beide gegenseitig nicht viel zutrauen«, sage ich.

Cushing kommt zu mir und legt eine Hand auf meine Rückenlehne. Der Rahmen wackelt, als sie fester zupackt. »Er ist seit fünfundzwanzig Jahren an dieser Schule. Ich bin es ihm und den Mädchen schuldig, besonnen vorzugehen.« Sie ist direkt neben mir, ihr Gesicht dicht über meinem. So nah war ich ihr noch nie, und jetzt sehe ich ihre Makel. Ein paar nicht gezupfte Härchen zwischen den Augenbrauen, Foundation, die an einer trockenen Stelle an ihrem Kinn reißt. »Ich kann es mir nicht erlauben, spontan Entscheidungen zu treffen.«

Ich habe eine Karte, von der ich schon oft überlegt habe, sie auszuspielen, und sie jetzt zu nutzen, lässt sich nur damit verteidigen, dass es den Mädchen der Nashquitten High helfen könnte. Allerdings gibt es Geschichten, die man nicht weitererzählen darf, egal, welche Veränderungen sie bewirken könnten. Das habe ich mir zumindest bisher immer gesagt.

»Und was würde Ihre Tochter von diesen Ausflüchten halten?«, frage ich leise. »Würde sie sich damit sicher fühlen?«

Cushings Atem riecht nach Minzbonbons, und als er über mein Gesicht streicht, kribbeln die winzigen Härchen auf meinen Wangen. Warum erzählst du es nicht deiner Mutter?, habe ich sie gefragt, das weiß ich noch, als wir auf dem Grashang vor dem Fußballfeld saßen. Olivia hatte darauf bestanden, dass wir draußen miteinander sprachen, und erst, nachdem alle Clubtreffen und das Nachsitzen an dem Tag beendet waren.

Sie würde mir nicht glauben.

Wie kommst du darauf?

Olivia band sich die Haare zusammen, die sie kurz zuvor in einem strengen, unvorteilhaften Schwarz gefärbt hatte. Weil mir so etwas nicht passieren kann, während sie die Verantwortung hat.

Cushing weicht abrupt zurück und beschäftigt sich mit dem Notizbuch auf ihrem Schreibtisch. »Sie können am Zwölften Ihre Sachen mitnehmen. Zu den Lehrerkonferenzen brauchen Sie nicht mehr zu kommen.«

»Das war's?«, frage ich und beziehe mich damit auf ungefähr zehn verschiedene Sachen.

»Was wollen Sie, Layla? Eine Parade?« Sie zeigt mit ihrem Stift auf die Tür. »Machen Sie nur keine Szene.«

Irgendwie schaffe ich es aus diesem Zimmer und in die Eingangshalle, wo ich mich Minuten später vor einer Glasvitrine mit den Babyfotos der Abschlussklasse wiederfinde. Alicia lehnt sich mit großen Augen durch die Bürotür. »Was zum Teufel«, flüstert sie, »war das denn?«

Ich kehre nicht an meinen Schreibtisch zurück. Stattdessen stehe ich würgend auf dem verblassten Asphalt des Lehrerparkplatzes, ohne dass etwas kommt, dann setze ich mich in mein Auto und will nach Hause fahren. Noch fühle ich mich so betäubt, als wäre mein Körper vollgepumpt mit Lidocain, aber ich weiß jetzt schon, dass sich die Panik bald einstellen wird, genauer gesagt, wenn ich mir meinen Kontostand ansehe und ausrechne, wie viel davon übrig bleibt nach der Miete, der Krankenversicherung, Lebensmitteln, Kreditraten, Benzin, Handy, Internet, Strom, Bier gegen die Panik, Cremes gegen Ausschlag wegen der Panik, Medikamenten gegen die tatsächliche Panik, falls es diese Onlineapotheke, die mir mal Antidepressiva verkauft hat, noch gibt.

Ich versuche, tief durchzuatmen.

Die Fahrt verläuft so automatisch, dass es mir hilft, vorübergehend alle Gedanken zu vertreiben. Ich wohne am westlichen Stadtrand, möglichst weit vom Wasser entfernt. Es wohnt sich ganz gut da – das Haus ist modernisiert, es gibt eine große Rasenfläche, und ich muss mich um keines von beiden kümmern. Ich wohne dort mit der Besitzerin zusammen, mit Mona, die ich auf Craigslist gefunden habe, als ich herzog. Die Miete ist so absurd niedrig, dass ich mich anfangs gefragt habe, welchen Anteil der Hypothek ich bezahle, bis mir irgendwann klar wurde, dass es keine Hypothek gab. Ein paar seltene Exemplare von uns leben tatsächlich so: ohne Schulden.

Als ich in die Einfahrt biege, überlege ich, was ein normaler Mensch jetzt tun würde. Ins Haus gehen, eine Kleinigkeit essen, Wasser trinken. Ich beschließe, diese drei Dinge in genau dieser Reihenfolge zu tun. Auf der Treppe sehe ich, dass die Haustür offen steht, der Wind hat sie aufgestoßen, weil Mona wieder vergessen hat abzuschließen. Sie ist hier aufgewachsen und sagt, ich würde mir zu viele Sorgen machen, niemand würde ein Verbrechen begehen und glauben, er käme damit davon. Hier ist niemand anonym, versprach sie.

Mona ist bei der Arbeit, aber ich sehe, dass sie die Post reingeholt hat, bevor sie gefahren ist. Dicke Umschläge durchzusehen hat etwas Beruhigendes. Und so wirkt es auch jetzt: Appelle, Kinder zu retten, teure Kuchenformen zu kaufen, einen Kredit mit niedrigem Zinssatz zu beantragen; sie alle gleiten sanft durch meine Finger. Bestimmt sortieren normale Menschen sieben Minuten lang ihre Post, beschließe ich.

Altpapier, Altpapier, Altpapier. Befriedigt werfe ich sie in unseren blauen Abfalleimer, und als ich den nächsten Schritt tue, knistert Papier unter meinem Fuß. Ich ziehe ihn zurück, und darunter kommt ein zerknitterter, ungeöffneter Umschlag mit dem Namen einer Universität in der linken Ecke zum Vorschein. Mona hat sich für ein weiterführendes Studium beworben, und es sieht nicht gut aus. Der Umschlag ist klein und dünn und mit ziemlicher Sicherheit eine Absage. Ich überlege, ob ich ihr schreiben und sie fragen soll, ob sie den Brief gesehen hat. Sie kann mit schlechten Nachrichten nicht besonders gut umgehen, deshalb wäre es besser, wenn sie es bei der Arbeit erfährt statt zu Hause mit mir. Ich schicke ihr ein Foto.

In der Küche bemühe ich mich, die leere Müslischale auf der Anrichte gar nicht zu beachten, auch nicht die Müslireste, die an ihrem Rand hart werden, oder das Messer, das seit Tagen mit fettig weiß verschmierter Klinge in der Spüle liegt. Ich räume Mona nicht mehr hinterher, weil ich versuche, Grenzen zu setzen. Wo sie liegen und wie sie aussehen, ist unklar, aber für meine Mitbewohnerin die Mutter zu spielen, liegt eindeutig außerhalb dieser Grenzen.

Als ich die Tüten mit verwelkten Kräutern und die schmutzigen Tupperdosen im Kühlschrank sehe, beschließe ich, dass ich doch keine Kleinigkeit essen will. Weiter mit dem Wasser. Es ist Freitag, also finde ich, dass ich mein Ziel abändern und stattdessen Bier trinken kann. Ich tröste mich über die Unordnung ein wenig hinweg, indem ich eines von Monas IPAs öffne – meine Sachen sind deine Sachen, sagt sie immer, weil es sie unsicher macht, ein Einzelkind zu sein.

Ich trinke einen Schluck, sehe dabei aus dem Fenster und überlege, ob ich irgendwelche anderweitig einsetzbaren Fähigkeiten habe. Die Scheibe ist mit Pollenstaub verschmiert, alles steht in voller Blüte. Ich kann zuhören und anderen Leuten Geschichten entlocken, also könnte ich Telefonsex anbieten oder Priesterin werden.

Ich trinke weiter Monas Craftbeer und schlendere dabei in die entlegenste Ecke des Gartens, wo die Halme so hoch wachsen wie das Schilfrohr entlang der Salzwiesen. Mein Handy vibriert – Mona. *Scheiße*, schreibt sie nur. Ich antworte mit einem obligatorischen traurigen Emoji, bevor ich mein Handy fallen lasse. Es landet auf einem Ameisenhügel, und die Ameisen wuseln über mein Display, als wäre es verkleckerte Marmelade, mit zuckenden Fühlern untersuchen sie das Glas. Ich wünschte, ich könnte mich ewig hier verstecken.

Ein paar Stunden später kommt Mona von ihrer Arbeit im Fischgeschäft nach Hause. Es nieselt mittlerweile, aber das Segeltuch, das wir letzten Sommer vom Dach zu zwei wackligen Pfosten gespannt haben, hält den Regen größtenteils ab. Ich sitze neben der offenen Schiebetür auf der Veranda und höre, wie Mona durchs Haus poltert. Sie geht nicht gerade leise.

»Komm her und trink was mit mir«, rufe ich. Ich bin bei meiner dritten Flasche.

Sie taucht hinter der Fliegengittertür auf, mit abstehenden blonden Härchen an den Schläfen, das Arbeits-T-Shirt in der Taille geknotet, einen kleinen Finger an den Mund gehoben, den Nagel zwischen die Zähne geklemmt. Mona ist verwöhnt und leicht neben der Spur und hat das zarte, hintergründige Gesicht einer Schauspielerin in einem Nouvelle-Vague-Film. Ich bin nicht wirklich in sie verknallt. Aber es ist leicht, Phantasien über sie zu entwickeln, schon weil sie immer in der Nähe ist. »Was feiern wir denn?«, fragt sie, als sie aus dem Haus schlüpft.

Ich sitze im Gartenstuhl, deswegen schleift mein Hintern über den Boden, wenn ich mich bewege, und als ich aufschaue, ist sie doppelt so groß wie ich. »Meine Freiheit.«

»Ach? Was ist passiert?« Sie nimmt das warme Bier an, das ich aus dem Sechserpack neben mir ziehe. Ich sehe, wie sich beim Trinken ihr Hals bewegt.

»Ich wurde gefeuert.«

Ihr Kopf ruckt herum, und sie lässt sich in den Stuhl neben mir fallen. »Ach du Scheiße. Ist das ein Witz?«

Ich schüttle den Kopf. »Cushing hat mich heute in ihr Büro zitiert und es mir gesagt.«

»Das können sie doch nicht machen, oder? Rechtlich gesehen?«

»Doch, können sie. Unser Vertrag läuft nur ein Jahr.«

»Aber mit welcher Begründung? Sie brauchen doch eine Begründung.«

»Das ist eine lange Geschichte.«

Sie schüttelt den Kopf, um ihren Dutt zu lösen. Ich reiße mich zusammen, um den baumelnden Haarstrang nicht mit beiden Händen zu fassen. Ich wette, er fühlt sich an wie Rohseide.

»Ich habe Zeit.«

»Ach, es ist nur … ein Missverständnis.« Ich würde ihr gern die Wahrheit sagen, aber sie gehört so vielen anderen Menschen als mir. Ich frage mich, ob Olivia vielleicht in genau diesem Moment begreift, dass ich sie verraten habe. Hat Cushing geglaubt, dass ich auf etwas anspiele, das tatsächlich passiert ist? Oder hat sie es nur für einen billigen rhetorischen Trick gehalten? Ich trinke einen Schluck Bier und lasse mir die Kohlensäure kribbelnd den Hals hinunterlaufen. »Wenigstens muss ich nie wieder einem Kind sagen, dass sein Traum gestorben ist«, versuche ich, es wie einen Witz klingen zu lassen. Aber ein Blick auf Monas Gesicht zeigt mir, dass es nicht so angekommen ist.

»Du solltest ihnen sagen, dass sie erst gar keine Träume haben sollten.« Freudlos lächelte sie mich an. »Warum die Enttäuschung herausfordern?«

Bevor ich antworten kann, hält sie ihre Bierflasche kopfüber, und die braune Flüssigkeit klatscht auf die Wiese. Ein paar Spritzer treffen meinen Knöchel und rinnen hinab zu meinen Zehen. »Oh«, sagt sie, »habe ich dich erwischt?«

Ich ziehe den Fuß hoch. »Nein, nein.« Ich habe gelernt, dass ich Mona nicht fragen sollte, ob sie über etwas reden will. Was soll Reden bringen?, sagt sie dann. Was ändert es?

Hinter den Bäumen heulen Kettensägen auf. Der Wald wird nach und nach gefällt. Da drüben wird ein Gasthaus renoviert, angeblich soll bald eine kleine Wohnsiedlung an einer Stichstraße folgen. Mona sagte mal, sie hätte nie gedacht, dass in der Stadt so viel gebaut wird – normalerweise wollten die Leute doch von hier weg und nicht hierher zurückkommen.

Als ich sie fragte, warum sie zurückgekommen sei, lachte sie nur. Was wohl hieß, dass sie keine richtige Antwort darauf hatte.

Mein Handy piept in meiner Tasche, und ich brauche einen Moment, um es hervorzuholen – ich bin angesäuselt. *Rob Taylor* flackert übers Display. Ich stöhne.

»Was ist?«, fragt Mona.

»Das ist der Kollege, von dem ich immer erzähle.«

»Der, der aussieht, als würde er anstößiges Stand-up machen?«

»Genau der.«

Sie reckt den Hals, um mir über die Schulter zu schauen. »Glaubst du, er weiß, dass du aufhörst?«

»Finden wir es raus.« Ich tippe auf die Nachricht, und das Display scheint so hell auf, dass ich die Augen zusammenkneife.

Ich habe den ganzen Tag an dich gedacht.

»Bin ich betrunken«, frage ich und halte das Handy hoch, »oder steht da, was ich glaube?«

Mona hält sich eine Hand vor den Mund. »Ach du Scheiße.« Sie lässt sich wieder in den Stuhl fallen, und der Metallrahmen quietscht, als sie lacht. »Ich habe doch die ganze Zeit gesagt, dass er dich mag!«

Eine weitere Nachricht erscheint auf dem Display.

Ich hätte nie gedacht, dass ich mich mal darauf freuen würde, Zehnjährigen Nachhilfe zu geben, lol. Ich sehe dich so gern mit den Schülern arbeiten. Ist es schräg, dass mich das anmacht?

Sämtliches Blut in meinem Körper schießt in mein Herz. In der Ferne: das Dröhnen der Kettensäge, der schwere Aufprall eines gefällten Baums, schreiende Männer.

»Was ist los?«, fragt Mona.

Die blaue Blase mit den Pünktchen taucht auf, verschwindet, taucht auf, verschwindet. Ich stelle mir vor, wie seine Daumen über der Tastatur schweben, tippen und dann hektisch löschen. *Falscher Chat! Tut mir leid!* Was haben sie uns in der Lehrerschulung beigebracht? Deeskalieren. Cushing, bei meinem ersten Personalgespräch: Sie reagieren, statt gezielt zu agieren. Lassen Sie sich Zeit, um nachzudenken. Ganz bewusst.

Für wen war das gedacht?, schreibe ich sorgsam zurück.

»Weiß er es?«, fragt Mona.

Für Kathy, meinen Kontakt an der Mittelschule. Tut mir leid, dass du das gelesen hast. Wie du siehst, bin ich ein bisschen in sie verknallt.

Ich kenne keine Kathy an der Mittelschule. *Bist du sicher?*

Ja.

Mona kniet vor mir, ihre Pupillen sind geweitet, weil das Sonnenlicht uns verlässt. »Was schreibt er?«

Hinter den Bäumen startet ein Automotor. Freundliche Verabschiedungen. Die Arbeiter gehen ins Wochenende. Einen Moment lang glaube ich, ich würde zwischen den Stämmen Scheinwerferlicht sehen, aber das ist unmöglich. So ausgedünnt ist der Wald nicht, noch nicht.

Na gut, schreibe ich.

Wir können das für uns behalten, oder? Ich will Kathy nicht in Verlegenheit bringen.

Ich zögere mit den Daumen über dem leuchtenden Display. *Klar.*

Danke, Layla. Bin dir was schuldig.

Er ist mir was schuldig.

Ich stecke das Handy wieder in die Tasche.

»Ist er unangenehm geworden?«, will Mona wissen.

Erwartungsvoll legt sie den Kopf schief. Ich fühle mich

plötzlich verschlossen, wie ein Haus, dessen Türen zugeweht wurden. »Nein, nur nervig. Er will wissen, was passiert ist.«

Mona legt mir eine Hand auf die Schulter. »Die Leute sind so neugierig.«

»Ja«, sage ich. »Sind sie.«

Den restlichen Abend verbringen Mona und ich damit, Scotch zu trinken, den ihr Vater ihr geschenkt hat – ihre Eltern schenken ihr ständig Sachen. Irgendwo im Wald feiern Jugendliche eine Party. Mona erzählt mir davon, wie sie das erste Mal high war, mit dem Auto fuhr und angehalten wurde. Sie hatte ihren Vater nie so wütend erlebt wie auf der Polizeiwache, und er hat nachher nie wieder darüber gesprochen. Ich frage sie, ob sie manchmal noch an diesen Abend denkt. »Ich versuche, es zu vermeiden«, sagt sie. »Ich hätte jemanden umbringen können.«

»Hast du aber nicht.«

»Ja, aber weißt du, was komisch ist? Als ich angehalten wurde, war ich so vollgedröhnt, dass ich dachte, ich hätte jemanden getötet. Ich bin weinend aus dem Auto gefallen und habe dem Polizisten gesagt, das hätte ich nicht gewollt, es würde mir so leidtun, ich würde direkt ins Gefängnis gehen, ich hätte es verdient.« Sie erzählt es, als wäre es eine lustige Geschichte, die einer Freundin passiert ist, nicht ihr.

»Du hast dich mit Gras so abgeschossen?«

»Keine Ahnung.« Sie drückt die Lippen an den Rand ihres Glases. »Irgendein Typ hat es mir bei einer Party gegeben. Aber ich weiß noch, dass er mich ausgelacht hat, nachdem ich einen Zug genommen hatte. Also wer weiß.« Sie schlägt die Hände zusammen. »Jedenfalls bin ich dämlich! Ende der Geschichte.«

Vielleicht hätte ich noch mehr Fragen gestellt, wenn sich das Nieseln nicht zu einem Wolkenbruch ausgewachsen hätte, wenn Mona nicht mit ihren feuchten Fingern meine Wange berührt und mir nicht gesagt hätte, ich sei schön, wenn sie mir nicht so in die Augen gesehen hätte, dass ich ihr glauben wollte.

Ich trinke nicht oft, und heute Abend bin ich betrunken. Die Wirklichkeit nehme ich nur lückenhaft wahr, wie bei einem Fernseher mit schlechtem Empfang. Als ich bei der Kuhle im Terrassenboden ins Stolpern komme, sagt Mona, wir sollten den Abend beenden. Die Schmerzen melden sich an seltsamen Stellen – in meinem Rückgrat, meinem Hintern, meiner Schädeldecke. Ein Teil von mir fragt sich, ob ich sie erfinde, sie verstärke, um Mitleid zu erwecken. Wenn Mona in der Nähe ist, übertreibe ich gerne mal. Ihre Aufmerksamkeit ist wie ein Sonnenstrahl, nachdem ich im Schatten gefangen war. Irgendwie schaffen wir es zur Treppe. In meiner Benommenheit kommt es mir vor, als wäre ich aus meiner eigenen Zeit gefallen, als wäre die Zeit weitergelaufen, und ich hätte nicht mithalten können. Ich reiße mich zusammen und gehe ohne ihre Hilfe die Treppe hinauf. Sie soll nicht glauben, dass ich peinlich werde, wenn ich trinke.

Es geht nichts mehr ineinander über, es geschieht einfach eine Sache und dann die nächste. Monas Hand zieht eine Decke zu meiner Brust hoch. Ein Glas Wasser taucht auf meinem Nachttisch auf. Eine grünliche Kapsel Advil zittert zwischen meinen Lippen.

Mona fragt mich etwas, oder vielleicht frage ich sie etwas. Ich bin müde, will es aber nicht sein. Ist die Nacht schon vorbei? Nein, das kann nicht sein, noch nicht. Mona sitzt auf meinem Bett, und ich will, dass sie immer dort bleibt. Ich bitte sie darum – du musst nicht gehen –, aber es ist jetzt dunkel im Schlafzimmer, und ich sehe die grauen Umrisse meiner Habseligkeiten. Habe ich das Advil geschluckt? Ich drücke die Lippen aufeinander. Es ist nicht mehr da.

Im Dunkeln versuche ich, nicht an Mona zu denken. Ich versuche, nicht an Rob zu denken. Oder an Kathy. Oder an die Person, die Rob Kathy nennt.

Ich atme durch die Nase und sage mir, dass ich mich nicht übergeben werde.

Kathy ist ein guter Name für eine alte Dame. Als ich ein Kind war, hat mein Coach mich Gertrude genannt, weil der Name für einen Teenager absurd gewesen wäre. Kurzform Gertie. Ich bekam einen Spitznamen, weil ich etwas Besonderes war, das sagte er zumindest. Wenn er mir eine Nachricht an mein Klapphandy schickte oder an meine geheime E-Mail-Adresse oder in dem Chatroom, den er nur für uns eingerichtet hatte, fragte er immer: Ist da Gertie? Und ich antwortete immer: Ja.

Ich habe Fußball gespielt. Ich war richtig gut, besser, als irgendwer es mir zugetraut hätte. Normalerweise war ich ungeschickt und linkisch, aber auf dem Feld veränderte sich etwas. Ich verstand endlich, wie ich meinen Körper einsetzen konnte.

Ich spielte auf bundesstaatlicher Ebene, und wenn ich mich genug anstrengte, hieß es, könnte ich es auf die Landesebene schaffen. Zumindest sagte mein Coach das.

Es gab Dehnübungen, die er mit mir ausprobieren wollte. Besondere physiotherapeutische Übungen. Sie waren intimer Art, sagte er, aber deshalb wären sie auch effektiv. Du vertraust mir doch, oder?, fragte er. Eine alberne Frage. Wir kannten beide die Antwort.

Ein Jahr nachdem er angefangen hatte, mir seine besondere

Aufmerksamkeit zu widmen, hörte ich mit dem Fußballspielen auf. Ich war im dritten Highschooljahr, und meine Eltern waren entsetzt. Wie sollte ich ohne mein Fußballstipendium das College bezahlen? Was konnte ich denn richtig gut? Außer einem Ball nachzujagen, wie mein Coach es mir sagte?

Ich habe es nur zwei Menschen erzählt, beiden damals in der Highschool. Der zweite war mein bester Freund Ben. Wir kamen im Abstand von zwei Wochen zur Welt und wuchsen im selben Doppelhaus auf, unsere Leben entwickelten sich links und rechts der gemeinsamen Wände. Er wollte im College Basketball spielen, und am Ende nahm Notre Dame ihn unter Vertrag. Wir gingen vor der Schule zusammen laufen und suchten abwechselnd auf den Stadtplänen, die der Stadtteilausschuss jedes Jahr verteilte, neue Strecken aus.

Aber das klingt, als hättest du nichts gesagt?, fragte er ernsthaft verblüfft, als ich ihm davon erzählte. Warum hätte ich etwas sagen sollen? Ich dachte, die Menschen wären gut. Was bedeutete, dass mich jemand eines Besseren belehren musste. Und genau das geschah, als ich eines Nachmittags bei meiner Freundin Amelia auf dem Boden lag, neben uns ein Teller mit Möhren und Hummus, und beschrieb, was mein Coach mir angetan hatte. Als ich aufblickte, drückte sie sich eine Hand auf den Bauch, als wollte sie eine Blutung stillen. O Gott, murmelte sie. Geht es dir gut? Sie ließ die Hand sinken und legte sie auf meine. Ja, sagte ich. Warum?

Mein Handy vibriert auf meinem Kissen. Eine unbekannte Nummer. Ich drehe den Kopf, und das ganze Zimmer kippt zur Seite, als ich den Arm ans Ohr hebe.

»Ich muss Ihnen etwas Schlimmes sagen«, meldet sich eine Stimme.

»Wer ist da?«

»Mrs Johnson.«

Mein Magen zieht sich zusammen. »Es ist nicht leicht, das zu sagen. Eine Schülerin ist gestorben, Layla.«

»O Gott. Wer?« Es klingt, als würde nicht ich sprechen, sondern jemand am anderen Ende des Zimmers.

»Lucy Anderson.«

Der Name will nicht in mein Ohr, als wäre es verstopft.

»Die Kinder werden mit Ihnen reden wollen.«

Um mich herum drehen sich die Wände. Ich sinke tiefer in mein Bett. »Was soll ich ihnen denn sagen?«

»Sie werden schon wissen, was zu tun ist.«

Genau das ist das Problem. Ich weiß nie, was zu tun ist. Ich sitze auf dem Hang am Fußballfeld oder auf dem Boden der Mädchentoilette oder dem Stuhl hinter meinem dunklen Schreibtisch, und die richtigen Worte kommen einfach nicht. Zuhören kann doch nicht reichen – damit nimmt man das Gesagte nur auf. Wenn ein Kind geht, denke ich jedes Mal: Was habe ich bewirkt?

»Nein«, sage ich. »Weiß ich nicht.«

»Layla?«

»Ja?«

»Jetzt ist keine Zeit für Selbstmitleid.« Mit ihrer Grobheit facht sie etwas in mir an. Ich bin hellwach. »Sich selbst zu unterschätzen hilft niemandem.« Ich höre an ihrem Ende der Leitung etwas, das klingt, als würde eine Zigarette angezündet, aber es kann doch nicht sein, dass sie raucht. »Suchen Sie sich Gesellschaft. In einem solchen Moment sollte man nicht allein sein. Ich sage Ihnen Bescheid, wenn es etwas Neues gibt. Und – Layla?«

»Ja?«

»Rufen Sie mich an, wenn Sie irgendwas brauchen. Ganz im Ernst.«

Langsam stehe ich auf. Ich schleiche auf Zehenspitzen zu Monas Zimmer und drehe vorsichtig den Türknauf. Er bewegt sich fast lautlos. Aber als ich ins Zimmer spähe, ist sie nicht da. Auf dem Bett liegen zerwühlte, kalte Laken und unordentliche Kissen. Ich mache im Flur einen Schritt und merke, wie betrunken ich noch bin – der Boden schwankt unter meinen Füßen wie eine auslaufende Welle. Ich falle hin, bleibe liegen und drücke meine Wange an den rauen Teppich. Als ich das Handy vor die Augen hebe, zeigt es mir, dass der Akku fast leer ist. Trotzdem wähle ich.

»Ja, Mrs Johnson? Kann ich mit Ihnen über etwas reden?«

Mona

Ich mache gerade Pause, als Layla mir eine Nachricht schickt und fragt, ob ich einen gewissen Umschlag einer Uni gesehen hätte, bei der ich mich beworben habe. Sie hängt sogar ein Foto an, als hätten sich meine linguistischen Fähigkeiten so dramatisch zurückgebildet, dass ich jetzt visuelle Hinweise zu allen Äußerungen bräuchte. Was glaubst du wohl, ich habe die Post ja reingeholt, denke ich, aber ich schreibe es nicht. Layla ist sensibel, auch wenn sie glaubt, sie wäre es nicht. Es ist schwierig, mit einem sensiblen Menschen zusammen-zuwohnen, das habe ich gelernt. Dadurch können ganz all-tägliche Vorgänge zu angespannten Situationen werden, wie das Zähneputzen oder morgens sein Müsli zu essen.

Ich antworte nicht sofort. Layla gehört zu den Leuten, die augenblicklich zurückschreiben und in langen, unnötigen Sätzen Gefühle und Beobachtungen festhalten, die mit der aktuellen Nachricht gar nichts zu tun haben. Sprachöko-nomie ist wichtig. Das habe ich früher geglaubt, jetzt sage ich es einfach nur. Ich habe es vor einer ganzen Weile auch zu Layla gesagt, und unter anderem deshalb herrscht beim mor-gendlichen Müsli jetzt eine angespannte Stimmung. Darum will ich ihr jetzt helfen, entspannter zu werden, mal ein biss-chen zu leben, auch wenn ich selbst generell nervös bin und Spontaneität nicht mag.

Es ist ein kühler Mainachmittag – unter meiner Schürze trage ich einen Pulli –, und so schmeckt meine Zigarette zum Niederknien. Die ganze Gasse riecht nach Bratfisch vom Imbiss nebenan, von dem allgemein bekannt ist, dass er die schlechtesten Fish and Chips im ganzen Ort macht. Mir war es allerdings nicht allgemein bekannt, als ich gerade wieder hergezogen war und mich zum Mittagessen mit einem Freund dort traf, mit dem ich zufällig in der Highschool zusammen gewesen war. Das schmeckt großartig, sagte ich zu dem Freund und Exfreund. Er aß nichts, er wippte nur ständig mit dem Knie und stieß gegen den ohnehin wackligen Holztisch. Nein, tut es nicht, zischte er, es schmeckt scheiße. Das sagte er in einem Ton, als wäre es für mich und damit auch für ihn so unglaublich peinlich, dass wir uns einfach an Ort und Stelle mit meinem Plastikmesser die Kehle aufschneiden und auf dem Betonboden voller Ketchupflecken einen langsamen Tod sterben sollten.

Ich drücke meine Parliament auf dem Deckel der Mülltonne aus. Ich habe allen erzählt, ich hätte aufgehört, und wenn ich Layla mitten beim Paffen antworten würde, wüsste sie, dass ich wieder angefangen habe, weil es so nun mal läuft, wenn man mit Kindern arbeitet: Man bekommt ein so feines Gespür für Lügen, dass man erkennt, ob zwei Schüler aus dem ersten Highschooljahr vor zwanzig Minuten in der Besenkammer Sex hatten, nur weil ihre Lippen zittern. Das ist eine wahre Geschichte. Layla hat im Wischeimer das milchige Kondom gefunden, das sie dort erwartet hatte, und musste es mit einem Bleistift herausheben.

Manchmal erzählt sie gute Geschichten.

Scheiße, schreibe ich schließlich zurück, womit ich eigentlich *scheiß drauf* oder *lass mich mit dem Scheiß in Ruhe* meine, aber Layla schickt mir ein trauriges Gesicht, was bedeutet, dass sie es als *läuft scheiße für mich* interpretiert. Ich schaue mir das Foto noch einmal an. Es ist ein normal großer Briefumschlag, keine Gratulationsgröße, keine Bitte-entscheiden-Sie-sichfür-uns-Größe, keine Päckchen-voller-Hoffnungen-und-Träume-Größe. Wenn ich doch alles im Leben nur anschauen müsste, um zu wissen, was darinsteckt. Ich wäre mit deutlich weniger Musikern zusammen gewesen.

Es ist peinlich, aber ich habe Tränen in den Augen. Ich rolle meine Fäuste über die Lider, bis es sticht. Das habe ich schon als Kind gemacht, meine Mom ist immer ausgeflippt – davon bekommst du Falten!, kreischte sie dann, was möglicherweise mein erster Grund war, sie zu hassen. Oder als sie mir sagte, meine Geburt habe ihre Karriere ruiniert. Oder das eine Mal, als sie meinte, sie hätte lieber einen Jungen bekommen, weil Mädchen mehr Arbeit machen würden, und das hätte ich verdammt gut bestätigt. Oder als sie mir eine Ohrfeige gab, weil ich sie bei einer Party bloßgestellt hatte, ich fand mich damals unglaublich witzig. Du kannst nicht abstreiten, dass ich drollig bin, entgegnete ich, weil ich fünfzehn war und gerade *Der große Gatsby* gelesen hatte und es wie etwas klang, das Daisy hätte sagen können. Da schlug sie mich noch mal. Kindheitstrauma? Nie davon gehört! Das habe ich meiner Therapeutin mal als Witz erzählt. Sie fand es nicht lustig, aber ich sagte ihr, sie müsse sich keine Sorgen machen, schließlich hätte ich kein *echtes* Trauma, ich war ja nicht vergewaltigt worden oder so was.

Ich betrete die Straße und blicke den Hügel hinunter zur Main Street. Die Läden wirken gräulich, das Meer dahinter hat die Farbe von Beton angenommen, was bedeutet, dass uns ein Sturm bevorsteht. Vielleicht werden die Straßen überschwemmt. Vielleicht bricht die Ufermauer wieder. Vielleicht ertrinke ich.

Hinter mir öffnet sich die Tür mit einem Bimmeln, und Marina taucht auf, eine knochige Hand in die Hüfte gestemmt. »Alles klar bei dir?«, fragt sie, was bedeutet, dass meine Pause vorbei ist. Marina ist siebzehn und will nächstes Jahr nach ihrem Abschluss auf einem spanischen Biolavendelhof arbeiten. Nach dem Pausenjahr will sie Gynäkologie studieren, vielleicht in China, weil sie glaubt, dass sich das amerikanische Gesundheitssystem zu stark auf westliche Medizin konzentriert. Dann will sie nach Amerika zurückkommen und bei Planned Parenthood ihre Dienste anbieten – sie übt schon Abtreibungen an Papayas nach einem Video, das sie auf Youtube gefunden hat. Ich habe keine Ahnung, warum sie mir das alles erzählt. Wahrscheinlich könnte ich eine bei dir machen, hat sie mir letzte Woche anvertraut, als wir Lachse gehäutet haben.

»Kein Bedarf.« Ich werfe den Zigarettenstummel auf den Boden, er landet in einer gelblichen Pfütze von etwas, das aus dem Müllcontainer tropft. Das Papier nimmt die Farbe von Pisse an.

»Du kannst mit mir reden, weißt du«, sagt sie ernst und streicht sich eine Strähne ihrer kupferroten Haare hinters Ohr. Aus Gründen, die sich mir nicht erschließen, will Marina meine Freundin sein. In ihrem Alter fand ich Leute, die älter waren als ich, deprimierend und unwitzig, aber offenbar sind Freundschaften unter Frauen verschiedenen Alters heutzutage in. Mein Netflixaccount zeigt mir ständig Trailer, in denen heiße, selbstbewusste Frauen Mitte zwanzig, die offenbar keine Arbeit haben, missmutige Teenagermädchen mit strähnigen Haaren unter ihre Fittiche nehmen.

»Toll«, sage ich. »Danke.« Sie nickt wie eine gütige weise Dame. Ich hasse sie nur deshalb nicht, weil ich auch einmal ein Teenager mit peinlichen Ansichten und dem Wunsch war, Dinge von tiefer Bedeutung zu tun. Was heißt, dass ich weiß, welch steiniger Weg in die Wirklichkeit auf einen Menschen wartet, der so etwas glaubt.

Marina lässt mir den Vortritt, als wäre es ein Privileg, die von Seemöwen vollgekackte Tür zu öffnen. Ich will sie mit dem Fuß aufstoßen, aber auf der anderen Seite schiebt sich der Kunststoffteppich zusammen und bremst. Wenn wir schließen, spüle ich die Fischgedärme mit dem Gartenschlauch durch diese Tür und sehe zu, wie sie die abschüssige Gasse hinunter zur Straße sickern. Es hat was Biblisches, dieses wässrige Blut, das die Straße hinunterrinnt, die Fischreste, die am Asphalt kleben. Der befriedigendste Teil meines Tages.

Marina rempelt mich von hinten an. »Tut mir leid«, sagt sie. »Ich dachte, du gehst weiter.«

Drinnen reinige ich die Fischauslage, während Marina an der Kasse lehnt und mit einer Debitkarte ihre Nagelhaut zurückschiebt. Der Kabeljau starrt mich aus seinem Berg Scherbeneis heraus mit marmorgleichen Pupillen an. Daneben liegen die Schwertfischsteaks, deren Ränder blass und hart geworden sind, weil Marina sie nicht richtig verpackt hat. Ich versuche, solche Dinge nicht so wichtig zu nehmen, aber wenn man nicht aufpasst, kann eine laxe Einstellung zu einem umfassenden Nihilismus ausufern.

»Was machst du heute Abend?«, fragt sie mich von oben.

»Wie meinst du das?«

»Es ist Freitag«, sagt sie. »Gehst du nicht aus?«

Ich stehe auf, stütze mich dabei an der Truhe ab, und meine Knie knacken. »Es ist sehr nett von dir, dass du das annimmst.«

Marina lacht, als hätte ich einen Insiderwitz gemacht. »Es gibt eine große Party. Komm doch auch.«

»Ich darf offiziell trinken. Also, in einer Bar. Das weißt du, oder?«

»Klar«, sagt sie. »Aber es klingt, als hättest du noch nichts vor.« Sie strahlt mich mit diesem unschuldig aufdringlichen Lächeln an, das Teenagermädchen seit Jahrhunderten perfektionieren. Was für ein Alter! So überzeugt von der eigenen Anziehungskraft zu sein und so ahnungslos, welche Konsequenzen sie haben kann.

Sie kommt an die Seite der Theke und stellt sich neben mich. »Ich schicke dir die Adresse«, sagt sie.

»Du hast meine Nummer doch gar nicht.«

Sie greift in die vordere Tasche meiner Schürze, und ich spüre, wie ihre Hand meinen Bauch streift. Als sie die Hand herauszieht, hält sie mein Handy. Mit schräg gelegtem Kopf schaut sie mich an. »Jetzt schon.«

Nach meiner Schicht laufe ich ziellos am Hafen umher. Layla wird jetzt zu Hause sitzen, Aufsätze für die Collegebewerbungen korrigieren, manche laut vorlesen, um zu hören, was daran nicht stimmt, und würde mich bei den schwierigsten um Rat fragen, schließlich habe ich doch vor Ewigkeiten kreatives Schreiben studiert, oder? Die Aufsätze sind so unumwunden ernsthaft, dass mir vom Zuhören der Kiefer wehtut. Es ist, als würde eine Freundin ihre Gedichte vorlesen, oder als würde man sich mit einem Zeugen Jehovas unterhalten.

Ich trete ein Steinchen vor mir her und halte damit aufs O'Dooley's zu, als meine Mutter mir schreibt. Weil man Nachrichten von meiner Mutter am besten im Sitzen liest, nehme ich auf einem der Bänkchen Platz, die der Ausschuss für ein schöneres Nashquitten letztes Jahr aufgestellt hat. *Kannst du beim Haus der Laurels vorbeischauen?* Damit meint sie die Familie meiner besten Kindheitsfreundin, Natalie. *Dein Vater glaubt, dass er vergessen hat, die Haustür abzuschließen.*

In letzter Zeit ist mein Vater wie besessen davon, den Kühlschrank der Laurels mit Aufläufen zu füllen, solange Mrs Laurel im Krankenhaus liegt; er bringt ihnen jeden Tag einen neuen, obwohl bisher keiner gegessen wurde, soweit ich weiß. Ich vermute ja, dass sie eine Affäre hatten, als wir jünger waren, aber Natalie wurde stinksauer, als ich das vor Jahren angesprochen habe, während wir beide auf Besuch vom College zu Hause waren. Du erfindest ständig irgendwelche Geschichten über die Leute, sagte sie. Ist dir wirklich so langweilig?

Im Rückblick klingt es gar nicht so gemein. Aber als ich dachte, sie sei fertig, sagte sie etwas, woran ich alle paar Tage denken muss, manchmal noch öfter: Hör auf, in deinem Leben nach traumatischen Ereignissen zu suchen, die erklären sollen, wie verkorkst du bist. Es hat nicht jeder eine Entschuldigung.

Warum hat sie das zu Ihnen gesagt?, hat meine Therapeutin gefragt. Und in welchem Kontext?

Der Kontext war, dass sie kurz vorher herausgefunden hatte, dass ich ihren Freund aus der Highschool gevögelt hatte, in den sie immer noch irgendwie verliebt war, aber das sagte ich nicht. Stattdessen rief ich: Sie ist eine Fotze! Dann lachte ich, weil ich finde, dass *Fotze* lustig klingt, wie diese Pflanzenhybriden, eine Plumcot oder eine Ugli.

Ich habe vergessen, worauf ich eigentlich hinauswollte.

Klar, schreibe ich zurück, aber meine Mutter antwortet nicht, und ich weiß, dass sie es auch nicht tun wird. Es wird erwartet, dass ich gehorche.

Ich trete das Steinchen weiter bis zum O'Dooley's. Die Felswand unter dem Gehweg fing schon an zu bröckeln, als ich ein Kind war, und die billigen Holzstelzen, die als Verstärkung eingesetzt wurden, verfaulen durch den Kontakt mit dem Meerwasser. An Abenden wie diesem, an denen das Meer nicht nur gegen das Ufer schwappt, sondern richtig unruhig ist, bringen die Wellen den Gehweg und das Geländer zum Schwanken.

Die Tür des Pubs öffnet sich in dem Moment, als ich zu fest gegen mein Steinchen trete. Rae steht auf der schmutzigen Fußmatte und starrt mich an, zwischen den Fingern den Hals einer Flasche Bud Light. Mein Steinchen huscht über den Rand des Gehwegs wie ein erschrockener Einsiedlerkrebs und plumpst ins dunkle Wasser darunter.

»Kauf das!« Sie wedelt mit dem Bier in meine Richtung.

»Nein«, sage ich, obwohl ich nicht weiß, warum sie das vorschlägt, und ein kaltes Bier sehr verlockend klingt.

»Du siehst aus wie eine Pädophile, wie du hier draußen Steine durch die Gegend trittst.«

Vor Ärger wirkt ihr ganzes Gesicht verkniffen, von den Lippen bis zu den Schläfen. Ich habe vor ein paar Jahren nicht nur eine, sondern gleich zwei der Toiletten im O'Dooley's vollgekotzt, und das hat sie mir nie verziehen.

»Oh, tut mir leid, dass ich die ganzen *Kinder* vor deiner Bar verscheuche.« Obwohl mein Steinchen verschwunden ist, trete ich auf den Boden, um meinen Worten Nachdruck zu verleihen.

Wieder wedelt sie mit dem Bier in meine Richtung. »Komm einfach rein.«

»Im Grunde bist *du* die Pädophile«, sage ich, als ich ihr durch die Tür folge. »Immerhin hast du mich beobachtet wie ein kleiner Spanner.«

»Ein kleiner Spanner?«

»Gott, aus deinem Mund klingt das richtig verdorben.«

Wir ziehen den Vorhang aus Puka-Muscheln zur Seite, den Freddie, der Besitzer, vor ein paar Wochen aufgehängt hat, um »den Laden aufzuhübschen«. Rae führt mich zur Bar, einem Laminattresen entlang der gesamten hinteren Wand, den Freddie in seiner Puka-Muschel-Phase mit einer Klebefolie mit Holzmaserung verziert hat. Kein einziger Hocker ist besetzt. Ich streife im Vorbeigehen über die Kunstledersitze, sie sind durch die Klimaanlage so kalt, dass sie garantiert tagelang keinen Hintern gesehen haben. Wenn ich Rae frage, wie es dem Laden geht, sagt sie immer, es läuft. Was in Nashquitten heißt, dass man sich gerade so über Wasser halten kann. In der Highschool haben wir das ständig gesagt, als sie im letzten und ich im ersten Jahr war. Wir wurden einander in einem Mentorenprogramm zugeteilt, das nach einem Jahr wieder abgeblasen wurde, und wenn ich ihr im Flur begegnete, fragte ich immer, wie es ihr gehe, und sie antwortete: *Es läuft, Knibbler* – meine Brille war zu schwach, aber ich weigerte mich, zum Optiker zu gehen. Es war das erste Mal, dass ich fand, jemand würde sexy klingen, womit ich wohl eigentlich meine, dass sie klang, als sei sie der Welt überdrüssig.

Rae macht mein Bier mit ihrem Flaschenöffner auf, und es schäumt wie verrückt, weil sie es so geschüttelt hat.

»Ich hab's dir doch gesagt«, meint Freddie, der gerade aus dem Hinterzimmer kommt. »Diese Lieferung Buds ist verflucht.« Dann entdeckt er mich und wedelt angewidert mit seinen Wurstfingern. »Oh, Rotauge ist da.«

»Ich habe auch einen richtigen Namen«, sage ich und schlürfe den Schaum von der Bierflasche, die Rae nicht einmal abgewischt hat.

»Welchen«, fragt er, »Vera Virenschleuder?« (Vielleicht

sollte ich an dieser Stelle erwähnen, dass ich das O'Dooley's auch einmal an einem Freitagabend besucht habe, als ich dachte, ich würde an einer Allergie leiden, und es am Ende eine Bindehautentzündung war, die ich an drei Viertel des Pubs weitergegeben habe.) »Ich könnte dich auf Schadensersatz verklagen.« Er hängt die schiefe Dartscheibe an der gegenüberliegenden Wand gerade. »Du hättest mal lesen sollen, wie die Leute uns auf Google bewertet haben.«

»Keine Sorge. Niemand liest Googlebewertungen.«

»Alle sind bei Yelp«, pflichtet Rae mir bei.

»Scheiß auf Yelp!« Freddie macht einen Schritt zurück, holt aus und lässt den Arm vorschnellen. Ein Dartpfeil spießt ein altes Celtics-Trikot auf, das mit ziemlicher Sicherheit nachgemacht ist. Er dreht sich um und zeigt mit einem dicken Finger auf mich. »Du bringst Unglück, Mädchen.«

»Das weiß ich, kannst du mir glauben.« Ich nippe an meinem Bier und wende mich wieder Rae zu. »Hast du Lust, heute Abend zu einer Highschoolparty zu gehen?«

Sie zieht eine Augenbraue hoch und füllt ein Glas mit Wasser aus der Zapfpistole. Aus irgendeinem Grund schaltet sich die Musikanlage ein, und plötzlich dudelt »Have Yourself a Merry Little Christmas« los. »Also bist du tatsächlich eine Pädophile?«

»Meine Arbeitskollegin hat mich eingeladen.«

»Die kleine Gynäkologenkröte?«

»Genau die.«

Rae schüttelt den Kopf und fährt mit dem Daumen über den Rand ihres Glases. »Diese Kinder heutzutage sind zu unerschrocken.«

»Das liegt am Internet«, sage ich. »Sie wissen alles, und sie können es im Geheimen erfahren, ohne sich zu schämen. Wir mussten noch eine Freundin fragen, wenn wir wissen wollten, wie ein Blowjob funktioniert.«

»Hört auf, über Blowjobs zu reden!«, schreit Freddie irgendwo hinter mir, möglicherweise auf dem Männerklo.

»Die Zeiten für Telefonjoker sind lange vorbei.«

Rae schnappt sich mein Bier und nippt daran. Ihre gemächlichen, trägen Bewegungen zeigen, dass sich unser Gesprächston jetzt ändert. Weil sie mein Bier hat, kann ich bloß meine Spucke herunterschlucken.

»Wie läuft es mit den Unisachen?«, fragt sie schließlich.

»Ich habe beschlossen, mir ein Beispiel an dir zu nehmen. Ich werde Schauspielerin!« Ich richte mich auf und tippe an einen imaginären Hut. »Bonsoir, madame.«

Sie stellt das Bier auf die Theke. »Wer bist du?«

»Keine Ahnung.« Mit einem Schulterzucken lasse ich mich in meine normale Haltung sinken. »Irgendeine Französin.«

Sie nimmt beide Hände nach hinten und stützt sich gegen das Regal mit dem billigen Schnaps. (Ein Regal mit teurem Schnaps gibt es hier nicht.) Sie hat wieder diesen genervten Gesichtsausdruck aufgesetzt. »Ich meine das ernst, Mo. Wie geht es dir?«

Die Bierflasche fühlt sich so kalt und glatt an, dass es mir fast vorkommt, als würde sie in meiner Hand schmelzen. »Es geht mir wirklich großartig.« Plötzlich fällt mir der Geruch in diesem Laden auf – all der Schweiß und die verschütteten Drinks und die Zigarettenstummel haben sich im Teppich festgesetzt. Gott, hier nüchtern zu sein ist verdammt deprimierend. »Wahrscheinlich fühle ich mich, wie du dich gefühlt hast.«

Sie mustert mich eingehend, beißt aber trotzdem an. »Wie ich mich wann gefühlt habe?«

»Als dir klar geworden ist, dass du für L.A. nicht gut genug bist.« Ich trinke mein Bier aus. »Das muss echt peinlich gewesen sein.«

Hinter uns fällt etwas um – Freddie fuhrwerkt an den Lampen oder den Spülsteinen oder den Tischen herum, wer weiß. Rae streckt die Unterlippe vor und nickt langsam, einen Finger unter die Nase gelegt. Tut es mir leid? Nein. Und das ist mein Problem – ich reite mich gern selbst in die Scheiße.

»He, Mo«, sagt Rae. Ich lehne mich in ihre Richtung, aber nur ein kleines Stück. Ihr Finger rutscht aus ihrem Gesicht und landet in der kleinen Kuhle zwischen meinen Schlüsselbeinen. Sie drückt gegen den Knochen, und ich spüre mein Herz an ihrem Finger pochen. »Ich bin es langsam leid, Mitleid mit dir zu haben.« Dann dreht sie sich so schnell um, dass mir die Spitze ihres Pferdeschwanzes fast ins Gesicht schlägt. »Wir sehen uns.«

»Was kriegst du?« Ich schiebe mich langsam vom Barhocker, und das Kunstleder knackt wie Eis in einem Cocktail.

Sie wirft mir über die Schulter einen Blick zu. »Ach, hau schon ab. Bei mir wirst du nie was bezahlen.«

Draußen fängt es an zu nieseln, aber der Regen ist kaum wahrnehmbar – man sieht ihn nur, wenn man den Kopf genau richtig schief legt. An der Hafenanlage hinter dem O'Dooley's wimmelt es von Männern, die Ketten hochziehen und komplizierte Knoten binden. Die vertäuten Boote rempeln die Stege an wie ungeduldige Kinder. Als ich klein war, habe ich meine Eltern angebettelt, ein Boot zu kaufen, und sogar in einem dreiseitigen Brief dargelegt, welche unbestreitbar positiven Auswirkungen es auf die Entwicklung einer Neunjährigen hätte. Meine Mom wirkte ein wenig traurig, als sie ihn las, was ihr gar nicht ähnlich sah. Dann zog sie meinen

Pferdeschwanz strammer und klopfte mir auf die Schulter. Wohin, fragte sie, sollten wir überhaupt fahren?

Ich finde meinen Schlüssel in meiner Tasche und mache mich auf den Weg den Hügel hinauf zu meinem Auto, das neben Mullaney's parkt. Wahrscheinlich sollte ich klarstellen, dass ich vorhin gelogen habe, als es um Rae ging. Tatsächlich hatte ich ein sehr schlechtes Gewissen. Aber Gott, dieses Schamgefühl. Danach bin ich süchtig.

Zu Hause trinke ich mit Layla Bier und rauche am Badezimmerfenster im ersten Stock, nachdem ich pinkeln war. Scheinbar wurde sie gefeuert. Ich sage *scheinbar*, weil es nicht schriftlich war und ich sowieso nicht glaube, dass sie das durchziehen – Layla ist einer von zwei Menschen unter fünfundfünfzig da. Außerdem macht sie ihre Arbeit ziemlich gut, soweit ich das beurteilen kann. Aber ich sage nur »tut mir leid«, weil man Leuten, die sich in Selbstmitleid suhlen wollen, nicht widersprechen sollte.

Das Bier ist schnell getrunken, und ich hole den Scotch, den mein Vater mir zum Collegeabschluss geschenkt hat. Nach ein paar ordentlichen Gläsern und nur einer Tüte Tortillachips zum Abendessen haben wir beide kräftig Schlagseite. Ich nehme Laylas Gesicht zwischen die Hände und sage ihr, dass sie ein wunderschöner Mensch mit einem aufrechten Herzen ist, wie ich selten einen getroffen habe. Ich bin nicht ganz sicher, ob ich das glaube, aber es kommt trotzdem über meine Lippen. Es bringt Layla zum Lächeln und auch zum Weinen. Sie sagt mir, ich sei wahnsinnig komisch und »kompromisslos rigoros«, was ganz schön komplizierte Wörter sind, wenn man betrunken ist. Ich bin fast benebelt genug, um mich nicht zu fragen, was sie damit meint.

Wir sitzen draußen auf der Veranda, als Layla sagt, sie müsse ins Bett. Sie ist so tief in ihrem Gartenstuhl versunken, dass ich mir nicht vorstellen kann, wie sie aufstehen will, aber sie schafft es, wenn auch wacklig. »Es ist spät!«, ruft sie, obwohl es erst Mitternacht ist.

»Geh nach oben«, sage ich. »Ich bringe dir Wasser.«

»Wasser!« Sie ahmt nach, wie sie aus einem Glas trinkt, und nuschelt dann, meine Haare würden gut riechen. Layla ist schon ewig in mich verknallt, und wenn sie betrunken ist, wird es besonders deutlich. Das lassen wir lieber sein. Das musste ich beinah schon mal sagen, aber ganz so weit war es noch nicht. Es ist nicht schlimm, weil sie am nächsten Morgen immer alles vergessen hat. Am Abend ihrer Geburtstagsparty habe ich mich einmal von ihr mit offenen Lippen küssen lassen. Wir waren gerade von der Bar nach Hause gekommen und stützten uns gegenseitig, während wir unsere Schuhe auszogen. Wir waren beide einsam und wollten es nicht sein. So etwas kommt sehr selten vor. Etwas im gleichen Moment wie jemand anders genauso tief zu empfinden. Noch seltener ist, dass beide es wissen.

»Du bist so lieb zu mir«, sagt sie.

»Bin ich nicht.« Ich mag es nicht, wenn sie so wird, wenn sie mich so hinbiegt, wie sie mich braucht, damit ihre Begierde gerechtfertigt ist. Denn wenn man etwas nicht haben kann, sollte es die Sehnsucht wenigstens wert sein.

Sie macht einen wackligen Schritt in Richtung Tür. »Du schaffst es an die Uni, Mo.«

»Nein, das wird nichts. Diese Uni war die letzte.« Ich löse ihre Finger von mir. »Das weißt du doch.«

Vom Wald her kommen Schreie, und wir schauen uns um. Hinter den Bäumen läuft seit einer Stunde eine Party. Wahrscheinlich die Bauarbeiter, die das Gasthaus da drüben renovieren. Manchmal gehe ich nach der Arbeit im Wald laufen, und sie laden mich zu einem Bier auf der halb fertigen Veranda ein, oder sie erwünschen meine Anwesenheit bei einer spätabendlichen Zusammenkunft, wenn ich wirklich Glück habe. Die Rufe verklingen, und sie drehen die Musik zu einer Lautstärke auf, bei der es sich anfühlt, als würden die Trommelfelle schwellen. Sie haben offensichtlich was zu feiern.

»Alles wird gut«, sagt Layla. Sie nickt dazu, und ich frage mich, wie oft sie diese unbegründeten Worte schon zu Schülern gesagt hat, die an ihrem eigenen Versagen verzweifeln. Warum haben Leute das Gefühl, sie müssten trotz unbestreitbarer Beweise lügen? Es ist nicht gut, und es wird auch nicht gut. Wirke ich auf Layla so labil und realitätsfern, dass sie mich wie eine ihrer Schülerinnen beschwichtigen muss? Alle sehen mich als Kind: meine Eltern, Rae und wohl auch Marina – wahrscheinlich sucht sie deshalb meine Nähe.

Mein Handy vibriert. Erst als ich meine Finger strecke, um es aus der Tasche zu ziehen, merke ich, dass ich meinen ganzen Körper angespannt hatte wie eine geballte Faust. *Bin auf dem Weg ins Bett. Sag mir bitte, dass du nach der Tür gesehen und nur vergessen hast zu schreiben.*

Layla schiebt den Kopf über meine Schulter. »Wer schreibt dir?«

»Niemand.«

»Ein Liebhaber?«, neckt sie mich. Der Alkohol strömt aus meinem Kopf, und Layla kommt immer näher. »He«, fragt sie, »alles in Ordnung?«

Ich spüre, dass sie mich berühren will, und bei der Aussicht verdorrt jedes Nervenende in meinem Körper. Ich konnte mich nur bei Schmerzen und Verzweiflung darauf verlassen, berührt zu werden, als müsste etwas an mir kaputtgehen, um eine Umarmung zu rechtfertigen. Und das ist eine scheußliche Art der Berührung. Reine Pflicht, keine Zärtlichkeit. Da lasse ich mich lieber ohrfeigen.

»Das geht dich nichts an«, sage ich zu ihr, genau das, was meine Mutter sagen würde, aber Layla ist so betrunken, dass sie einen Tonfall nicht deuten kann. Dann ist ihr heißer Mund an meinem Ohr. Sie will etwas sagen, das tröstlich ist und ermutigend und nett, ihre Hand greift unsicher nach meiner Schulter, die Finger ausgestreckt wie ein Tier, das drauf und dran ist zuzuschlagen. Aber sie verliert das Gleichgewicht. Fast drängt sich ihr ganzer Körper an mich, weich und klebrig von Schweiß und voller Begierde, mir etwas zu geben, das ich nicht will. Ich sehe vor mir, was ich gleich tun werde, und dann tue ich es. Das Geräusch meiner Arme, die durch die Luft sausen, rauscht mir in den Ohren, bevor ich die Arme auch nur bewege. Ich schubse sie.

Fest.

Zu fest. Wie ein verwirrter Vogel knallt sie gegen die Glastür, und dann sitzt sie zusammengesunken auf der Betonterrasse. Die Haare verdecken ihr Gesicht.

Mein Körper ist heiß wie ein Stück Kohle. Irgendwann habe ich meinen Daumen in den Mund gesteckt, und als ich ihn herausziehe, ist Blut am Knöchel. Ich lecke es ab und knie mich vor sie. Als sie stöhnt, streiche ich ihre Haare zurück. Ihre Augen sind halb geöffnet.

»Kannst du mir helfen?«, fragt sie.

»Was meinst –?«

»Auf«, sagt sie. »Hilf mir aufstehen.«

Im Haus besteht sie darauf, allein die Treppe hinaufzugehen, was bedeutet, dass sie es vielleicht weiß, auch wenn nichts gebrochen ist oder blutet und ihr nicht ganz klar ist, was passiert ist. Tatsächlich, sie fragt wortwörtlich: Was ist passiert? Ich sage, sie sei gestolpert. Dabei stelle ich es mir bildlich vor – ihre ungeschickten Füße, die billigen Flipflops, diese komische Vertiefung in der Terrasse. Das werde ich glauben, wenn ich morgen aufwache. Die Erinnerung ist ein hervorragendes Versteck.

Als sie endlich auf ihr Bett gefallen ist, sagt Layla, ihr tue der Kopf weh. Ich schlage ihre Decke zurück und bringe sie dazu, eine Advil zu schlucken, nachdem sie unter die Laken gekrabbelt ist. Sie liegt in ihrer Jeans im Bett, nur einen Knopf hat sie geöffnet, bevor sie aufgegeben hat, und ihre Kontaktlinsen trägt sie auch noch. »Was würdest du machen?«, fragt sie schläfrig. »Wenn du ich wärst?«

»Weswegen?«

Ihre Augen fallen zu. »Klar.«

Ich setze mich auf ihre Bettkante und reibe die Ecke ihrer Decke zwischen den Fingern. »Du musst schlafen, Layla.«

»Ich bin kein wütender Mensch.« Sie wird immer leiser, als würde ein Traum sie überkommen. Sie dreht sich zur Seite, weg von mir. »Ich bin nicht … wie heißt das? Mit n?«

»Nachtragend?«

»Ja, genau.«

Auf dem Weg nach draußen schalte ich das Licht aus. Der Regen klingt wie Münzen, die aufs Dach prasseln. Durch das Flurfenster fällt mein Blick auf die Stelle, an der wir gerade noch gesessen haben: leere Liegestühle, umgefallene Bierflaschen, die Betonterrasse dunkel und nass. Mir kommt der Ausdruck *in der Lage sein* in den Sinn. Warum glauben wir, es gäbe bestimmte Dinge, zu denen wir nicht *in der Lage sind*? Als gäbe es eine unsichtbare Grenze, an die alle normalen Menschen stoßen? Ich hatte immer das Gefühl, ich wäre zu allem *in der Lage*. Ich weiß nicht, was mich aufhalten würde, wenn ich etwas unbedingt wollte.

Mein Handy vibriert in meiner Tasche. *Mona*?

Ich stehe in meiner Regenjacke in meiner Auffahrt und überlege, woran man merkt, ob man zu betrunken zum Autofahren ist. Wahrscheinlich ist die Frage schon die Antwort. Irgendwo in der Ferne heult ein Kojote, was wie ein böses Omen wirkt. Bis zu Natalies Haus sind es genau zwölf Minuten auf Straßen, die mir so vertraut sind, dass ich sie blind fahren könnte. Aber könnte ich sie unter Einwirkung von zwei Flaschen Bier und zwei Gläsern Scotch fahren, die wahrscheinlich eher drei Flaschen Bier und drei Gläser Scotch waren, wenn ich bedenke, dass ich schon beim Zählen nicht ganz nüchtern war?

Plötzlich hört es auf zu regnen, und eine Gruppe Teenagerjungs kommt aus dem Wald neben dem Haus. »He!«, schreie ich. »Das ist ein Privatgrundstück!« Ich erwarte, dass sie lachen und mir vielleicht *leck mich* zurufen, aber sie sagen nichts. Sie sehen sich kaum gegenseitig an, bevor sie in verschiedene Richtungen auseinanderlaufen, manche zur Straße, andere in Nachbargärten, aber alle weichen den Straßenlaternen aus und tauchen in die Dunkelheit ab.

Ich höre Geräusche, als würde sich jemand übergeben. Als ich mit der Handytaschenlampe auf höchster Stufe den Rand des Gartens abgehe, sehe ich, dass es eine junge Frau in einem pinkfarbenen Slip Dress ist. Es ist Marina.

Sie sitzt auf der Wiese und starrt zum Mond hinauf. Als sie mich kommen sieht, versucht sie, die gelbe Galle mit ein paar Blättern zu bedecken. Ihre nassen Haare kleben ihr in dicken Strähnen im Gesicht, und ihre nackten Füße sind mit Erde verkrustet. »Ernsthaft?«, frage ich.

»Mona?« Ihre Stimme klingt gleichzeitig kindlich und ausgelaugt. »Können wir ein bisschen Wasser kriegen?« Ihre gespreizten Beine stehen in seltsamen Winkeln ab, wie bei einer hingeworfenen Puppe, und ihr Kleid ist so weit hochgerutscht, dass ich ihre Unterhose sehen kann, die weiß ist mit einer kleinen rosa Schleife am Bund. Ich wende den Blick ab.

»Wer ist ›wir‹?« Hinter einem Stechpalmenbusch schaut eine dunkelhaarige junge Frau hervor. Als sie aufsteht, sehe ich, dass ihr blaues Shiftkleid am Bauch dunkel gefärbt ist von etwas, das ganz sicher nicht Blut ist, wie ich mir sage, sondern Schmutz oder Ketchup oder einfach bloß Wasser, immerhin regnet es. Sie kommt auf mich zu, ihre Füße klatschen auf das feuchte Gras. Auch sie ist barfuß.

»Mir fehlt nichts«, sagt die junge Frau, die meine Frage gespürt hat. »Wirklich.« Sie kommt so nah, dass ich ihren Geruch schmecken kann: Schweiß, sauer vor Angst, Bodyspray mit Kirschblütenduft, ein durchdringender Moschusgeruch wie von einem toten Tier. Sie nimmt mit eisigen Fingern meine Hand und drückt sie auf ihre Taille. Ich schließe die Augen und wappne mich dagegen, eine nasse, warme Wunde zu spüren, aber der Stoff ist steif und trocken.

In der Ferne hallen Sirenen wider. »Was ist passiert?«, frage ich und lasse die Hand fallen.

»Das sagen wir dir, wenn du uns reinlässt«, sagt die junge Frau. Sie geht an mir vorbei und winkt Marina, sie solle ihr folgen.

Aber Marina folgt ihr nicht. »Bin ich ein schlechter Mensch?«, fragt sie vom Boden aus.

»Es ist abgeschlossen«, rufe ich der anderen Frau nach, als sie fast die Treppe erreicht hat. Das ist gelogen, aber sie setzt sich trotzdem auf eine Stufe.

»Marina«, sage ich, »was habt ihr gemacht?«

Rotes und blaues Licht flackert über die Gärten am Eingang der Sackgasse. Die Sirenen sind jetzt nah, ihr Heulen scheint aus allen Richtungen zu kommen. Die junge Frau rennt über die Wiese und will Marina hochziehen. »Wir müssen weiter.« Sie schirmt ihren Mund mit der Hand ab, als würden ihre Worte dadurch vertraulich. Dann dreht sie sich zu mir um. »Sag ihnen nicht, dass du uns gesehen hast. Bitte.«

Als sie sich bückt und die Hände unter Marinas Achseln schiebt, geht an den Häusern in der Nähe das Licht an. In dieser Gegend hört man nicht nachts um eins einen Krankenwagen und drückt sich das Kissen auf die Ohren. Das Flutlicht meiner Nachbarn ergießt sich auf die Wiese, und jetzt lässt es sich nicht mehr leugnen. Es ist Blut auf ihrem Bauch. »Ich weiß nicht mal, wer du bist.«

Ihr Gesicht zieht sich zusammen, als hätte ein Faden ihre Züge eingeschnürt. »Ich dachte, du bist Marinas Freundin.«

»Nein«, sage ich. »Wir arbeiten nur zusammen.«

Die junge Frau schüttelt den Kopf und zieht Marina zu den dunklen Büschen, bei jedem Schritt leuchten ihre Fußsohlen weiß auf. Sie sieht so klein und zerbrechlich aus, und das ist das Gefährliche bei Mädchen. Sie sehen aus wie Rehe und sind in Wirklichkeit doch Wölfe.

»Marina«, setze ich an, aber sie flüstert der jungen Frau etwas ins Ohr. Sie drängen sich aneinander und schleichen in die Schatten. Ich überlege kurz, ob ich versuchen sollte, ihre Eltern zu kontaktieren. Was mich an meine Mutter erinnert.

Ich beschließe, dass ich nüchtern genug bin, um zu fahren.

Ich folge den Lichtkegeln meiner Scheinwerfer durch die schmalen Straßen der Stadt, von denen manche im Dunkeln liegen und andere von Laternen beleuchtet sind. Der Himmel öffnet wieder seine Schleusen, Tropfen prallen auf meine Windschutzscheibe. Bei Regen wird mir immer existenziell zumute. Ich denke über all das nach, was ich im Leben nicht erlebt habe, und über das, was ich erlebt habe, und darüber, wie ungerecht es ist, dass ich nur ein einziger Mensch sein kann, ich, Mona aus Nashquitten, und dass ich mich, ohne es zu wissen, in dem Moment, in dem ich auf diese Welt kam, darauf festgelegt habe, sie zu sein, für alle Zeiten.

Ich schaue nicht mehr auf die Straße – ich starre mich im Halbdunkel im Rückspiegel an. Mein Blick trifft den meiner Doppelgängerin, und in diesem Moment verliert das Auto die Haftung. Meine Brust drückt sich gegen den straffen Sicherheitsgurt, mein Kopf ruckt nach vorn, die Reifen finden keinen Asphalt. Die gelbe Linie kann ich nicht sehen, aber ich spüre, dass ich über sie hinwegrutsche. Ich dachte immer, ich hätte kein Problem mit dem Tod, aber wie sich zeigt, bin ich noch längst nicht bereit zu sterben. Ich schreie, als könnte meine Stimme mich retten.

Für einen winzigen Moment lässt der Regen nach. Ich kann etwas erkennen. Mit einem Plastiklattenzaun nur ein paar Schritte vor mir drehe ich das Lenkrad und fahre wieder auf meine Spur.

Ich atme mit Mühe. Die Luft reibt in meiner Kehle wie vertrocknete Brotkrumen.

Als Natalie und ich im zweiten Highschooljahr waren, fuhr ein Junge aus unserem Jahrgang den Subaru seiner Mom gegen die Backsteinwand der alten Sporthalle. Er hat überlebt, konnte aber nie wieder laufen, und weil die Schule keine Rollstuhlrampen hatte, mussten seine Freunde ihn abwechselnd die Treppen rauftragen. Dann baute dieser andere Junge auf der 5A an der Mörderauffahrt einen Unfall und blieb unverletzt, aber sein bester Freund auf dem Beifahrersitz kam ums Leben. Im nächsten Sommer fuhr ein Mädchen, das alle schon abgeschrieben hatten, weil es Oxy verkaufte, von der Straße, die sich Third Cliff hinaufwindet. Damals gab es dort keine Leitplanken, und sie starb beim Aufprall. Der Strand darunter war lange gesperrt, und wir beschwerten uns alle, weil es leichter war so zu tun, als sei uns auch etwas genommen worden. Ich weiß noch, wie ich mich mit Natalie für den Abschlussball fertig machte und sie plötzlich tief seufzte, als sie Lippenstift auftrug. Können die Leute mal aufhören zu sterben?, fragte sie. Erschöpfung war besser als Angst – man konzentrierte sich auf die Tragödien, die man schon ertragen hatte, statt sich Sorgen zu machen, man könnte selbst bei einer im Mittelpunkt stehen.

Mit immer noch zitternden Händen biege ich nach rechts in die Grove Street und fahre an der Straße vorbei, die zum Haus meiner Eltern führt. Es wäre für meine Mutter so einfach gewesen, zum Haus der Laurels zu laufen (nicht mal zu fahren!), aber das kam natürlich nicht infrage. Ich biege in ihre leere Auffahrt aus zerbrochenen weißen Muscheln, die unter meinen Reifen wie Glassplitter klingen. Als ich die Tür aufmache, strömt Regen ins Auto, und ich frage mich, warum ich eigentlich noch auf meine Mutter höre. Ich spiegle mich in der Glastür, als ich über die Betonplatten zu den Stufen vor dem Haus laufe, und fühle mich plötzlich ganz deutlich, als wäre ich wieder vierzehn und hätte ein Geheimnis, das aus mir herausdrängte und das nur meine beste Freundin wirklich verstehen würde.

Mein Vater hat die Tür tatsächlich nicht abgeschlossen. Ich drücke sie behutsam auf, und alles ist falsch. Statt nach Zitrone riecht es jetzt nach Sandelholz, neben dem Schuhregal liegt kein dicker roter Läufer mehr, und es hallt keine Musik durch den Flur. Natalies Mom hat immer klassische Musik laufen lassen, wenn ich vorbeigekommen bin, weil sie einmal mitbekommen hat, wie mein Vater in seinem Arbeitszimmer Bach gehört hat, glaube ich. Sie ist so ein Möchtegern, flüsterte Natalie mir einmal zu und schaltete die Stereoanlage aus. Was möchte sie denn gern sein?, fragte ich. Sie zog die Augenbrauen hoch, als wäre ich begriffsstutzig. Sie will du sein.

Ein mächtiges Donnern zerreißt den Himmel, und das Licht geht aus. Ich taste mich die Treppe hinauf, zu dem Ort, den ich hundertmal im Dunkeln gefunden habe und immer finden würde: Natalies Zimmer. Ihre Tür steht weit offen, und als ich das Zimmer betrete, geht das Licht flackernd an, als wüsste es, dass ich hier bin. Über ihrem Bett hängt ein Banner mit dem Namen des Colleges, das ich besuchen wollte, und ihre Abschlussurkunde von diesem College lehnt an ihrem Bücherregal. Es ist verrückt, aber ich bin immer noch unglaublich neidisch.

Ich ziehe Natalies Schubladen auf, nehme die Kappen von ihren Lippenpflegestiften, durchstöbere ihren Kleiderschrank und knöpfe ihre Blusen und Kleider in Kindergröße so weit auf, dass sie fast, aber nicht ganz, von den Bügeln rutschen. Ich frage mich, ob dünn zu sein und verklemmt zu sein irgendwie zusammenhängen. Vielleicht treibt es den Stoffwechsel an, wenn man innerlich ständig verkrampft ist.

Ich suche etwas, aber ich weiß nicht genau, was. Ich finde ihre Tagebücher – vier Stück an der Zahl – in einem Schuhkarton unter ihrem Bett. Irgendwelche moralischen Einwände haben mich noch nie vom Herumschnüffeln abgehalten. Wenn etwas irgendwo ist, warum sollte man nicht das Recht haben, es sich anzusehen? Außerdem ist es ja nicht so, als würden wir die Privatsphäre hochhalten, nachdem jemand gestorben ist.

Jedenfalls schlage ich die Tagebücher auf. Ich suche nach meinem Namen, finde aber nichts Aufregendes, sondern nur langweiligen Mist, der meine Ansicht bestätigt, dass ich meine Highschooljahre verschwendet habe. Ich blättere die Seiten so schnell um, dass einige einreißen. Endlich stoße ich auf einen Eintrag aus dem Monat, in dem wir unseren Abschluss gemacht haben, die lila Tinte verschmiert von Natalies Handkante. *Mona mangelt es an Entschlossenheit und das wird es auch immer, glaube ich.* Bei dem Satz steigt mir ein flaues Gefühl bis hinauf in die Brust.

Natalie hatte schon immer das Talent, Leuten anzusehen, was sie selbst nicht von sich wussten. Sie hat mich oft mit Enthüllungen über unsere Mitschüler oder deren Eltern überrumpelt, aber sobald sie diese Dinge ausgesprochen hatte, habe ich erkannt, wie offensichtlich sie waren. Über meine Mutter hat sie einmal gesagt: Sie hat das Gefühl, dass sie ihr Leben verschwendet hat. Was?, habe ich gesagt und gelacht. Wir waren sechzehn, siebzehn. Glaubst du nicht?, fragte Natalie. Sie ist derselben Blaupause für ein Vorstadtleben gefolgt wie alle um sie herum, und jetzt hat sie nichts vorzuweisen. Sie hat eine Familie, sagte ich. Sie hat mich. Das stimmt, gab Natalie zu. Aber ihr gehört ihr nicht.

Es wirkte regelrecht verunsichernd, ihre Erkenntnisse zu hören. Man bekam den Eindruck, es gäbe eine Art Geheimsprache für die Bedeutung von Verhaltensweisen, die nur ausgewählte Menschen verstanden, und es war keine Möglichkeit ersichtlich, diese Fähigkeit zu erwerben. Und das bedeutete, dass man selbst sein Leben an der Oberfläche der Dinge verbringen würde, wie ein Wasserläufer, der über einen Teich hinweghuscht, während das echte Leben unter ihm pulsiert. Die meisten Menschen können damit ihren Frieden schließen. Aber ich wollte schreiben.

Ich beschloss, Schriftstellerin zu werden, als ich mit der Highschool anfing und keine erkennbaren Talente besaß außer zu lernen, was weniger ein Talent ist als vielmehr das hektische Streben nach Bestätigung, dessen Erfolg ich mit einem steten Strom an Lernkarten und Unsicherheit garantieren konnte. Daneben konnte ich noch zwei Dinge besonders gut, nämlich irrsinnig viele Bücher lesen und ärztliche Atteste fälschen, wobei eines lukrativer war als das andere. Ich schrieb Atteste für die Junkies, die mir zehn Dollar zahlten, damit sie ihren Klassenlehrern vormachen konnten, dass sie nicht bekifft waren, sondern krank. Ich kann nicht gut lügen, aber ich kann gut nachahmen. Im College habe ich einmal jemanden aus einer Studentenverbindung dazu gebracht, mir über Venmo fünfhundert Dollar zu schicken, indem ich ihm eine E-Mail als neuer Eventmanager der Bruderschaften geschickt und um einen Beitrag für eine Bibliothekare-und-Barbaren-Party gebeten habe, die *mehr Muschis anlockt, als dieser Campus je gesehen hat*, mit dem Zusatz: *Wie jeder weiß, gute Muschis haben ihren Preis*.

Also ging ich ans College und belegte eine Reihe Anglistikveranstaltungen, die ich meinen Eltern als Wirtschaftsseminare verkaufte. Natalie wusste als Einzige die Wahrheit. In meinem ersten Jahr warb der Fachbereich Anglistik einen prätentiösen jungen Autor als Gastdozenten an, was bedeutete, dass er pro Semester ein Seminar abhielt und gelegentlich seine Freunde für von der Uni bezahlte Lesungen einspannte. Ich besuchte sein Seminar, bei dem er die Hälfte der Sitzungen wegen »literarischer Verpflichtungen« absagte.

Was er nicht absagte, waren die verbindlichen Besprechungen für unsere abschließende Arbeitsmappe.

Als ich sein Büro betrat, hantierte er an einer automatischen Espressomaschine, die auf einem Tisch vor seinem Fenster stand. Möchten Sie einen?, fragte er und zeigte darauf, und als ich den Kopf schüttelte, wandte er sich mit dramatischer Geste von der Maschine ab, als hätte ich ihn beleidigt.

Also, Ihre Arbeit, sagte er unvermittelt. Er zog eine meiner Geschichten aus einer blauen Mappe auf seinem Schreibtisch und blätterte sie kurz durch. Sie ist … in Ordnung, sagte er schließlich, und ich merkte schon, worauf dieses Gespräch hinauslief. Auf eine glatte Bauchlandung.

Sie ist … Wie soll ich das ausdrücken …

Er lehnte sich auf seinem Stuhl zurück und legte die Füße auf seinen Schreibtisch, eine Handbreit von meinem Gesicht entfernt. Er trug Ledersneaker mit winzigen Dreiecken in den Sohlen, und diese winzigen Dreiecke hatten sich mit Laubresten und Erde zugesetzt. Ich starrte auf die Erde und versuchte mir einzureden, dass es mir egal wäre, ganz gleich, was als Nächstes aus seinem Mund käme.

Schal. Mit einer fließenden Bewegung drehte er seinen Stuhl und nahm die Füße vom Tisch.

Schal?, wiederholte ich.

Er nickte und zupfte an seinen wuchtigen Augenbrauen, deren Struktur an Stahlwolle erinnerte.

Es ist, als würde man in eine Pfütze blicken, sagte er.

Was heißt das?, brachte ich heraus, obwohl ich es mir gut vorstellen konnte.

Es heißt, dass ich Ihnen nicht glaube.

Mir oder den Geschichten?

Das ist ein und dasselbe.

Wirklich?

Er klappte meine Mappe zu und hob einen Finger, als hätte ich ihn unterbrochen. Sie brauchen einfach mehr Textur in Ihrem Leben. Er verdrehte den Hals, um aus dem Fenster hinter ihm zu schauen. Dieser Ort hier ist garantiert keine Hilfe.

Und wenn ich nicht mehr Textur will?

Gott, fand er das witzig. Ich konnte bis zum letzten Zahn sehen, als er lachte. Mona, Mona, Mona, sagte er, nachdem er sich beruhigt hatte. An Sie werde ich mich erinnern.

Nein, werden Sie nicht, hätte ich gern gesagt.

Danach ging ich direkt in die Bibliothek und setzte mich auf eine der alten Bänke im Foyer, auf deren Rückseite der Name eines toten Spenders stand. Ich las auf meinem Handy die Definition von *schal* nach und beschloss auf der Stelle, dass die Sache für mich gelaufen war. Ich hatte gedacht, das Schreiben wäre das Aufrichtigste an mir. Wie sich herausgestellt hatte, war es das Seichteste.

Dann ging ich zu den öffentlichen Computern und schrieb Natalie eine Mail über die ganze Sache, weil ich Natalie alles erzählte. Während ich auf ihre Antwort wartete, sah ich mir, wie immer, wenn ich traurig war, auf Youtube Videos an, in denen alte Frauen kleine Hunde frisierten. Ich wartete drei, vier Stunden.

M,
versteh das nicht falsch, aber glaubst du, er könnte vielleicht recht haben? Dass du vielleicht noch ein bisschen erwachsener werden musst? Immerhin klingt es, als wollte er dir nur helfen.
N
PS: Immer noch dein größter Fan. Für alle Zeiten.

Von ihren Worten wurden meine Handflächen heiß und begannen zu jucken, als hätte ich Giftefeu angefasst. Ich schickte ihr sofort die Texte, die ich vor einer Woche meinem Dozenten gemailt hatte, und schrieb dazu einen Satz: *Entscheide selbst.*

Das tat sie nie. Entweder las sie die Seiten gar nicht, oder sie fand sie so abstoßend, dass sie lieber vorgab, ich hätte sie nicht geschickt. Ich sprach sie nicht darauf an, weil es mir vorgekommen wäre, als würde man nach dem Sex jemanden fragen, ob er einen hübsch finde. Die Tat war vollbracht, warum sollte man um Klarstellung bitten?

Ich klappe das Tagebuch zu und lege es wieder in den Schuhkarton unter dem Bett. Der Regen trommelt gegen ihr Fenster wie hundert Fingernägel, und ich beschließe, heute Abend nicht nach Hause zu fahren. Morgen früh schreibe ich Layla irgendeine beiläufige Frage, etwa: *Wie geht es dir? Ich war schon laaaange nicht mehr so betrunken.* Vielleicht bringe ich ihr einen Donut mit.

Unten auf dem Sofa schlafe ich schnell, aber nicht tief ein, ich werde immer wieder wach und weiß dann nicht mehr, wo ich bin. Wenn wir beieinander übernachteten, spielten Natalie und ich das Flüsterspiel, dabei flüsterte eine der anderen eine Geschichte ins Ohr, während sie einschlief, um zu sehen, ob sie sich am nächsten Morgen daran erinnern würde. Natalie erzählte immer wieder dieselbe Geschichte über ein kleines Mädchen, das von einem Truck fiel, weil es sich an einem Ast neben der Straße festhielt. Das Ende habe ich nie gehört, und am nächsten Morgen habe ich immer vergessen, danach zu fragen – war die Moral, dass man es mit seinen Wünschen nicht zu weit treiben oder dass man nicht zu früh aufgeben sollte?

Später öffnet sich die Haustür, und Natalies Schatten huscht herein. Meine Mutter hat erwähnt, dass sie nach Hause kommen würde, aber ich erinnere mich selten an Einzelheiten unserer Gespräche. Ich halte den Atem an, während sie ihre Schuhe aufschnürt.

Sie sieht mich nicht. Du hast mir gefehlt. Ich versuche zu entscheiden, ob ich wirklich so empfinde oder ob ich es mir nur wünsche.

Als ich am Morgen die Augen öffne, ist alles still, und die Sonne, die durchs Fenster fällt, sticht wie spitze Zähne. Mein Magen knurrt, und auf der Katerskala von putzmunter bis wandelnde Leiche habe ich nicht ganz den Zombie erreicht, bin aber nicht weit entfernt. Ich gehe in die Küche, weil ich überlegt habe, einen von Dads vielen Aufläufen mit nach Hause zu nehmen, und als ich die mit Alufolie abgedeckten Formen und die Beutel mit eingefrorenen Erbsen durchstöbere, höre ich, wie sich jemand hinter mir räuspert. Natalie sieht mich an, als wollte sie sagen: Echt jetzt? Ich schlage mir am offenen Kühlschrank den Kopf an, als ich mich zu ihr umdrehe.

»Was machst du da?«, fragt sie.

»Die Aufläufe.« Ich zeige auf den Kühlschrank. »Mein Dad hat für euch Aufläufe gemacht.«

Sie geht an mir vorbei und öffnet ein Schraubglas mit Kaffeepulver, das auf der Arbeitsplatte steht. »Verstehe.«

Plötzlich wird mir bewusst, dass ich immer noch die gelbe Hose mit den Bleicheflecken von der Arbeit trage, die einen leichten Fischgeruch verströmt. »Seit wann bist du wieder hier?« Ich schaue mich nach etwas um, mit dem ich mich unauffällig besprühen könnte – Lufterfrischer oder vielleicht sogar Handdesinfektionsmittel –, aber ich habe kein Glück.

»Erst seit ein paar Tagen.« Sie deutet auf die Kanne. »Trinkst du mittlerweile Kaffee?«

Wenn ich Kaffee trinke, fühlt sich mein Herz an, als wollte es einen Tunnel durch mein Brustbein graben. »Klar.«

Sie füllt zwei weitere Löffel in den Plastikfilter, den sie in der Hand hält, und fragt mich, was ich vorhabe. Ich versuche zu sagen, ach, nur das Übliche, aber meine Lippen sind plötzlich ganz trocken, und es klingt, als würde ich einen anstößigen russischen Akzent nachmachen.

»Habe ich dich zugeparkt?«, fragt Natalie, dreht sich um und schaut aus dem Fenster. »Ich fahre weg.«

Ich sage, es sei schon gut, aber sie besteht darauf. Offenbar ist ihr alles recht, um von mir wegzukommen. Sie verlässt so eilig die Küche, dass sie über den Läufer im Flur stolpert.

Ich suche auf meinem Handy den nächsten Donutladen heraus, als es anfängt zu brummen. Layla. Ich gehe zur Rückseite des Hauses, zur Veranda mit Blick aufs Meer. Es regnet immer noch, und ich stelle mich unter dieselbe gestreifte Markise, die hier schon hing, als wir Kinder waren. Einmal habe ich sie versehentlich mit einer Wunderkerze in Brand gesteckt, worüber Natalies Mom unglaublich sauer war. Ich weiß nicht, warum sie das Ding nie ersetzt haben. Die rechte Seite ist immer noch schwarz und fransig, wie ein zerfetzter Gummireifen.

Layla atmet schwer, als ich das Handy ans Ohr halte. »Ist dein Kater so schlimm?«, frage ich lachend und versuche, lustig und leichtherzig und freundlich zu klingen, und dann fängt sie an zu heulen, ein Wort, mit dem ich noch nie das Schluchzen eines Erwachsenen beschrieben habe. Ihr Weinen dringt schrill und zittrig und verschnieft durch die Leitung. Ich höre, wie sie ein Taschentuch aus einer Schachtel zieht und sich die Nase putzt. »He, he, ist ja gut«, sage ich verlegen.

Es klingt, als wollte ich ein Pferd beruhigen. »Wir waren beide total voll. Ich wollte nicht –«

»Tut mir leid, kann ich zuerst reden?« Sie holt verschnoddert Luft. »Eine meiner Schülerinnen ist gestorben, und es hat mich ziemlich getroffen.«

»O Gott.« Ich setze mich auf einen Verandastuhl. »Was zum Teufel?«

»Es ist direkt nebenan passiert, Mona. Die Jugendlichen haben das Gasthaus übernommen, nachdem die Arbeiter gegangen sind.«

»Was?« Ich fühle mich innerlich leer, als hätte sich meine Lunge aufgelöst.

»Sie haben uns noch nicht gesagt, was passiert ist. Sie hieß Lucy – ich habe dir von ihr erzählt, oder? Der Künstlerin?«

Ich kann mich an keine Künstlerin erinnern.

Es piept in der Leitung. »Scheiße, ich muss auflegen, das ist die Schule. Wir sehen uns zu Hause.«

Mein Handy ist richtig heiß, als ich es vom Ohr nehme, wie ein Stein, der am Strand in der Sonne gelegen hat. Mit einem Mal würde ich es am liebsten über den dünnen Drahtzaun zwischen dem Grundstück der Laurels und dem öffentlichen Strand werfen, aber dann fällt ein Schatten auf meinen Arm, und Natalie setzt sich auf den Stuhl neben meinem. »Alles in Ordnung?« Sie gibt mir einen Kaffeebecher, der zu heiß ist, aber ich halte ihn trotzdem in der Hand. »Ich habe das Auto umgeparkt.«

»Toll, danke.«

Sie sieht mich aus zusammengekniffenen Augen an. »Du machst dein Nur-keine-Panik-Gesicht.«

»Stimmt gar nicht.« Mein Puls summt in meinen Ohrläppchen und Fingerspitzen wie Strom, in meiner Kehle steckt etwas fest, das ich mit größter Mühe versuche runterzuschlucken, einfach runter. »Wie geht es deiner Mom?«, frage ich auf der Suche nach einem Gesprächsthema.

»Na ja, kannst du dir ja denken.« Natalie zuckt mit den Schultern. »Sie ist krank.«

Über uns kreischt eine Möwe, und wir sehen ihr nach, als sie mit weit ausgestreckten, ramponierten Flügeln durch den Regen gleitet. Ich fühle mich scheußlich in der Gegenwart verhaftet, als wären meine Vergangenheit und meine Zukunft verpufft, als wären Geschichte und Möglichkeiten ausgelöscht.

»Raus damit«, sagt Natalie.

»Womit?«

»Mit dem, was dich so beschäftigt.« Sie stellt ihre Tasse auf die Armlehne ihres Stuhls und dreht sich zu mir um. »Ich sehe dich, Mo.«

Warum bist du dir so sicher?, ist etwas, das ich nicht sage. Aber ich antworte, um der Stille keinen Raum zu lassen: »Ach, ein Mädchen ist gestorben. Meine Mitbewohnerin war ihre Studienberaterin.«

»Scheiße.« Natalie fährt sich mit ihren kurzen Fingernägeln über die Unterlippe. Die Nagelhäute sind braun von getrocknetem Blut, und es ist schön zu wissen, dass sie trotz allem, was sie erreicht hat, immer noch an ihren Niednägeln knibbelt. »Kanntest du sie?«

»Eigentlich nicht, nein.«

»Was ist passiert? Überdosis? Betrunken gefahren?«

»Das«, sage ich, »ist die große Frage.«

Natalie zieht die Knie an die Brust und stützt ihr Kinn auf. »Diese Stadt ist noch das gleiche Drecksloch wie früher, oder?«

Ich verspüre den Drang, meine Stadt zu verteidigen, wie

man manchmal seine Familiendynamik verteidigt, wenn jemand sie kritisiert. »Ein Drecksloch würde ich sie nicht nennen.«

Sie lacht. »Du hast mir *Auf unsere Flucht aus diesem Drecksloch* ins Jahrbuch geschrieben.«

»Daran kann ich mich nicht erinnern.«

Natalie legt den Kopf schief, als hätte ich etwas Unsinniges gesagt. »Ich wollte dich nicht beleidigen.«

»Ich bin nicht beleidigt.«

Ihr Handy vibriert in ihrer Tasche, sie schaut darauf und verzieht das Gesicht. Vor der Veranda flattert etwas über den Sand und landet auf den hohen Halmen des Sandhafers. Im ersten Moment halte ich es für einen kleinen Vogel, vielleicht einen Regenpfeifer, aber dann glitzert es metallisch im matten Sonnenlicht. Nur eine weggeworfene Chipstüte.

»Findest du, es mangelt mir an Entschlossenheit?«, frage ich.

»Was?«, fragt sie, ohne aufzuschauen. »Wovon redest du?«

»Wahrscheinlich von nichts.«

Sie zieht eine Augenbraue hoch und steckt ihr Handy wieder ein. »Du bist komisch, Mona, weißt du das?«

»Hat man mir schon ein oder zwei Mal gesagt.«

Sie zieht den Ärmel ihres Pullovers zurück, um einen Blick auf das Perlmuttzifferblatt ihrer Uhr zu werfen. »Ich sollte wirklich ins Krankenhaus fahren.«

»Natürlich«, sage ich. »Lass dich von mir nicht aufhalten.«

Auf dem Heimweg rufe ich Marina an, aber sie meldet sich nicht, und ihre Mailbox ist voll.

Weil ich meinen Schlüssel nicht finde, fahre ich mit meiner Kreditkarte durch den schmalen Spalt zwischen Rahmen und Tür, etwas, das Natalie mir vor einer Ewigkeit beigebracht hat, als sie dachte, sie wollte vielleicht eine rebellische Phase beginnen. Layla ist nicht da, und ich habe genau drei Schritte ins Wohnzimmer gemacht, als meine Mutter mich anruft. »Wir fahren heute Mrs Laurel besuchen«, sagt sie ohne Gruß, als ich abhebe. »Kannst du um eins da sein?«

Ich schaue mich im leeren Haus um, betrachte den Ventilator, der sich lautlos über mir dreht, die ungetragenen Schuhe neben der Tür und den Stapel Post auf dem Sofatisch, bei dem nur ein Lufthauch bis zum Bergrutsch fehlt. »Ich wüsste nicht, was dagegen spricht.«

Oben suche ich etwas zum Anziehen, das meine Mutter nicht als »Beleidigung für ihr ästhetisches Empfinden« betrachten wird. Nachdem ich ein langweiliges weißes Kleid gefunden habe, das ihr gefallen wird, weil es früher ihr gehört hat, öffne ich meine Schreibtischschubladen und suche die Pillen, die mir der Kassierer im Village Market verkauft hat, als ich wieder hergezogen bin. John oder Aaron oder irgendein anderer christlicher und leicht zu vergessender Name. Ich finde nur alte Quittungen und leere Kugelschreiber, was wahrscheinlich ganz gut ist, weil ich durch Drogen nicht gerade aufblühe.

Ich setze mich auf mein Bett und presse den Kopf zwischen die Knie. Was ich über mich weiß: Im Innersten bin ich ein Feigling. Mein Selbsterhaltungstrieb frisst jeden Anflug von Selbstlosigkeit auf, den ich noch habe. Ein mutiger Mensch hätte darauf bestanden, dass Marina bleibt, hätte die andere junge Frau nach ihrem blutverschmierten Kleid gefragt, hätte beide ins Haus gebeten und ihre nassen Haare mit warmen Handtüchern getrocknet. Nicht einmal ein mutiger Mensch. Ein normaler Mensch.

Wieder rufe ich Marina an. Keine Antwort.

Meine Eltern sind schon im Foyer, als ich ankomme. Meine Mutter trägt ein schwarzes Kleid, das ich noch nie gesehen habe, knielang mit Trompetenärmeln und goldener Stickerei am Halsausschnitt. Sie lebt nach dem Motto *lieber overdressed als underdressed*.

»Du siehst nett aus«, sagt mein Vater. Er ist normal gekleidet mit einem blau karierten Button-Down-Hemd und einer Jeans mit Gürtel.

»Wollen wir?« Meine Mutter streicht mir die Haare glatt. »Hast du eine Bürste?«, fragt sie, als wir zum Fahrstuhl gehen. Als ich Nein sage, nickt sie und drückt energisch auf den runden Knopf. Aber sie sagt nichts weiter dazu. Ich glaube, sie versucht in letzter Zeit, die Dinge entspannter zu nehmen. Vielleicht hat sie auch endlich ein Rezept für Xanax bekommen.

Im Fahrstuhl beobachten wir stumm, wie das Licht für die einzelnen Etagen gelb wird, während wir nach oben fahren. Eine gebeugte Frau drückt sich in die gegenüberliegende Ecke, mit einer Hand hält sie sich an einer Metallstange fest, an der ein gelber Beutel mit einer Flüssigkeit hängt. Ein dicker Plastikschlauch führt von dem Beutel unter ihr dünnes Krankenhaushemd, und Gänsehaut überzieht meine Arme, wie jedes Mal, wenn ich kranken Menschen begegne. Vom Verstand her weiß ich, dass mein Körper eines Tages versagen wird, ich muss nur nicht unbedingt Beweise dafür sehen.

Mein Dad sagt, er müsse zur Toilette, also warten meine Mutter und ich im Flur. Neben uns ist ein leeres Zimmer mit offener Tür, und der Geruch, der herausweht, ist für meinen Geschmack deutlich zu menschlich – moschusartig und sauer, wie die ungewaschenen Achseln von jemandem, der sehr nervös ist.

»Lass dich nicht von ihr verrückt machen«, sagt meine Mutter unvermittelt, als sie über meine Schulter den Flur hinuntersieht.

Ich folge ihrem Blick, um zu sehen, ob sie jemand bestimmten meint – meine Mutter hat viele Feinde. Da ist niemand, bis auf eine Krankenschwester, die ein Klemmbrett gegen ihre Hüfte schlägt.

»Von wem?«

Sie starrt mich so plötzlich und durchdringend an, dass ich fast erwarte, die Bewegung ihrer Augen würde ein Geräusch machen. »Natalie.«

»Natalie macht mich nicht verrückt.« Jedenfalls nicht mehr als alle anderen. In meinem Kopf wimmelt es von Menschen.

»Sie glaubt, sie wäre besser als du«, sagt meine Mutter nüchtern. »Hat sie immer geglaubt.«

Weil sie besser *ist.* »Okay.«

Sie berührt leicht meinen Ellbogen. »Du weißt, dass du unglaubliches Potenzial hast, oder?«

Wenn ich an eine sechsundzwanzig Jahre alte Frau denke, die tagsüber mit toten Fischen hantiert und dann heimkehrt in ein Haus voller Ablehnungsbriefe und Habseligkeiten einer anderen erwachsenen Frau, mit der sie zusammenwohnt, fällt mir sofort das Wort Potenzial ein. »Warum sagst du das jetzt?« Ich schaue zur Toilettentür und bete, dass sie sich bald öffnet.

»Du machst einen verlorenen Eindruck«, sagt sie.

Hektisch sehe ich mich nach beiden Seiten um. »Stimmt, wie kommen wir eigentlich in dieses Krankenhaus?«

Sie lächelt mich auf eine schmerzliche, sanfte Art an, die nicht zu ihrem üblichen Repertoire abschätziger Gesichtsausdrücke gehört. Was bedeutet, dass sie Neuigkeiten hat. Und

Neuigkeiten sind das Letzte, was ich heute brauche. »Sei nicht so vorwitzig.«

»Wer?«, frage ich. »Ich?«

»Ich muss dir etwas sagen, Mona.« Sie drückt eine Hand flach auf die Tapete, auf der dünne graue Linien von abstrakten Formen umgeben sind. »Wir ziehen weg. Ich kann hier nicht länger bleiben.«

Die Überraschung umhüllt mich wie eine dicke Schicht, die verhindert, dass ich die Neuigkeit in mich aufnehme. »Was?«

»Ich bin hier nicht glücklich, schon sehr lange nicht mehr. Aber das ist nicht wichtig. Ich will wissen, ob es dir gut gehen wird. Ohne uns hier?«

Glaubst du, es würde mir jetzt gut gehen?, frage ich fast. »Wohin zieht ihr?«, bringe ich stattdessen heraus.

Sie zuckt mit den Schultern. »Florida? Texas? Irgendwohin, wo es keine Einkommensteuer gibt.«

»Und Dad ist damit einverstanden?«

Sie zwinkert mir zu, was ich für diese Situation viel zu verspielt finde. »Er macht, was ich ihm sage.«

»Sollte ich umziehen?«, ist die Frage, die mir in den Sinn kommt und die ich am Ende laut ausspreche.

»Na ja, wir haben dir das Haus besorgt«, sagt sie, als hätte ich das vergessen. Eines der Dinge, die ich am meisten bereue: Ihnen erlaubt zu haben, mir ein »Investitionsobjekt« zu kaufen, um mich damit nach Hause zu locken. »Außerdem ist es egal, wohin du gehst. Das denken alle mit zwanzig, dreißig: Oh, wenn ich doch nur woanders wäre, dann wäre alles anders. Nein, wäre es nicht. Du wärst dann nur an einem anderen Ort.«

»Also sollte ich mich einfach umbringen, willst du das sagen?«

Sie erstarrt. »Über manche Dinge solltest du keine Witze machen, Mona.«

Hinter uns öffnet sich die Toilettentür, mein Vater kommt heraus und wedelt mit den nassen Händen: »Keine Papierhandtücher.«

»Ich kenne dich besser als jeder andere«, sagt meine Mutter. In diesem Moment begreife ich, dass sie es auch nicht erträgt, in der Gegenwart zu leben. Es ist einfacher, eine frühere Version eines anderen Menschen auf sein jetziges Ich zu pfropfen, als zuzugeben, dass man das Wesen dieses Menschen nicht mehr versteht.

»Sind die Damen fertig?« Mein Vater tritt vor uns.

»Mona«, sagt meine Mutter und wendet den Kopf, »willst du wirklich nichts wegen dieser Haare unternehmen?«

Wir reden in Mrs Laurels kleinem desinfizierten Zimmer über viele Dinge, aber ich verarbeite nichts davon. Als Kind habe ich eine Kunst perfektioniert, die ich Abwesende Anwesenheit nenne. Es gelingt mir, die Kontakte zu anderen nur mit den äußersten Schichten meines Bewusstseins abzuwickeln, die nicht mehr sind als ein höflicher Panzer meiner inneren Welt. In der Natur funktionieren Panzer, weil sie wie natürliche Erweiterungen der Tiere wirken. Ich sehe vollkommen normal aus.

Ich weite die Augen und nicke in den passenden Momenten. Ich lächle. Niemals bin ich ohne ein Lächeln. Tatsächlich aber habe ich mich tief in meinen Kern zurückgezogen und denke darüber nach, ob ich mein gesamtes Leben vergeudet habe, weil ich zurückgezogen bin in diese Stadt, die ich noch nie mochte, diese Stadt, die mir außer Sonnenbrand oder Frostbeulen, je nach Jahreszeit, nie viel zu bieten hatte, diese

Stadt, die nie so war, wie ich sie wollte (weil nichts jemals so ist), diese Stadt, die in fünfundsiebzig Jahren oder früher unter dem Meeresspiegel liegen wird, diese Stadt, die mich geschaffen und dann zurückgenommen hat, diese Stadt, in der ich Natalie kennenlernte und ihr sagte, dass ich glaubte, in mir würde ein Monster leben, und sie sagte, kenne ich, in mir auch, diese Stadt, von der aus meine Mutter jeden Abend ihre Zwillingsschwester in Kalifornien angerufen hat, bis ihre Schwester plötzlich an einem Herzinfarkt starb, diese Stadt, in der ich fast ertrunken wäre und in der mein Vater das Meerwasser aus mir gepresst hat, diese Stadt, in der es schöne Dinge gibt, auch wenn ich es nie zugeben würde, diese Stadt, in der meine Mitschüler so jung starben, diese Stadt, von der meine Eltern behaupteten, sie sei das Paradies, und es mir vorgaukelten, bis ich es glaubte.

Diese Stadt, in der ich Layla sagte: Du wirst nicht lange durchhalten. Sie dachte, ich würde einen Witz machen.

Bewegung kommt auf. Lageveränderung. Das Gespräch dringt nur als Rauschen an meine Ohren, als würde ich es durch eine Muschel hören, aber langsam komme ich an die Oberfläche. Natalie steht auf. Sie schiebt ihren Stuhl höflich zurück, geht zur Tür und zieht sie mit einem anmutigen Ruck aus dem Handgelenk auf. Nimm mich mit, denke ich und reiße mich aus meinem Versteck los.

Ich folge ihr nach draußen, ohne der Gruppe eine Erklärung zu liefern – jemand will wissen, wohin ich gehe, aber die Frage perlt von mir ab wie Öl. Im Flur rufe ich ein paarmal Natalies Namen, bevor sie sich umdreht. Sie wirkt überrascht, mich zu sehen. »Hast du Lust auf einen Snack?«, fragt sie.

Im Fahrstuhl geschieht etwas Seltsames. Natalie und ich stehen in der Ecke und hängen unseren Gedanken nach, als sie plötzlich den Menschen gegenüber anspricht. Ich höre nicht richtig zu, weil mein Verstand gerade mit einer Unzahl Ängste vollgestopft ist, aber ich lande mit einem Ruck in der Gegenwart, als ich Weinen höre. Der Mann hat sich Natalie an den Hals geworfen, sein Kinn drückt sich an ihre Brust, und ich bin kurz davor, ihn durch die nächste Tür zu stoßen, die sich öffnet, als Natalie ihm eine Hand auf die Schulter legt. Ich beobachte die beiden im Spiegel: Natalie hält diesen seltsamen Mann fest, sie haben die gesenkten Köpfe aneinandergelegt wie zwei Schwäne, hinter ihnen flackert das Licht der Etagentasten. Natalie gibt ihm genau das, was er braucht; ich weiß nicht, woher ich das weiß, aber ich bin mir ganz sicher.

Als ich sie frage, wer er ist, kann sie es nicht erklären.

Zu Hause wartet Layla auf der Treppe auf mich, mit einem leuchtend rosa Pullover um die Schultern und nackten Füßen, mit denen sie auf den Boden klopft. Sie kommt zum Auto, bevor ich auch nur meine Tür öffnen kann, und spricht durch das offene Fenster mit mir. »Marina Nowak ist hier und will mit dir reden«, sagt sie.

Blut rauscht durch meine Ohren. Insgeheim frage ich mich, ob ich sie herbeigerufen habe. »Du kennst Marina?«, überwinde ich mich zu fragen.

»Ja, ich berate sie. Es war verdammt schräg. Ich habe ihr Tee gegeben.«

»Das ist Marina aus dem Mullaney's«, erkläre ich.

»Wer?«

»Rotbäckchen.« So nenne ich sie, weil sie immer zu viel Rouge benutzt.

Layla legt den Kopf in den Nacken und stöhnt. »Warum ist diese Stadt so beschissen klein?«

Im Haus sitzt Marina am Küchentisch und hat den Kopf auf die Tischplatte gelegt. Mehr als alles in der Welt wünschte ich, ich könnte rauchen, und dann fällt mir ein, dass ich ja erwachsen bin und es kann. Layla geht nach oben, um zu duschen, und Marina hebt den Kopf, als sie durch die Tür verschwindet. »Ich hasse Tee«, sagt sie. »Und ich wusste nicht, dass du mit Ms Layla zusammenwohnst.«

Ich hole meine Schachtel aus ihrem Versteck ganz hinten in der Messerschublade. »Erwachsene wohnen zusammen, wenn sie arm sind.«

Marina verdreht die Augen. »Du bist nicht arm.«

»Du weißt doch, wie viel wir bei Mullaney's verdienen.« Ich setze mich neben sie. »Hast du Feuer?«

»Ich bin siebzehn, und wir sind bei dir zu Hause.«

»Na und? Teenager finden rauchen doch cool.« Die unangezündete Zigarette schwankt zwischen meinen zitternden Fingern. Ich sauge an dem Papierröllchen und versuche, mich auf Marinas Gesicht zu konzentrieren. Es ist unbewegt, undurchdringlich.

Aber sie macht es mir leicht. »Willst du mich nicht fragen, warum ich hier bin?«

Der Filter saugt sich auf meiner Zunge voll. »Warum bist du hier?«

Sie atmet tief ein, dann entweicht die Luft zittrig durch ihre geweiteten Nasenlöcher. Als sie den Mund öffnet, um zu antworten, kommt nur ein ersticktes Keuchen heraus, als würde ihr eine unsichtbare Hand die Kehle zudrücken. Sie legt beide Handballen an die Tischkante und stemmt sich dagegen. »Ich kann es nicht sagen. Kein Witz. Ich bin körperlich nicht dazu in der Lage.«

Sie lässt den Kopf auf den Tisch sacken und fängt an zu

weinen. Ich berühre ihr Schulterblatt und sehe zu, wie sich meine Finger mit jedem schluchzenden Atemzug heben und senken. Hinter uns knarren die Treppenstufen. Ohne mich umzudrehen, weiß ich, dass Layla mit einem Handtuch um die Haare gewickelt auf dem Treppenabsatz steht und zuhört. Licht fällt durch das Küchenfenster und auf Marinas Scheitel, es beleuchtet den fettigen Haaransatz und die Schuppen. Eine Hand liegt mit gespreizten Fingern neben der Teetasse. Die Nägel sind praktisch kurz geschnitten, trotzdem klebt unter ihnen Schmutz oder irgendetwas Dunkles. Du wirst es überstehen, würde ich gern sagen und weiß doch nicht genau, wie.

Ich schiebe einen Daumen unter ihr Kinn und hebe sanft ihren Kopf an. »Du erzählst mir jetzt, was passiert ist. Und ich überlege mit dir, was du tun solltest. In Ordnung?«

Sie richtet sich auf und lehnt sich auf dem knarrenden Stuhl zurück. Ihre Kopfbewegung könnte ein Nicken sein.

»Bist du bereit?«, frage ich.

»Nein.« Sie wischt sich mit dem Ärmel ihres T-Shirts über die Augen. »Aber ich erzähle es dir trotzdem.«

Marina

Wenn Sie wissen wollen, was passiert ist, muss ich mit der Geschichte anfangen.

Es waren einmal zwei Schwestern, Rebecca und Abigail, die zusammen mit ihrem Vater am Rande von Nashquitten lebten. Er war der Leuchtturmwärter der Stadt und sorgte dafür, dass alle Boote im Hafen und weiter draußen sicher navigieren konnten. Eines Tages musste er in die Stadt fahren, um Vorräte zu besorgen, und übertrug Rebecca und Abigail die Verantwortung.

Zum ersten Mal hatte Mom meiner Schwester und mir diese Geschichte erzählt, als ich sieben oder acht war. Sie sagte, wir müssten aufmerksam zuhören, weil es eine Wahre Geschichte war. Aber für mich klang sie erfunden, und einmal, Jahre später, unterbrach ich sie beim Erzählen immer wieder, um das zu sagen. Als wir schließlich zu *und sie lebten glücklich bis an ihr Ende* kamen, grummelte ich, sie hätten nie gelebt, und meine kleine Schwester Helen sah mich mit zusammengekniffenen Augen an und meinte: Mach es nicht kaputt!

Halt die Klappe, du Idiotin, sagte ich, und sie fing an zu weinen. Mom ermahnte mich, so sollte ich mit meiner Schwester nicht reden, und ich sagte, das würde ich auch nicht, wenn Helen nicht so eine Idiotin wäre, und dann heulte Helen *ich bin keine Idiotin*, und ich sagte, das klingt wie etwas, das eine Idiotin sagen würde, was Mom dazu brachte, mich warnend anzusehen, also sagte ich: Was denn, glaubst du etwa, sie wäre *schlau?*, und dann musste ich allein im Badezimmer sitzen, weil ich übermäßig unfreundlich gewesen war. *Erfunden!*, rief ich, bevor ich die Tür so zuknallte, dass eines der Handtücher von der Stange und mir über den Kopf fiel.

Warum ist das wichtig?, fragte meine Mom später, als ich das Bad wieder verlassen und mich auf ihr Bett legen durfte. Sie setzte sich neben mich und strich mir die Haare mit Fingern glatt, die nach dem Knoblauch rochen, den sie für das Abendessen gehackt hatte.

Warum ist was wichtig?

Ob die Geschichte erfunden ist oder nicht?

Weil du gesagt hast, sie wäre wahr!

Und wenn ich gelogen habe? Warum ändert das die Geschichte?

Weil ich das Gefühl hatte, dass ich reingelegt wurde, schlug ich ihre Hand weg. Tut es eben, sagte ich.

Tygrysku, flüsterte sie, das bedeutet *kleiner Tiger*, so hat meine Großmutter mich immer genannt. Es ist nicht so viel wahr auf der Welt, wie du glaubst.

Und wie viel ist wahr?

Sie lächelte. Das kommt darauf an, wen du fragst.

Rebecca und Abigail bereiteten sich darauf vor, Tran zum Licht hinaufzubringen, als sie Geräusche aus der Ferne hörten. Sie gingen zum Ende des Landungsstegs und spähten mit zusammengekniffenen Augen über die Wellen zum diesigen Horizont. Da tauchte aus dem gräulichen Nebel die Silhouette eines Kriegsschiffs auf.

Ich mag Partys nicht mal, vor allem nicht solche in halb fertigen Häusern, in denen Nägel aus den Zwischenwänden ragen.

Ich trinke zu viel, um lockerer zu werden und ende jedes Mal bei den Nerds. Deshalb stehe ich jetzt oben im Haus neben Lucy an einer der leeren Fensteröffnungen. Wir haben zusammen Fortgeschrittene Analysis, und sie hebt ständig die Hand und stellt unnötige Fragen, um zu beweisen, dass sie das jeweilige Thema besonders tief durchdringt. Wir haben's verstanden. Du willst ernst genommen werden. »Warum bist du hier?«, schreie ich gegen die Musik an, weil ich gedacht hätte, dass diese Party für sie der reinste Albtraum ist.

»Ich probiere was Neues aus«, schreit sie zurück. »Heute Abend bin ich nicht Lucy.«

Also bist du jemand, der allein auf Partys geht? »Wo ist Sophia?«, frage ich und schaue mich um. Nicht, dass ich sie überhaupt entdecken könnte – wohin ich sehe, sind sich aneinander reibende Hüften und verknotete Zungen. Seit ich letzten Sommer was mit einem Bademeister der Kolumbusritter hatte, sitze ich auf dem Trockenen, aber jetzt könnte ich die Chance kriegen, das zu ändern. Heute Abend sind alle unterwegs. Warum auch nicht, wenn das Schuljahr fast vorbei ist, das Wetter genau richtig für bauchfreie Tops und Johnny's Liquor endlich wieder unsere gefälschten Ausweise akzeptiert, nachdem sie letzten Sommer dabei erwischt wurden? Sogar die Geister sind hier, diese blassen Mädchen, die nur Schwarz tragen und ständig über beschissene Memes auf ihren Laptops oder Handys kichern. Als überraschende Wende trägt Emma Clark, ihre Anführerin, knallroten Lippenstift. Und sieht es sogar gut aus? Bin ich die Einzige hier, die heute Nacht vielleicht nicht gevögelt wird?

»Sie ist übers Wochenende bei ihren Cousinen.« Lucy bückt sich und hebt einen halb vollen Plastikbecher auf, den ziemlich sicher einer der Footballspieler abgestellt hat.

»Solltest du das trinken?«, frage ich. »Bei deinen Medikamenten?«

Ihren Blick werde ich nicht vergessen, solange ich lebe. Als wollte sie jeden meiner Gedanken darüber, was sie tun und lassen sollte, einäschern, indem sie einen Stromstoß durch meine Augenhöhlen und in meine weiche Gehirnmasse schickt.

»Welche Medikamente?«, fragt sie.

»He, seht euch unsere Heldin an!« Olivia rauscht von hinten heran und rempelt gegen meine Schulter. »Trink, trink, trink!«, ruft sie, während Lucy auf ex trinkt, und ich denke, man könnte deutlich mehr mit ihr anfangen, wenn sie mal wüsste, wann sie die verdammte Klappe halten sollte.

»Hast du Marco gesehen?«, flüstert Olivia mir ins Ohr. »Schau mal.«

Heute ist der große Abschied der Austauschstudenten, die morgen zurück nach Rom fliegen. Ich folge Olivias Blick zur anderen Seite des Zimmers, wo Marco seine Gliedmaßen bei etwas verrenkt, das man nur vage als Tanzen bezeichnen kann, während die Fußballjungs ihn anfeuern und ihm Bier aus geschüttelten Dosen ins Gesicht spritzen. Er hat keine Ahnung, dass sie sich den ganzen Monat über ihn lustig gemacht haben. Was mich mehr belasten würde, wenn er nicht so ein mieser Arsch wäre. »Ha, ha«, sage ich und beobachte Lucy aus dem Augenwinkel. Sie hat sich abgewandt und dreht ihm den Rücken zu. Kann ich ihr nicht verdenken nach dem Video, das er aufgenommen hat.

Jemand dreht die Musik lauter. Der Beat ist schwer und schnell, ich kann ihn unter den Füßen spüren wie die Vibrationen eines Zugs. Lucy schwenkt die hochgereckten Arme und schaukelt mit den Hüften, als bestünden sie aus Wasser.

»Meinst du nicht, sie sollte ihm ein paar Takte sagen?«, fragt Olivia in Bezug auf Lucy und Marco. Sie legt ihren dünnen Arm auf meine Schulter, und ich würde ihn am liebsten abschütteln. »Ich meine, es ist ihre letzte Chance.«

»Fang jetzt nichts an, Liv.«

»*Ich* fange nichts an. Er hat angefangen.«

Lucy gleitet so geschmeidig an uns vorbei, dass ich tatsächlich nachsehe, ob ihre Füße den Boden berühren – in ihrem Körper scheint kein einziger Knochen zu stecken. »He«, rufe ich, aber sie dreht sich nicht um. Sie tritt unter dem Dach hervor und auf die unfertige Veranda, und ich schwöre, sobald sie draußen ist, fängt es an zu regnen. Sie legt den Kopf in den Nacken und schließt die Augen wie unter einer warmen Dusche.

»Ich will nicht nass werden«, sage ich zu Olivia, aber sie hört nicht zu. Mir hört nie jemand zu.

»Ich sollte mit ihr reden«, beharrt sie. »Nur damit sie weiß, dass sie die Wahl hat.«

Ich sage: »Was zum Teufel?«, aber Olivia marschiert schon auf die rohen Dielen der Veranda mit dieser kerzengeraden Haltung, die sie immer einnimmt, wenn sie glaubt, sie würde helfen.

Die Luft ist muffig vom Atem und Schweiß der Leute, deshalb beuge ich mich durch die leere Fensteröffnung, um eine Brise Frühlingswind abzubekommen. So eng, wie sich die Bäume draußen aneinanderdrängen, würde man nie vermuten, dass keinen halben Kilometer entfernt eine Wohnsiedlung ist. Einen solchen Ort gibt es in dieser Stadt nicht noch einmal, eine Stelle, an der man das Gefühl haben kann, die ganze Welt sei ausgesperrt. Und bald sind auch diese Bäume verschwunden – schon jetzt sind von einer Reihe nur noch Stümpfe übrig. Es deprimiert mich, über die Zerstörung der Natur nachzudenken, deshalb ziehe ich den Kopf wieder ins Haus. Olivia ist nicht zurückgekommen. Zwischen den wogenden Körpern meiner Mitschüler hindurch sehe ich ihre Hand auf Lucys nackter Schulter, ihre Kleider, die vom Regen an ihren Oberkörpern kleben, Lucy, wie sie den Kopf schüttelt und beide mit Tropfen besprüht.

Die dünnen Riemchen meiner hochhackigen Schuhe ziehen sich enger um meine Knöchel, als ich zu ihnen eile. Olivia kann einen zu bescheuerten Aktionen überreden – einmal hat sie mich so bequasselt, dass sie mir mit einer Nähnadel ein *M* auf den Hüftknochen tätowieren durfte. Das Problem ist, dass sie genau weiß, was sie sagen muss. Das kann dir niemand wegnehmen, hat sie mir erklärt. Wenn du dich einmal dafür entscheidest, gehört es dir, für immer.

»Was hast du gesagt?«, frage ich. Der Boden der Veranda zeigt wie ein Schiffsbug auf den Wald. Die Bauteile, die sie absichern sollen – Holzleisten für das Geländer, Sichtschutzplatten –, sind neben der leeren Türöffnung gestapelt, aber jetzt fühlt sie sich leichtsinnig ungeschützt an. Was sie auch ist. Außerdem ist der Boden durch den Regen arschglatt, und ich gleite plötzlich über das Holz wie über eine frische Eisschicht, pralle seitlich gegen Lucy und reiße sie mit. Wir rutschen auf die Kante zu, von der mir schlagartig klar wird, wie verdammt hoch über dem Boden sie ist. Hinter uns erstreckt sich der Rasen, während wir hektisch versuchen, festen Stand zu finden, das leere Schwimmbecken unter uns wird breiter, unsere Hände greifen nach einem sicheren Halt, den es nicht gibt. Es ist komisch, aber ich denke nicht an Erinnerungen oder Träume oder meine Familie, als wir auf den Rand zurutschen. Ich denke an die weißen Fähnchen in der Nähe der

Mörderauffahrt und daran, dass ich buchstäblich nichts über die Menschen weiß, für die diese Fähnchen stehen. Ich denke daran, dass das hervorstechendste Merkmal meines Lebens sein wird, dass ich zu jung gestorben bin. Ich denke daran, dass ich mir niemals ausgesucht hätte, auf diese Art zu gehen, und dass ich mir auch nicht aussuchen kann, wie man sich an mich erinnern wird.

Ich habe schon die Augen geschlossen, als Lucy sich mit voller Wucht gegen mich wirft. Ihre Schulter rammt gegen meine Brust, als wäre ich eine der Übungspuppen des Footballteams, und nach den längsten Sekunden meines Lebens halten wir an. Der Wind pustet uns Kiefernnadeln über die Zehen und dann über die schroffen Kanten des Bodens. Vom Regen und Schweiß bin ich klatschnass, meine Unterwäsche klebt an meinen Oberschenkeln, und mein Kleid hat sich an meinem Bauch festgesaugt. »Ach du Scheiße«, keuche ich, aber Lucy wirkt kein bisschen ängstlich. Sie sieht aus, als hätte sie es aufregend gefunden.

»Fühlt es sich so an?«, fragt sie.

»Was meinst du?«, frage ich, aber dann ruft Olivia: »Heilige Scheiße!«, und der Augenblick ist vorbei. Sie will zu uns laufen, überlegt es sich dann anders und watschelt stattdessen wie ein Pinguin, so wie unsere Eltern es uns beigebracht haben für den Fall, dass unsere Auffahrt zufriert. Das Licht bricht sich in ihrem Bodyglitter, und als sie nah ist, riecht sie auf eine künstliche Art süß, wie Erdbeeren aus reiner Chemie. Sie muss immer absolut alles geben. »Hat das noch jemand gesehen?«

Wir drehen uns um, aber niemand hat uns bemerkt. In der leeren Türöffnung knutscht ein Pärchen, die Körper der beiden sind miteinander verschmolzen wie die Zähne eines

Reißverschlusses, und sie stecken sich gegenseitig die Zunge mit einer Geschwindigkeit in den Mund, die schmerzhaft wirkt.

»Gehen wir wieder rein«, sage ich, weil ich auch gern ein trockener, ahnungsloser Körper wäre, mit dem jemand rumknutschen will.

»Hast du dich verletzt?«, fragt Olivia. Wenn irgendwas Dramatisches passiert, muss sie immer das Gefühl haben, dass sie mitgemischt hat. Sie nimmt meine Hand und untersucht sie, als hätte ich mir fast das Handgelenk gebrochen, und nicht, als wäre ich fast von der Veranda geflogen. Ich sage, dass mir nichts fehlt, aber sie drückt weiter an meinen Knochen herum, als würden sie zeigen, dass sie eigentlich gebrochen sind.

»Hör auf damit«, sage ich zu grob. Sie senkt den Kopf, als hätte ich sie geschlagen. »Liv«, versuche ich es, aber sie hat sich schon Lucy zugewandt.

»Hast *du* dich verletzt?«, fragt sie. Ihre Art halte ich jetzt nicht aus, deshalb trete ich vom Rand zurück und versuche, zu Atem zu kommen. Meine Kehle ist immer noch eng, als würde ich Wasser treten und dabei nach Luft schnappen. Und als ich mich vorbeuge, um so viel einzuatmen, wie meine Lunge fasst, höre ich es. Ein Kratzen hinter mir, als würde ein Hund mit langen Krallen über einen Holzboden rutschen. Das Mädchen in der Türöffnung schiebt seinen Partner zurück und ruft: »Haltet sie fest!«, und Köpfe drehen sich, auch meiner. Das Mädchen zeigt an mir vorbei. Mein Blick folgt ihrem Finger, als wäre er ein Leuchtstrahl.

Der Regen kristallisiert, die Musik wird leiser, Schweiß verschleiert mir den Blick. Olivia schreit. In der Sekunde, in der ich blinzle, ist Lucy verschwunden.

Die Schwestern wandten sich einander zu, weil sie nicht wussten, was sie tun sollten. Das Schiff wurde deutlicher und kam näher. Wir müssen sie warnen, sagte Abigail. Sie war jünger, nur ein Jahr, aber dieses Jahr machte sich bemerkbar. Sie wurde oft ignoriert. Wen sollen wir warnen?, fragte Rebecca, schon mit einem hoffnungslosen Ton. Rebecca strahlte ein gewisses Selbstvertrauen aus, das sich jedoch schnell in Wohlgefallen auflöste, wenn sie unter Druck geriet. Sie war keine Anführerin.

Wir recken alle die Hälse, als hätten wir vielleicht nicht gesehen, was wir gesehen haben, als würde sie vielleicht doch noch dort stehen, die Zehen um die Kante gebogen, als müssten sich unsere Leben heute Nacht vielleicht doch nicht ändern. »Oh Scheiße«, sagt jemand. Die Bässe der Musik lassen jeden Knochen beben.

»Sieh nicht runter«, sage ich zu Olivia.

Alle bewegen sich gleichzeitig.

Ich weiß nicht mehr, wie ich nach unten komme, wie ich die Haustür öffne, wie ich zu ihr hinunterklettere, aber da liegt sie, und ihre Brust ist von so viel Blut überströmt, dass sie schwarz aussieht. Sie ist in das halbfertige Schwimmbecken gestürzt, um ihren Körper bildet sich eine kleine Pfütze aus Regenwasser. In ihren Haaren stecken Kiefernnadeln. Ich begreife, was ich sehe; ich rieche den frischen Beton und das metallische Blut. Trotzdem durchströmt mich das Entsetzen ganz langsam, wie Honig.

Als ich aufblicke, haben sich alle an der Kante über uns versammelt, ein Kreis tropfnasser Gesichter, die sich nicht entscheiden können, ob sie sehen wollen, was passiert ist, oder ob sie es sich lieber ersparen. Der Regen trommelt auf den

Betonboden des Beckens, das Geräusch vermischt sich mit dem Zischen des flachen Atmens von hundert Menschen. Die Luft ist jetzt zu dick, zu heiß. Wenn ich einatme, fühlt sie sich an wie der Dampf von kochendem Wasser.

Ich schreie nach Olivia, und meine Stimme schreckt die anderen auf. Der Erste rennt los. Dann der Zweite. Leute laufen nach links und rechts wie Rehe, die durch den Wald fliehen, ihre Füße spritzen Wasser auf die Knöchel der anderen. Es ist dunkel, bis auf das Licht des Stroboskops und des Projektors, den jemand mitgebracht hat, um Kaleidoskope auf die Bäume zu werfen. Immer wieder tauchen im matten Schein der sich verändernden Farben kurz Menschen auf, die ich kenne. Ich rufe ihnen vom Boden des Schwimmbeckens aus zu, sie sollen ihr helfen: »Bitte holt Hilfe, bitte!« Und ich glaube tatsächlich, dass sie das vorhaben, als sie in den Wald rennen – uns zu retten.

Ich nehme Lucy in die Arme und fange an, ihr von Abigail und Rebecca zu erzählen. Sie fühlt sich so schwer und warm an wie meine Babcia, als sie krank war. Ich sollte mich im Krankenhaus zu ihr ins Bett legen, weil sie sagte, sie würde vergessen, dass sie einen Körper hat, wenn niemand sie daran erinnerte. Meine Mutter saß auf einem kleinen Stuhl in der Ecke, als meine Babcia starb, aber ich blieb zusammengerollt auf den Laken liegen, einen Arm über ihrem, bis die Krankenschwester mich fragte, ob ich wohl aufstehen könnte. *Możesz opowiedzieć mi historię?*, waren ihre letzten Worte, aber mir fiel nichts anderes ein als *Kocham cię.* Vielleicht reicht das den meisten als Geschichte. Sie schien zufrieden damit.

Abigail hatte eine Idee. Komm mit, sagte sie, und die Schwestern rannten zurück zum Leuchtturm. Im Aufenthaltsraum ihres Wohnbereichs lagen eine Querpfeife und eine Trommel,

mit denen sie sich manchmal nach dem Abendessen vergnüg-
ten. Keuchend liefen sie mit den Instrumenten zurück zum
Landungssteg. Und jetzt?, fragte Rebecca. Spiel, sagte Abigail.

Zeit verstreicht, aber ich weiß nicht, wie viel. Der Bauch des
Beckens füllt sich mit Regen, er bedeckt schon unsere Knöchel. Ich versuche, nicht zu beachten, welche Farbe das Wasser
hat. Bald muss ich uns beide an einen trockenen Ort schaffen.
Bald muss ich aufhören zu warten.

Lucys Körper wird schlaffer. Es fühlt sich an, als würde etwas Lebenswichtiges aus ihr herausströmen, mehr als nur Blut
aus der Wunde. Ich höre, wie die Abdeckplanen im Wind
schlagen, wie die Bierflaschen über uns über den Boden rol-
len. Wie lange dauert es denn, den verschissenen Notruf zu
wählen? Mein Handy ist in Olivias Tasche – mein Kleid hat
keine. »*Hilfe!*«, schreie ich. »*Helft uns!*« Meine Stimme hallt
von den Wänden des Schwimmbeckens wider und kommt zu
mir zurück.

»He, he.« Ich schlage Lucy ein paarmal auf die Wangen, bis
sie sich röten. Ihre Augen sind geschlossen, ich versuche, sie
mit den Fingernägeln aufzuziehen. »Du musst zuhören, in
Ordnung? Die Geschichte ist noch nicht vorbei. Willst du
nicht wissen, wie sie ausgeht?«

Ich fühle mich völlig überdreht, wie das eine Mal, als ich
beim Homecoming in der Highschool Koks genommen habe,
und ich könnte schwören, dass mein Herz in alle möglichen
Teile meines Körpers rast, überallhin außer in meine Brust,
wo ich einen leeren und offenen Schmerz spüre, der an meinen Rippen saugt wie ein Wasserwirbel.

Ich rufe nach Olivia. Wieder und wieder rufe ich, bis ich
irgendwo im Wald ein Knacken höre, Zweige, die zerbrechen.

Der Regen hat den Projektor offenbar doch kaputtgemacht, denn als ich aufschaue, sehe ich nur eine schwarze Fläche. Bis ein winziger Lichtpunkt am Beckenrand auftaucht und ich langsam Olivia darunter erkenne, die ihr Handy hochhält.

In ihrem kurzen rosa Kleid und ohne Schuhe rutscht sie die schräge Wand herunter und drückt sich eine Hand in die Seite. »Scheiße«, sagt sie, als sie neben uns steht. »Wir sind am Arsch.«

Abigail schlug auf die Trommel, und Rebecca hob die Querpfeife an den Mund. Zu Hause achteten sie immer darauf, nicht zu viel Lärm zu machen, aber in diesem Moment hatten sie freie Bahn. Sie spielten lauter als je zuvor, so laut, dass die britischen Soldaten erstarrten, als der Lärm ihr Kriegsschiff erreichte. Sie wissen, dass wir hier sind!, rief einer, und auf Deck breitete sich Panik aus. Was sollen wir machen?, fragte der Erste Offizier den Kapitän. Der Kapitän zupfte an seinem Bart und starrte mit zusammengekniffenen Augen in die Ferne – sein Teleskop zeigte nur Nebel und Wasser. Es klingt wie eine heranrückende Armee, nicht wahr? Der Erste Offizier nickte. Das stimmt, Sir.

Ein Windstoß fegt vorbei und macht mir schlagartig bewusst, wie kalt das Wasser unter meinen Knien ist und wie steif Lucy in meinen Armen, und wie allein wir sind. »Marina«, sagt Olivia. »Wir müssen weg hier.«

Ich halte die Hand vor Lucys Nase. »Sie atmet«, sage ich. »Aber nur schwach.«

»Sie will nicht hier sein«, sagt Olivia schroff.

»Und das weißt du genau?«

»Ich war dabei.«

»Ich auch.«

In der Ferne heult die Sirene eines Krankenwagens. Olivia packt meinen Pferdeschwanz und zieht kräftig, damit ich sie ansehe. »Wir müssen hier weg.«

»Nein.« Ich drehe so fest den Kopf, dass sie zurückstolpert. »Ich muss eine Geschichte zu Ende erzählen.«

Der Schatten des Schiffs schien kleiner zu werden. Hat es funktioniert?, schrie Abigail, um ihr Trommeln zu übertönen. Rebecca nahm die Querpfeife vom Mund und fragte: Können wir aufhören? Nein, rief Abigail. Spiel weiter!

Ich fange an, Lucy die Haare zu flechten, wie meine kleine Schwester es macht, wenn wir einen Film schauen und mir die Augen zufallen. »Was glaubst du, was mit ihnen geschieht?«, frage ich leise, damit Olivia es nicht hört. Wir sind so nass, dass ich ihre Haarsträhnen nicht flechten kann, sie wickeln sich um meine Finger wie damals die Angelschnur meines Dads, in der ich mich verheddert habe.

Olivia läuft im Kreis um uns herum, zieht ihr Kleid vom Bauch ab und lässt es zurückschnalzen. Das ist das Problem mit ihr: Sie tut verdammt noch mal nie was. »Hilf mir, sie hochzuziehen.«

Für einen Moment bleibt sie stehen. »Was?«

»Hier unten ist zu viel Wasser. Wenn wir es nicht machen, müssen die Sanitäter sie holen.«

»Das dauert ewig. Du willst nicht hier sein, wenn die Polizei kommt, Ina. Wir dürften überhaupt nicht hier sein.«

»Wir können nicht gehen«, sage ich, und in diesem Moment verändert sich alles zwischen uns. Es dürfte gar nicht nötig sein, dass ich ihr das sage. Sie müsste es einfach wissen.

Und jetzt frage ich mich: Von welchen Dingen nehme ich noch an, dass Olivia sie begreift, obwohl sie es nicht tut?

»Ich kann mir keine *Festnahme* in meiner Akte erlauben«, flüstert sie. »Und wir können sowieso nichts mehr für sie tun.«

»Dann geh.«

»Ich lasse dich hier nicht allein.«

Darauf antworte ich nicht.

Wieder hält sie in ihrem Herumlaufen inne. »Glaubst du etwa, ich lüge?« Als ich immer noch nichts sage, streckt sie das Gesicht dem Himmel entgegen und lacht scheußlich, bevor sie sich vor uns hockt. »Weißt du was? Leck mich, Marina.«

Ich schaue Olivia nicht nach. Auf so etwas ist sie immer aus, auf eine Reaktion, die ihr beweist, dass sie tatsächlich Einfluss besitzt. »Jetzt sind nur noch wir hier«, sage ich zu Lucy. Als ich die Hand von ihrem Kopf löse, kleben Haare an meinem Handgelenk wie Fäden eines zerrissenen Spinnennetzes.

Das Schiff wurde immer kleiner und kleiner, bis es nur noch ein Fleckchen in der Ferne war, ein Fleckchen, das auch eine Seemöwe hätte sein können oder ein Fels oder sogar ein Leuchtturm sehr weit weg, der die gegenüberliegende Küste beschützte. Abigail stellte ihre Trommel ab. Haben wir es geschafft?, fragte Rebecca, die Querpfeife noch vor die Lippen gehoben. Ich glaube ja, sagte Abigail, und dann umarmten sie sich so fest, dass sie nicht einmal den Wind spürten, der über das Wasser pfiff.

Der Himmel hat aufgeklart, er wirkt hart bis auf eine vereinzelte Wolkenschicht, die den Mond verbirgt. Ich bin nicht abergläubisch, trotzdem bin ich sicher, dass, wenn der Mond hinter den Wolken hervorkommt, Lucy sterben wird. Die

Sirene ist jetzt laut, das Licht des Krankenwagens färbt den Rasen rot. Ich höre, dass auf der anderen Seite des Gasthauses Fahrzeuge anhalten und Leute reden. »Wir sind hier!«, rufe ich, aber meine Stimme ist nach dem vielen Schreien schwach, und die Akustik im Schwimmbecken verschluckt meine Worte. »Hier!«, versuche ich es noch einmal, aber es bleibt dabei.

»Du wirst nicht mal merken, dass ich weg bin«, sage ich zu Lucy und schiebe mich unter ihr hervor. »Die Geschichte erzähle ich noch zu Ende, versprochen.« Der Wind fährt über meinen Rücken, als ich sie zur Wand ziehe und gegen die glatte Schräge lehne. Bevor ich gehe, drücke ich ihre Hand. Ich bin nicht verrückt, das schwöre ich. Sie drückt auch meine Hand.

Der flachste Teil des Beckens ist einen Meter tief, und mir wird klar, dass ich so schnell wie menschenmöglich den nassen Beton hinaufrennen muss, um auf den Rasen zu kommen. Ich brauche mehrere Versuche, aber schließlich falle ich auf den Boden und kann rufen: »*Hier drüben!*« Ich weiß, dass es laut genug ist, weil jemand auf der anderen Seite des Gasthofs fragt: »Was zum Teufel war das?«

Und dann zerrt mich etwas nach hinten.

Es hat mich an den Schultern gepackt – ich kann den Kopf nicht weit genug drehen, um es zu sehen –, meine Fersen drücken sich in den Boden und ziehen Spuren in die Erde. Ich bin kurz davor zu schreien, als ich mich doch umschauen kann und mir dunkle Haare ins Gesicht fallen.

»Mein Gott, du bist schwerer, als du aussiehst.« Regen tropft von Olivias Kinn auf meine Nase. »Bleib einfach liegen.«

»Lass mich los«, will ich sagen, aber Olivia hält mir mit einer verschwitzten Hand den Mund zu, ihr Daumen drückt sich zwischen meine Lippen. Er schmeckt nach Sand und Salz.

»Halt die Klappe. Ich helfe dir.« Sie zerrt mich in den Wald und lehnt mich gegen einen Baum, dessen dünne Zweige meine Ohren streifen. Als sie mir mit den Fingern über die Wangen streicht, merke ich, dass ich weine. »Pscht«, macht sie, und dann eindringlicher: »*Pscht.*« Durch die verwobenen Äste vor uns kann ich nichts sehen, aber ich höre Schritte, höre Sanitäter, die in Funkgeräte brüllen, höre: »Jugendliche, reglos, Blutung unklaren Ursprungs.«

»Siehst du?«, sagt Olivia. »Sie haben sie gefunden.«

Mein Hirn summt, als würden Fliegen daran fressen. Nur weil man gefunden wurde, ist man noch nicht in Sicherheit.

»Tausch mit mir«, sagt Olivia. Sie drückt meine Arme hoch, zieht mir das Kleid hoch und über den Kopf, zieht ihr eigenes Kleid aus und steht milchig blass im Mondlicht. »Hilfst du mal?«, fragt sie, aber ich antworte nicht, weil ich die Wolken beobachte. Die kalte Luft sticht auf meiner Haut unter dem BH. Ich beobachte immer noch. Olivia schiebt Stoff über mich, zieht meine Arme durch Löcher. Ich beobachte immer noch. Sie versucht, den Rock über meine Oberschenkel zu ziehen, aber er ist zu eng, meine Hüften sind zu breit. Ich beobachte immer noch. Langsam schiebt sich der Mond hervor und schimmert wie eine Perle. Die Wolken lösen sich auf.

Als ich mich schließlich umdrehe, trägt Olivia mein blaues Kleid, es ist dunkel von Blut. »Was hast du zu ihr gesagt?«, frage ich.

»Zu wem?«

»Zu Lucy.«

Sie trägt keine Schuhe, deshalb malt sie mit ihrem großen Zeh eine Linie in den Boden. »Ich habe nur gesagt, dass es nicht ihre Schuld war. Das Video.«

»Warum sollte es das sein?«

»Manchmal sucht man einfach die Schuld bei sich, wenn einem was passiert.«

Sie klingt ehrlich, als sie das sagt, aber ich bin nicht sicher, ob ich ihr glaube.

Als ihr Vater nach Hause zurückkehrte, hörte er ihrer Geschichte beeindruckt und verwundert zu – er und einige andere Männer hatten das Schiff von der Stadt aus gesehen, aber gedacht, es hätte sich zurückgezogen, weil der Steuermann verwirrt gewesen war. Er brachte die Mädchen ins Pub, wo sie ihre Geschichte erzählten, und die Bewohner der Stadt gaben ihnen krügeweise Bier und Teller mit braunem Brot aus.

Als ich zwei Stunden später nach Hause komme, schlafen meine Eltern. Sie glauben, ich wäre mit Olivia ins Kino gegangen, und wussten, dass sie nicht aufbleiben mussten. Ich gehe die Treppe hinauf, ziehe bei jedem Schritt das Kleid nach unten und sehe im Flur Licht. Als ich die Tür meiner Schwester erreiche, öffnet sie sich quietschend.

»Was ist passiert?«, fragt sie. Ihre Haare fallen ihr in zwei langen Zöpfen über die Schultern, nur so geht sie ins Bett. Sie ist elf, aber klein für ihr Alter, und sie trägt immer noch Nachthemden mit Spitzenborte. In der Mittelschule wird sie es nicht leicht haben.

»Was meinst du?«

Sie sieht mich nur an.

»Keine Angst«, beruhige ich sie. »Es ist nichts passiert.«

Sie schiebt die Tür ein Stückchen zu. »Warum sind deine Haare nass?«

»Ich habe bei Olivia geduscht.«

»Aber du duschst doch morgens.«

»Nein, du duschst morgens. Ich dusche, wann ich will.«

Sie sieht mich skeptisch an, sagt aber nichts weiter.

»Gute Nacht, Kapustka.« So hat unsere Großmutter sie immer genannt.

Sie schließt die Tür, aber als ich gerade weitergehen will, öffnet sie sie wieder. »Schläfst du bei mir?«, fragt sie. »Ich mag den Donner nicht.« Mom sagt, sie sei viel zu alt und dürfte keine Angst mehr haben, allein zu schlafen, und wir sollten das nicht ermutigen oder darauf eingehen.

»Klar«, antworte ich. Wenn Mom fragt, sage ich, dass ich auch Angst vor dem Donner hatte.

Die Mädchen galten als Heldinnen, solange sie lebten, und bis heute feiern wir ihren Mut am 25. Mai. Und das heißt, dass sie glücklich lebten bis an ihr Ende.

Das ist passiert: Ich war da. Sie auch.

Ich bin nach Hause gekommen.

Sie nicht.

NACHHER

Olivia

Statt sich wie ein normaler Mensch zu benehmen, zeigt Mom mir, dass ich spät dran bin, indem sie das Garagentor hochfahren lässt, wodurch es in dieser Seite des Hauses rumpelt wie bei einer nahenden Lawine. »Sag es mir doch einfach!«, rufe ich durch den Flur. »Sag mir, dass wir losfahren!« Sie hat mich doch selbst losgeschickt, um Lilas Wippwapp zu holen! Ich werfe ein paar Rüschenkissen zur Seite – Lila liebt blöden Mädchenkram – und finde den Hasen ans Kopfteil ihres Bettes gelehnt. Mom droht seit Jahren, sie würde das Ding wegwerfen, weil Lila immer noch an seinen Ohren lutscht, wenn sie nicht hinsieht, aber sie zieht es nie durch. Typisch. Würde er mir gehören, würde Wippwapp zerfetzt im Mülleimer liegen, bevor ich auch nur gemerkt hätte, dass er weg ist.

Jetzt ruft Dad mich, weil ich, wie Mom in der Therapie behauptet, »besser auf ihn anspreche«. »Ich komme ja schon! Herrje!« Ich schnappe mir den Hasen, laufe nach unten und stampfe bei jedem Schritt so fest auf, wie ich nur kann – scheiß auf Mom und ihre Planung und diese erzwungene Zeit mit der Familie.

»Da ist sie ja«, sagt Dad mit diesem nervösen Lächeln, das bedeutet, dass Mom gleich ausrastet. In der Therapie behauptet sie auch, Dad und ich würden uns »gegen sie verbünden«. Dad geht nicht mit zur Therapie, weil Mom ihn nicht dabeihaben will.

Er öffnet die Tür zur Garage, und ich sehe, dass Mom den Minivan schon in die Auffahrt gefahren hat. »Glaubt sie,

sie bekommt einen Preis, wenn wir als Erste im Ferienlager sind?«, frage ich.

»Sei nett«, sagt Dad mit zusammengebissenen Zähnen. »Bitte, *bitte*, sei nett.« Ich begreife nicht, warum alle so tun, als wäre ich diejenige, die hier die Stimmung vermiest.

Mom hupt, als stünden wir nicht direkt vor ihr, als würden wir nicht sehen, wie sie aus dem beschissenen Fenster auf der Fahrerseite hängt, und Dad, der geknechtet ist wie kein Zweiter in Massachusetts, antwortet mit einem Winken, das heißt: Bitte, Herr, erlöse mich von diesem Leben. Er eilt tatsächlich im Laufschritt zu ihr, aber ich gehe langsam und gleichmäßig und starre dabei auf Moms Sonnenbrille. Auch wenn ich ihre Augen nicht sehen kann, weiß ich, was sie denkt: Darüber reden wir später. Wir reden ständig über irgendwas. Sie scheint nicht zu begreifen, dass Reden nichts bringt, wenn man dabei nur die Ereignisse wiederkäut, die zu diesem Gespräch geführt haben.

Ich ziehe die hintere Autotür auf und lasse Wippwapp vor Lila baumeln, die als brave Tochter mit ihrem Wortspielbuch angeschnallt auf ihrem Platz sitzt. »Juchu!« Lila schnappt sich den Hasen, drückt ihn an sich und schiebt das Kinn zwischen seine Ohren, die von ihrer Spucke steif und grau sind. »Danke, Livy.«

Ich schnalle mich an und schließe die Tür. »Gern geschehen.«

»Sind alle so weit?« Dad versucht, erfreut zu klingen, und ignoriert die Tatsache, dass Mom mit etwa hundert Stundenkilometern rückwärts auf die Straße fährt. »Du wirst ganz viele neue Freundinnen finden, Lila.«

Lila steckt sich ein Hasenohr in den Mund, und Dad schaut kurz zu Mom hinüber, um zu sehen, ob sie es bemerkt hat.

Aber sie ist ganz versessen darauf, auf den Highway zu kommen, und schaut nicht mal kurz in den Rückspiegel. »Ich bin nervös«, sagt Lila. Ihre Stimme klingt nass und belegt, weil sie um das Ohr herum spricht. Eklig.

»Du bist neun!«, ruft Dad, als wäre das eine aufregende Neuigkeit. »Neunjährige werden nicht nervös.«

Jetzt hört Mom zu, weil Lila, die perfekte engelsgleiche Tochter, die einmal das strahlende Vermächtnis unserer Familie sein wird, ein Leben frei von Unsicherheiten und Zweifeln führen soll. »Hab keine Angst«, sagt sie und blickt starr geradeaus. »Sie werden begeistert von dir sein.« Lila antwortet nicht, deshalb schaut Mom über ihre Schulter und sieht es. »Nimm ihr das aus dem Mund, Liv.«

»Sie kann dich hören.« Ich streichle Lilas Handgelenk; bis heute habe ich nichts berührt, das so klein und zart ist. »Kann ich Wippwapp mal halten?«, frage ich.

»Bist du nervös?«, fragt Lila, während ihre Spucke in den Stoff sickert.

»Ja.«

»Warum?«

»Weil ich ohne dich hier sein werde.«

Sie zieht den Hasen aus ihrem Mund und schaut auf ihn hinunter. »Ich werde dich vermissen.«

»Nein, du wirst mich vergessen. Und wenn du zurückkommst, kannst du ganz viele Geschichten erzählen!« Ich versuche zu klingen, als würde ich mich freuen, während es mir ehrlich gesagt davor graut, drei Wochen mit Mom und Dad allein zu sein. Wenn Lila da ist, konzentriert Mom sich wenigstens darauf, wie großartig sie ist, und nicht darauf, was für eine Katastrophe ich bin.

»Hier, bitte«, sagt sie und gibt mir Wippwapp. »Er passt auf dich auf.« Ich wische die Spucke mit meinem Ärmel ab und bedanke mich.

»In welche Richtung, Will?«, fragt Mom ungeduldig. Wir nähern uns der Auffahrt des Highways, und sie beschleunigt. »Ich kenne den Weg nicht.«

Dad tippt auf den Monitor am Armaturenbrett und gibt unser Ziel ein: Camp Wawona für Mädchen in Newbury, Vermont. Ich wurde als Kind zu Tante Gerris Ranch in Wyoming geschickt, um etwas »Biss« zu bekommen, allerdings schaffte ich es nur vier Tage, weil mir ein Pferd ins Gesicht trat und mir den Kiefer brach. Natürlich war Mom auf *mich* sauer, weil mir das Gesicht demoliert wurde. Ich wünschte nur, du wärst vorsichtiger, sagte sie, wenn sie mir Hühnerbrühe brachte, und ich konnte nicht mal antworten, weil mein Mund verdrahtet war!

Aber jetzt darf Ms Lila in »das führende Ferienlager für Mädchen im Nordosten«, mit warmen Duschen und einem Streichelzoo und Gourmetessen. Bevor Mom und Dad damals losfuhren, um sie zu holen, legten mir beide eine Hand auf die Schulter – in der Küche hinter uns rumorte Mrs Henry herum, die Nachbarin, die bei mir blieb – und sagten: Es wird sich nichts ändern. Wir werden euch beide genau gleich lieb haben. Ich weiß noch, dass ich schon damals, mit acht Jahren, dachte: Ja, klar. Als Mrs Henry mir ein paar Tage später die Fotos aus Guangzhou zeigte, wusste ich, dass es nicht gleich sein würde. Sie haben mich nie so angesehen wie Lila. Bis heute nicht.

»Willst du das iPad haben?«, fragt Dad und gibt es Lila. Er hat schon irgendeine Serie darauf gespeichert, die sie sehr mag, über reitende Babysitter.

»Und was soll ich machen?«, frage ich.

»Lesen«, sagt Mom. »Bilde dich weiter.«

»Mir wird schlecht, wenn ich im Auto lese.«

»Hör Musik«, schlägt Dad vor, um den Frieden zu wahren.

»Meine Kopfhörer sind kaputt, schon vergessen?«

»Hier, nimm meine.« Er kramt in dem Rucksack, der vor seinen Füßen steht, und Mom schaut nach links, um ihren Spiegel einzustellen.

»Du könntest die Zeit einfach nutzen, um nachzudenken«, sagt sie.

»Worüber?«, frage ich, weil ich genau weiß, wovon sie redet, sie aber zu feige ist, um es auszusprechen.

»Über alles, was dich beschäftigt.«

»Da sind sie ja!« Dad zieht die Kopfhörer hervor und wirft mir das verhedderte schwarze Kabel zu. »Das sollte funktionieren.«

»Was beschäftigt mich denn, Mom?«

Dads Blick gleitet von mir zum Fahrersitz. »He –«, setzt er an, aber Mom unterbricht ihn.

»Das weiß ich nicht«, sagt sie. »Ich habe weiß Gott keine Ahnung, was du denkst.«

Er lehnt sich zu ihr hinüber und flüstert, als könnte man in einem Minivan ein Geheimnis bewahren. »Nicht jetzt«, sagt er.

Ich stopfe mir die Ohrhörer in die Ohren, denn selbst, wenn ich etwas sagen wollte, wäre meine Mutter die Letzte, die zuhören würde.

Zum Mittagessen legen wir bei einem Café in New Hampshire eine Pause ein. Es ist nur ein kleiner Stand mit ein paar Picknicktischen auf einem Rasen, aber Dad sagt ganz begeistert, diese Ecke des Landes sei richtig malerisch, die Luft sei so frisch, und die Häuser seien bezaubernd. Er und Lila bestellen für uns, während Mom einen Anruf von der Arbeit annimmt und um die kleine Holzhütte mit den Toiletten herumläuft. Ich schreibe Marina und frage, ob sie Lust auf Kino hat, wenn ich wieder zu Hause bin, aber sie antwortet nicht. Seit die Schule aus ist, geht sie mir komplett aus dem Weg, obwohl ich dafür gesorgt habe, dass sie in dieser Nacht keine Dummheiten macht. Ich habe sie gerettet.

Uns liegen Aussagen vor, dass du und Marina Nowak am Tatort anwesend wart, sagte Officer Donelson, vor dem ich keine Angst hatte, weil er bei uns für das Drogenpräventionsprogramm zuständig ist, und dafür wird man nur eingeteilt, wenn die Kollegen einen für zu dumm halten, um auf der richtigen Polizeiwache nützlich zu sein.

Ihnen liegen Aussagen vor, dass hundert Leute am Tatort waren.

Lass die Klugscheißerei. Wir haben auch einen Augenzeugen, der ausgesagt hat, dass du sie gestoßen hast.

Das überraschte mich, und ich saugte meine Zunge gegen meine Zähne, um nicht panisch auszusehen. Wer hat das behauptet?

Das kann ich dir nicht sagen, das weißt du.

Er lügt ja wohl offensichtlich, sagte ich. Ich versuchte, ganz ruhig zu bleiben, weil Angst und der Drang, zu viel zu erklären, genau das sind, was einen in Schwierigkeiten bringt. Ich hatte keinen Grund, Angst zu haben. Ich hatte nichts gemacht.

Er schnalzte mit seinem Kaugummi, das nach künstlichen Weintrauben roch. Das ist ein ernsthafter Vorwurf. Du musst ehrlich zu mir sein, Olivia.

Ich habe versucht, ihr zu *helfen*. Ich kann nichts dafür, dass sie ausgerutscht ist oder Krämpfe hatte oder gesprungen ist oder was auch immer. Alle wussten, dass sie es hier furchtbar fand.

Findest du es hier furchtbar?

Ich wüsste nicht, welche Rolle das spielt, sagte ich. Und dann öffnete er die Metalltür und ließ meine Mom herein, um mich abzuholen.

»Wir essen Hotdogs!«, ruft Lila und läuft auf mich zu. Sie bremst nicht früh genug, knallt gegen meinen Bauch und reißt uns beide um. Als sie ins Gras fällt, lacht sie, und ich versuche, mich leicht und fröhlich zu fühlen wie sie, statt genervt und kreuzlahm, wie ich mich tatsächlich fühle.

»Worauf freust du dich am meisten im Ferienlager?«, frage ich, auf dem Boden liegend.

Sie setzt sich auf und zupft blühendes Unkraut aus dem Rasen. Mit Fingern, die sich bewegen wie die eines Seemanns beim Reparieren seiner Netze, knüpft sie daraus eine Blümchenkette. Garantiert wird sie die Königin der Freundschaftsarmbändchen. »Aufs Schwimmen, glaube ich.«

»Du kannst doch auch zu Hause schwimmen.«

»Ja, deshalb weiß ich, dass ich es mag. Ob ich die neuen Sachen mag, weiß ich noch nicht.«

»Du wirst alles mögen.«

Skeptisch schaut sie mich an. »Du klingst wie Dad.«

»Nein, Dad würde sagen, dass du alles *lieben* wirst.«

Sie drückt ihren Fingernagel durch den gummiartigen Stängel eines Löwenzahns. »Ich würde lieber einfach zu Hause bei dir bleiben.«

Ich streiche ihr durch die weichen, von der Sonne warmen Haare. Wenn ich könnte, würde ich den ganzen Tag mit Lila zu Hause bleiben, weil sie der einzige Mensch ist, der glaubt, dass ich etwas Wichtiges zu sagen habe. Ich habe nie herausgefunden, wie ich reden muss, damit die Leute mir zuhören wollen. In der zweiten Klasse nahm Mrs Marks mich beiseite und sagte, ich sollte üben, leiser zu sprechen, um niemanden zu *erschrecken*, als wären wir in einem Zimmer voll Hasenbabys statt voll Achtjähriger im Zuckerrausch. Trotzdem hörte ich auf sie, weil sie eine einschüchternde Hexe war, wie es Menschen, die mit Kindern arbeiten, manchmal sind. Was bedeutete, dass ich in der dritten Klasse zu still war. Also nahm Mrs Wilson mich beiseite und erklärte, wie wichtig es sei, dass Frauen sich Gehör verschafften, vor allem, weil wir gerade Fannie Lou Hamer durchgenommen hatten und verstehen sollten, dass die Geschichte in den Köpfen der Menschen weiterlebt. Dieser Ablauf wiederholte sich jedes Schuljahr, zu laut, zu leise, immer von vorne, bis ich in die Highschool kam und endlich beschloss, dass es mir scheißegal war, was eine dahergelaufene Frau mit einem Abschluss, der ihr erlaubte, Nachsitzen zu verhängen und zu messen, wie lang die Röcke der Mädchen waren, über meine Stimme dachte.

Ein bisschen paranoid bin ich allerdings schon. Was Lila betrifft, meine ich. Was, wenn sie mir nur zuhört, weil sie meine kleine Schwester ist, und jedes Mal, wenn ich aus dem Zimmer gehe, denkt: Gott sei Dank ist sie weg?

Als wüsste sie, dass ich über sie nachdenke, bohrt sie einen Finger seitlich unter meinen BH, was sie immer macht, wenn sie dringend meine Aufmerksamkeit will. »Glaubst du, meine Mom war auch mal im Ferienlager?«

»Würde mich wundern. Sie wäre rausgeflogen, weil sie alle in ihrer Hütte zum Weinen gebracht hätte.«

Sie schüttelt den Kopf wie eine Erwachsene, die eine viel dümmere Erwachsene vor sich hat. »Nein, nicht diese Mom. *Meine* Mom.«

»Ähm«, sage ich, weil wir darüber hier echt nicht sprechen sollten.

Bevor Lila nach Hause gekommen ist, habe ich in Moms Aktenschrank eine Mappe mit Adoptionspapieren gefunden. Hinter den ganzen Formularen und Broschüren und Berichten steckte an einem rosa Blatt mit einer Büroklammer ein winziges Foto. Es wirkte, als würde es niemand vermissen – auf dem Blatt standen nur der Name und das Geburtsdatum ihrer leiblichen Mutter. Also nahm ich es aus der Mappe, versteckte es in der Schublade meines Schreibtischs und wartete ab, ob es jemandem auffiel. Tat es nicht.

Ich habe es Lila letztes Jahr gegeben, als sie fragte, woher sie kommt. Ihre Klasse hat in Sozialkunde Stammbäume erstellt, und als Lila auf der Website für Ahnenforschung unsere ganzen irischen Vorfahren durchging, lehnte sich eine ihrer Freundinnen rüber, zeigte auf den Bildschirm und fragte: Aber wo ist deine richtige Familie? Und Lila wusste es nicht.

Ich hatte meine Eltern vorher gefragt, wann sie es ihr sagen wollten. Bald, als ich zum ersten Mal fragte; wenn der richtige Zeitpunkt gekommen ist, bei der zweiten Frage; irgendwann, als ich zum dritten Mal fragte. Wir versprechen es, wiederholten sie, und Mom sagte mir immer, man solle Versprechen nicht brechen. Ich hätte wissen müssen, dass Erwachsene »nie« meinen, wenn sie »irgendwann« sagen. Und wenn sie sagen, man solle irgendwas nicht brechen, dann tun sie das, weil sie es selbst schon gebrochen haben.

»Schaut euch die mal an!« Dad kommt mit einem roten Tablett in jeder Hand zu uns. »Die Hotdogs sehen aus wie gemalt!«

Lila verbindet die letzten Stängel und sagt, ich solle mich vorbeugen. Auch wenn die Samen der Pusteblume an meinen

Ohren kribbeln wie hundert winzige Insektenbeine, bemühe ich mich, stillzuhalten. »Perfekt«, flüstert sie.

»Dann kommt, Mädchen.« Dad stellt die Tabletts auf einen nahen Picknicktisch, und Mom kommt zu uns, wobei ihr das Handy fast aus der Tasche rutscht.

Ich ziehe Lila an der Hand zu mir. »Du weißt, dass es Dinge gibt, über die nur wir beide reden können, oder?« Ich hebe die Augenbrauen, damit sie versteht, worauf ich hinauswill.

»Ja, weiß ich«, antwortet sie so unbekümmert, dass sie es wahrscheinlich nicht verstanden hat. Bevor ich es auf direktere Art versuchen kann, läuft sie schon zum Picknicktisch.

»Liv«, ruft Dad. Er winkt mir mit einer Plastikgabel, und vielleicht liegt es an der Art, wie er meinen Namen ausspricht oder wie Lila um den Tisch hüpft oder wie meine Mutter sich vorbeugt und sie auf den Scheitel küsst, aber ich fühle mich, als wäre ich zehn Universen entfernt, und weiß, dass es keinen Weg zurück zu ihnen gibt, nicht nach dem, was ich getan habe. Der Geruch der Listerine-Streifen, die auf seiner Zunge geschmolzen waren; das Blut, das durchs Kleid auf meinen Bauch gesickert war; Ms Laylas Tonfall, als sie fragte: Wie hat es angefangen?; dass Marina dachte, ich würde sie alleinlassen, und ich es tatsächlich tat.

»Komme«, rufe ich von der Wiese. Ich versuche mich aufzuheitern, indem ich an den Plan denke. Wenn Lila aus dem Ferienlager zurückkommt, haue ich ab. Meine Eltern werden so versessen darauf sein, von ihren bewegenden Abenteuern zu hören, dass ich mich leicht fortschleichen kann. Ich nehme den Zug von Boston nach Brunswick, dann bringe ich irgendeinen Studenten, der dageblieben ist, dazu, mich nach Bar Harbor zu fahren. In Bar Harbor wimmelt es von Sommergästen, und ich habe schon eine Ferienanlage gefunden, in der

Angestellte kostenlos wohnen können, also kann ich gut verdienen. Ich färbe mir die Haare schwarz, damit mich niemand erkennt. Ich werde ein ganz neuer Mensch. Dana vielleicht, oder Tess.

Nur heitert der Gedanke daran mich nicht auf, weil der Plan einen Haufen Haken hat. Zum Beispiel, wie ich an ein neues Handy komme, damit meine Eltern mich nicht über das alte orten können, wie ich es schaffe, dass sie meine Debitkarte nicht sperren, wo ich bleiben kann, bis ich die Leute in der Ferienanlage überredet habe, mich einzustellen, was passiert, wenn der Sommer vorbei ist, was ich Lila sagen soll. Marina könnte die Probleme lösen, weil sie Überraschungen hasst und Pläne liebt. Aber sie redet nicht mit mir. Und selbst wenn, würde sie nur sagen: Du bist so bescheuert.

»Olivia, komm schon«, ruft Mom. »Wir müssen bald weiter.« Dad wirft ihr einen Blick zu und flüstert ihr etwas ins Ohr, wahrscheinlich ein schwaches *lass sie* oder *ist schon gut, Janet*. Was für ein Schleimer.

Ich rapple mich auf und wische mir den Schmutz von der Jeans. Es ist heiß, die Sonne brennt so stark, dass es sich anfühlt, als wären Heizplatten unter meiner Haut. Ich setze mich neben Lila, sie gibt mir einen Hotdog, von dessen verschrumpeltem rosa Würstchen noch das Wasser tropft, in dem es gekocht wurde, und ich könnte beim bloßen Anblick mein Müsli ausspucken. »Nein, danke«, sage ich und gebe ihn ihr zurück.

»Was heißt ›nein, danke‹?«, fragt Mom. Sie verschlingt ihren Hotdog mit einer Geschwindigkeit, als wollte sie unter die Profis gehen. »Du musst was essen.«

»Ich glaube, er würde dir schmecken«, sagt Lila, weil sie natürlich liebend gern an einem Straßenstand mitten in New

Hampshire, dem Staat mit dem Motto »Lebe frei oder sterbe«, schwitzige Hotdogs verdrückt.

»Ich will wirklich nichts.« Ich schiebe das karierte Pappschälchen in die Mitte des Tischs, wo sofort eine Fliege auf dem Relish landet.

Dad dreht sich zu dem kleinen Anhänger um, in dem zwei Teenagerjungs Bestellungen aufnehmen. »Willst du was anderes haben? Es gibt auch Sandwiches.«

»Nein, es ist einfach zu heiß zum Essen.«

»Zu heiß zum Essen!«, johlt Mom. »Verzeihung, ich wusste nicht, dass eine Gräfin unter uns ist!«

Lila sieht mich mit zusammengezogenen Augenbrauen an. Witze versteht sie einfach nicht. »Das ist normal, Janet«, murmelt Dad seinem Hotdog zu. »Es ist wirklich recht warm.«

»Recht warm!«, fängt Mom an, aber die Pointe höre ich nicht mehr, weil ich schon über die Wiese zum Auto gehe, mir schon auf die Lippe beiße, bis sie unter meinen Zähnen reißt, schon den Teil meines Bauchs einziehe, über den er mit den Fingern gestrichen hat, bevor er fand, was er suchte, schon nichts sage, mich schon mehr schäme, als sie es je bewirken könnte. Ich weiß, warum ich ausgewählt wurde. Er hat gesehen, wie verdorben ich innerlich bin, genau wie sie es sieht.

Mir ist nicht bewusst, dass ich gegen den Seitenspiegel geschlagen habe, bis ich auf dem Gehweg hocke und mir Glas zwischen den Fingerknöcheln herausziehe. Mein Herz schlägt so schnell, dass mein Gaumen bebt, aber in mir ist diese leere Ruhe, die man spürt, wenn man rennt, bis man sich fast übergeben muss. Ich berühre einen aufgerissenen Knöchel. Die Haut rollt sich am Schnitt auf wie der ausgefranste Saum meiner Jeans im Used Look. Mom und Dad werden ausrasten.

»Was ist denn hier los?«, höre ich Dads Stimme hinter mir. »O Gott, hast du dich verletzt?«

»Ich fasse es nicht. Olivia, was zum Teufel?«

Ich schnipse ein paar blutige Glassplitter auf den Boden. Für eine Highschooldirektorin in einer katholischen Stadt mit Alkohol- und Drogenproblemen stellt sie sich ganz schön an. Als hätte sie solchen Scheiß noch nie gesehen.

Ich sehe nur weißes Sonnenlicht, wo ihre Gesichter sein sollten, aber ich spüre Lilas Hand auf meiner Schulter. »Livy?«, fragt sie. Ich schlage ihre Finger weg – sie ist zu nah. »Jetzt nicht«, sage ich. »Jetzt nicht.«

Als die Wolken endlich die Sonne bedecken, sieht sie mich an, als hätte ich ihr eine Ohrfeige gegeben.

»Verdammte Scheiße.« Mom zeigt vorwurfsvoll mit dem Handy auf Dad, auf mich, auf alle bis auf Lila. »Wir müssen weiter.« Sie droht mir mit einem knochigen Finger. »Darüber reden wir, wenn wir Lila weggebracht haben. Das bezahlst du mit deinem Geld vom Babysitten. Lila, geht es dir gut?«

»Klar«, sagt Lila, und ich finde, sie klingt wie ich.

Während der letzten zwei Stunden Fahrt sagt niemand ein Wort, nicht einmal Dad. Er macht nur Bruce Springsteen an und summt mit, als könnten wir vielleicht alle so tun, als wäre der Spiegel nicht kaputt und Mom nicht stinksauer und als hätte Coach mich nicht angefasst und als wäre nicht ein Mädchen gestorben und als wäre Lila schon immer eine von uns gewesen.

Mom beobachtet mich im Rückspiegel mit zusammengekniffenen Augen. Ich starre offen zurück.

»Mach nicht dieses Gesicht«, sagt sie.

»Welches Gesicht?«, frage ich, aber darauf hat sie keine Antwort.

»Wir sind da!« Dad biegt hinter einem handbemalten rosa Schild mit dem Motto des Ferienlagers ab: *Heute Mädchen, morgen Anführerinnen.* »Lila, wir haben es geschafft!«

Zwei blonde Mädchen mit dicken Zöpfen und Bauchtaschen stehen plötzlich vor dem Auto und winken mit Schildern, auf denen steht: *WIR FREUEN UNS SO, DASS DU HIER BIST!* und *WAWONA FÜR IMMER & NOCH LÄNGER!.* Ich kann sie nicht leiden.

Aus dem Nichts taucht ein weiteres blondes Mädchen auf, dieses mit einem Klemmbrett und einem Walkie-Talkie an der Gürtelschlaufe. Dad fährt das Fenster herunter, und sie ruft so aggressiv: »Willkommen in Wawona!«, dass, ich schwöre, ihre Spucke auf meinen Armen landet. »Wer ist Miss Lila Cushing?« Sie sieht mich an, und ich zeige sofort nach rechts. Das Mädchen zwängt seinen Oberkörper praktisch durchs Fenster, um Lila in die Augen zu sehen. »Du bist jetzt eine Wawona-Frau! Glückwunsch!«, ruft sie. Mom klatscht auf dem Vordersitz in die Hände. »Und jetzt, Daddy«, sagt das Mädchen, und mir wird schlechter als vorhin mit dem feuchten Hotdog vor Augen, »beschreibe ich Ihnen den Weg zur Hütte.«

Das Ferienlager liegt am Ende eines langen Feldwegs, der an einem See vorbeiführt, und wir holpern drei anderen Minivans hinterher. Sie haben zwei Pfosten aufgestellt, einen am Anfang des Wegs und einen am Ende, und zwischen ihnen Draht gespannt. Daran hängen gelochte Grüße von Ehemaligen, originelle Sachen wie: *Zeigt's ihnen!* und *Vor euch liegen die besten Wochen eures Lebens!.* Ich wette, mindestens 75 Prozent der Schreiberinnen sind noch Jungfrau.

»Seht euch das an«, sagt Mom und zeigt auf die Stücke billiger Pappe, als wären sie das achte Weltwunder. »Irgendwann wirst du auch so was schreiben.« In diesem Moment sehe ich Lila an und erkenne, wie entsetzt sie ist bei der Aussicht auf drei Woche mit Sloppy Joes und Nacktbaden und allem anderen, was in Ferienlagern so getrieben wird und in *Ein Zwilling kommt selten allein* nicht vorkam.

»He«, flüstere ich. »Du schaffst das schon.«

Ich schwöre, man kann den Kloß in ihrem Hals sehen, als sie schluckt.

Dad sagt einem anderen Mädchen – es trägt Shorts mit hoher Taille und ein Tanktop, unter dem eindeutig kein BH ist – Lilas Namen, und es schickt uns über die Wiese zu einer freien Fläche vor drei Hütten. »Du bist in der Gänseblümchenhütte«, sagt sie, und Lila reißt die Augen so weit auf, dass ich sie aus ihren Höhlen pflücken könnte.

Wir fahren rückwärts in ein aufgesprühtes Rechteck auf dem Boden, und Dad entriegelt den Kofferraum. Überall kleine Mädchen mit geflochtenen Haaren: französische Zöpfe, Fischgrätenzöpfe, schwedisch aussehende Zöpfe, die sich wie Kronen um ihre Köpfe winden. Ich frage mich, ob das vor den Läusen schützen soll, die in Ferienlagern angeblich grassieren. »Soll ich dir die Haare flechten?«, frage ich Lila.

Sofort drückt sie eine Hand auf den Hinterkopf. »Nein!«

»Bist du nicht ganz aufgeregt?«, fragt Mom, ahnungslos wie immer.

Ihre Betreuerin stellt sich als Erstsemester von der University of Vermont heraus, die überlegt, ein Jahr Auszeit zu nehmen und sich auf ihr Geschäft mit glutenfreiem Müsli zu konzentrieren, das in ihrem Wohnheim und dem örtlichen Genossenschaftsladen richtig brummt. Und wegen der Gesetze für Cottage Food kann sie das alles machen, ohne eine Großküche mieten zu müssen. Habe ich schon mal von Cottage Food gehört?

»Nein«, sage ich und lasse Lilas Reisetasche, in die ein ganzer Mensch passen würde, vor ihrem Etagenbett fallen. »Willst du wirklich das untere?«, frage ich. »Von oben hast du einen guten Überblick.«

»Brauche ich einen Überblick?«, fragt sie panisch. »Gibt es hier Sachen, die ich sehen sollte?«

»Nur, wenn du nicht auf Streiche reinfallen willst«, sagt die Betreuerin.

»Will ich nicht!«, ruft Lila.

»Na ja.« Die Betreuerin kratzt sich am Kopf, auf dem drei verschiedene Zöpfe zu einem großen Dutt zusammenlaufen. »Dann vielleicht doch das obere Bett.«

Durch das Fenster mit Fliegengitter entdecke ich ein weiteres Auto, und die Betreuerin läuft raus, um die Leute zu begrüßen. Lila zieht als Dritte in die Hütte, aber die Mädchen, die eher hier waren, sind unterwegs und legen ihre letzten Schwimmprüfungen ab. Draußen streiten sich Mom und Dad darüber, wie sie am besten den Dachkoffer auspacken. Ich setze mich neben Lila auf die mit Plastik überzogene Matratze, die nach Lagerfeuer und Pisse riecht. »Ist alles in Ordnung?«

»Ich will nach Hause.«

»Du bist doch gerade erst angekommen.«

Sie schüttelt kläglich den Kopf, so wie ich früher, wenn Mom mich für die aufgezwungenen Klavierstunden abgesetzt hat. »Das ist noch schlimmer als Schule.«

»Bestimmt sind sie nett. Alle hier wirken so … nett.«

»Alle sind immer *nett*.« Sie öffnet das Fenster hinter dem Etagenbett. Die Brise, die hereinweht, riecht nach Gras und zwanzig verschiedenen Arten Lotion von Bath & Body Works. »Mom ist nett, und Dad ist nett, und du bist nett.« Die Ränder ihrer Ohren röten sich, was bedeutet, dass sie stinksauer ist.

»Was stört dich daran?« Ich hätte nichts dagegen, wenn ab und zu mal jemand zu mir nett wäre. Aber offenbar habe ich etwas Falsches gesagt, denn Lila starrt mich an, ohne zu blinzeln, leckt sich so heftig über die Zähne, dass es ihre Lippen auseinanderdrängt, und holt aus, um mich zu schlagen.

Ich lasse es nicht zu. Beim ersten Mal ist es schwer, es durchzuziehen. Es passiert schnell, dass man zu viel darüber nachdenkt, was man tut, dass man das Adrenalin zurückdrängt, statt sich ihm zu überlassen. Ich packe ihr Handgelenk, als es noch neben ihrem Kinn ist.

»Warum?«, frage ich. Sie wackelt mit den Fingern, aber ich lasse nicht los.

»Du tust mir weh«, sagt sie zu ihren Knien.

Draußen packt eine neue Familie ihr Auto aus. Die Eltern streiten darüber, wer die medizinischen Unterlagen hätte einpacken sollen und ob es zu viel verlangt war, eine gewisse Katie zu bitten, sie einzuscannen.

»Was habe ich dir je getan?«

Lila will mir ihren Arm entwinden, aber ich bin stärker. »Hör auf, Olivia«, sagt sie. Ich weiß nicht mehr, wann sie zum letzten Mal meinen ganzen Namen benutzt hat. Irgendwie bringt es mich dazu, noch fester zuzupacken, statt meinen Griff zu lösen.

Sie hebt den Blick und sieht mich an, als würde ich sie dadurch loslassen. Als ich es nicht tue, lässt sie den Ellbogen sacken und zieht meine Hand mit. »Es ist nicht, weil du *mir* was antust. Es ist, weil du allen anderen was antust. Ich muss

Mom und Dad glücklich machen als Ausgleich für dich. Und ich muss dich glücklich machen als Ausgleich für Mom und Dad.«

Meine Finger rutschen von ihrem Handgelenk, das von meinem Festhalten warm und gerötet ist. »Du musst mich nicht glücklich machen.«

»Doch, muss ich«, sagt sie. »Ich bin deine Schwester.«

Ein Windstoß fegt in die Hütte und wirbelt den Staub vom Boden auf. Die neue Familie steht in der Tür, sie sieht unfassbar langweilig aus. Der Vater trägt diese Schuhe, die den Fuß nachformen, die Mutter hat eine selbsttönende Sonnenbrille, mit der sie aussieht, als wäre sie blind, und das Mädchen drückt ein Stoffeichhörnchen an sich, dem ein Auge fehlt. »Ich bin Anne«, sagt sie und geht zu Lila. Offensichtlich hat Anne kein Gespür für Stimmungen.

Lila schaut zum oberen Bett hoch, und als sie den Kopf wieder senkt, lächelt sie. »Ich bin Lila«, sagt sie. »Freut mich.«

Anne streckt mir die Hand entgegen. Zwischen ihren Fingern spannt sich etwas, das halbflüssig und klebrig aussieht. »Meine Religion verbietet das Händeschütteln«, erkläre ich.

Lila steht auf und fängt an, ihren Rucksack auszupacken. »Das ist Olivia. Sie und meine Eltern wollten gerade in den Speisesaal gehen.«

»Für den Familienimbiss?«, fragen Annes Eltern hinter uns. Sie schmieren sich gegenseitig Sonnencreme auf die Nase, die aussieht wie Tipp-Ex.

»Ja«, sage ich. »Für den Familienimbiss.«

»Iss die Brombeeren nicht«, sagt der Vater. »Die sind nicht bio.«

»Sicher, dass du nicht ein Fruit Roll-Up oder was anderes willst?«, frage ich Lila, die mir den Rücken zuwendet.

»Diese Dinger bestehen aus purem weißen Zucker, wisst ihr«, wirft die Mutter ein.

Lila dreht sich nicht mal um. »Nein, danke.«

»Na schön«, sage ich.

»Hat mich sehr gefreut«, sagt Anne zu mir, als ich die Fliegengittertür öffne.

Mom und Dad haben dem Dachkoffer endlich Lilas Bettzeug entreißen können, und jetzt lehnen sie mit ihrer Beute am Auto, als hätten sie fünf Runden CrossFit hinter sich. Mom hält den Schlafsack für arktische Temperaturen in den Armen, der mehr gekostet hat als das Kleid, das ich mir für den Abschlussball gewünscht hatte, und Dad drückt einen Stapel aus vier Daunenkissen an sich, die bei Heranwachsenden angeblich die Stärkung des Halses unterstützen sollen. »Bereit für die feinste Ware von L. L. Bean?«, fragt er.

»Lila will sich selbst einrichten«, sage ich. »Im Speisesaal gibt es was zu essen.«

Dad zieht skeptisch eine Augenbraue hoch, dann legt er die Kissen in den offenen Kofferraum. »Ist sie sicher? Du weißt doch, wie toll ich die Ecken beim Bettlaken hinbekomme.«

Ich nicke. »Ja, ist sie.«

»Na gut, wenn sie meint. Bei der ganzen Sache geht es ja darum, dass sie selbstständiger wird.« Mom wirft den Schlafsack auf den Rücksitz. »Das Auto können wir offen lassen, oder?«

»Ich weiß nicht«, sage ich. »Ist eine ziemlich üble Gegend hier.«

Beide ignorieren mich, und Dad klopft Mom auf die Schulter. »Unsere unabhängigen Frauen. Mögen sie die Frauen in unserem Leben, unsere Töchter und wir selbst sein!«

»Ach, hör schon auf«, sagt Mom, aber sie lächelt dabei.

Es ist verrückt, dass sie nie einen Schimmer haben, was los ist. Ich könnte mir die Arme von den Handgelenken bis zu den Schultern aufschneiden, und solange ich einen Pulli tragen würde, hätten sie keine Ahnung.

»Kommst du?« Mom wendet sich von den Hütten ab. »Wir wollen sie nicht belagern.«

Sie tut, als wäre ich eine Meile entfernt und nicht nur einen Schritt. »Ja«, sage ich. »Ich bin direkt hinter dir.«

Lila kommt eine Stunde später zu uns auf die Veranda des Speisesaals, nachdem wir winzige gegrillte Käsesandwiches gegessen und Punsch nach einem geheimen Familienrezept getrunken haben, der garantiert einfach aus Kool-Aid-Pulver angerührt ist. »Ich habe mich eingerichtet«, sagt sie. »Danke für alles.«

»Danke für alles? Was sind wir, Fremde?« Dad legt ihr einen Arm um die Schultern und drückt Lila seitlich an sich. Vom Verstand her weiß ich, dass sich nichts geändert hat, seit ich sie in der Hütte gesehen habe, trotzdem werde ich den Eindruck nicht los, dass ihr Gesicht schmaler wirkt, als hätte jemand den Babyspeck abgesaugt, in den ich so gern gekniffen habe. Hat sie schon immer so müde ausgesehen? »Du willst dich bestimmt gleich ins Getümmel stürzen, was?«

»Hm-hm«, brummt sie in seine Achsel.

Mom streckt die Hände aus. »Komm her«, sagt sie. Ich sehe zu, wie Dad sie zu Mom schiebt, und frage mich, wie Eltern so tun können, als hätten sie keine Lieblinge. Alles hängt davon ab, dass wir manches mehr lieben als anderes. Sonst würden alle wegen einer Million gleich guter Alternativen in einem Strudel der Unentschlossenheit festhängen. Sonst wäre nichts schön, weil nichts hässlich wäre. »Wir werden dich sehr vermissen.«

Ich warte darauf, dass Lila sagt: Ich euch auch, aber sie tut es nicht.

»Also gut«, sagt Mom. Sie hat sich hingehockt, um mit Lila auf Augenhöhe zu sein, aber jetzt richtet sie sich auf und macht einen Schritt zurück, um sie richtig anzuschauen. Ich frage mich, was sie sieht. »Du willst uns wahrscheinlich langsam loswerden. Deine Telefonkarte hast du?«

»Ja.«

»Ruf uns an, wenn du darfst, ja?«

»Mache ich«, sagt sie. Dann winkt sie mir. »Tschüss.«

Echt jetzt?, würde ich gern sagen. Ein verdammtes Winken? Sie verschränkt die Arme über ihrem gestreiften Tanktop und starrt mich an, als verstünde sie nicht, warum ich noch nicht weggehe. Wenn ich heute nicht schon einen kleinen Zusammenbruch hinter mir hätte, würde ich vielleicht mehr Kampfgeist besitzen. Aber das tue ich nicht. Ich hebe die Hand und sage: »Tschüss, Lila.« Die Worte schmecken wie Kreide.

Im Auto kommt mir der Feldweg holpriger vor als bei der Hinfahrt. Vielleicht haben die Hexen mit ihren Zöpfen die Straße verzaubert, damit die Leute nicht abhauen, wenn sie merken, wie ätzend Wawona ist. »Herrje«, sagt Mom. »Uns platzt noch ein Reifen.«

»Nein, das passiert nicht.« Dad tippt aufs Display und schaltet das Navi ein. Er bestätigt die erste Adresse, die angezeigt wird: nach Hause.

»Glaubst du, drei Wochen sind zu lang?«, fragt Mom. »Es ist ziemlich lang, oder? Aber der Direktor hat es so empfohlen.«

»Ich vertraue dem Direktor«, sagt Dad.

»Was meinst du, Liv?« Sie dreht sich zu mir um. »Du kennst sie am besten.«

Der See neben der Straße platscht ans Ufer, und ich stelle mir vor, dass es in meinem Magen ähnlich zugeht. Drei volle Wochen nur mit den beiden: Wir werden uns gegenseitig umbringen. »Sie kommt schon klar.«

»Hast du gehört?«, fragt Dad. »Sie kommt klar.«

Ich taste nach seinen Kopfhörern, die ich in den Fußraum geworfen habe, als wir vorhin ausgestiegen sind. Meine Hand streift etwas Weiches und Feuchtes, und dann schaue ich hin und sehe zwei knittrige Samtohren. Wippwapp. Zusammengeknüllt wie Abfall.

»Du hast bestimmt recht«, sagt Mom.

Ich ziehe ihn an seinem schlaffen Arm hoch und stopfe ihn unter meinen Sitz, damit sie ihn nicht sehen. Egal, was sie sagen, Mom und Dad sind nicht bereit dafür, dass Lila erwachsen wird. Das weiß ich, weil ich es auch nicht bin.

Gegen sechs sind wir wieder in Nashquitten, eine ganze halbe Stunde bevor das Navi es vorhergesagt hat, weil Mom fährt, als würde der Elternausschuss sie mit einem neuen Vorschlag für den Abschlussball in der Hand verfolgen. Als sie und Dad auf den Eingangsstufen übers Abendessen diskutieren, stecke ich Wippwapp in meinen Rucksack.

Ich versuche, mich durch die Seitentür ins Haus zu schleichen, aber keine Chance. »Du«, sagt Mom und richtet ihre Handytaschenlampe auf mich, obwohl es gar nicht dunkel ist. »Du kommst mit mir.«

»Ich muss Mathe machen«, sage ich, weil sie mich zwingt, den Sommer über Algebrabücher durchzuarbeiten. Meine Zwei minus war keine angemessene Beurteilung meines Wissens, meint sie. Sie mag es nicht, wenn ich in irgendwas nicht gut bin, weil es ein schlechtes Licht auf ihre Erziehung wirft. Sie hat etwa dreitausend Bücher darüber gelesen, wie man Kinder zu selbstsicheren und motivierten Menschen erzieht, also müsste ich theoretisch Jahrgangsbeste mit einem unerschütterlich guten Körperbild sein und eine Wohltätigkeitsorganisation für leukämiekranke Kinder leiten.

»Mathe kann warten.« Sie marschiert Richtung Auffahrt, was für mich das Zeichen ist, ihr zu folgen. Laut seufzend lasse ich meinen Rucksack auf den Rasen fallen und grummle, wie viele verschiedene Matheaufgaben ich heute noch durcharbeiten muss, aber sie bleibt nur kurz neben dem Seitenspiegel stehen, der auf dem Heimweg weitere Scherben verloren hat. »Machen wir einen Spaziergang.«

Wir wohnen in einer Sackgasse ziemlich genau in der Mitte des Orts, auf halbem Weg zwischen dem Meer und dem westlichen Stadtrand. Mom ist in diesem Haus aufgewachsen, und sie und Dad renovieren es seit ihrer Heirat gleich nach dem College, weil meine Großeltern damals nach Florida gezogen sind. Von der ursprünglichen Bausubstanz ist nur noch der Rahmen der Küchentür übrig, an der Grandpa angezeichnet hat, wie groß Mom und Tante Sally waren. Als ich klein war, habe ich mich gern vor die kurzen Striche gestellt und mich an ihrem Alter gemessen. Ich bin so groß wie Mom mit sechs oder wie Sally mit neun. Mittlerweile bin ich über die Markierungen weit hinausgewachsen, aber Lila passt noch.

hast du zeit, schreibe ich Marina, weil ich mit meinen Eltern an ihrem ersten Abend ohne meine Schwester nicht allein sein will.

»Steck das Handy weg«, sagt Mom, obwohl sie geradeaus blickt. »Und beeil dich.«

Ich folge ihr im Laufschritt und hole sie am Briefkasten ein, weil diese Frau nicht einmal langsamer gehen würde, wenn ich im Rollstuhl hinter ihr herfahren würde. »Zufrieden?«, frage ich, als wir nebeneinander gehen.

Sie biegt auf die Straße ein, lässt mich dabei wieder hinter sich zurück und schwingt die Arme, als würde sie im YMCA Stepaerobic machen. »Ich will dir ein neues Arrangement vorschlagen.«

»Ein Arrangement?«

»Eine Art, Dinge zu regeln.«

»Ich weiß, was ein Arrangement ist.«

»Privatschule.« Sie bleibt stehen, und ich kann in letzter Sekunde bremsen, nur einen Fingerbreit hinter ihren knochigen Schulterblättern. »Was hältst du davon?«

Meine Nase berührt praktisch ihr Rückgrat. »Ich dachte, Privatschulen wären obszön.«

»Nun ja, was ich *persönlich* davon halte, ist ein eigenes Thema. Aber es geht um deine Zukunft. Gott, ich spüre deinen Atem in meinem Nacken. Komm nach vorn, damit ich dein Gesicht sehen kann.«

»Für mich klingt es wie dasselbe Thema.« Als ich neben sie trete, sehe ich an ihrem Haaransatz kleine Schweißperlen. Eigentlich schwitzt sie nie – es passt einfach nicht zu ihr.

»Weil du jung bist. Man kann nicht jede Überzeugung in seinem Leben umsetzen.«

»Sag doch einfach, dass es leichter ist«, antworte ich.

»Dass was leichter ist?«

»Mich nicht in der Schule zu haben.«

Am Montag, nachdem es passiert war, mussten wir statt zur ersten Stunde zu einer Schulversammlung. Marina war nicht da, deshalb setzte ich mich in die letzte Reihe zu den Kiffern und steckte mir Ohrhörer in die Ohren, die ich unter meinen langen Haaren leicht verstecken kann. Ich wollte mir nicht anhören, wie meine Mom darüber sprach, dass Tragödien uns am Ende als Gemeinschaft zusammenschweißen können, oder wie Ms Layla erklärte, dass es wichtig ist, über unsere Gefühle zu reden, oder wie die Vorsitzende des Elternausschusses uns daran erinnerte, dass unsere Eltern für uns da sind. Diesen ganzen Mist, den die Leute sagen, wenn sie nicht verstehen, warum etwas passiert ist, und deshalb nicht wissen, wie sie es beim nächsten Mal verhindern können. Das Beste, was sie in solchen Fällen machen können, ist, die Versammlung mit einem öden Folksong zu beenden und uns dann gehen zu lassen, wie sie es gemacht haben, nachdem Carrie Matthews sich auf einem Boot zu sehr abgeschossen hat und ertrunken ist. (Die Polizisten sagen, sie war ganze fünf Minuten im Wasser, bevor ihre Freunde es bemerkt haben.) Aber dieses Mal haben sie Mist gebaut. Dieses Mal haben sie uns Zeit gegeben, um Fragen zu stellen.

Ich nahm die Kopfhörer raus, weil einer der Kiffer mir mit seiner klammen Hand auf den Arm schlug, *Oh Scheiße!* quiekte und dann aufsprang und klatschte.

Sally, eine dieser durchgeknallt gläubigen Katholikinnen, stand zwischen den Sitzen der ersten Reihe im Gang, die Brust unter ihrer weißen Bauernbluse mit Rüschen aufgeblasen wie ein Pelikan, und schrie meine Mutter an, die mit perfekt neutralem Gesichtsausdruck am Rednerpult stand: Warum sagen Sie uns nicht, was wirklich passiert ist? War es Selbstmord? Ein gesundheitliches Problem? Ein Verbrechen? Wir haben ein Recht, das zu erfahren!

Normalerweise hört niemand Sally zu – sie redet zu oft darüber, dass wir wegen unserer diversen Sünden alle in die Hölle kommen. Aber an diesem Morgen lag etwas in der Luft in dieser Aula mit der kaputten Klimaanlage, die nach Haut und

Atem und Schweiß roch. Ich bin immer noch nicht sicher, ob es Angst war oder Wut oder vielleicht beides. Was es auch war, als Sally im Gang auf und ab lief und mit hoch erhobener Faust skandierte: Wir wollen es wissen, stimmten die Leute mit ein. Schließlich erreichte sie die allerletzte Sitzreihe, wo sie auf mich zeigte und sich zur Bühne umdrehte. Ich habe gehört, dass Ihre Tochter da war, rief sie. Wenn Sie nicht wissen, was passiert ist, warum fragen Sie nicht Ihre Tochter?

Ich kann nicht sagen, was danach passiert ist, weil ich mich an dem Kiffer neben mir vorbeischob, die überfromme Sally gegen eine Armlehne schubste, zum Klo rannte und mich in den Mülleimer übergab, in dem keine Tüte war.

Mom fährt sich mit den Händen übers Gesicht und zieht dabei ihre Augenlider runter, sodass ich die schleimigen rosa Ränder sehen kann. »Warum verstehst du absichtlich falsch, was ich sage? Ich versuche, dir zu helfen.«

Sie läuft weiter, aber dieses Mal halte ich Schritt. »Ich gehe da nicht hin.«

»Ich will mich nicht streiten. Aber denk darüber nach, ja?« Obwohl sie geradeaus blickt, findet sie meine Hand und drückt sie. »Du könntest neu anfangen, Liv.«

So etwas wie einen Neuanfang gibt es nicht, zumindest nicht, wenn man getan hat, was ich getan habe. Und ich glaube, das ist richtig so. Die eigenen Entscheidungen sollten etwas bedeuten, selbst wenn es etwas Furchtbares ist.

Bei der Party an diesem einen Abend habe ich Lucy herausgefordert, sie solle Marco von der oberen Veranda stoßen. Und das war nicht als Witz gemeint. Er hätte es verdient gehabt – das glaube ich immer noch. Ich dachte, er würde sich vielleicht ein Bein brechen oder ein paar Rippen. Und das wäre nicht ansatzweise so schlimm gewesen wie das, was er ihr angetan hat. Jungs verstehen nicht, wie weh es tut, wenn jemand einem etwas wegnimmt, das privat bleiben sollte. Für sie bedeuten Schmerzen Knochen und Blut. Etwas, worauf man zeigen kann. Etwas, das andere sehen können.

Natürlich hat sie es nicht gemacht. Aber wie sie auf den Boden hinuntergeschaut hat, während ich gesprochen habe: Ich habe sie auf die Idee gebracht.

Marina hat mir erzählt, ich hätte geschrien, als es passiert ist, aber das glaube ich nicht. Sie war diejenige, die geschrien hat. Ich sah in dem Moment durch die Türöffnung in den ausgebauten Teil des ersten Stocks, wo Marco mit einem Bier in der Hand an einem Holzpfosten lehnte und über einen Witz lachte, den ich nicht gehört hatte. Ich dachte: Ich könnte ihn umbringen. Als ich mich umdrehte, um es Lucy zu sagen, war sie nicht da. Und als Nächstes weiß ich nur, dass ich mich an Marina klammerte und wir uns zusammen die Treppe hinunterkämpften, wo alle so dicht gedrängt standen, dass ich kaum Luft holen konnte, ohne von irgendwem Haare einzuatmen.

Am Ende versuchte ich, es logisch zu betrachten. Dazu hatte Mom mich immer wieder gedrängt: Du bist zu emotional, zu impulsiv, zu sensibel. Also betrachtete ich die Fakten. Drei junge Frauen, zwei lebendig, eine tot. Eine schlau, schlau genug, um es aus dieser Stadt hinauszuschaffen, wenn sie es geschickt anstellt. Eine schon tot, auch wenn sie noch atmet, auch wenn wir glauben wollen, wir könnten noch etwas tun. Eine, die weiß, dass alle Schlauheit nicht hilft, wenn die Polizei einen mit Blut am Kleid erwischt, wo man überhaupt nicht sein dürfte. Lucy konnte ich nicht retten, aber ich habe Marina gerettet, oder?

»Glaubst du, ich komme in die Hölle?«, frage ich.

»Was?« Sie bleibt stehen. »Natürlich nicht, nein.« Sie drückt mich an sich, mein rechtes Ohr ist direkt über ihrem Herzen. Ich weiß nicht mehr, wann ich ihr zuletzt so nah war. Alles entgleitet mir, als stünde ich auf dem Deck eines Schiffs, das sich zur Seite neigt, und ich kann nicht anders. Ich weine.

»Sch, sch.« Sie zieht mich mit sich nach unten, und wir setzen uns auf die Bordsteinkante vor dem neuen Haus, das seit Ewigkeiten zum Verkauf steht. Die Hintertür ist nicht abgeschlossen, und vor der ganzen Geschichte sind Lila und ich manchmal reingeschlichen und haben uns in den leeren Whirlpool gelegt. Solche Risiken gehe ich nicht mehr ein.

»Manchmal mache ich mir Sorgen, dass ich dir meine schlechtesten Seiten vererbt habe«, sagt sie, als wir eine ganze Weile dort gesessen haben. Ich nehme den Kopf von ihrer Schulter. »Du sollst nicht so viel Angst haben wie ich.«

Das tröstet mich tatsächlich – ich lache. »Du hast doch vor gar nichts Angst.«

Sie schaut zur anderen Straßenseite und schüttelt den Kopf. »Es gibt vieles, vor dem ich Angst habe. Vor allem davor, was dir passieren könnte.«

Mein Herz schlägt schneller. »Was meinst du?«

»Ich hatte neun Überdosen, vier Vergewaltigungen, fünf Bombendrohungen, drei Selbstmordversuche und sechs Todesfälle in den letzten fünf Jahren. Und das sind nur die Dinge, die gemeldet wurden.« Sie hebt den Daumen an den Mund und beißt auf den Knöchel. »Jedes Jahr denke ich, ich werde besser darin, sie zu beschützen. Und es gelingt mir nicht.«

»Aber das kannst du nicht kontrollieren.«

Sie lächelt. »Sag das mal meinem Gewissen.«

So reden wir sonst nie miteinander, und ich frage mich

nicht zum ersten Mal, ob sie es weiß. Ms Layla hat versprochen, dass sie meinen Namen nicht nennen würde, aber am Ende verraten einen Erwachsene immer. Es wäre nicht das Schlechteste, wenn sie es wüsste. Vielleicht könnte es gut sein. Vielleicht könnte es richtig gut sein.

Ich will gerade den Mund aufmachen, als unser Nachbar Ted mit seinem Golden Retriever vorbeijoggt. Mom findet ihn toll, weil er an der Williams war. Ich finde ihn furchtbar, weil er eine CamelBak und Kompressionssocken trägt, um nicht mal zwei Kilometer zu laufen. Er wird langsamer und zieht einen Kopfhörer aus dem Ohr. »Alles in Ordnung bei den Damen?«

»Alles bestens«, sagt Mom mit einem breiten aufgesetzten Lächeln. »Wir führen nur Frauengespräche.«

»Na denne.« Er steckt den Kopfhörer wieder ins Ohr und läuft weiter. Und einfach so ist der Augenblick vorbei.

»Wusstest du, dass er an der Williams war?«

»Ja, Mom.«

Sie schlägt sich auf die Oberschenkel und steht auf. »Tja, wir sollten zurückgehen. Dein Vater nimmt immer zu wenig Salz, wenn ich nicht aufpasse.«

Ich schaue mich kurz nach dem leeren Haus um. Als es noch gebaut wurde, stellten Lila und ich uns zwischen die Balken, die die Wände hielten, und wetteten, wie es aussehen würde, wenn es fertig war. Da drüben ein Waschbecken, eine Badewanne neben den Rohren, ein Kühlschrank in der Ecke. Wir lagen bei allem falsch.

»Kommst du?«, fragt sie.

Ich nicke. Die Sonne senkt sich den Baumwipfeln zu, sie strahlt durch die Wolken wie der Schein einer Taschenlampe. Ich höre, wie sich in der Ferne ein Sprinkler einschaltet.

»Was ist mit Marina los?«, fragt Mom auf dem Rückweg. »Sie hat sich in letzter Zeit nicht oft sehen lassen.«

»Sie hat bei Mullaney's viel zu tun.«

»Ah.« Sie zieht ihre Sonnenbrille aus der Tasche und poliert sie am Ärmel ihres Shirts. »Geht es ihr gut? Mit allem?«

Was ist alles?

Allein am Grund eines leeren Schwimmbeckens zurückzubleiben, weil ihre Freundin ihrem Instinkt gefolgt und mit der Meute weggelaufen ist, statt bei ihr zu bleiben? Oder vielleicht dreißig Minuten lang ein sterbendes Mädchen in den Armen zu halten, weil niemand einen Krankenwagen gerufen hat, nicht, bis diese Freundin im Wald ihre Stimme hörte und wusste, dass sie es tun musste? Vielleicht meint alles auch, zu sehen, wie besagte Freundin tausend Lebzeiten später zurückkam, nicht um zu helfen, sondern um sie wegzuholen. Oder weggezerrt zu werden von dem Mädchen, das sie retten wollte. Oder sie nicht zu retten.

»Ja«, sage ich. »Es geht ihr gut.«

Nach dem Abendessen schmuggle ich Wippwapp in meinem Rucksack nach oben und verstecke ihn unter Lilas Steppdecke. Ich sitze auf ihrer Bettkante, als mein Handy endlich vibriert. Marina.

he, tut mir leid, dass ich so spät antworte. ich fahre für eine Weile zu meiner tante nach oregon.

okay, tippe ich. *wann kommst du zurück?*

weiß nicht. ich schreib dir.

vielleicht komme ich nicht zurück an die schule, tippe ich und warte.

Sie schreibt. Und dann schreibt sie nicht mehr.

du fehlst mir.

Nichts.

Wie leben Menschen ohne beste Freunde? Die Hälfte der Zeit wartet man doch nur darauf, dem Menschen, der einen am besten kennt, etwas zu erzählen. Und wenn man diesen Menschen nicht hat, wartet man ewig.

Ich habe das Gesicht in Lilas Kissen gedrückt, als ich höre, dass sich die Tür öffnet. Ich drehe mich um, und da steht Mom in der Tür, ihr Handy gegen den Hals gedrückt. »Was machst du hier?«, fragt sie.

Ich winke ab und drücke das Kissen auf meine geschlossenen Augen.

»Lila ist dran.«

Sofort setze ich mich auf. »Geht es ihr gut?«

»Ja, es ist nichts Schlimmes. Sie ist nur ganz panisch. Wegen irgendeines Fotos?« Sie zuckt mit den Schultern, als hätte Lila etwas viel Verrückteres als *Foto* gesagt. »Keine Ahnung. Sie will mit dir reden.«

Sie gibt mir das Handy, und im ersten Moment fürchte ich, es würde mir wegrutschen, so verschwitzt ist meine Hand. *Wahrscheinlich nur die Nerven*, formt Mom stumm mit den Lippen.

»Ähm, hallo.«

Mom lehnt den Kopf gegen den Türrahmen, und mir wird klar, dass sie bleiben und zuhören will.

»Was hast du damit gemacht?«, geht Lila mir sofort an die Gurgel. »Wo ist es?«

»Ich habe gar nichts damit gemacht«, sage ich langsam. »Ich habe es nicht angerührt.«

Was angerührt?, fragt Mom stumm, und ich ignoriere sie.

»Es ist weg! Ich habe es in meine Mappe mit den Umschlägen und Briefmarken gesteckt, und es ist nicht da!«

»Na gut, mal langsam. Hast du überall nachgesehen? Auch ganz unten in deinem Rucksack? Ist es rausgefallen?«

»Natürlich nicht!« Jetzt weint sie, und ich lege beide Hände über den Lautsprecher, damit Mom es nicht hört.

»He«, sage ich leise. »Wir können dir ein neues besorgen.«

Ein neues was?, will Mom wissen.

»Das ist nicht dasselbe«, platzt es aus Lila heraus. »Ich bin so bescheuert! Ich hätte es einfach zu Hause lassen sollen. Dumm, dumm, dumm!« Es klingt, als würde sie den Kopf gegen etwas schlagen.

»So ein Fehler passiert doch leicht. Aber ... tu dir nicht weh.«

Was! Mom streckt die Finger und schüttelt ihre Hände in meine Richtung.

Ich höre, wie sich ihr Atem beruhigt. »Okay«, sagt sie zittrig. »Okay.« Luft pfeift durch ihre verstopfte Nase. »Ich will mit Mom reden«, sagt sie plötzlich in einem Ton, den ich noch nie gehört habe. Er ist kalt und stumpf, wie Metall.

»Warum?« Mir schnürt sich so der Hals zu, dass es wehtut zu schlucken.

»Ich will mit ihr reden, Olivia.«

»Lila.«

»Gib sie mir bitte.«

»Was ist?«, fragt Mom, dieses Mal laut. »Worüber redet ihr?«

Ich drücke das Handy an meine Brust. Es bebt im Rhythmus meines Herzschlags. »He«, sage ich. »Ich muss dir was erzählen.« Ich zeige auf das Bett, damit sie sich setzt, und in diesem Moment schreibt Marina mir, dass ich ihr auch fehle.

Rae

Der Dichter besucht mich bei der Arbeit, also muss irgendetwas passiert sein. Freddie und ich drehen uns um, als die
Alarmanlage bimmelt, wie jedes Mal, wenn eine Tür geöffnet
wird. Früher hatten wir ein klassisches Glöckchen, aber das war,
bevor ein paar Oxy-Junkies am Valentinstag das Fenster zur
Straße mit bloßen Händen eingeschlagen haben. Wir waren
ziemlich sauer deswegen, aber dann schrieb einer von ihnen
Freddie einen langen Entschuldigungsbrief, in dem er seinen
Mutterkomplex, seinen Vaterkomplex, seine allgemeine De-
pression usw. anriss, und wir knickten ein. Mit »knickten ein«
meine ich, dass wir sie nicht zwangen, das Fenster zu bezahlen,
und mit »wir« meine ich Freddie. Aber das ist Schnee von
gestern, seit Freddie herausgefunden hat, dass er die Alarmanlage nutzen kann, um den Waschbären zu beobachten, der
von den Hafenanlegern Fisch nach Hause trägt. Er nennt ihn
Ohneland.

Ich bin schon genervt, als der Dichter sich beim Reinkommen durch die Haare streicht. Diese schmierigen Finger, die
Fett über seinen Haaransatz verteilen, diese Fingernägel, die
dicke Schuppen lockern. Es ist erstaunlich, wie sehr man von
jemandem genervt sein kann, obwohl man ihn lieben sollte.

Er duckt sich, als er von den Tischen zur Bar kommt, wo
die Decke deutlich niedriger ist. Der Geschichte nach, die mir
dazu erzählt wurde, sollte der Höhenunterschied in früheren
Zeiten betrunkene Seeleute aussortieren – wenn sie zu benebelt waren, um den Kopf einzuziehen, schlugen sie ihn
sich an dem Holzbalken an und wussten, dass sie lieber nach

Hause gehen sollten. Das erwähne ich nur, weil der Dichter eins siebzig groß ist und der Raum am niedrigsten Punkt knappe eins achtzig hoch, was, wie wir alle wissen, fast zehn Zentimeter Unterschied macht. Er nimmt sich als deutlich größeren Mann wahr, wie ein Yorkie, der sich mit Rottweilern anlegen will.

»Ho, ho, ho«, sagt Freddie, als der Dichter sich aufrichtet. Freddie mag den Dichter nicht, weil er ursprünglich hergezogen ist, um mit seinem Cousin heruntergekommene Strandhäuser zu kaufen, zu renovieren und wieder zu verkaufen, und Freddie solche Leute für widerliche Schmarotzer hält. Würde ich Freddie da widersprechen? Nein. Genieße ich es, Austern in der Schale serviert zu bekommen? Ja. Ich habe nie behauptet, ich wäre nicht käuflich.

Der Lebensstil mit Austern in der Schale ist nicht gerade einer, der im O'Dooley's und von seinen Gästen gepflegt wird, weshalb der Dichter die Bar normalerweise meidet. Er sagt, ihr fehle die Atmosphäre. Dummerweise habe ich das einmal Freddie erzählt, gegen drei Uhr morgens, nachdem wir das dreißigjährige Jubiläum der Bar geschmissen hatten (das komplett aus dem Ruder gelaufen war: Eine Frau wollte sich am Fuß einer Seemöwe festhalten, um zu fliegen) und der Dichter sich nicht hatte blicken lassen. Was stimmt nicht mit der »Atmosphäre« hier?, fragte Freddie und malte theatralisch Anführungszeichen in die Luft, und als ich sagte, genau das sei das Problem, die Bar habe keine Atmosphäre, wie der Dichter fand, musste Freddie fast um Luft ringen. Ist diese Bewertung bei Yelp etwa von ihm?

»Wie geht's?«, fragt der Dichter und lehnt sich gegen die Theke. Er sieht gut aus, selbst mit den fettigen Haaren. Das ist bei diesen Künstlertypen so – sie wirken nur authentisch, wenn sie angeschmuddelt sind. Ganz am Rande bemerke ich, wie Freddie sein T-Shirt beäugt, auf dem in Knallrot *Icon* steht. Wir sind beide hinter der Bar und tun so, als würden wir arbeiten. Ich habe fünfmal denselben Bierkrug poliert, und Freddie sprüht in regelmäßigen Abständen Wasser aus der Zapfpistole.

»Was für ein Icon?«, fragt Freddie.

»Hm?« Der Dichter zuckt ganz leicht mit dem Ohr.

»Ist das 'ne Marke? Oder bist du die Ikone der Dichtkunst?«

»Wie bitte?«, sagt der Dichter in dem Tonfall, den er immer anschlägt, wenn er etwas eigentlich gar nicht verstehen will. Diesen Tonfall habe ich schon oft zu hören bekommen. Einmal habe ich deswegen eine Orange nach ihm geworfen, was den Dichter angemacht hat. Wie temperamentvoll, sagte er, und ich warf eine zweite hinterher.

Freddie schlägt sich sein Trockentuch über die Schulter, sein Zeichen dafür, dass das Gespräch für ihn beendet ist. »Setz dich hin, wo du willst.«

Vor nicht allzu langer Zeit war es hier freitagnachmittags um fünf schon rammelvoll, die ganze Bandbreite von sonnengegerbten Fischern bis zu Lehrern mit müdem Blick wollte sich volllaufen lassen und in ihr Wochenende starten. Und weil wir nicht gerade streng waren, kamen auch immer ein paar Leute von der Highschool, die ihre gefälschten Ausweise auf die Kundenkarten vom Village Market geklebt hatten. Aber nicht mehr seit Lucy. Die Polizei hat die Kinder ganz genau im Auge; neulich habe ich gesehen, wie jemand einen Strafzettel bekommen hat, weil er abseits der Ampel über die Main Street gelaufen ist.

Ich hebe das leere Trinkgeldglas hoch und werfe von meinem eigenen Geld zwei Dollar rein.

»Das Murphy's ist immer noch der Erzfeind?«, fragt der Dichter, und ich schiele zu Freddie hinüber, dem fast schon Flammen aus den Augen schlagen, wenn es auch nur erwähnt wird.

»An das Murphy's verschwenden wir keinen Gedanken.« Er öffnet den Mund, saugt eine Wange ein und spuckt kräftig auf den Teppich. »Das ist mein Kommentar zum Murphy's.«

Unsere Konkurrenz hat vor sechs Monaten geöffnet, sie servieren IPAs und Biorind-Hotdogs und Cocktails vom Fass. Anfangs haben wir uns keine Sorgen gemacht, nicht, bis es bei uns leerer wurde und wir Charlie zu einer Aufklärungsmission rüberschickten. Ich will ehrlich mit euch sein, sagte er, als er zurückkam, die Wangen von der Kälte gerötet. Es ist großartig.

»Rate mal«, sagt der Dichter. Er dreht so abrupt den Kopf in meine Richtung, dass es in seinem Hals knackt. Er gehört zu diesen Menschen, die sich gern intensiv auf ihr Gegenüber konzentrieren. Überhaupt gefällt es ihm, wenn andere ihn als *intensiv* bezeichnen. Er scheint zu glauben, es würde dasselbe bedeuten wie *klug*.

»Was denn?« Sofort fühlt sich mein Magen an wie eine geballte Faust. Ich kann Überraschungen nicht ausstehen.

»Ich habe dir ein Skript besorgt!« Ich blinzle ihn an, und er beugt sich näher. »Oder – wie nennt man das in der Branche? Seiten! Ich habe dir *Seiten* besorgt.«

»Wie, meinst du ein Theaterstück?«, fragt Freddie.

Der Dichter ignoriert ihn. »Also, es ist ein Independent-Film –«

»Ich habe gesehen, wie sie einen Teil von *Departed – Unter Feinden* in South Boston gedreht haben«, unterbricht Freddie. »Ich habe sogar einen Bagel vom Imbisstisch gemopst, als keiner hingesehen hat.«

»Was für einen?«, frage ich.

»Zimt und Zucker.«

»Lecker.«

Der Dichter trommelt ungeduldig mit den Fingern auf die Theke. Ich kann die verwirbelten Abdrücke erkennen, die er auf dem Lack hinterlässt, winzige Reliefkarten aus Fett. »Das ist eine großartige Chance für dich, Rae.«

Bei unserer ersten Verabredung habe ich ihm erzählt, dass ich früher mal Schauspielerin werden wollte. Wir hatten beide vorher noch nie eine Datingapp benutzt, und es warf mich ein wenig aus der Bahn, das Gesicht, das ich auf dem Handy angestarrt hatte, plötzlich wirklich vor mir zu sehen. Deshalb fing ich an, von mir zu erzählen. Als Kind hatte ich nicht mal im Schultheater mitgespielt, aber mir gefiel die Vorstellung, in andere Leben zu schlüpfen. Es kam mir immer seltsam vor, dass wir uns nicht nur auf eine einzige Geschichte festlegen, sondern auch noch danach streben, so wenig wie möglich an ihr zu rütteln. Scheidung, ein Berufswechsel, Tragödien: alles allgemein unerwünschte Abweichungen. Ich wollte etwas anderes.

Und so kaufte ich zwei Monate nach dem Schulabschluss ein Flugticket nach L.A., ohne Unterkunft, ohne Agenten, ohne einen Plan. Meine Mom war gerade gestorben, und der Umzug verlieh mir ein Gefühl von Kontrolle – als würde ich diese unvorhergesehene Abweichung mit meiner eigenen ungewöhnlichen Entscheidung ausstechen. Eine Woche lang schlief ich auf dem Sofa der Freundin einer Freundin, dann zog ich zu einer jungen Frau, die ich auf Craigslist gefunden hatte und die sich als Heilerin bezeichnete. Sie machte mich mit einem Agenten bekannt, dem ich fünfhundert Dollar zahlen musste, damit er mich vertrat und in seiner schimmelverseuchten Garage eine Reihe Headshots von mir machte. Ich steckte die Fotos, die wir bei OfficeMax drucken ließen, im Auto in die Tasche an der Rückenlehne, fuhr kreuz und quer durch die Stadt und sprach für die ermordete Geliebte vor oder für die vergewaltigte Freundin oder Hure Nummer vier, und wenn ich nicht vorgab, eine misshandelte Frau zu sein, ging ich in Apartmentanlagen putzen. Ich wünschte, ich könnte dir helfen, sagte meine Mitbewohnerin mit einer Tasse Kava in der Hand, als ich eines Abends nach Hause kam. Aber ich habe echt keine Ahnung, wie.

Warum ich ihm das alles bei der ersten Verabredung erzählt habe, begreife ich selbst nicht.

»Was soll das heißen, du ›hast ein Skript besorgt‹?«, frage ich. »Hast du es online gekauft oder was?«

»Nein, nein, nein.« Er langt über die Theke und nimmt meine Hände, als würde er spüren, dass mein Vertrauen schwindet. »Ein Freund aus Cambridge führt bei seinem ersten Spielfilm Regie, und er hat mir das Drehbuch geschickt. Er geht auf extrem interessante Art mit der narrativen Temporalität um.«

»*Zeit*«, sage ich. »Sag einfach Zeit.« Und Harvard. Sag einfach Harvard.

Der Dichter blinzelt mich an, als wollte er sagen, ich solle nicht unhöflich sein, und einen Moment lang glaube ich, wir könnten uns gleich vor Freddie streiten. Ich kann es nicht ausstehen, wenn Paare sich in der Öffentlichkeit streiten – es ist wie bei den Männern, die in die Bar kommen und deren Hosenbund unbemerkt ihre Arschritze freilegt. Man muss so tun, als würde man nichts bemerken, obwohl alles offen raushängt.

»Wie auch immer.« Der Dichter lässt meine Hände los. »Er will, dass du vorsprichst.«

»Ich? Warum?« Seit ich vor sieben Jahren nach Hause gekommen bin, war ich nicht mal mehr bei einem Casting. Mein Vater hatte angerufen und gefragt, was er mit der Kleidung meiner Mutter machen solle – aufbewahren oder spenden? Ich hatte es ihm allein überlassen, unser Haus auszuräumen. Deswegen habe ich immer noch ein schlechtes Gewissen.

Der Dichter wirft einen Blick auf seine Uhr. »Bist du hier bald fertig? Dann erzähle ich dir alles auf dem Weg nach Hause.«

Ich weiß, dass Freddie hinter mir die schmutzigen Tücher auswringt, bevor er sie zur Waschmaschine bringt. Er riecht an jedem, um zu entscheiden, ob es Bleiche braucht oder nur normales Waschmittel. Nachdem wir so lange zusammengearbeitet haben, können wir den Schatten des anderen spüren.

»Ich habe hier noch zu tun«, sage ich.

»Hau schon ab, Rae.« Freddie taucht neben mir auf, einen Eimer mit Tüchern an den Bauch gedrückt. »Ich erledige den Rest.«

In letzter Zeit besteht Freddie darauf, freitagabends allein zu arbeiten – hau ab und unternimm was, sagt er mir –, aber ich bleibe gern noch da, weil ich diese verrückte, unzerstörbare Hoffnung hege, dass unsere Gäste zurückkommen und es genauso voll wird wie in alten Zeiten. Dass sie überwältigt von katholischen Schuldgefühlen vierzig Prozent Trinkgeld geben und versprechen, nie wieder ins Murphy's zu gehen.

Für jemanden ohne viel Glück hast du echt viel Hoffnung, hat ein Ex mal zu mir gesagt. Ist das heiß?, fragte ich. Nein, sagte er nach kurzem Nachdenken. Es ist ein bisschen traurig.

»Bist du sicher?«

»Mit diesem Andrang werde ich schon fertig.« Freddie zwinkert und klopft mir fest auf die Schulter. Ich kann hören, wie der Dichter ungeduldig mit dem Fuß gegen die Theke tritt, wie die Spitze seines Lederschuhs die Vinylverkleidung trifft.

»Du musst nicht so unhöflich sein«, sage ich draußen zu ihm.

»Unhöflich?«, wiederholt der Dichter entrüstet. Er hält sich für so selbstkritisch, dass die Meinungen anderer irrelevant sind – hätte er sich auf eine bestimmte Art verhalten, wüsste er es bereits. »Ich wollte *deinen* Freitagabend retten. Du bist zu großzügig mit deiner Zeit. Er nutzt dich aus.«

»Er nutzt mich aus?«, zische ich, aber der Dichter ist schon weitergegangen und hört mich nicht. Ich laufe, um ihn einzuholen, meine Arbeitsclogs klackern über den Gehweg, bis ich an seiner Seite bin. Zum Glück ist der Dichter trotz seiner künstlerischen Ambitionen alles in allem ein unaufmerksamer Mann. Wäre es anders, hätte er meine geballten Fäuste bemerkt. Meine zusammengebissenen Zähne. Die Anspannung in meinen Schultern.

Glücklicherweise bemerkt er gar nichts.

»Nathan ist wirklich cool, er wird dir gefallen«, sagt der Dichter, als er sein Laptop öffnet. »Er war in unserer Schreibwerkstatt bei Weitem der Beste. Einfach Talent en masse.«

»En masse«, wiederhole ich.

»Ich glaube, er war letztes Jahr in Sundance bei einem Filmworkshop oder so. Alle glauben, dass er richtig einschlagen wird.«

»Wer ist alle?«

Ohne mich zu beachten, öffnet er eine Mail mit dem Betreff *Casting Filmprojekt*. Ich setze mich neben ihn an den Küchentisch und starre auf den Bildschirm, auf dem eine Frau mit einer Hand Bier serviert und mit der anderen einen Shot Wodka einschenkt. Ihre Wangen leuchten, weil sie zu viele Dinge gleichzeitig tut, und feuchte Halbmonde unter ihren Armen tönen ihr graues T-Shirt dunkel. Sie bedient einen Mann, dessen Gesicht nach zu vielen Jahren des Trinkens dauerhaft gerötet ist und dessen kahle Stelle auf dem Kopf im Blitzlicht weiß schimmert. Sie lächeln sich verschwörerisch zu, wie Freunde es tun, wenn sie sich nah sind und niemand ihnen etwas anhaben kann.

Auf seinem Bildschirm ist es der 25. Mai, etwa neun Uhr abends. Wir haben dreimal so viele Gäste wie erlaubt, und in einer Stunde wird der Feuerwehrchef auftauchen und verlangen, dass wir die Menge verkleinern oder eine hohe Strafe zahlen, aber dann drückt Freddie ihm einen Long Island Ice Tea in die Hand, und er hat bald vergessen, warum er überhaupt gekommen ist. In zwei Stunden habe ich mein Shirt komplett durchgeschwitzt, eine betrunkene Frau bietet mir auf dem Klo ihres an und läuft danach nur im BH durch die Bar. In drei Stunden ziehen ein paar Männer das dekorative Fischernetz von der Decke, wickeln alle in ihrer Nähe darin ein und verlangen für ihre Freiheit einen Kuss. In vier Stunden bekommt Charlie einen Anruf auf seinem Handy, dreht sich mit seinem Barhocker um und steckt sich einen Finger ins Ohr, um besser zu hören. Verwirrt verzieht er das Gesicht, und ich frage stumm: *Was?*, während eine Frau meinen Ellbogen greift, weil ich ihren Gin nicht schnell genug eingieße. Er reißt die Augen so weit auf, dass ich die rosa Venen in den Winkeln zittern sehe, und ich frage laut: Was, was? Die Frau kneift mich, um ihren Gin zu bekommen. Charlie steckt das Handy weg und schlägt so hektisch auf die Bar, dass das Ginglas klappert. Ich muss gehen, ich muss gehen, ruft er, und ich folge ihm, ohne irgendwelche Fragen zu stellen, und die Frau ruft uns nach: Mein Gin!, und Freddie fragt uns, ob alles in Ordnung sei, während wir rauslaufen. Ich fahre so schnell zur Notaufnahme, dass ich bis heute keine Erinnerung daran habe. Ich erinnere mich nur an Brynns Gesicht, als ich vor den Drehtüren anhielt, daran, wie sie zusammengekauert auf dem Gehweg hockte und ihr Mund sich öffnete, als Charlie hektisch aus dem Wagen stieg: Wo warst du?

»Was ist?«, fragt der Dichter. »Ich dachte, es wäre besser als ein traditioneller Headshot. Authentisch.«

Jenseits des Monitors ist es der zehnte Oktober. Ich wende das Datum in meinem Kopf hin und her und versuche, es zu glauben: Du bist hier, sage ich mir. Hier ist jetzt. Als meine Mutter starb, drängte die Zeit voran und zog sich zurück wie die Gezeiten. Wenn ich mich endlich in der Gegenwart wiederfand, wurde ich in meine Erinnerungen zurückgezogen, ohne zu merken, dass ich den Halt verlor. So ist es bei den Gezeiten: Man kann unmöglich sagen, in welche Richtung sie strömen, wenn man mitten im Meer steht.

»Woher hast du das?«, höre ich mich fragen.

Der Dichter hat das Foto verkleinert, weil er spürt, dass er etwas falsch gemacht hat, ohne zu verstehen, was. »Facebook. Du warst darauf markiert.«

Ich stehe auf und nehme ein Glas aus dem Schrank über der Spüle. Gegenstände helfen, finde ich – alles, was man festhalten kann. Ich drücke das Glas gegen den Kühlschrank aus rostfreiem Stahl, gefiltertes Wasser läuft hinein und lässt es kalt werden.

»Geht es dir gut?«, fragt der Dichter vom Tisch aus.

»Ja«, sage ich. »Einen Moment.« Mit langsamen Schritten gehe ich auf den Balkon – die Glastüren scheinen sich von selbst zu öffnen. Draußen ist der dunkle Hafen, und wo das Licht der Straßenlaternen aufs Wasser fällt, wirkt es hässlich grau, wie schlecht gewordene Milch. In der Ferne rasseln Bojen aneinander und auch die Bierflaschen der Jugendlichen, die sich nachts auf die vertäuten Boote schleichen. Irgendwo lachen Leute. Ich spüre, wie sich meine Erinnerungen an den Mai trüben, wie Wellen bei Sturm, die Sand aufwirbeln. Als ich mich am Metallgeländer des Balkons festhalte, kommt es mir vor, als würde es schwanken, aber dann hebe ich die Hände, und die Stange bewegt sich nicht. Ich krame mein Handy aus der Tasche und suche ihren Namen. Dann halte ich es an mein Ohr und höre, wie es klingelt und klingelt und klingelt.

Hallo, hier ist Lucy. Ich kann gerade nicht ans Handy gehen, aber hinterlasst mir eine Nachricht, und ich melde mich, sobald es geht.

Hinter mir öffnen sich die Türen. »Wen rufst du an?«, fragt der Dichter. Seiner angespannten Stimme höre ich an, dass er nicht weiß, ob er besorgt oder eifersüchtig sein soll.

»Niemanden.« Wind voller Salz weht mir ins Gesicht und macht meine Nebenhöhlen frei. Ich habe nicht aufgelegt. Meine Finger öffnen sich, und mein Handy fällt heraus wie etwas, das viel schwerer ist als eine Hülle mit Metall und Draht. Ich höre, wie es unten auf den Gehweg knallt, spüre die Hand des Dichters auf meiner Schulter, als er über das Geländer späht.

»Spinnst du?«, fragt er. »Du hättest jemanden treffen können!«

»Es ist mir aus der Hand gerutscht.«

Er schickt mich rein, und ich setze mich auf sein plüschiges graues Ecksofa, ziehe die Knie an die Brust und warte, während er mein Handy holt. Kopfschüttelnd kommt er zurück in die Wohnung. »Wie durch ein Wunder ist nicht mehr passiert.«

Er wirft das Handy neben mich, ein zackiger Riss zieht sich schräg über das Display. Als ich es antippe, bilden die Pixel entlang des Bruchs einen verwischten Regenbogen.

»Du musst mir sagen, was in deinem Kopf vor sich geht«, sagt der Dichter nach einem Moment. Er sitzt mir zugewandt auf dem Sofatisch und stützt das Kinn in eine Hand.

»Du weißt doch, was passiert ist.«

»Nein«, sagt er. »Eigentlich nicht. Nicht von dir.« Er tut immer so, als wäre ich da gewesen, aber das war ich nicht. Ich war ebenso weit von ihr entfernt wie er.

Ich schaue mich im Zimmer nach etwas um, womit ich das Thema wechseln kann. »Worum geht es in dem Skript?«, frage ich.

Er stützt das Kinn auf die Hände mit einer Geste, die sagt: So leicht kommst du mir nicht davon.

»Doch, wirklich«, beharre ich. »Ich will es wissen.«

Den zusammengekniffenen Augen des Dichters sehe ich an, dass er abwägt. Er könnte (wahrscheinlich erfolglos) versuchen, mich in ein schwieriges, langwieriges Gespräch zu drängen, oder zulassen, dass der Abend einen weniger ernsten Ton annimmt, der möglicherweise zu Sex führt, wenn er seine Karten richtig ausspielt. »Ich habe nur eine Zusammenfassung gelesen«, sagt er schließlich. »Aber die ist großartig.«

Ich lasse mich ins Sofa sinken, bemerke, wie sich das Kissen meinem Rückgrat anpasst, drücke die Finger ins weiche Polster. Es fühlt sich alles echt an. »Bekomme ich ein Glas Wein?« Das Wasser ist mir auf dem Weg hierher irgendwo abhandengekommen.

»Klar.« Er steht auf, und ich spüre, wie die Vergangenheit in Wellen zurückweicht, an den fernen Ort, von dem alle sagen, dass dort die Erinnerungen verweilen sollten.

Am nächsten Morgen besuche ich Charlie zu Hause. Ich trinke jeden Samstag mit ihm auf der Veranda Kaffee, seit ich aus Los Angeles zurückgekommen bin und er mich mit einem Trick dazu gebracht hat. *Deine Mutter hätte es gewollt*, hat er geschrieben, was nicht unbedingt gelogen war, aber auch nicht die Wahrheit. Wer weiß, was diese Frau wollte.

Charlie glaubt, er wüsste es. Er und meine Mutter waren beste Freunde, bevor sie geboren wurden – schon ihre Mütter waren beste Freundinnen, und sie brachten ihre Kinder am gleichen Tag mit zwei Stunden Abstand zur Welt. Irische Zwillinge, wie Charlie es nennt, obwohl das etwas anderes ist. Technisch gesehen ist er mein Patenonkel, aber an solche Sachen glaubt wohl keiner von uns noch. Sogar mein Vater geht seit Jahren nicht mehr zur Messe.

Er wartet auf den Stufen zur Haustür, als ich in die Auffahrt biege. »Rae-Ban«, sagt er und zieht mich in eine Umarmung, die nach Rauch und Zahnpasta riecht. Den Alkohol hat er nach Lucy aufgegeben, aber ganz ohne Sünde lohnt sich das Leben nicht, sagt er oft. Seit Brynn gegangen ist, versteckt er die Zigarette nicht mehr. Wir setzen uns an den metallenen Cafétisch auf dem hinteren Teil der Veranda, auf der Seite mit Blick aufs Meer, und er klopft eine Parliament aus der Schachtel.

»Wie geht es deinem Jungen?«, fragt er und schirmt sein Feuerzeug vor dem Wind ab. Charlie gibt sich noch väterlicher, seit mein Dad letztes Jahr ins Hinterland gezogen ist, was Charlie unfairerweise als elterliche Vernachlässigung deutet. Du fühlst dich nicht im Stich gelassen, oder?, fragte mein Vater, als der letzte Karton tetrismäßig in einer Ecke des Umzugswagens verstaut war und ich die Rolltür heruntergezogen hatte. Du bist nur drei Stunden weg, entgegnete ich lachend. Aber es wäre gelogen zu sagen, dass ich es nicht anders empfunden hätte, als der Wagen hinter einem Hügel verschwand. Es kam mir vor, als wäre das, was mit meiner Mutter geschehen war, endlich vorbei, und wir hätten es nur durch eine Trennung erreicht.

»Ich bin einunddreißig. Er ist kein Junge.«

»Er klingt wie einer, so, wie du über ihn redest.« Er hält die Zigarette mit den Lippen fest, damit er den Stempel der Kaffeepresse hinunterdrücken kann. Ohne Brynn weiß er immer noch nicht, wie er sie richtig bedient. Er hat zu viel hineingegeben, und jetzt treibt Kaffeesatz in der trüben Brühe und sieht aus wie Blumenerde. »Du musst nicht so tun, als wärst du glücklich, nicht hier.«

Er schenkt mir Kaffee ein, die Oberfläche schimmert wie Öl in der Sonne. Ich nippe bedächtig daran, um den Kaffeesatz mit den Lippen abzufangen, bevor er in meinen Mund strömen kann. »Wir werden Schluss machen«, sage ich und überrasche mich selbst damit. Mir war nicht klar, dass ich das glaube, aber nachdem ich es ausgesprochen habe, weiß ich, dass es stimmt. Manchmal kommt es mir vor, als wüssten wir schon, was die Zukunft bereithält – wir warten nur auf den richtigen Moment, um uns nicht länger vor uns selbst zu verstecken.

Charlie hat seine Zigarette zur Hälfte geraucht, sie verbrennt schnell. Ich wedle den Qualm von meinem Gesicht weg. »Tja, tut mir leid«, sagt er. »Dann brichst du ihm das Herz? Genau wie Corrine mit den ganzen Baskin-Jungs.«

Die Anspielung auf meine Mutter verstehe ich nicht, deshalb lächle ich nur verkniffen. Ich habe nicht nur einmal überlegt, ob ich überhaupt weiter herkommen sollte. Charlie lässt die Vergangenheit meiner Mutter über mir baumeln wie eine Möhre, um die ich betteln sollte. Nur bin ich nicht hungrig und war es auch nie. »Wie geht es Brynn?«, frage ich.

Er drückt seine Zigarette auf dem Verandageländer aus, wo sie zischt – auf dem Holz ist noch Tau. »Ach, du kennst sie ja.« Er dreht sich zum Strand. Gerade herrscht Ebbe, eine Fläche voll nasser Felsen liegt offen da und wartet darauf, bedeckt zu werden. »Sie probiert ständig irgendwas Neues aus.«

»Ich mag Brynn«, merke ich an.

»Habe ich von mir was anderes behauptet?« Er trinkt seinen ersten Schluck Kaffee und verzieht das Gesicht. »Immerhin habe ich sie geheiratet.«

Das hat er, aber alle – sogar Brynn – wussten, dass er eigentlich meine Mutter wollte. So läuft das in einer Kleinstadt. Alle durchschauen es, wenn man vorgibt, etwas zu begehren, und wissen, was man wirklich will.

»Wann hörst du im O'Dooley's auf?«, wechselt er das Thema. »Du bist zu gut für diesen Laden, und das weißt du auch.«

»Ich glaube, ich bin gerade gut genug.«

»Aber du musst doch«, sagt er und greift nach der nächsten Zigarette, »Ziele haben.«

Vor der Veranda kriecht die Flut langsam wieder auf das Haus zu. Die Wellen strecken sich zu Schaumteppichen, die Geräusche dringen zu uns herauf. So lange werde ich schon gedrängt, ich müsse doch etwas wollen. Was will Rae?, fragte meine Therapeutin, als ich nach jahrelanger Weigerung schließlich einer Therapie zustimmte. Was ist an Raes Horizont? Als ich sagte: Nichts, blinzelte sie und kritzelte etwas auf ihr Klemmbrett. Meinen Sie mit »nichts« inneren Frieden?, fragte sie. Nein, sagte ich, ich meine nichts. Sie steckte sich die Kappe ihres goldenen Kulis zwischen die Lippen. Erklären Sie mir das.

Was gab es da zu erklären? Bis ich neunzehn war, hatte ich mehr als genug erlebt. Ich wollte nur noch Stille. Es gibt für mich nichts Schöneres, als mich im Sommer auf dem Meer treiben zu lassen. Das Wasser füllt die Ohren mit weißem Rauschen, der Körper ist schwerelos, die Sonne wärmt das Gesicht, und man kann unmöglich mehr wollen, als man in diesem Moment hat. Wenn ich ihn in alle Ewigkeit ausdehnen könnte, würde ich es tun.

»Welche Ziele hast *du*?«, frage ich, worüber Charlie so lachen muss, dass er sein Feuerzeug nicht richtig vor dem Wind abschirmen kann.

»Ziele sind für mich gestorben«, sagt er, als die Flamme über das gerollte Papier leckt.

»Für mich sind sie auch gestorben«, sage ich, und als wir uns in die Augen sehen, denke ich, dass er vielleicht der einzige Mensch auf der Welt ist, den ich davon überzeugen kann.

An diesem Abend nimmt der Dichter mich mit nach Boston zu einer Dinnerparty. Er hatte zuerst den Zug vorgeschlagen, weshalb mir in jeder Pore der Schweiß geprickelt hatte. Ich hätte gedacht, dass du gern den Zug nimmst, sagte er, als ich vorschlug, mit dem Auto nach Boston zu fahren. Ich mag Züge auch, sagte ich, aber nicht heute Abend, und dann küsste ich seinen Hals und versuchte mich zu erinnern, was Freundinnen taten, um solche kleinen Spannungen zu lindern, versuchte mich zu erinnern, was eine Freundin überhaupt ist.

Auf dem Weg aus Nashquitten heraus kommen wir an die

Bahngleise, als die Schranken sich gerade senken. Es gibt zwei Übergänge in der Stadt, einen am westlichen Ende und einen am östlichen, kurz bevor Nashquitten zu Walden Landing wird. Ich meide sie, wenn ich selbst fahre, aber das kann ich dem Dichter nicht erzählen, ohne ihm alles andere zu erzählen. Ich grabe die Fingernägel seitlich in den Ledersitz, als der Zug naht und seine Scheinwerfer uns weiße Tunnel entgegenschicken. Die Warnglocke bimmelt und bimmelt, wie eine durchgehend geschlagene Triangel. Wie durch einen Trichter dringt der Signalton zu uns, erst eingezwängt, dann dröhnend. Die Räder kreischen auf den Gleisen. Ich habe nicht gemerkt, dass ich die Augen geschlossen habe, bis der Dichter mich fragt, warum. Der schnelle, schwere Zug lässt unsere Sitze beben, während die aneinandergehängten Wagen an uns vorbeirauschen.

Und dann, einfach so, nichts. Als ich die Augen öffne, heben sich die Schranken, die Gleise sind leer. Der Dichter hat das Innenlicht eingeschaltet, um mich anzusehen. »Was war das denn?« Seine Stimme klingt eher genervt als besorgt, weil dieses Verhalten wohl ahnen lässt, ich könnte nicht der perfekte Dinnergast sein, was wiederum ahnen lässt, dass seine Freunde seinen Geschmack bei Frauen infrage stellen könnten.

»Es war nichts.« Ich schalte das Lämpchen aus. »Mir war nur schlecht.«

»Müssen wir nach Hause fahren?«, fragt er in einem Ton, der klarmacht, dass das gar nicht zur Debatte steht.

»Wirklich«, sage ich zu ihm. »Es geht mir gut.« Ich drücke die Nase ans Fenster, aber es ist so dunkel, dass ich nur mein geisterhaftes Spiegelbild sehe. Mein Verstand fühlt sich weich wie Toffee an, und als wir über die Gleise rumpeln, versuche ich mir klarzumachen, dass es nichts zu sehen gibt, dass ihre Leiche nicht dort liegt, dass es Jahre her ist.

Die Party findet in South End statt, einem Teil Bostons, in dem ich noch nie gewesen bin, weil mir mal jemand erzählt hat, dort gäbe es nur magersüchtige Frauen auf Stilettos und Zwergpudel mit rundem Stammbaum. Der Dichter biegt in eine von Bäumen gesäumte Straße ein. Gediegene Brownstones reihen sich aneinander, in den Straßenlaternen brennt echtes Feuer. »Hier wohnt dein Freund?«, frage ich, als er parkt. Der Freund, dessen Namen ich vergessen habe, ist ein ehemaliger Banker, der auf improvisierten Märkten Stick-and-Poke-Tattoos sticht.

»Technisch gesehen gehört es uns«, sagt der Dichter. Er steigt aus und geht um die Motorhaube, um mir die Tür zu öffnen.

»Technisch gesehen?«

»Ja, meine Eltern wollten was in Downtown haben.« Er macht eine knappe Handbewegung, als er *Downtown* sagt, und ich weiß nicht, ob das heißen soll, dass Downtown out ist oder dass Downtown im Kommen ist oder dass Downtown angesagt ist und es immer sein wird. »Er wohnt hier, bis er sich entschieden hat, wo er weiter studiert.« Diesem Freund bin ich einmal begegnet, in einer Bar auf halbem Weg zwischen Nashquitten und Boston. Er hat endlos über das Sterben von Heimwerkersendungen geredet. »Es geht dir gut, oder?«, fragt der Dichter auf dem Backsteinweg zur Eingangstreppe.

Zum Glück muss ich nicht antworten, denn vor uns öffnet sich die Eisentür, und sein Freund schaut heraus, die Augen mit einer Hand abgeschattet. »Wusste ich's doch, dass ich Stimmen gehört habe!«, ruft er. »Ich dachte kurz, ich werde verrückt, ich wäre schon völlig drüber, aber auf eine unschöne Art, wisst ihr?«

»Nein, du bist nicht verrückt, wir sind's nur«, sagt der Dichter, und ich folge ihm die Stufen hinauf zur Haustür. Als ich gerade hineingehen will, hält der Freund mich an der Schulter fest. »Du hast üble Sachen gesehen, oder?«, fragt er.

»Wie bitte?«

Er zieht mich näher und drückt mir einen Kuss auf die Stirn. Seine Hände zittern, weil er irgendwas eingeworfen hat, und ich spüre, wie seine Rippen beben. »Trauma steht dir fabelhaft.«

Das Dinner ist laut und elegant und unerträglich. Bei den Insiderwitzen, den Namen, den Anspielungen komme ich nicht mit. Die Frau neben mir – Elise? Ella? Esadora? – trägt ein so kräftiges Parfüm, dass ich es schmecken kann, es erinnert an Seife und Moschus, wie altes Badewasser. An den Esstisch passen bequem zwölf, wir haben sechzehn drangequetscht, unsere Ellbogen stoßen an die Teller der Nachbarn, unsere Haare streifen die Schultern der anderen, unsere Krümel fallen auf ihre Ärmel. Jemand spricht Portugiesisch, obwohl schon festgestellt wurde, dass niemand anders das tut, nur Spanisch, und dann bemüht jemand sein Katalanisch, ein paar Brocken Französisch werden untergemischt, und die ganze Zeit versuche ich herauszufinden, ob ich einen Schlaganfall habe oder tatsächlich einfach niemand Englisch spricht. Ich sitze fast genau in der Mitte des Tischs, im Auge des Sturms, und habe nicht nur einmal den Eindruck, ich würde gleich ohnmächtig durch die Körperwärme und den Wein und die Luft, die in alle Münder gesogen wird, nur nicht in meinen. Zwei Stunden vergehen, und ich will nur noch nach Hause. Ich nehme den Dichter zur Seite, als er noch mehr Rotwein holen will, und er drückt meinen Arm und sagt: Aber der Regisseur kommt bald. Du musst ihn kennenlernen. Überleg mal, wie viele Türen dir das öffnen könnte, wenn du nur mit ihm sprichst.

»Willst du auch?«, fragt meine übermäßig parfümierte Nachbarin. Sie ist betrunken und hackt auf ihrem Teller Koks klein. Das Pulver vermischt sich mit geschmolzener Butter.

»Nein, danke.«

»Ihr beide –«, sie deutet in die Ferne, vielleicht auf den Kamin, »– passt nicht.«

Mir ist klar, was sie meint. »Und warum nicht?«

Verärgert oder vielleicht auch verwirrt zieht sie die Augenbrauen hoch. »Er ist so« – sie lässt die Hände wild wirbeln – »und du bist so« – die Hände ballen sich zu Fäusten und prallen aufeinander –, »weißt du, was ich meine?«

»Ja, voll.« Ich reibe ihr über den Rücken, weil sie jetzt über dem Tisch zusammengesackt ist.

»Mir geht's nicht gut«, murmelt sie. »Ich glaube, mir wird schlecht.« Und da springe ich auf und suche im Flur nach meiner Handtasche.

Draußen ist die Luft frisch und sauber wie ein gebleichtes Laken. Ich bin so aufs Atmen konzentriert, dass ich den Freund, der hier wohnt, zuerst nicht bemerke. Er lehnt am Geländer wie eine Ehefrau, die ihrem Seemann vom Hafen aus nachschaut. »War dir das zu viel Party?«, fragt er.

»Ich habe Migräne.«

»Ja, sicher.« Er mustert mich von oben bis unten, bevor er einen Flachmann aus der Tasche zieht. Ich habe Whiskey erwartet, aber es schmeckt bitter und nach Kräutern. »Fernet«, sagt er, als ich die Flasche zurückgebe. »Das Getränk der Götter.«

»Natürlich«, sage ich, und er lacht, als hätte ich etwas viel Witzigeres gesagt. »He, weißt du, wann dieser Regisseur kommt?«

Der Freund legt den Kopf in den Nacken. »Welcher Regisseur?«

»Keine Ahnung. Einer von euren Collegefreunden, dachte ich.«

Er scheint mich nicht zu hören. »Diesen prächtigen Abend haben wir nicht verdient.« Er senkt den Kopf. »Aber du schon. Du hast ihn verdient.«

Ich lache leise. »Warum ich?«

Wieder schaut er in den Himmel, statt zu antworten, bewegt er bloß stumm die Lippen, wie ein Fisch. Ich trete vor ihn, um seine Aufmerksamkeit nicht zu verlieren. »Der Regisseur«, sage ich. »Kennst du keinen Regisseur?« Sanft lege ich ihm einen Finger ans Kinn und ziehe seinen Kopf zu mir herunter.

»Das ist meine Party, oder?«

»Ja.«

»Meinst du nicht, ich wüsste es, wenn ein Regisseur kommen würde?« Er prustet Luft durch die Lippen wie ein Pferd. »Ich habe es extra in die Einladungsmail geschrieben: keine fremden Leute. Ich kann es nicht ausstehen, Leute im Haus zu haben, die ich nicht kenne.«

Und plötzlich verstehe ich. Der Dichter hat ständig versucht, mich zu motivieren – mit Terminplänen für Sportgruppen, Kurskatalogen des örtlichen Kunstzentrums, weitergeleiteten Mails des Gemeindecolleges –, aber so kreativ war er noch nie. Ich lasse das Kinn seines Freundes los. »Ich glaube, ich wurde reingelegt.«

»Was!« Er wedelt mit beiden Händen neben seinem Gesicht. »Nein! Ich will nicht, dass dich jemand reinlegt, niemals!«

»Weiß ich zu schätzen.« Ich schalte mein Handy ein und versuche, auf dem Startbildschirm weiterzukommen, trotz des regenbogenfarbenen Risses, der in den letzten Tagen noch schlimmer geworden ist. »Wie würdest du an meiner Stelle nach Hause kommen?«

Anderthalb Stunden später holt Charlie mich an einem Nachtcafé ab, in dem der Freund und ich Eclairs gegessen und Mineralwasser mit Rosmaringeschmack getrunken haben. Er behauptet immer wieder, er sei von seinem High runtergekommen, und fragt mich dann, warum sich die Vögel auf der Tapete bewegen oder was der verrückte Mann sagt. (*Er* ist der verrückte Mann, und er sagt: »Was sagt der verrückte Mann?«) Ich bitte ihn, nach Hause zu gehen, bevor ich ins Auto steige, und so warte ich auf dem Gehweg und schaue ihm nach, als er im Cancan den halben Block zu seinem Haus hinuntertanzt und den Spitznamen ruft, den er mir gegeben hat: kleine Tigerkriegerin.

»Wer zum Teufel war das denn?«, fragt Charlie, als ich mich auf den Beifahrersitz schiebe.

»Der netteste Mensch bei der Dinnerparty, ob du es glaubst oder nicht.« Charlie schüttelt den Kopf und fährt auf die Hauptstraße, auf der sich der Samstagabendverkehr staut. »Danke, dass du so weit gefahren bist, um mich abzuholen. Mit dem Zug –«

»Ich weiß«, sagt er und hebt eine Hand, ohne den Blick von den Bremslichtern vor uns zu lösen. »Ich weiß, Rae.«

Ans Fenster gelehnt schlafe ich ein, und als ich aufwache, ist wieder alles vertraut. Kurz bevor Charlie in meine Straße einbiegen will, frage ich ihn, ob ich mit zu ihm kommen könnte. »Sag ruhig Nein, wenn es komisch ist. Ich würde nur lieber nicht nach Hause gehen.« Ich weiß nicht mehr, wann ich zum letzten Mal bei mir übernachtet habe statt beim Dichter. Meine Vermieterin Maureen will ständig über Lucy reden. Wenn sie »plaudern« will, wie sie es nennt, klopft sie mit ihrem Besenstiel auf ihren Boden (meine Decke) und sagt damit, wir sollen uns auf der wackligen Hintertreppe treffen. Es muss ein Unfall gewesen sein, oder?, fragt sie jedes Mal, als könnte ich etwas anderes antworten als: *Ich weiß es nicht.* So ist das bei Tragödien – den Menschen, die von ihnen nicht betroffen sind, ist jede Ausrede recht, um sich einzumischen. Aber ihr wart euch doch nah, sagte sie eines Abends, als sie mir ein Glas Bourbon anbot und ich nicht wusste, wie ich ablehnen sollte. Ihre Tochter und ihr Sohn schliefen drinnen, deshalb setzten wir uns auf ihre Liegestühle im Garten. Ich meine, du musst doch wissen, wie es ihr psychisch ging, beharrte sie. Ich weiß gar nichts, antwortete ich, denn das ist das Problem mit den Menschen. Man sieht immer nur seine eigene Interpretation von ihnen – nicht, wer sie wirklich sind.

»Ist schon gut«, sagt er und fährt an der Kreuzung geradeaus. »Du kannst in Lucys Zimmer schlafen, wenn du willst.«

Ich könnte nicht sagen, ob es eine Bitte ist oder eine seltsame Herausforderung. »Bist du sicher?«

Er nickt, ohne den Blick von der Straße zu nehmen. »Es ist ein schöner Gedanke, dass sie nicht die Letzte ist, die dort geschlafen hat.«

Seit dem Unfall habe ich den zweiten Stock von Charlies Haus gemieden. Der niedrige Dachboden wurde früher als Abstellraum genutzt, aber für Lucy umgebaut, als sie vierzehn wurde. Ich weiß noch, wie sie mir alles gezeigt hat, als sie gerade erfahren hatte, dass die ganze Etage ihr gehören sollte –

sie hatte Farbmuster an alle Wände bis auf eine geklebt, an die sie selbst ein Gemälde malen wollte. Ich weiß nicht, ob sie es je beendet hat.

»Willst du raufgehen?«, fragt Charlie. Wir stehen am Fuß der Treppe. Im trüben Licht der Flurlampe sieht sie steil und tückisch aus.

»Wann warst du zum letzten Mal oben?«

Er schüttelt den Kopf. »Nur Brynn«, sagt er, und ich frage mich, ob er begreift, wie unfair das ist. Als ich in der Highschool war, kam ich jede Woche zum Babysitten her, damit Brynn ungestört arbeiten konnte. Wer weiß, wo Charlie war. Er war auf den Hafenanlegern schwer gestürzt und hatte sich die Hüfte gebrochen, so viel wusste ich. Ich konnte meine Eltern abends über ihn tuscheln hören, wenn sie dachten, ich würde schlafen – bei uns zu Hause waren die Wände so dünn, dass man aus jedem Schlafzimmer hören konnte, wenn jemand pinkelte. Ich führte im Geiste eine Liste der Wörter, die sie oft benutzten: *Intervention, verantwortungslos, unreif*. Dann kam der Monat, in dem er verschwand; meine Eltern erzählten mir, er würde Verwandte in Kalifornien besuchen. Dasselbe passierte ein paar Jahre später, aber da hatte ich in der Schule genug gesehen und verstand, dass er wahrscheinlich nur in der Nachbarstadt war, in dem hellen Backsteinhaus mit der Reha-Klinik Sunrise.

Ich habe nie gehört, dass ein Erwachsener (abgesehen vom Drogenbeauftragten der Polizei) über die Pillen spricht, die in der Stadt im Umlauf sind. Jeder weiß, dass man sie von den Teenagern im Village Market oder Cassandra bei Wash-a-Whirl bekommt, wenn man das Richtige sagt. Nach Mom habe ich selbst daran gedacht. Meine Freundin Jennifer brachte mir ein kleines Tütchen voll Pillen mit zur Beerdigung, was rückblickend eine der aufmerksamsten Gesten war. Aber ich hatte zu viel Angst. Es gibt Menschen wie Charlie, die verschwinden und zurückkommen. Aber mehr Menschen verschwinden einfach.

Einmal fragte ich meine Mom, ob Charlie süchtig sei, und ich habe sie selten so wütend erlebt. Du glaubst, du weißt Bescheid?, fragte sie. Ich habe dafür gesorgt, dass du von diesem Scheiß nichts mitbekommst! Sie schrie richtig, und Dad musste reinkommen und sie beruhigen. Du hast ein traumhaftes Leben!, rief sie, während er sie in den Armen hielt. Ich habe ihm nie erzählt, was ich am Abend, nachdem es passiert ist, gefunden habe. Ein Tablettenfläschchen versteckt unter Socken in ihrer Kommode, mehrere Jahre abgelaufen und Charles Anderson verschrieben.

»Na komm.« Er setzt einen Fuß auf die erste Stufe. »Wir müssen doch keine Angst haben, oder?«

Wir müssten große Angst haben. Trotzdem folge ich ihm nach oben. »Genau.«

Auf dem Treppenabsatz im ersten Stock zieht er an der Schnur von Lucys Treppe. Ich habe noch nie gesehen, wie sie ausfährt, und bin überrascht, wie langsam sie es tut. Früher war sie immer schon ausgeklappt.

In meiner Tasche brummt mein Handy. Der Dichter. *wo bist du? zach sagt du bist weg?* Ich schalte das Display aus.

»Bist du bereit?«, frage ich Charlie.

»Besser wird's nicht mehr.«

Die obere Etage ist sauber und spartanisch eingerichtet und riesig – es überrascht mich, wie groß sie wirkt ohne Lucys Kleider, die über ihrem Schreibtischstuhl und dem Spiegel hängen, ohne die verstreuten Malsachen auf dem Boden, ohne sie. Das Fenster unter dem Satteldach wirkt, als wäre es genau auf den Mond ausgerichtet, dessen schimmerndes Licht auf den glänzenden Parkettboden fällt. Alles ist schlicht und ungeschmückt: Brynn hat die Bücherregale und den Kleiderschrank leergeräumt und Lucys kobaltblaue Bettwäsche durch weiße ersetzt. Es könnte ein Zimmer in einem Musterhaus sein, wäre da nicht das Wandgemälde gegenüber dem Bett.

Es ist ein Strudel aus Meeresfarben: das dunkle Saphirblau von nächtlichem Wasser, das durchscheinende Grün der Gezeitentümpel, das wässrige Türkis gewöhnlicher Wellen. Sie bilden verschlungene Muster wie das Papier aus Florenz, von dem Lucy so begeistert war; einmal verschleuderte sie heimlich sämtliche Konfirmationsschecks, um einen Karton davon zu bestellen. (Allerdings fanden Charlie und Brynn das Geheimnis heraus, als sie Wochen später verlangten, Lucy solle das Geld auf ein Sparkonto einzahlen – zu spät.)

Ich gehe auf die Wand zu, und trotzdem scheint die Farbe, die in manchen Bereichen wie Berggipfel hervorragt, mich in die Ferne zu ziehen. Ich will ihr folgen. Als ich ihr nahe bin, zieht sich mein Blickfeld zusammen; die Wand wird flüssig. Reine, fließende Farbe. Glänzend, beweglich, geschmolzen. Blau und grün und irgendwie auch lila, wie Fett auf Brühe, Öl auf einer Pfütze, Licht auf einer Seifenblase. Ist Schmelzen ein Vorgang, überlege ich, oder nur eine Folge? Von den vielen Farbtönen wird mir schwindlig. Ich habe Angst, den Blick zu senken, meinen Körper zu sehen. Körper sind steif, Körper sind gerade. Körper machen alles kaputt, hat Lucy mir einmal erzählt. Sie machte Witze, dachte ich, oder vielleicht redete ich es mir zu meiner Beruhigung ein. Wann hat sie das gesagt? Es gibt so vieles, an das ich mich nicht erinnere. Ich wünschte, ich könnte festhalten, was ich tue, unter einem umgedrehten Glas, ein Fang, der mich nie verlassen darf.

Es ist der 25. Mai, aber ich bin noch nicht bei der Arbeit. Ich komme gerade aus der Dusche, und meine Hand ist nass, als ich nach dem klingelnden Handy auf dem Waschbeckenrand greife. Lucys Name blinkt auf dem Display. Ich soll sie abholen – sie weiß nicht mehr, ob sie ihre Medikamente genommen hat. Ich frage nicht, warum sie mich anruft und nicht Charlie oder Brynn.

Als ich auf den Parkplatz der Schule einbiege, wartet sie schon auf dem Gehweg. Danke, sagt sie beim Einsteigen in einem zutiefst genervten Tonfall, der andeutet, dass man nicht einmal verstehen würde, was sie derart genervt hat.

Trotzdem frage ich sie, wie ihr Tag war, und sie dreht ihre Rückenlehne so weit herunter, wie es geht, und schließt die Augen. Beschissen.

So schlimm? Es ist gerade mal elf.

Ich habe unheimlich viel zu tun und nicht genug Zeit. Plötzlich setzt sie sich auf, als wäre ihr ein Geistesblitz gekommen. Hast du ein Kleid, das ich mir ausleihen könnte? Eins, das ein bisschen nuttig ist?

Für deine Mappe?

Sie nickt. Ich habe die Selbstporträts satt. Ich will jemand anders sein.

Ehrlich gesagt finde ich Lucys Fotos verstörend. Ihr nackter Rücken in der Dusche, Hände, die Shampoo auf Haaren verteilen, dunkel vom Wasser. Ihr übergroßes Schlafshirt auf ihren Oberschenkeln, während sie sich vorbeugt und das Babyphone einstellt, das ihre Eltern ihr aufgedrängt haben, falls sie nachts einen Krampfanfall bekommt. Sogar ihre hervorstehenden Wirbel unter dem gestreiften Pulli, als sie vornübergebeugt auf einem Küchenhocker sitzt und eine weiße Tablette an die Lippen führt. Immer von hinten fotografiert.

Als wollte sie das Video überbieten, indem sie selbst ihre intimen Momente preisgab. Als wäre die Kamera ein Fremder mit lüsternem Grinsen, der sie verschlingen wollte.

Ich weiß nicht, ob ich etwas Passendes habe.

Sie legt zwei Finger an ihren Hals, was bedeutet, dass sie ihren Puls zählt. Durch die Krampfanfälle ist sie extrem ängstlich geworden, ein unheilvolles Gefühl folgt ihr wie ein Schatten. Ihr Herz schlägt so laut, dass sie es hört, wenn sie einschlafen will, und ihre Brust schmerzt vor lauter Anspannung. Ich muss ihr versprechen, es niemandem zu erzählen, vor allem nicht ihren Eltern. Und dieses Versprechen halte ich.

Hast du deine Atemübungen gemacht?, frage ich.

Was für ein Erwachsenenspruch, beschwert sie sich. Ihre Augen sind wieder geschlossen. *Probiere diese eine patentierte Methode aus, und all deine Probleme verschwinden!*

Du kannst nicht einfach nichts tun.

Darauf reagiert sie. Ich mache sogar eine Menge Dinge.

Das nehme ich als Hinweis, still zu sein. Ich habe nur einmal beim Schwimmen miterlebt, wie Lucy einen Krampfanfall bekommen hat. Damals hatten sie noch nicht die richtige Dosierung ihrer Medikamente gefunden, und die Ärzte schätzten ihren Fall nicht als besonders ernst ein – leb einfach normal weiter, hatten sie ihr gesagt. Mit einer Einschränkung: Es sollte immer eine Begleitung bei dir sein, nur für den Fall.

Ich hatte mich auf dem Rücken treiben lassen, und als ich mich aufrichtete, strampelte Lucy in den Wellen. Zuerst hielt ich es für einen Scherz, nur ganz kurz, aber dann tauchte ihr Kopf auf, und ich sah, dass ihre Augen komplett verdreht waren, unter ihren Lidern war nur Weiß zu sehen. Ich schrie. Ich habe keine Ahnung, was ich schrie, aber meine Kehle hat noch nie so gebrannt, weil ich so laut war. Ich zog sie an mich, drückte ihren Mund mit den Fingern auf und versuchte das Wasser herauszubekommen, das in ihre Kehle gedrungen war, und irgendwann war ein Rettungsschwimmer neben mir, sagte, ich solle loslassen, wir schwammen zum Strand, so schnell es ging, er legte sie hin und drückte auf ihre Brust, sie spuckte Salzwasser, ich kniete im Sand – wie heiß er von der Sonne war, merkte ich erst später, als sich meine Haut von den Beinen schälte –, und ich dachte: Das Diastat, ich brauche das Diastat. Das Medikament war in meiner Umhängetasche, und es kam mir vor, als müsste ich kilometerweit zu ihr laufen, eine Ewigkeit in der Tasche wühlen, mit Fingern, die rutschig waren, vom Meer, der Sonnencreme, dem Schweiß. Ich stolperte eilig zurück, rutschte im Sand aus und gab das Medikament dem Rettungsschwimmer, der sagte, er wisse, wie man es anwendet. Er zog ihr Bikinihöschen herunter und drückte auf den Kolben der Spritze. Ich sah, wie die weißliche Flüssigkeit aus dem Röhrchen geschoben wurde. Erst jetzt bemerkte ich, dass sich um uns herum eine Menschentraube gebildet hatte, Mütter mit entsetzten ledrigen Gesichtern und ihre ahnungslosen Kinder mit Fischerhüten. Lassen Sie uns Platz, rief der Rettungsschwimmer, aber das taten sie nicht.

Der Krampfanfall verging. Ich starrte auf ihre sandbedeckten Füße, weil ich diese weißen Augen nicht ertrug. Ihre Zehen hörten auf zu zucken. Platz, wiederholte der Rettungsschwimmer, und nachdem das Drama nun vorbei war, zogen einige Gaffer ab. Lucy kam ein paar Minuten später zu sich, mit glasigem Blick, desorientiert, die Stirn in Falten gelegt. Benommen sagte sie einen Namen – es war der Name des Rettungsschwimmers. Sie kannten sich. Natürlich. Er konnte höchstens sechzehn sein. Wo war ich?, fragte sie.

Ich erklärte, sie hätte einen Krampfanfall gehabt.

Langsam setzte sie sich auf, eine Hand des Rettungsschwimmers noch auf ihrem Rücken. Es geht mir gut, sagte sie, und schob seine Hand weg. Ihr Blick fiel auf die Diastatspritze neben ihr. Wer?, fragte sie und zeigte darauf. Im ersten Moment antworteten weder der Rettungsschwimmer noch ich.

Das ist völlig normal, sagte er schließlich. Rein medizinisch. Ihre Gesichtszüge entgleisten, als er das sagte, und ich sah ihr an, dass sie den Tränen nahe war. Fahren wir nach Hause, sagte ich, und half ihr auf. Ich dankte dem Rettungsschwimmer, und er winkte uns kurz zu.

Sie fing an zu schluchzen, als wir den Bohlenweg entlangeilten und das Schilf zwischen den Holzbrettern über unsere Knöchel kratzte. Er wird es allen erzählen!, rief sie zwischen zittrigen Atemzügen. Allen!

Das würde er nicht machen, sagte ich, und sie blieb stehen.

Sie drehte sich um, zog sich das Handtuch enger um die Schultern und schüttelte den Kopf, als hätte ich sie auf eine Art enttäuscht, die sie nie in Worte fassen könnte. Du hast verdammt noch mal keine Ahnung, was Menschen tun würden und was nicht.

Wir biegen in ihre Auffahrt ein, und sie sagt mir, ich solle im Auto warten. Während ich am Radio herumspiele, stelle ich mir vor, wie sie in ihrem grünen Tablettendosierer nachsieht, ob im Fach für heute Morgen noch das Keppra liegt. So etwas sollte nur ein viel älterer Mensch tun müssen. So ein Scheiß, sagt sie, als sie zurückkommt. Ich hatte es doch genommen. Sie knallt die Tür zu und zupft an einer Augenbraue. Die Haut über ihrem Lid rötet sich, als sie Härchen herauszieht.

Du kannst mit mir reden, das weißt du, oder?, sage ich auf dem Weg zurück zur Schule. Es würde dir guttun.

Wen interessiert, was einem guttut?, sagt sie. Ich würde lieber, du weißt schon, meinen Körper im Griff haben. Sie öffnet das Fenster, Luft strömt ins Auto. Bevor ich vorschlagen kann, dass wir die Klimaanlage einschalten, hat sie es schon wieder hochgefahren.

Ich erzähle weder Charlie noch Brynn, dass ich Lucy an diesem Tag abgeholt habe. Und als ich beobachte, wie sie die Betontreppe zur Schule hinaufläuft, den Rücken gekrümmt, als würde sie einen gewaltigen Rucksack tragen, weiß ich noch nicht, dass ich sie zum letzten Mal sehe. Als sie eine der schweren Doppeltüren aufzieht, denke ich sogar, dass wir dringend einen Frauenabend brauchen, Zeit für ein langes Gespräch unter uns. Ich denke an Pizza und vielleicht einen Tropfen Bier für Lucy, nur eine Flasche. Ich nehme mir vor, es Charlie zu schreiben, sobald ich zu Hause bin. Nur vergesse ich es und tue es doch nicht.

Ich sehe etwas verschwommen vor mir, etwas Fleischfarbenes. Es sind Finger, sie gehören Charlie, und er schnippt direkt vor meinen Augen damit. »Herrje«, sagt er, als ich blinzle. »Wo warst du gerade?«

Als ich den Kopf schüttle, hakt er nicht nach. »Wann hat sie es beendet?«, frage ich und zeige auf das Wandgemälde. »Sie hat mir erzählt, sie würde noch daran arbeiten.«

»Das hat sie immer gesagt – es ist noch nicht fertig, es ist noch nicht fertig! Aber für mich sieht es so aus.« Er setzt sich auf ihr Bett, und die Matratze quietscht unter seinem Gewicht.

Ich berühre einen der Berggipfel, der glatt und glänzend ist, wie Plastik. An manchen Stellen streichen meine Finger über etwas Körniges, und als ich mir die Farbe näher ansehe, erkenne ich, dass sich noch etwas anderes wie ein Band hindurchzieht, Glitter vielleicht oder Sand.

»Was soll ich damit machen?«, fragt Charlie hinter mir.

Ich höre nicht richtig zu, weil ich den Kopf hebe und senke, um zu sehen, wie das körnige Material im Licht schimmert. »Womit?«

»Ich meine, ich kann es nicht einfach hier lassen. Aber ich kann es auch nicht wegmachen.« Als ich mich umdrehe, hat er die Hände vors Gesicht geschlagen, die kahle Stelle auf seinem Kopf glänzt im Licht der Lampe, seine Brust zieht sich hoch zu den Schultern und sinkt. Immer wieder. Er weint.

In solchen Situationen fragen die Leute oft: »Was würde X wollen?« Wobei *X* angeblich der geliebte Mensch ist, der gestorben ist, aber eigentlich ist man selbst *X*, weil man diese Frage nur stellt, um zu rechtfertigen, was man tun muss, um den Verlust zu verarbeiten: ihren Schmuck spenden, ihre Notizblöcke ins Altpapier werfen, ihre Katze weggeben. Das soll nicht heißen, dass Menschen nicht ihren Kummer lindern sollten. Ich meine nur, dass wir unsere eigenen Wünsche nicht hinter denen der Toten verstecken sollten – ich glaube, das sind wir ihnen schuldig. Sie freizulassen.

Die Bettfedern ächzen, als ich mich neben Charlie setze. Seine Schultern sind so breit, dass ich kaum herumkomme, als ich einen Arm um ihn lege. »Das musst du nicht jetzt entscheiden.«

Er wischt sich mit den Fingerknöcheln die Augen ab. »Ich schiebe Sachen nicht gern auf.«

Ich weiß nicht recht, wie ich ihm beibringen soll, dass sein Leben jetzt genau daraus besteht: aus einem einzigen Aufschieben. Man will das Vergessen so weit wegschieben wie möglich. Was bedeutet, dass man einen Teil seines Lebens in der Vergangenheit zurücklassen muss.

»Na komm«, sage ich und ziehe ihn hoch. »Erst mal machen wir es so.« Ich nehme das oberste Laken vom Bett und hänge es vor die Wand, indem ich eine Ecke an die Lattentür des Wandschranks daneben knote und den Rest über die Berge und Täler des Gemäldes drapiere. Die Farben schimmern durch das Laken, aber nur schwach. »Als Übergangslösung«, schlage ich vor. Ich weiß genau, dass er es nie abnehmen wird.

Plötzlich wirkt Charlie todmüde, als würde seine Haut in jeder Vertiefung seines Skeletts kleben. Die Kuhlen unter seinen Augen sind so ausgeprägt, dass sie wie Löffelablagen aussehen. »Ich fühle mich alt«, sagt er, als ich ihn die Treppe hinunterführe und das dünne Sperrholz unter jedem Schritt bebt. »Ich meine, mir ist scheißegal, wie ich aussehe. Aber innen drin« – er pocht sich an die Brust – »fühle ich mich wie ein Artefakt.«

»Es war ein langer Tag«, tröste ich ihn. »Das ist normal.«

Er lehnt sich gegen den Rahmen seiner Schlafzimmertür und reibt mit einem Daumen über seine kahle Stelle. »Weißt du, was verrückt ist? Ich habe wohl nie geglaubt, dass ich wirklich alt werde.«

»Vielleicht ist das eine ganz gesunde Einstellung.«

»Nein. Es ist ein Hirngespinst, wie das meiste, woran ich glaube.« Er streckt die Hand aus und strubbelt mir durch die Haare. »Gute Nacht, Kleines«, flüstert er, und als er mich ansieht, ist mir klar, dass er sie ansieht. Also küsse ich ihn auf die Stirn, wie ich es so oft bei Lucy gesehen habe, und gehe nach oben.

Morgen früh wird eine Nachricht des Dichters auf mich warten, in der er mich bittet, ihn anzurufen, und ich werde es tun, aber nur, um ihm zu sagen, dass ich mit ihm Schluss mache. Er wird wütend werden, weil er meint, er hätte nichts falsch gemacht, er hätte nur helfen wollen. Du hast ein Erfolgserlebnis gebraucht, wird er mir sagen. Ich werde ihn nicht davon überzeugen können, dass es damit nichts zu tun hat. Ich mag ihn einfach nicht.

Ich werde ins O'Dooley's gehen, obwohl es Sonntag ist und ich eigentlich nicht gebraucht werde. Freddie wird schon verbrannt riechenden Kaffee aufgesetzt haben, und er wird mir, ohne zu fragen, eine Tasse einschenken. Er wird sagen, dass wir uns diese Spinner vom Murphy's schon noch vom Hals schaffen, und ich werde ihm vertrauen, weil Konkurrenz immer noch das Geschäft belebt.

Wenn ich Feierabend habe, werde ich zu den Bootsanlegern gehen und meinen Vater anrufen, der einen Teebeutel in eine leere Tasse fallen lässt, während im Hintergrund der Wasserkocher pfeift. Er wird mir sagen, dass er mich vermisst, während ich über die Holzbohlen hin und her laufe und mit der freien Hand auf die Metallpfosten schlage, die ins Wasser stoßen und sich weitergraben bis in den festen Boden. Ich werde ihm sagen, dass ich ihn auch vermisse, und es wird die Wahrheit sein. Du hast dir da wirklich ein Leben aufgebaut, wird er sagen, nicht wahr? Ich hatte hier schon immer ein Leben, werde ich antworten, und er wird klarstellen: ein eigenes Leben. Ich werde aufs Wasser schauen, auf die leere Oberfläche in genau derselben Farbe wie der Himmel darüber, und ich werde spüren, wie sich Vergangenheit und Zukunft miteinander verknüpfen auf eine Art, von der mir ausnahmsweise nicht schwindlig wird. Ja, werde ich sagen, das habe ich. Und ohne mich irgendwo festzuhalten, werde ich auf sicheren Füßen stehen.

Maureen

Es ist gleich fünf nach sechs, aber Cushing hat sich immer noch nicht blicken lassen, und wir können weiß Gott nicht ohne sie anfangen. Ich ziehe meinen Stuhl zurück, die Beine rutschen quietschend über den frisch gewachsten Boden. Ich sitze direkt unter dem Basketballkorb, weil Loretta nicht in der Lage ist, einen passenden Raum zu buchen, nicht einmal für unser erstes Treffen des Jahres. Sie fand, die Turnhalle habe »Charakter«. Nicht nur das, sie hat die vier Tische auch schief aufgestellt, als hätte sich ein Rechteck einen angesäuselt und vergessen, was ein rechter Winkel ist. Und natürlich hat Diane nicht die versprochenen Snickerdoodles mitgebracht, und Polly hat behauptet, bei Office Depot gebe es »auf absehbare Zeit« keine Notizblöcke. Genau deshalb habe ich ein Bewerbungsverfahren für den Elternausschuss vorgeschlagen. Warum zum Teufel macht sich dieser Haufen Trottel morgens überhaupt die Mühe, sich anzuziehen?

Ich könnte Loretta bitten, den Projektor einzuschalten, der an mein Laptop angeschlossen ist, aber ich überlege es mir anders und drücke den Knopf lieber selbst. Die Tagesordnung erscheint verschwommen und grau auf der Vinylleinwand gegenüber, weil meine Kolleginnen der Ansicht waren, ein DJ für die Party nach dem Abschlussball sei wichtiger als ein Smartboard. *17.50 Uhr Begrüßungen. 18.00 Uhr Einleitende Bemerkungen. 18.03 Uhr Homecoming. 18.13 Uhr Abschiedsfeier zu Coachs Ruhestand. 18.18 Uhr Robert Taylor. 18.45 Anderson-Denkmal. 19.15 Uhr Ende.*

»Das wird Janet nicht gefallen«, murmelt Diane, die gerade

mal nicht auf den gemischten Nüssen herumkaut. Als sie bemerkt hat, dass sie die Kekse vergessen hatte, lief sie raus und holte die Vorratsdose Nüsse, die sie in ihrem Minivan aufbewahrt und die so verschmiert ist von Fingerabdrücken, dass man kaum noch durch das Plastik sehen kann. Nicht, dass es diese Banausen stören würde. »Du solltest solche Sachen echt mit uns absprechen.«

Ich frage Diane, ob sie sich die Mühe gemacht hat, unsere wöchentliche E-Mail zu lesen, der die Tagesordnung angehängt war, und sie fuchtelt mit einem Cashewkern in meine Richtung. »Ich bekomme eine Menge Mails.«

Die Doppeltüren neben der Tribüne öffnen sich. Zuerst denke ich, es ist Cushing, aber nein, es ist jemand viel Besseres: Layla Owens. Unsere Lehrervertreterin dieses Jahr und meine einzige echte Verbündete. Wie sich gezeigt hat, wollen die meisten Eltern im Ausschuss lieber tratschen, als sich für eine Verbesserung der Lehre einzusetzen.

»Wie geht's?«, fragt sie und zieht den Stuhl neben mir zurück.

»Ich versuche, Ordnung in den Saustall zu kriegen.« Ich mache *Robert Taylor* und *Denkmal* fett, damit alle wissen, wo unsere Schwerpunkte liegen. Sie werden versuchen, den Tanz und die Abschiedsparty zu den bestimmenden Themen zu machen – einmal haben wir eine halbe Stunde lang darüber diskutiert, ob wir Leinen- oder Einwegtischdecken nehmen sollten. »Und du?«

»Ach, du weißt schon. Man schlägt sich so durch.« Das merkt man – sie sieht furchtbar aus. Ende letzten Jahres haben sie versucht, Layla zu feuern, aber durch die Untersuchung gegen Robert wirkte die Aktion ziemlich armselig. Das einzig Gute, was bei der ganzen Sache rausgekommen ist.

Sie dreht sich auf ihrem Stuhl hin und her. »Wo sind die anderen?«

Mehr als die Hälfte der Eltern hat Ende letzten Jahres aufgehört, alle aus unterschiedlichen Gründen laut der Umfragen, die ich verteilt habe. (Zu beschäftigt wegen der Fußballsaison! Fange eine Ausbildung als Yogalehrerin an!) Aber man muss kein Genie sein, um die Wahrheit zu sehen. Nach Lucy dachten sie, man würde von uns erwarten, dass wir den Arsch hochkriegen und was verändern. Und wenn ich was zu sagen habe, werden wir genau das tun.

Die Türen neben der Tribüne öffnen sich zum zweiten Mal, und ich schwöre, die Temperatur im Raum sackt um fünf Grad ab. Janet Cushing, das größte Miststück, dem ich je begegnet bin, tritt ein. Sie trägt hochhackige Stiefel und ein gewickeltes Strickkleid mit Gürtel, und ich hoffe sehr, dass dieses Outfit sie in der Hölle warmhält. Sie geht zu dem freien Stuhl neben mir und zieht ein zusammengefaltetes Kleenex aus der Tasche ihres Kleids. Nachdem sie ein paarmal aggressiv über den Plastiksitz gewischt hat, setzt sie sich. »Nun«, sagt sie. »Wollen wir anfangen?«

Wie erwartet wollen Loretta, Diane und Peggy sich an der Planung des Balls festbeißen, der erst in zwei Monaten stattfindet und genauso ablaufen wird wie jedes Homecoming seit Anbeginn des öffentlichen Schulsystems. Das unterbinde ich, indem ich sage, dass Lisa's on Main, ein Getränkeladen am Hafen, eine Auswahl an Charcuterie und alkoholfreien Apfelsekt spenden will.

»Wirklich?«, fragt Cushing, als wäre es für eine angeschlagene Weinhandlung sinnvoll, einen Schulball finanziell zu unterstützen. Aber wenn irgendwo Geld zu sparen ist, spitzt sie sofort die Ohren. Es ist kein Geheimnis, dass sie Probleme mit dem Budget für das Vorbereitungsprogramm fürs College hat, einem Herzensprojekt, das besser im Geldverbrennen ist als darin, Schüler und Schülerinnen in Eliteunis zu bringen.

»Wirklich. Das wäre also geklärt.« Bevor jemand Widerspruch einlegen kann, gehe ich zu meiner nächsten Folie über, auf der in dicken roten Buchstaben *KONSEQUENZEN* steht. Mit subtilen Botschaften kommt man bei dieser Gruppe nicht weit. »Wir sind nicht der Ansicht, dass das Problem mit Robert Taylor angemessen oder durchdacht behandelt wurde«, fange ich an. »Auch beim Tod von Lucy Anderson haben wir nicht diesen Eindruck.«

»Ich weiß nicht, ob du *wir* sagen solltest«, unterbricht Diane. »Du sprichst eher für dich, oder?« Sie sucht bei den anderen nach Unterstützung, aber Loretta und Peggy haben den Blick auf den braunen Plastiktisch vor ihnen gesenkt.

»Ich stimme Maureen zu«, sagt Layla.

»Na, das war zu erwarten.« Diane steckt ihre Hand in den Behälter mit den Nüssen und kramt darin herum, als wäre zwischen den Macadamias und Pekannüssen ein Schatz vergraben. Allein vom Zusehen spüre ich das körnige Würzsalz unter den Fingernägeln. »Aber Sie sind ja auch voreingenommen.«

»Inwiefern bin ich voreingenommen?«, fragt Layla. »Ich arbeite hier. Ich sehe jeden Tag, was passiert.« Sie stockt, ein Zeichen, dass sie aus Frust den Tränen nahe ist. »Ich bin *hier*«, wiederholt sie. Ich fühle so sehr mit ihr, dass ich selbst einen Kloß in der Kehle bekomme, aber sie darf jetzt nicht weinen. Schluchzen würde unsere Glaubwürdigkeit völlig untergraben.

»Hören Sie«, sagt Cushing im schroffen Ton von jemandem, der emotionale Gespräche nicht zulässt. »Wir wollen alle dasselbe. Wir wollen für unsere Schülerinnen und Schüler wieder Normalität schaffen. Wir wollen ihnen das Gefühl vermitteln,

dass die Schule ein sicheres Umfeld ist. Sie sollen sich erfolgreich entwickeln.«

»Kommt Rob zurück?«, bringt Layla heraus. Ihre Stimme
zittert, kippt aber nicht.

Cushing verschränkt die Hände und legt sie auf den Tisch.
»Über die Umstände von Mr Taylors Suspendierung sprechen
wir nicht öffentlich. Und ganz sicher nicht, bevor die interne
Untersuchung abgeschlossen ist.«

Loretta hebt so abrupt die Hand, dass es mich nicht wundern sollte, wenn sie davon ein Schleudertrauma bekäme. »In
diesem Land ist man unschuldig bis zum Beweis der Schuld«,
sagt sie mit einer Inbrunst, die nur das empfundene Unrecht
ihren Jungs gegenüber entfacht haben kann, drei flachsblon-
den Idioten, die mit ihren Taschenmessern die örtliche Eich-
hörnchenpopulation terrorisieren und das Kunstleder von den
Schulbussitzen pellen. »Und ich für meinen Teil würde es sehr
begrüßen, wenn wir unsere männlichen Vorbilder behalten
würden.«

Jetzt hebt Polly die Hand, weil sie glaubt, jede laut aus-
gesprochene Meinung sei es wert, unterstützt zu werden. »Zu
wem sollen sie denn aufsehen, wenn Coach in den Ruhestand
geht? Zu Dale?« In Dales Biologiekurs für Fortgeschrittene
gab es im letzten Jahr die meisten Zweien in der Geschichte
der Nashquitten High, aber er ist mit dreiundfünfzig nicht
verheiratet und spielt in einer Punkband namens Murder
Toast, deshalb vertrauen die Eltern ihm nicht.

»Ein geschätzter Mentor.« Cushing ringt sich ein Lächeln
ab, aber es wirkt eher, als würde sie sämtliche Zähne blecken.
»Er wird einen würdigen Abschied bekommen.«

»Ich habe gehört, dass er rausgedrängt wird«, sagt Diane.

»Und warum sollte das passieren?«, fragt Cushing zuckersüß.

Diane zuckt mit den Schultern. »Das weiß ich nicht. Genauso wenig, wie ich weiß, warum die Taylor-Untersuchung noch nicht abgeschlossen ist. Suchen Sie, bis Sie etwas finden, womit Sie den armen Mann zur Strecke bringen können?«

»›Unangemessener Kontakt zu einer Schülerin‹«, zitiert Loretta aus der E-Mail, die Cushing im Juni vor Ende des Schuljahrs verschickt hat. »Was hat er gemacht, einem Mädchen eine Textnachricht wegen der Hausaufgaben geschrieben? So halten die Lehrer dieser Generation Kontakt mit ihren Klassen. Die Kinder sehen sie eher als Freunde, nicht als Autoritätspersonen.«

»Ich wünschte, Mrs Miller würde Max wegen Algebra Nachrichten schicken«, prustet Diane.

Cushing knackt mit den Knöcheln – sie merkt, dass ihr die Kontrolle über das Gespräch entgleitet. »Wie Sie schon sagen, Polly. Unschuldig bis zum Beweis der Schuld.« Sie schaut zur Leinwand mit der Tagesordnung hoch. »War's das?«

»Wir müssen noch das Denkmal besprechen.« Ich markiere die Worte auf meinem Laptop, damit sie auf der Leinwand gelb leuchten.

Kopfschüttelnd schraubt Diane ihren Behälter mit den Nüssen zu. »Daran müssen die Kinder nicht erinnert werden, Maureen. Sie wollen in die Zukunft blicken, nicht zurück, weißt du?«

Wenig überraschend pflichtet Polly ihr bei. »Sie müssen ans College denken.«

»Die ganze Sache macht alle sowieso schon so traurig. Sie haben es verdient, einfach wieder Kinder zu sein.« Loretta zeigt auf mein Laptop. »Vielleicht könnten wir für Suizidprävention sammeln. Wie heißt diese Spendenseite doch gleich? Auf der Leute nach dem Schneesturm gesammelt haben?«

»GoFundMe«, sagt Polly.

Loretta schnippt mit den Fingern. »Genau! Wir können was auf GoFundMe machen.«

Cushing beugt sich herüber und klappt mit ausgestrecktem Zeigefinger mein Laptop zu. Die Leinwand vor uns wird weiß. »Tja, klingt, als wäre das geklärt.«

Polly klatscht zierlich in die Hände, und die anderen beiden Frauen schließen sich an. »Ich freue mich immer über produktive Treffen«, sagt sie.

»Was war das gerade?«, fragt Layla, als die Frauen ihre Handtaschen vom Boden aufheben und besprechen, zu welchem Sportkurs sie am nächsten Morgen gehen. »Wurden wir ausmanövriert?«

»Wir wurden komplett niedergewalzt.«

Sie öffnen die Türen der Sporthalle, und ich male mir aus, wie ich eine nach der anderen mit einem rosa Fitnessband um den sonnenverbrannten, faltigen Hals erdrossle. Diane wäre die Einzige, mit der ich wirklich zu kämpfen hätte. Die beiden anderen haben die Konstitution einer Nudel.

Ein dumpfes Scheppern dröhnt durch die Halle, und wir drehen uns beide um. Vor Cushing liegt ein Tisch auf der Seite, ihr Zeh schwebt über dem Metallgerüst. Sie tritt dagegen, bis es sich endlich zusammenfaltet.

»Wir machen das schon«, sagt Layla. Wir werfen uns einen Blick zu. »Damit müssen Sie sich nicht aufhalten.«

»Man muss genau die richtige Stelle treffen, sonst klappen sie nicht ein.« Cushing kippt einen weiteren Tisch um, tritt dagegen, dass es metallisch dröhnt, und schiebt dann die blauen Turnmatten zurecht, die an der Wand lehnen.

Layla geht, um den Transportwagen zu holen, und ich kippe meinen eigenen Tisch um. Einmal, zweimal, dreimal trete ich gegen das Metallscharnier, aber nichts bewegt sich. »Mistding«, grummele ich.

Cushing taucht neben mir auf. »Lassen Sie mich mal«, sagt sie, und die Tischbeine klappen nach dem ersten Tritt ein. Wir fassen mit jeder Hand eine der Kunststoffecken und schieben den Tisch zusammen. »Ich wünschte, Sie würden wenigstens ein kleines bisschen an mich glauben, Maureen.«

»Das ist keine Frage des Glaubens. Es ist eine Frage des Vertrauens.«

»Ist das nicht dasselbe?«

Natürlich kann diese gottlose Frau das nicht verstehen. »Glauben erfordert keinen Beweis. Vertrauen schon.«

»Und was habe ich Ihnen nicht bewiesen?«

»Dass Sie diese Kinder beschützen können.«

Einen Moment lang sieht Cushing mich an, als könnte ich noch mehr sagen. Als ich es nicht tue, kichert sie leise und reibt sich mit dem Handballen eine Augenbraue. »Sie sind ein verdammt zäher Brocken, wissen Sie das?«

»Ich bin eine Mutter.«

»Was, und ich nicht?« Unter ihren Absätzen wird der gewachste Boden stumpf, als sie durch die Halle geht und an der Leinwand zieht, damit sie sich einrollt. Dann lässt sie sich mit einem Seufzen auf den Boden fallen. Den Rücken an die Wand gelehnt, zieht sie einen Stiefel aus und massiert mit seiner runden Spitze durch die Socke ihre Fußsohle. »Ich bin auf Ihrer Seite, wissen Sie.« Sie klopft neben sich an die Wand und wartet, bis ich mich ebenfalls setze. Ich spüre die rauen Ziegelsteine am Rücken, als ich mich nach unten rutschen lasse. »Ich weiß, dass er es getan hat. Rob.« Ich setze an, etwas zu sagen, aber sie hebt eine Hand. »Das Problem ist das Mädchen. Sie fleht mich an, die ganze Sache nicht weiter zu verfolgen. Sie fürchtet, dass sie nicht anonym bleiben kann, wenn wir ihn feuern.« Sie zupft eine Fluse von ihrem Kleid. »Und wahrscheinlich hat sie recht. Die Schulzeitung hat schon gedroht, eine eigene Untersuchung anzustrengen.«

»Tratsch legt sich irgendwann«, sage ich.

Cushing verdreht die Augen. »Sicher tut er das. Das Komische ist, dass es nicht mal die Kinder sind, vor denen sie Angst hat.«

»Vor wem dann?«

»Was glauben Sie wohl?« Sie sieht mich an, aber ich zucke nur mit den Schultern. »Vor ihrer Mom. Sie glaubt, dass es sie umbringen würde, es zu erfahren.«

Ich drücke den Kopf an die Wand und starre an die Decke. Die Basketball-Meisterschaftsbanner flattern wie Segel im Wind, als die Klimaanlage anspringt. »Wahrscheinlich hat sie recht.«

»Ja«, sagt Cushing. »Wahrscheinlich.« Einen Moment lang schweigen wir, und ich höre das elektrische Summen der Getränkeautomaten, die auf der anderen Seite der Wand eingesteckt sind. Sie schaut nach vorn. »Emma wird schon zurechtkommen, wissen Sie.«

Gott, was würde ich dafür geben, das zu glauben. »Olivia auch.«

Cushings Augen werden hart und glasig wie Murmeln. »Sie würde mich am liebsten umbringen, weil ich sie auf diese neue Schule schicke.«

Vielleicht ist das etwas, das Cushing und ich beide verstehen: Wie es ist, wenn die eigene Tochter einen hasst, weil man ihr hilft. »Was sie will, zählt nicht. Sie sind ihre Mutter.«

Ein Lichtstrahl fällt uns auf die Stirn, und als ich mich umdrehe, steht Layla mit dem Transportwagen in der Tür. »Was machen Sie da?«, fragt sie.

»Nichts.« Cushing zieht sich abrupt ihren Stiefel an und steht auf. »Ich muss wirklich los.«

»Was war das denn?«, fragt Layla, als Cushing gegangen ist. »Es sah aus, als hättet ihr euch gegenseitig das Herz ausgeschüttet.« Wir tragen die Tische zusammen zum Transportwagen.

»Sie hat nur versucht, mich zu beschwichtigen.«

»Hat es funktioniert?«

»Willst du mich verarschen? Ob es *funktioniert* hat.« Wir holen den letzten Tisch und schieben ihn in die Reihe, die wie umgekippte Dominosteine aussieht.

»Also nicht.«

»Nein.«

Draußen im Flur, hinter dem Trophäenschrank, dem Korb mit Basketbällen und dem Porträtfoto von Coach sitzt eine Frau auf der Treppe, die zur oberen Tribüne führt. Der Schülerrat veranstaltet für das erste Footballspiel am Freitag einen Mottotag, und am Geländer hängen schon Metallictroddeln in den Schulfarben Blau und Weiß. Die Schnur neben ihrem Ellbogen ist nackt, und vor ihren Füßen liegt ein kleiner Haufen Plastikfetzen. Sie zertritt ihn unter einem schwarzen Stiefel, als sie aufsteht. »Hallo, seid ihr vom Elternausschuss?«

Sie kommt mir vage bekannt vor, aber das gilt für jeden in der Stadt. »Ja«, sage ich vorsichtig, weil manchmal eine der zugeknöpften Mütter vorbeikommt und uns wegen des (freiwilligen!) Sexualkundeworkshops nach dem Unterricht anschreit, für den ich letztes Jahr mit aller Macht gekämpft habe. Bei dem Aufruhr, den er verursacht, hätte man meinen können, der Titel wäre *Schlampen an die Macht!* gewesen.

»Ich bin Lucy Andersons Mom.« Sie sagt es zögernd, als

wäre sie nicht sicher, dass sie diese Karte aufdecken will. »Ich habe gesehen, dass das Denkmal heute auf der Tagesordnung stand, und habe gehofft, ich könnte zuhören.«

Natürlich. Ich habe sie nie selbst gesehen, nur ein körniges Foto in der Zeitung.

»Hast du es auf der Google-Seite gesehen?«, fragt Layla stolz und wirft mir einen Blick zu. Sie hat darauf bestanden, dass wir eine Website brauchen, damit die erweiterte Schüler-schaft sehen kann, was bei uns passiert. Ich habe es nicht über mich gebracht, ihr zu sagen, dass die erweiterte Schülerschaft sich einen Scheiß dafür interessiert, was bei uns los ist, wenn es nicht gerade um Sex oder Drogen geht.

Die Frau nickt. »Ich bin Brynn.« Sie streckt die Hand aus, und wir schütteln sie nacheinander. Sie hat einen erstaunlich festen Händedruck.

»Leider hat das Treffen früher geendet«, sage ich. »Bis zum Denkmal sind wir nicht mehr gekommen.«

Brynn trägt eine karierte Jacke, die drei Nummern zu groß ist – das ist zurzeit wohl in –, und steckt die Hände in die breiten Taschen. »Vielleicht ist es besser so. Ihrem Vater und mir wäre es lieber, wenn es auf dem Schulgelände keinen Er-innerungsort gäbe.«

Ich kann meine Überraschung nicht verhehlen. »Es wäre das Mindeste, was sie tun könnten, nach allem, was passiert ist.« Ich merke, wie schlaff meine Halspartie wird, und richte mich auf. »Oder besser gesagt, was nicht passiert ist.«

Layla sieht mich mit diesem Blick an, der bedeutet: Steigere dich da nicht rein. Sie sagt, sie müsse nach Hause, um Auf-sätze durchzusehen, aber könne sie noch irgendwas für mich tun? Sie arbeitet wie eine Irre, seit die Schule versucht hat, sie rauszuwerfen.

»Nein, nein. Geh ruhig nach Hause.« Ich lege meine Hand auf Brynns, und sie zuckt nur leicht zusammen. »He, sollen wir vielleicht was trinken gehen?«

Weil das Murphy's montags geschlossen ist, gehen wir ins O'Dooley's. Nicht meine erste Wahl – es riecht nach Kellerteppich und abgeschnittenen Zehennägeln –, aber wohin sollten wir sonst gehen, etwa in diese versnobte Weinbar, die gegenüber aufgemacht hat?

»Mein Mann war hier früher Stammgast«, sagt Brynn, als ich die Eingangstür öffne, und mir ist klar, was das heißt: Alki. Es ist ein gutes Zeichen, dass sie mir das erzählt. Sie vertraut mir.

Rae steht hinter dem Tresen, sie sagt, wir können uns eine Nische aussuchen, was keine Überraschung ist, weil alle leer sind. »Wie geht's dir?«, fragt sie Brynn, als wir gerade zu einem Tisch gehen wollen.

»Prima.« Ihr Lächeln wirkt so gezwungen, dass ich fast befürchte, ihre Lippen könnten einreißen. »Oh, und danke, dass du Charlie Gesellschaft leistest. Er fühlt sich so schnell einsam.«

Rae dreht an dem Stift, den sie in ihren Dutt gesteckt hat. »Ich bin eigentlich nicht besonders oft da. Aber ja. Gern. Es geht ihm übrigens ganz gut.«

»Na klar«, sagt Brynn leichthin, und dann zeigt sie mir mit einer Kopfbewegung, dass ich den Tisch aussuchen soll.

Ich wähle die Nische mit den wenigsten Rissen in den Lederkissen. Es ist eine Schande, dass Freddie den Laden nicht besser in Schuss hält. Billiges Bier reicht heutzutage nicht mehr. Die Leute wollen Atmosphäre.

»Kennst du Rae näher?«, frage ich.

»Kann man so sagen.« Brynn schiebt sich auf den Sitz mir gegenüber. »Früher hat sie fast zur Familie gehört.«

»Früher«, wiederhole ich, aber sie führt es nicht weiter aus, deshalb versuche ich es mit meiner eigenen Interpretation. »Vögelt sie deinen Mann?«, frage ich, obwohl mir Rae nie wie eine Frau vorgekommen ist, die fremde Ehemänner vögelt.

»Das bezweifle ich sehr. Und wir sind sowieso getrennt.« Sie schlüpft aus ihrer übergroßen Jacke und legt sie zusammengeknüllt neben sich. »Wir hatten schon vorher Probleme.«

»Wegen des Trinkens.«

Sie zieht sanft die Augenbrauen hoch. Ich bin zu direkt. »Auch das, ja.« Rae bringt uns Wasser, und Brynn nimmt einen großen Schluck. »Was ist mit dir? Bist du verheiratet?«

»Schon ewig geschieden. Er lebt jetzt in Nevada. Aber ich habe eine Tochter in Lucys Klasse.«

Im ersten Moment bereue ich die Bemerkung – sie klingt fast, als wollte ich angeben: Seht her! Mein Kind ist noch gesund und munter! Aber Brynn scheint sich nicht daran zu stoßen. »Wie läuft es dieses Jahr für sie?«

»Ach, gut. Ich meine, sie hat ein bisschen Mist gebaut, aber welches Kind tut das nicht?«

Brynn schaut aus dem Fenster neben uns, durch das man die Hafenanleger sehen kann und auch den Leuchtturm, wenn man die Augen richtig zusammenkneift. Aber Freddie ist so faul geworden, dass die Scheibe dick mit Staub und bierverklebten Fingerabdrücken verschmiert ist. »Was für Mist, wenn ich fragen darf?«

»Natürlich darfst du«, sage ich, obwohl mir dabei flau im Magen wird. Ich schnippe meinen Strohhalm beiseite und trinke einen großen Schluck Wasser direkt aus dem Glas. »Ach, nur Internetscheiß.«

Brynn neigt mir den Kopf zu. Mir fällt auf, wie anmutig sie ist – jede Bewegung ist ruhig und elegant, wie bei einer Ballerina. »Internetscheiß ist ein ziemlich weites Feld.«

Dieses anmutige Gesicht macht mich nervös. Ich komme mir massig und verschwitzt und plump vor, wie ein Affe am Tisch. »Na ja, genauer gesagt hat sie einfach komische Sachen verschickt.« Ich bekomme dieses Zucken im Kinn, das ich auch habe, wenn ich im Beichtstuhl knie und auf das dünne Gitter zwischen mir und Pater Paul starre. Ich würde diese ganze Zeremonie eigentlich für Blödsinn halten, aber mich durchströmt echte, tiefe Erleichterung, wenn er sagt, dass der Herr mir vergibt. Es ist ein unbeschreiblich schönes Gefühl zu wissen, dass jemand anders es tut, weil ich es ganz sicher nicht kann.

Rae kommt an unseren Tisch zurück, um unsere Bestellungen aufzunehmen. Brynn antwortet zuerst, und ich sage, ich nehme das Gleiche, obwohl ich es nicht gehört habe, weil ich mich auf den durchweichten Bierdeckel unter meinem Wasserglas konzentriere, auf den zerkratzten Lack der Tischplatte, das eingetrocknete Kaugummi, das am Serviettenhalter klebt, auf alles, das meine Gedanken bei dem hält, was passiert, und davon ablenkt, was passiert ist.

»Was für komische Sachen?«, hakt Brynn nach.

Ich sehe mich an Emmas Schreibtisch, während sie duscht. Ich setze mich auf ihren rosa Bürostuhl, ich klappe ihr Laptop auf, ich wische die Krümel von ihrer Tastatur. Ich gebe ihr Passwort ein, von dem sie glaubt, ich würde es nicht kennen: *prrv4tb!tch*. Ich suche nach der E-Mail zum Vorbereitungskurs für die Studienzulassung, die sie mir »versehentlich« nicht weitergeleitet hat, weil die Ergebnisse des Übungstests darin stehen. Nur am Rande nehme ich wahr, wie ich ihre

Textnachrichten wegklicke, weil ich so gespannt auf ihr Testergebnis bin. Ich ignoriere die Nachrichten, die unablässig eingehen, *ping, ping, ping, ping, ping*. Ich schnaufe, weil ich mich bei diesem Chaos nicht auf ihren Posteingang konzentrieren kann. Ich öffne die Nachrichten, um zu sehen, was das ganze Theater soll. Ich lese die schriftliche Version von Lachen: *hahaha lmao lololol HA prust*. Ich wählte die erste Nachricht aus und scrolle hoch, um den Kontext zu sehen. Dort ist ein Video, das ich im ersten Moment nicht verstehe: nur die verschwommene Aufnahme des Mittelgangs in einem Schulbus. Aber dann sehe ich, wie die Kamera zum Boden schwenkt. Ich sehe eine zuckende Gestalt. Ich höre jemanden rufen. Ich höre pulsierende Tanzmusik, die den Ruf übertönt. Ich höre meinen eigenen zittrigen Atem. Ich beobachte, wie die Figur zappelt, und jetzt erkenne ich, dass es ein Mädchen ist und dass die Musik ein Soundtrack für ihren Krampfanfall sein soll. Ich versuche noch, all das zu begreifen, kratze mit den Fingernägeln Halbmonde in Emmas Schreibtisch, schüttle den Kopf, *nein, nein, nein*, als ihre Tür aufgeht und sie dasteht, eingewickelt in ein Handtuch, mit tropfnassen Haaren. Sie sieht jung und dumm und schuldig aus. Was soll das?, kreischt sie und rennt zum Laptop. Was, frage ich, hast du gemacht?

»Ich sagte: Was für komische Sachen?«, wiederholt Brynn.

»Du weißt schon.« Ich fühle mich betrunken und high und alles andere, was die Sinne verbrutzelt. »Unangemessene Chats. So was in der Art.«

Brynn nickt. »Es ist richtig gefährlich da draußen, oder?«

»Ja, ist es«, bringe ich heraus.

Rae kommt mit zwei Gläsern Weißwein zurück, denen ich schon ansehe, dass sie warm sind. »Chardonnay für meine

Damen.« Sie stellt die schwitzenden Gläser vor uns und schlägt leicht auf den Tisch, bevor sie geht. Wenn Rae es wüsste, würde sie nie wieder zulassen, dass ich einen Fuß in diese Bar setze.

»Fehlt dir was?«, fragt Brynn.

»Nein, alles gut. Also, das Denkmal.« Ich richte mich auf und versuche damit, ihre Körperhaltung nachzuahmen. »Wo ist das Problem?«

»Um ganz ehrlich zu sein, war Lucy in der Schule nie besonders glücklich.« Sie nimmt den Stiel des Glases zwischen zwei Finger und hebt es an den Mund. »Ich fände eine Statue, eine Plakette oder welchen Schwachsinn sich Cushing auch einfallen lässt, schlicht unpassend.«

»Willst du nichts, was an sie erinnert? Etwas, das du bestimmen kannst?«

»Ich kann nichts bestimmen«, sagt sie. »Wenn ich das könnte, wäre meine Tochter noch hier.«

Ich komme ins Schwimmen. »Aber was ist mit ihren Freundinnen?«, versuche ich es.

»Ihre Freundinnen brauchen keine hässliche Gedenktafel oder welke Blumen, um sich an Lucy zu erinnern.« Fast ist sie mir schon entglitten. Sie trommelt mit ihren pink lackierten Fingernägeln auf die Tischplatte und sieht wieder aus dem Fenster.

»Wie wäre es mit einem ihrer Kunstwerke?« Ich bemühe mich, suche nach einer Lösung. In allen Artikeln wurden ihre Gemälde erwähnt.

»Das war ihre Zuflucht vor allem anderen. Es wäre fast, ich weiß nicht, *gewaltsam*, etwas von ihr in der Schule einzusperren.« Lächelnd nippt sie an ihrem Wein. »Ich will nicht unhöflich sein, aber … warum interessiert es dich?«

Ich sage Emma, sie soll im Wohnzimmer warten. Nach der Scheidung haben wir das Erdgeschoss zu einer Einliegerwohnung umgebaut, um unsere Finanzen aufzubessern – es war schon klar, dass Kevin nicht verlässlich den Unterhalt zahlen würde –, und ich wünschte, wir hätten die Etage noch, damit ich sie dahin schicken könnte. Ich will nicht in ihrer Nähe sein. Ich höre, wie Lloyd den Kopf aus der Tür streckt und fragt, was los ist. Ich höre Emma sagen: Halt die Klappe, das geht dich nichts an. Ich scrolle die Nachrichten durch, ich versuche abzuschätzen, wie viele Leute das Video gesehen haben, ich begreife, dass ich die Zahl der geposteten Screenshots mal zwei, drei oder vier rechnen sollte, ich begreife, dass es mit jeder Sekunde nur noch mehr werden, ich begreife, dass ich völlig falsche Vorstellungen von dem hatte, was meine Tochter an diesem Schreibtisch getan hat. Was ich noch nicht begreife, was mir erst sehr langsam klar wird, ist, dass im Internet nichts vergeht. Alles ist augenblicklich für die Ewigkeit.

Brynn beobachtet mich erwartungsvoll. Der vergorene Geruch des Weins weht über den Tisch. Von meiner Handfläche rinnt Schweiß zu dem Schnitt in meinem kleinen Finger. Meine Rippen pressen mein Inneres zusammen wie ein Korsett. »Ich bin Vorsitzende des Elternausschusses«, sage ich ihr. »Es ist meine Aufgabe, mich dafür zu interessieren.«

Zu Hause sitzt Lloyd auf dem Sofa und isst ein Fruit Roll-Up. Ich lasse meine Handtasche auf den Boden fallen und frage ihn, ob er noch weiß, was ich über Fruit Roll-Ups vor dem Abendessen gesagt habe, worauf er sagt: »Welches Abendessen?«, eine Hand über die Augen hält und sich wie ein Seemann im Zimmer umsieht. Wie sich zeigt, ist sieben ein besonders freches Alter.

»Sei nicht so ein Besserwisser«, sage ich. »Das gehört sich nicht. Wo ist deine Schwester?«

Er zuckt mit den Schultern und zeigt auf ihre geschlossene Zimmertür. »Da drin, glaube ich.«

»Glaubst du es oder weißt du es? Ist sie verschwunden, nachdem sie dich abgeholt hat?«

Er sieht mich mit zusammengekniffenen Augen an. »Warum darfst du als Einzige unhöflich sein?«

An jedem anderen Tag würde ich das ausdiskutieren. Aber nicht heute. »Geh in dein Zimmer.«

»Nein«, sagt er. Er nimmt die Fernbedienung und schaltet den Fernseher ein, und großer Gott, mir kocht das Blut in den Adern. Ich habe dich neun Monate in meinem Bauch getragen. Ich habe dir den Hintern abgewischt und deinen Schnodder ausgesaugt und dich in den Schlaf gesungen und so, *so* dankst du es mir? Nachdem ich dich vor so viel Mist beschützt habe, deinen Vater, diesen Versager, eingeschlossen, der, wenn ich dich daran erinnern darf, darum gebeten hat, dich diesen Sommer *nicht* zu sehen? Weißt du eigentlich, dass du mit mir verdammt großes Glück hast?

»Flipp nicht gleich aus«, sagt er, als er mein Gesicht sieht. »Meine Güte, ich bin ja schon weg.«

Ich hole so tief Luft wie seit Wochen nicht mehr und gehe zu Emmas Tür. »Ich bin's.«

»Was ist?«

»Kann ich reinkommen?«

Eine Pause. Eiliges Hantieren und Umräumen hinter der Tür. »Von mir aus.«

Die Vorhänge sind zugezogen, in der Ecke läuft der Heizlüfter, den sie unbedingt haben wollte, auf vollen Touren und wärmt das Zimmer auf mindestens fünfundzwanzig Grad.

Sie hockt auf ihrem rosa Bürostuhl, nur in Boxershorts (wer weiß, woher) und einem dünnen weißen Trägertop. Ich setze mich auf ihr Bett, das immer noch von Stoffhunden bevölkert ist, obwohl sie jedes Weihnachten sagt, sie würde sie spenden. Ich zerzause dem Ältesten, Snowflake, die Ohren. »Weißt du, wenn du normale Kleidung tragen würdest, bräuchtest du den Heizlüfter nicht.«

»Was ist normale Kleidung?«, fragt sie, ohne von ihrem Laptop aufzublicken. »Die Kartoffelsäcke, die du trägst?«

»Autsch.«

»Stimmt doch.«

»Ich hab auch nicht widersprochen.«

Sie ignoriert mich. Die einzigen Geräusche sind das Klackern der Tasten und das Zischen des Heizlüfters.

»Was machst du?«

»Hausaufgaben.«

»Hattest du einen schönen Tag in der Schule?«

»Er war in Ordnung.«

»Gibt's was Neues?«

Sie hört auf zu tippen und dreht sich mit ihrem Stuhl um. »Wenn du Infos willst, frag einfach. Allerdings habe ich keine, damit das klar ist. Was mit Mr Taylor ist, weiß ich nicht, und über Lucy hat seit Anfang des Schuljahrs keiner geredet.« Sie dreht sich mit Schwung wieder um und tippt weiter.

Was für eine Lügnerin. Wo hat sie das bloß gelernt? Manchmal frage ich mich das. »Ich habe heute Lucys Mom getroffen.«

Sie zieht ihre Schultern einen Fingerbreit hoch, tippt aber weiter. »Ach ja?«

»Hm-hm.«

Auch wenn sie sich nicht umdreht, spüre ich, wie sich eine

285

Frage anbahnt. Man merkt es immer, wenn das eigene Kind überlegt, wie es mit einem sprechen kann.

»War es seltsam?«, fragt sie schließlich. Sie nimmt die Hände von der Tastatur. Ich bin zu ihr durchgedrungen.

»Ein wenig, ja.«

Em stellt einen nackten Fuß auf den Boden und dreht sich langsam zu mir um. »Hast du ihr gesagt, dass es mir leidtut?«

»Sie weiß nicht, dass du es warst, Schätzchen.«

»Das sagst du immer, aber ich habe einfach das Gefühl, dass sie es doch weiß.«

Ich schaue sie mir gründlich an, wozu ich in letzter Zeit mit all den geschlossenen Türen und Kapuzenshirts und Haaren vor den Augen nur selten Gelegenheit habe. Ihr blasses, weiches Gesicht, noch rund vom Babyspeck, das nur darauf wartet, markanter zu werden. Der Körper so gekrümmt wie ein noch nicht gekeimter Same. Als ich in ihrem Alter war, hatte ich schon ohne Führerschein einen Autounfall gebaut, meine Mutter mit einem Mann erwischt, der nicht mein Vater war, eine Abtreibung gehabt, Acid genommen, war die Küste Kaliforniens entlanggetrampt, hatte meine Großmutter sterben sehen, mir beim Skifahren den Knöchel gebrochen und war im Januar nackt im Meer geschwommen. Wenn sie von der Schule nach Hause kommt, will sie genau hier sein: allein im bläulichen Licht ihres Computers.

»Warum guckst du mich so an?«, fragt sie.

Als ich sie gefragt habe, warum, sagte sie: Weil ich wollte, dass sie mich sehen.

Was soll das denn heißen?, fragte ich. Sicher, Em gewinnt keine Beliebtheitswettbewerbe, aber sie hat Freundinnen – andere blasse, dünne Mädchen, die sich die Handys zu dicht vor die Nase halten. Die zählen nicht, sagte sie über Jessica und Louise und Holly. Jeder *zählt*, widersprach ich, und sie wurde richtig wütend, in ihr brannte ein Zorn, von dem ich nur zu gut wusste, von wem sie ihn geerbt hat. Nein!, schrie sie so laut, dass ich ihr sagte, sie solle leiser sein, sie würde Lloyd aufwecken. Nein, wiederholte sie ruhiger. Die Leute wissen nicht mal, dass man existiert, wenn man ihnen nichts gibt. Als sie das sagte, wurde mein Mund trocken. Und was hast du ihnen gegeben?, fragte ich. Sie wirkte nicht einmal verlegen, als sie antwortete: Was zum Lachen.

»Es tut mir wirklich leid«, sagt sie. »Ich meine, das weißt du, oder?« Sie wirkt plötzlich aufgewühlt, und es kommt mir vor, als wäre ich viel weiter von ihr entfernt als nur auf der anderen Seite des Zimmers.

»Ja, Em, das weiß ich.« Ich stehe auf und will ihr den Kopf tätscheln, aber sie hält meine Hand fest.

»Ich weiß nicht, was ich deiner Meinung nach machen soll«, sagt sie. »Du siehst mich an, als wäre ich ein abstoßender kleiner Außerirdischer.«

»Em, lass los.«

»Wirst du mich jetzt ewig hassen?« Sie zittert am ganzen Körper. »Ich habe nur gemacht, was du mir gesagt hast.«

Ich reiße mich los, und ihre Hand schlägt gegen ihre Brust. *Ich hasse dich nicht*, will ich sagen, aber was herauskommt, ist: »Das reicht.«

»Ich wollte es Lucy beichten«, sagt sie leise. »Jetzt kann ich mich nicht mal mehr entschuldigen.«

Hätte sie das tatsächlich getan, frage ich mich, wenn ich nicht da gewesen wäre? Wenn ich Em nicht angeschrien hätte, sie solle ihren Pyjama nehmen, sich anziehen, mir erklären, was zum Teufel ich da gesehen habe? Sie schreit zurück, es sei nur ein Witz gewesen, wirft dabei Jogginghosen auf den

Boden, schreit, ich würde überhaupt nichts verstehen, dann weint sie, schluchzt, explodiert: Hör auf, mir ein schlechtes Gewissen zu machen! Hör auf, hör auf, hör auf. Mittendrin öffnet Lloyd die Tür einen Spalt weit und fragt, ob alles in Ordnung sei. Es ist März, er ist gerade erst sieben geworden, und ich denke: Bitte werde nicht wie deine Schwester. Alles in Ordnung, sage ich, und dann schlägt Em ihm die Tür vor der Nase zu. Als die Tür ins Schloss fällt, hebt sich plötzlich ein Schleier, als hätte ich Riechsalz eingeatmet. Ich sehe genau vor mir, wie der nächste Monat ablaufen wird: Die Eltern des Mädchens werden die Schule informieren, und die Schule wird versuchen, die Quelle ausfindig zu machen, nachdem wir vor gerade einmal sechs Monaten schriftlich erklärt haben, dass wir gegen Internetmobbing vorgehen wollen. Und weil Em nicht viel soziales Kapital besitzt, werden die anderen Kinder sie verraten. Druck hält sie nicht gut stand, sie wird einknicken. Die Mütter im Elternausschuss werden mich bei einem Treffen überrumpeln und unangekündigt ihr eigenes Programm verteilen: *Antrag auf Wahl einer neuen Vorsitzenden.*

Zu dem Video hat sie nur geschrieben: *lol seht euch das an.* Sag, dass es dir jemand geschickt hat, rate ich ihr. Sie ist immer noch in ihr Handtuch gewickelt, jedes weiche Kleidungsstück, das sie besitzt, liegt in einem Haufen auf dem Boden. Gib einem der Austauschschüler die Schuld. Sag, sie hätten einen anderen Sinn für Humor.

Schweigend setzt sie sich auf ihr Bett. Soll man sich dafür an dich erinnern?, frage ich sie, und dann geht es wieder los. Sie weint.

Ich nehme das Laptop und stelle es ihr auf die feuchten Beine. Wie heißt dieser seltsame Typ?, frage ich. Marco?

Jedes Frühjahr nehmen wir Schüler aus der Nähe von Rom auf, die kaum mehr machen, als ihre Gasteltern in Panik zu versetzen, indem sie sich um Mitternacht rausschleichen und sich am Strand volldröhnen. Cushing hat das vor Jahren angeleiert – kultureller Austausch, so ein Schwachsinn.

Sie nickt, ohne mich anzusehen. Ich glaube, er ist Autist, sagt sie leise.

In einer Woche ist er weg. Jetzt beuge ich mich vor, um das Laptop aufzuklappen; ich drücke eine Taste, und der Bildschirm geht an. Es ist egal, was er hier macht.

Während sie ihre Nachrichten tippt, stehe ich an der Tür. Ich weiß, dass Lloyd auf der anderen Seite sitzt, das Ohr gegen das Holz drückt und versucht, sich aus unseren Wortfetzen eine Geschichte zusammenzureimen. Ich konnte nicht schlafen!, wird er behaupten, wenn ich die Tür schließlich öffne.

Später an diesem Abend wird mir so übel sein, dass ich den Kopf stundenlang über die Toilette hänge und darauf warte, dass ich mich von etwas befreie, das nicht herauskommen will, natürlich nicht, weil es mir nicht körperlich schlecht geht. Es geht meinem Geist schlecht. Ich bin eine Lügnerin und eine Verräterin und eine Schlange und alles andere, vor dem ich meine Tochter warne. Aber mein Gott, ich habe mein Leben lang den Kürzeren gezogen. Als ich neun war, setzte mein Dad mich bei meinen Großeltern ab, dieses Mal endgültig, und dieser Mann sagte doch tatsächlich zu mir: Du musst jetzt auf eigenen Füßen stehen. Und wissen Sie was? Er hatte recht. Mein Ex wollte mir weismachen, wir wären ein Team, Kumbaya, Frieden und Liebe, aber nein! Niemals! Der einzige Mensch, der einen nicht verlässt, ist das Miststück, das man nicht mal loswerden könnte, wenn man es wollte. Und es starrte mich aus der Kloschüssel heraus an.

»Ich muss meine Hausaufgaben machen«, sagt Em. Sie dreht sich wieder zu ihrem Schreibtisch um, schnieft und zupft an ihrem Augenlid, wie sie es immer macht, wenn sie ihre Kontaktlinsen zu lange trägt. »Kann ich einfach meine Ruhe haben?«

»Em –«, setze ich an, aber sie hebt eine Hand.

»Ich will nichts anderes«, sagt sie langsam, »als so weit wie möglich von dir entfernt zu sein.«

Sie glaubt immer noch, sie könnte mich verletzen. Soll sie es glauben.

Ich öffne die Tür und stoße draußen gegen etwas. Als ich in den Flur trete, sehe ich Lloyd, der mich anstarrt wie ein Reh im Scheinwerferlicht. »Weißt du was«, sagt er und krabbelt rückwärts, »in meinem Zimmer war es echt langweilig.«

Seufzend winke ich ihn näher. »Na komm, wir machen das Abendessen.«

Wir gehen in die Küche, und Lloyd setzt sich an die Theke, während ich den Kühlschrank nach Gemüse durchstöbere. Im Gemüsefach liegen nur ein paar verschrumpelte Möhren und ein schimmliger Brokkoli. Ich wünschte, Em würde ihren Führerschein machen, damit sie den Einkauf erledigen kann, aber sie weigert sich. Sie hat Angst vor dem Fahren, ausgerechnet. Seit wann ist Freiheit ein Grund zur Sorge?

»Warum bist du mit mir nicht so?«, fragt er.

»Wie?«

»Wie du mit Em bist.«

»Wie bin ich denn mit Em?« Ich schließe die Kühlschranktür und drehe mich um. Lloyd sitzt ganz aufmerksam da, die Hände ordentlich auf der Theke gefaltet. Er ist wirklich ein eigenartiger Junge – ein kleiner Mann in Kinderkleidung. Ganz anders als wir.

»Es ist fast, als hättest du …«, nachdenklich legt er einen Finger an die Lippen, »Angst vor ihr.«

Ich muss lachen. »Warum sollte ich vor meiner eigenen Tochter Angst haben?«

»Das dachte ich auch«, sagt er. »Ich dachte, du hast vor gar nichts Angst.«

Ich bin zu weich – ich schmelze dahin, als er das sagt, mir wird vor Zuneigung innerlich warm. Ich beuge mich über die Theke und drücke ihm einen Kuss auf die Stirn, den er mit einer Grimasse quittiert.

»Deine Mom ist ganz schön dickköpfig, was?«

Lloyd ist nicht dumm. Er stimmt nie irgendwas zu, ohne darüber nachzudenken. Während er überlegt, beißt er sich auf die Unterlippe, und ich sehe die Lücke, wo letzte Woche ein Zahn ausgefallen ist. Erstaunlicherweise sind das die einzigen Dinge, die er nicht hinterfragt – die Zahnfee, der Osterhase, der Weihnachtsmann. »Em ist dickköpfiger«, sagt er schließlich.

Vor Überraschung fehlen mir im ersten Moment die Worte. »Ich wusste nicht, dass es ein Wettbewerb ist.«

»Bei euch ist alles ein Wettbewerb«, sagt Lloyd in einem überraschten Ton, der andeutet, ich hätte eine offensichtliche und wesentliche Tatsache vergessen. Ein Ton, der sagt: Hast du vergessen, wer du bist?

Am nächsten Tag gehe ich nach der Arbeit zur Beichte. Ich kümmere mich im Lighthouse Cinema in der Stadt um die Finanzen, die jeden Tag trostloser aussehen. Das Kino hat nur zwei Säle, und nicht einmal die können sie regelmäßig füllen. Alle wollen die Liegesessel und den Getränkeservice in dem neuen Kino zwei Orte weiter, was nur zeigt, wie sehr wir verweichlichen. Mir sind die harten roten Sessel im Lighthouse lieber, von denen man Rückenschmerzen bekommt. Das macht es leichter, aufmerksam zu bleiben, die Programmleiter bestehen nämlich darauf, nur Indie-Filme zu zeigen, in denen dünne Menschen in Leinenkleidung beklagen, wie leer ihre riesigen modernen Häuser sind.

Das Lighthouse steht im Herzen des Hafens, also kann ich bequem zu St. Mary's laufen. Ich überquere die Main und folge dem Gehweg bis zum Grundstück der Kirche zwischen den zwei Straßen, die aus der Stadt hinausführen, der 5A und der West Avenue. Ich gehe die Steintreppe hinauf, tauche die Fingerspitzen ins Weihwasserbecken und stelle mich hinter die beiden anderen Wartenden. Wenn man nach der Anzahl der Besucher hier geht – und damit meine ich den *Mangel* an Besuchern –, könnte man glauben, in dieser Stadt lebten ausschließlich Erzengel und die zwölf Jünger höchstpersönlich.

Ich bemühe mich, meine Hände einigermaßen stillzuhalten (wenn ich nichts zu tun habe, werde ich zappelig), und da sehe ich, wie ausgerechnet Janet Cushing den Beichtstuhl verlässt. »Ich wusste nicht, dass Sie katholisch sind«, rutscht es mir heraus, als sie vorbeigeht.

Überrascht dreht sie sich um. »Ich würde gern öfter zur Messe kommen, aber mir fehlt die Zeit.« Sie trägt zu ihrer weißen Bluse einen Lederrock, den ich für die Kirche ebenso unpassend finde wie für die Schule, und mein Blick bleibt daran hängen. Sie streicht den schwarzen Stoff glatt.

»Es tut uns gut«, sage ich zu ihr.

»Ich weiß.« Sie betont die Worte überdeutlich, als wäre ich begriffsstutzig. »Es ist die Kirche.«

Die alte Dame vor mir schlurft weiter, und ich trete näher auf die oben abgerundete Türöffnung des Hauptschiffs zu, die Em früher an Geleebonbons erinnert hat. Heute setzt sie keinen Fuß mehr hindurch. »Und wie fühlen Sie sich?«, frage ich Cushing. Sie hat sich nicht gerührt, und jetzt trennen uns fast anderthalb Meter. »Freigesprochen von allen Sünden?«

Sie verschränkt die Arme (was mich bei ihrer dünnen kleinen Bluse nicht wundert). »Ich glaube nicht an Absolution. Nur an Rechenschaft.«

»Wow, Sie sind ja Direktorin durch und durch.«

Das bringt sie zum Lächeln! Ich bin verblüfft. Die Eiskönigin schmilzt vor meinen Augen. »Eine schlechte, würden viele sagen.« Sie zieht eine gebürstete Augenbraue hoch. »Zum Beispiel Sie.«

»Nein, nein. Haben Sie es noch nicht gewusst? Ich bin Katholikin. Da werde ich einen Scheiß tun und lästern.« Die alte Dame wirft mir über ihre Schulter einen bösen Blick zu, als ich fluche.

Jetzt kommt Cushing näher, ihre Pfennigabsätze klackern auf den Fliesen. Sie sieht plötzlich sehr ernst aus, wie beim Treffen des Elternausschusses, als sie hereinkam. »Ich möchte, dass Sie es von mir erfahren«, raunt sie mir zu. »Rob nimmt ein Sabbatical bis zum nächsten Frühjahr.«

Das ist unerwartet, aber zu Herzen nehmen kann ich mir solche Dinge schon lange nicht mehr. »Und dann kommt er zurück?«

»Ich glaube, wenn er etwas Abstand gewinnt, *will* er vielleicht gar nicht zurückkommen.« Sie hebt die Hände. »Mehr konnte ich nicht machen. Die Eltern und Kinder finden ihn toll. Und weil sich das Mädchen nicht öffentlich äußern will, wirken die Anschuldigungen ein wenig … abstrakt. Aber ich habe es versucht, Maureen. Ich habe es wirklich versucht.«

»Ja, das sieht so aus.«

Sie schaut an die Decke, an die ein Bildnis der Jungfrau Maria gemalt ist. In einem rosa Kleid und mit blauem Kopftuch ragt sie von der Taille aufwärts aus Wolken hervor. Man erkennt, dass sie von einem Mann ersonnen wurde, weil ihr ausdrucksloser, gewollt erhabener Gesichtsausdruck nichts weiter sagt als: Ich bin hier, um Opfer zu bringen. Ein jämmerliches Bild.

»Darf ich Ihnen einen Rat geben?«, fragt sie, den Blick immer noch nach oben gerichtet, als wären wir in einem Planetarium. »Sorgen Sie sich um Ihre eigene Tochter. Wenn es nicht Ihre Aufgabe ist, sich wegen der anderen Kinder Sorgen zu machen, tun Sie es auch nicht.«

Normalerweise würde ich widersprechen. Aber manchmal sieht man einen anderen Menschen an und spürt, was ihn geformt hat, als würde man ein Gemälde betrachten und die Pinselstriche erkennen. Niemand hat sie beschützt. Und das werden unsere Töchter nie verstehen. Dass wir nie sicher waren, nicht wirklich. Einen Moment lang waren wir Kinder, das ja. Aber dann wurden wir Mädchen, und ein Mädchen und ein Kind sind nicht dasselbe. Ein Kind ist ein kleiner Liebling. Ein Mädchen ist Beute.

»Nächster«, ruft eine sanfte Stimme. Ich schaue nach vorn, und die alte Dame ist verschwunden – der Torbogen rahmt nur noch eine Reihe leerer Kirchenbänke ein. Ein Windstoß treibt die typisch feuchte Luft in Steingebäuden durch die Vorhalle, und Cushing drückt die Hände aneinander und pustet darauf. Es fällt schwer, jemanden zu verabscheuen, wenn man erst mal seinen Hintergrund kennt. Sieh nur, was wir geschafft haben, aus Umständen heraus, die wir uns nicht aussuchen konnten.

»Sie sind gemeint«, sagt sie und zeigt nach vorn. »Ich glaube nicht, dass einem die Sünden vergeben werden, wenn man den Priester warten lässt.«

»Passen Sie auf sich auf«, sage ich.

»Sie auch.« Sie zieht die schwere Holztür auf, der Herbstwind lässt ihr die Haare um die Ohren wehen. Ich höre ihre Pfennigabsätze noch draußen auf der Treppe, als die Tür schon wieder geschlossen ist. Pater John ruft jetzt meinen Namen, weil ich die Einzige bin, die ihn bei der Beichte warten lassen würde. In der Vorhalle riecht es nach brennendem Weihrauch und nassen Steinen, und als ich meinen Platz neben dem Gitter einnehme, kann ich mich nicht recht erinnern, was ich eigentlich sagen wollte.

Als ich nach Hause komme, ist das Sofa leer und der Fernseher aus. »Kinder?«, rufe ich. »Sprösslinge?«

Ich hebe ein paar von Lloyds Legosteinen vom Teppich auf und nehme meine Pumps in die Hand. Im Flur höre ich gedämpfte Stimmen, ein Gespräch hinter geschlossener Tür, wahrscheinlich Em bei einem Videochat mit einer ihrer nervösen Freundinnen – sie sprechen ernsthaft über nichts anderes als ihre unaufhörlichen Ängste. Ich knie mich hin und drücke ein Ohr direkt unter dem Türknauf gegen das Holz. Wenn man alleinerziehend ist, hat man nicht viele Informationsquellen.

»Und dann hatte er so viel zu tun, dass er ein Privatflugzeug nach New York nehmen musste«, höre ich Em mit hoher, zittriger Stimme sagen. »Er hätte uns wirklich gern mitgenommen, aber in dem Flugzeug war nur ein Platz frei.«

»Wie schnell ist das Flugzeug geflogen?«, fragt Lloyd so hastig und gespannt, dass ein Wort das nächste drängt.

»Achthundert Stundenkilometer.«

»Boah.«

»Oder? Und du warst da noch zu klein, deshalb erinnerst du dich nicht, aber einmal ist er mit einem riesigen Kuchen zurückgekommen, auf dem ein *E* und ein *L* standen und auf dem ganz viele Streusel waren.«

»War es ein Vanillekuchen?«

»Ja.«

»Nimmt er oft Privatflugzeuge?«

»Immer, Lloyd. Weißt du, er hat große Angst vorm Fliegen, und er fühlt sich nur wohl dabei, wenn er ganz alleine ist und sie das Licht ausschalten und die Vorhänge zuziehen.« Eine Pause. »Deshalb kann er uns im Moment nicht besuchen, weißt du. Es gibt zu wenig Privatflugzeuge.«

Meine Knie drücken sich fester gegen den Boden. Sag es Lloyd nicht, hat Em mich zu Beginn des Schuljahrs gebeten, als ich ihr erklärte, dass ihr Vater es nicht zu seinem jährlichen Besuch schaffen würde. Ich bringe es ihm schonend bei.

»Du hast doch gesagt, dass er keine Zeit hat, weil er den Zoo leiten muss.«

Ich runzele die Stirn. Kevin ist Hundefänger. Zumindest war er das vor einem Jahr.

»Na ja, das natürlich auch. Aber das ist nicht alles, Lloyd. Er würde sich doch nicht nur von der *Arbeit* abhalten lassen, uns zu besuchen. Wusstest du, dass er sogar mit einem Pferd zu uns reiten wollte? Aber das Pferd wurde zu müde, und Dad musste umdrehen.«

Kauft Lloyd ihr das ab? Ich verschiebe mein Ohr an der Tür. Vielleicht bietet Em ihm dasselbe wie die Zahnfee und der Weihnachtsmann – Magie, an die es sich zu glauben lohnt.

»Also hat er einfach Angst?«, fragt Lloyd. »Vor dem Fliegen?«

»Ja, ein bisschen Bammel halt. Aber du weißt, wie es ist, Angst zu haben, oder?«

»Ja«, sagt Lloyd leise.

»Dad braucht nur ein bisschen Mut. Und irgendwann findet er ihn.«

Eine Weile lang höre ich nur das Rauschen des Heizlüfters. Lloyd denkt über ihre Worte nach. »Versprochen?«

Em zögert keine Sekunde. »Versprochen.«

Ich höre auf zu lauschen und lehne mich mit dem Rücken an die Tür. Ich halte immer noch meine Pumps in der Hand, und jetzt werfe ich sie durch den Flur zu meinem Zimmer. Weil ich beschissen ziele, prallt einer gegen die Wand, und ich höre, dass die Kinder sich in Ems Zimmer bewegen.

»Mom?«, ruft Em. »Bist du da?«

Ich antworte nicht. Ich lasse nur den Kopf auf den Boden sinken, liege auf dem kühlen Parkett und spüre, wie die Anspannung aus meinem Körper weicht wie Luft aus einem Ballon. Die Tür öffnet sich und prallt leicht gegen meine Hüfte. »Was machst du da?«, fragt Em. Lloyd späht über ihre Schulter zu mir heraus und beißt sich auf den Daumennagel.

»Ich wollte deine Geschichte hören.« Aus winzigen Pupillen starrt sie mir in die Augen und versucht herauszufinden, ob sie Ärger bekommt. »Deine Version gefällt mir«, sage ich. »Sie ist viel besser als meine.«

Sie tritt von einem nackten Fuß auf den anderen. »Bist du sicher?«

»Ja. Erzähl mir das Ende.«

»Sie hat kein Ende, Mom. Wir sind die Geschichte.«

Lloyd kommt hinter ihr hervor und hockt sich neben meinen Bauch. »Na los, Em. Erzähl weiter.«

Ich schaue über Lloyd hinweg zu meiner Tochter, die zum ersten Mal seit einer ganzen Weile meinen Blick erwidert. Mach es ihm nicht kaputt, scheint sie zu sagen. Aber ich denke nicht an Lloyd. Ich denke: Wann bist du erwachsen geworden? Wie?

»Na gut, Mom.« Lloyd nimmt meine Hand. »Die einzige Regel lautet, dass wir zuhören müssen. Du kannst nicht wie sonst immer dazwischenreden.«

»Schscht«, macht Em. Und ich schließe die Augen und bin bereit, ihr zu folgen, wohin sie uns auch mitnimmt.

Sophia

Ich bin bei Walgreens im Gang mit den Duschsachen, als ich Mr Taylor entdecke. Es ist Freitagabend um acht, und ich suche meine Seife von Aveeno, die nach Feigen riecht und ständig ausverkauft ist. Ich beobachte ihn aus dem Augenwinkel und frage mich, ob er von den Schildern in der Schule weiß, auf denen *Gerechtigkeit für Mr Taylor!* steht, in richtiger Schönschrift, also garantiert von einer Mom geschrieben. Für Lucy gab es solche Schilder nicht. Nur Getuschel hinter verschlossenen Toilettentüren, widerliche Verschwörungstheorien, die anonym in der Schülerzeitung veröffentlicht wurden, und unzählige Leute, die mir auf die Schulter tippten. Wenn ich mich über den Trinkbrunnen beugte, wenn ich im Unterricht mitschrieb, wenn ich mein Plastiktablett über die Metallschienen in der Cafeteria schob: tipp, tipp, tipp. Ich konnte es nicht fassen, dass sie es wagten, mich zu berühren. Aber ihre Fragen waren noch dreister, jedes Mal kam erst eine Variante von: Geht es dir gut?, und dann folgte, was sie wirklich wissen wollten, nämlich: Und, was glaubst du, was passiert ist? Da fing ich langsam an zu begreifen. Natürlich hatten diese Leute sie dort zurückgelassen. Weil sie null Verantwortungsgefühl besaßen, schämten sie sich nicht mal wegen der Party – stattdessen waren sie so schmerzfrei, die beste Freundin eines toten Mädchens zu fragen, ob sie glaubte, dass es sich umgebracht habe.

Er zieht sich die hässliche Beanie, die er trägt, halb über die Segelohren. Ich weiß nicht, warum alle ihn so anziehend finden – er ist nur einer von diesen blassen Typen mit zerzausten Haaren und einem Tattoo auf dem Oberarm. Wahrscheinlich liegt es am Tattoo. Ein skizziertes Schwert, von dem man gerade die Spitze sehen kann, wenn er die Ärmel hochkrempelt, um eine Lösung ans Whiteboard zu schreiben. Die Andeutung von etwas ist immer heißer als das Etwas selbst, wie das V der Beckenknochen über dem Hosenbund oder ein BH unter einem durchsichtigen Shirt.

Er hebt den Blick vom Regal mit dem Schuppenshampoo. Was sollte man tun, wenn man einen Sexualstraftäter sieht? Hallo sagen? Am Ende sage ich es tatsächlich: »Hallo.« Und er antwortet mit diesem knappen roboterhaften Armrucken: »Hi.« Ich schätze, schlechte Menschen müssen ihr Leben einfach weiterführen, bis wir entscheiden, was mit ihnen passieren soll.

Wir wenden unsere Aufmerksamkeit wieder unseren jeweiligen Regalen zu. Ich starre auf die Duschgele mit Salicylsäure und Salzpeelings gegen eingewachsene Haare, bis ich höre, wie sich seine Schritte entfernen. An der Selbstbedienungskasse ziehe ich meine Aveeno-Seife über die roten Streifen des Barcodescanners und bete, dass er schon auf der anderen Straßenseite ist, wenn ich rauskomme. Aber dann trete ich durch die Automatiktüren und sehe, dass er stattdessen um die Ecke zum Parkplatz hinter dem Laden biegt. Ich halte Abstand, aber er beschleunigt seine Schritte, und mir kommt der Gedanke, dass er vielleicht glaubt, ich würde ihm folgen. Sollte ich was sagen? Ich könnte einfach rufen: Ich bin normal! Ich bin keine Stalkerin! Aber warum denke ich überhaupt über seine Ängste nach? Er sollte an *meine* Ängste denken, schließlich falle ich in sein angebliches Beuteschema!

Obwohl es erst November ist, hat es angefangen zu schneien, und ich blinzle nasse Flocken von meinen Wimpern, als ich zum Auto laufe. Ich hocke mich hinter die Motorhaube und beobachte, wie Mr Taylor am anderen Ende des Parkplatzes in seinen Subaru steigt, und als er sich hinters Steuer setzt und die Innenbeleuchtung sein Gesicht erhellt, balle ich unwillkürlich die Fäuste. Er sieht nämlich nicht nur müde oder resigniert oder gelangweilt aus, sondern tatsächlich traurig. Und wie kann er es wagen? Wie kann er es wagen, Selbstmitleid zu empfinden, nachdem er fast Janes Leben ruiniert hätte? Nachdem er nicht mal gefeuert worden ist? Ich hatte noch nie von einem Sabbatical gehört, bevor Direktorin Cushing es in ihrer Mail erwähnt hat.

In seinem Auto wird es dunkel, die Scheinwerfer schalten sich ein. Ich bleibe hinter meinem Seitenspiegel hocken, während er zurücksetzt und vom Parkplatz fährt, wobei seine Reifen geschmolzene Spuren durch die dünne Schneeschicht ziehen. Ich wünschte, Jane würde mir erlauben, Rache zu nehmen, indem ich ihm zu seiner Wohnung folge und die toten Frösche vor seine Tür lege, die zum Sezieren im Kühlschrank des Biolabors liegen. Stellen Sie sich vor, Sie kommen aus Ihrer Wohnung und sehen auf Ihrer Fußmatte ein Dutzend rosa Amphibienbäuche und auf dem Boden in roter Farbe: *WIR BEOBACHTEN DICH.* Das würde Ihnen doch eine Scheißangst einjagen!

Das Problem ist nur, dass Jane ihm keine Scheißangst einjagen will. Sie findet, er habe nichts falsch gemacht.

Ich fahre mit meinem Karton Seife auf dem Beifahrersitz nach Hause und überlege, was ich machen soll, wenn Brynn mich anruft. Mein Dad ist übers Wochenende zum Golfen gefahren, also bin ich bis Sonntag allein zu Hause, was heißt, dass im Grunde achtundvierzig Stunden Freiheit vor mir liegen. Aber in letzter Zeit denke ich, es könnte möglicherweise nicht besonders gesund sein, jede Woche mehrere Abende mit der Mutter meiner toten besten Freundin zu verbringen, vor allem, weil Brynn seit Lucys Tod zu einem Kind geworden ist. Sie hat immer zu diesen verkrampften, extrem verantwortungsbewussten Eltern gehört – als wir in der Mittelschule waren, hat sie Lucys und meine Hausaufgaben kontrolliert, bevor wir fernsehen durften. Aber jetzt will sie Pinot Grigio trinken und kiffen und »Bazinga!« spielen, was bedeutet, dass sie mit Dartpfeilen ohne ein Brett einfach auf die Wand wirft. Außerdem ist ihre Wohnung unglaublich deprimierend, auch wenn ich das Brynn natürlich nicht sagen würde. Sie ist in einem riesigen Betonklotz, den Brynn als organisch modern bezeichnet, der aber eigentlich nur aussieht wie ein schickeres Gefängnis, eines für alte weiße Kerle, die beim Insiderhandel erwischt wurden.

Der Schnee fällt jetzt dichter, und ich stelle meine Scheibenwischer schneller ein. Man kann noch etwas sehen, aber es ist nicht einfach, und ich spüre, wie Schweiß über meinen Brustkorb rinnt. Wenn ich mit Grahams Auto fahre, werde ich immer ein bisschen nervös, weil er gesagt hat: Pass gut darauf auf, Blinkie, und solche Sachen nehme ich ernst. Er nennt mich nicht Blinkie, weil ich so viel blinzeln würde, sondern wegen dieser Idee, dass man manchmal in der Dauer eines Wimpernschlags was verpasst. Als ich in der Mittelschule war, bin ich völlig durchgedreht, weil mich niemand zum Winterball eingeladen hatte, und Graham sagte, sie seien alle Idioten und ich sei bald so gefragt, dass ein Junge nicht mal blinzeln dürfte, sonst hätte mich schon ein anderer weggeschnappt. Graham kann einen richtig gut aufmuntern, auch wenn er lügt. Er lebt jetzt in New York und versucht, Regisseur zu werden, und ich vermisse ihn wahnsinnig. Manchmal frage ich mich, ob ich etwas falsch gemacht habe, dass ich ihn und Lucy im selben Jahr verloren habe. Aber Brynn meint, solche Gedanken würden einen nicht weiterbringen. Sie sieht das Universum als Zaubertafel: zufällig verstreutes Pulver, aus dem wir hübsche Formen bilden, um uns innerlich nicht tot zu fühlen.

Endlich entdecke ich in der Ferne meine Abbiegung und seufze erleichtert auf. Seit der ganzen Geschichte werde ich unruhig, wenn ich allein unterwegs bin. Ich dachte, wir wären alle auf derselben Wellenlänge, wir wären uns einig, dass Mensch zu sein bedeutet, sich um den anderen zu kümmern. Aber jetzt habe ich begriffen, dass es für viele – vielleicht die meisten – bedeutet, sich um sich selbst zu kümmern und um diejenigen, von denen man schon beschlossen hat, dass sie Wert besitzen. Deshalb gehe ich davon aus, dass niemand anhalten und mir helfen würde, wenn ich auf Glatteis geraten und gegen den Ahorn auf der anderen Straßenseite rutschen würde.

Ich biege in unsere Einfahrt und drücke auf den Garagentoröffner, der an der Sonnenblende klemmt. Ob Mr Taylor jetzt gerade auch auf den Parkplatz hinter seiner Wohnung fährt? Ich frage mich, ob ihn nachher eine Frau besucht, denn warum sollte man Schuppenshampoo kaufen, außer um einen guten Eindruck zu machen? Ich frage mich, ob sie aussieht wie Jane. Ich frage mich, ob sie weiß, was er getan hat, schließlich ist man nicht gesetzlich verpflichtet, bei einer ersten Verabredung all seine fragwürdigen Eigenschaften offenzulegen. Ich frage mich, ob sie beim ersten Date vögelt. Ich frage mich, ob sie mit ihren weißen Zähnen seinen Ärmel hochzieht, ganz langsam, damit man die Spitze sieht, die Klinge, den Griff.

Fühle ich mich etwa zu Mr Taylor hingezogen? Nein, glaube ich nicht. Mir ist nur langweilig.

Hinter mir schließt sich das Garagentor, und ich öffne die Tür zu unserem Flur, der warm und hell ist. Dad hat einen Zettel geschrieben – *im Kühlschrank sind Nudeln –*, und ich esse auf dem Sofa, ohne die Nudeln warm zu machen. Ich überlege, ob es zu spät ist, um Jane zu schreiben, aber Jane unternimmt nie was (nicht böse gemeint), also versuche ich es einfach. Es wäre hilfreich, ein echtes Alibi zu haben, wenn Brynn mich unweigerlich in einer Stunde anschreibt – ich kann nicht gut lügen, das sagen alle.

Jane schreibt, sie käme in einer halben Stunde, und fragt, ob die Einladung über Nacht gilt, und ich antworte, klar. Vor Lucy haben wir uns nie verabredet. Ganz ehrlich wusste ich vorher gar nicht, dass sie existiert. Na ja, dass sie existiert, wusste ich schon, aber sie war so still, dass ich einfach annahm, sie würde Drogen nehmen, wie die anderen stillen Mädchen, die in meinen Kursen hinten sitzen. Ich meine, soll jeder machen, was er will – nur für mich ist das nichts. Im zweiten Highschooljahr habe ich vor der Kirmes Molly genommen und auf der Walzerbahn im hohen Bogen gekotzt, und als ich dachte, ich wäre endlich fertig, bin ich ausgestiegen und habe den Mini Border Collie einer Frau vollgebrochen. Dann tat der Hund mir so leid, dass ich seine schwarzen ledrigen Lefzen küssen wollte. Ah-ha!, rief die Besitzerin immer wieder. Ah!

Immer wenn ich denke, du kannst mich nicht mehr überraschen, tust du's doch, sagte Lucy. Sie setzte mich an einen Picknicktisch neben dem Riesenrad und hielt mir eine Cola an die Lippen.

Graham hat gesagt, beides zusammen würde Spaß machen, erklärte ich.

Sie schüttelte den Kopf. Und wo ist Graham jetzt?

Ich ließ meinen Blick über die bonbonfarbenen Lichter, die dampfenden Essensstände und die Fahrgeschäfte gleiten. Auf dem Klo, sagte ich. Wahrscheinlich ist er auf dem Klo.

Ja klar. Sie brachte mich dazu, weiter Cola durch den Strohhalm zu trinken. Ich finde es furchtbar, dass er dir das antut.

Mein Magen musste eigentlich leer sein, aber ich spürte, wie sein Inhalt zu meinem Hals aufstieg. Mir was antut?, fragte ich.

Dich so lange einzubeziehen, bis er herausfindet, was er lieber machen würde.

Ich glaube, ich muss mich übergeben.

Sie hob einen leeren Popcornbecher vom Boden auf und hielt ihn mir vors Gesicht. Freizeitdrogen sind offenbar nichts für dich.

Ich sehe mir eine Doku über Sekten an, bis Jane kommt. Ich begreife nicht, wie man jemandem folgen kann, der einen als Hure beschimpft und das Handy ins Schwimmbecken wirft, wenn man seine Familie anrufen will, aber ich begreife so vieles nicht. Den Reiz von Sportveranstaltungen, wie versessen die Leute auf Hummer sind, Thermodynamik. Warum Lucy gesagt hat, sie würde nie irgendwas Wichtiges ohne mich machen, und dann genau das tat.

Die Scheinwerfer von Janes Auto leuchten durchs Fenster zur Straße, als ich Brynns Nachricht bekomme: *was machst du grad*. Ich schreibe zurück, es tue mir leid, ich hätte heute Abend was vor, und sehe, wie ihre Chatblase auftaucht und wieder vom Display verschwindet. Schließlich schreibt sie: *nicht schlimm, schönen Abend*, und ich versuche, das schlechte Gewissen herunterzuschlucken, das mir dick in der Kehle steckt. Ich weiß noch nicht, wie ich ihr beibringen soll, dass ich nicht ihre Tochter sein kann und sie nicht meine Mom. Deshalb spielen wir erst einmal weiter.

Jane klingelt, und ich trage ihren weiß überpuderten Schlafsack ins Haus. »Da draußen ist es wie bei einem Schneesturm«, sagt sie. »Ich hätte deine Einfahrt fast nicht gesehen.« Sie zieht ihre Stiefel und ihre Jacke aus, und ich achte darauf, dass ihre Stiefel aufs Schuhregal kommen und ihre Jacke in die Garderobe. Selbst wenn Dad nicht hier ist, habe ich das Gefühl, dass er alles beobachtet, wie ein Weihnachtsmann mit Zwangsstörungen.

Ich mache uns heiße Schokolade mit Pfefferminzschnaps aus Grahams Geheimvorrat in seinem Kleiderschrank. Unter dem kurzen Brett, auf dem seine Schuhe stehen, versteckt er seit der Highschool seinen Alkohol. Dad trinkt nicht und ist ein bisschen komisch, was das Thema angeht, deshalb bewahrt Graham da oben immer noch was für Notfälle auf.

»Rate mal, wen ich bei Walgreens gesehen habe«, sage ich, als wir mit unseren Tassen gemütlich auf dem Sofa sitzen. Ich mag Jane sehr, aber sie ist nicht gerade gesprächig, deshalb muss ich die Unterhaltung anstoßen. Über Mr Taylor kann sie allerdings endlos reden.

»Wen?«

Ich ziehe die Augenbrauen hoch und kräusle vielsagend die Lippen, eine Miene, die heißen soll: Du weißt schon.

»Nein«, sagt sie und lehnt sich zu mir. »Echt?«

»Er hat Schuppenshampoo gekauft.« Ich fühle mich warm und seltsam stark, weil ich mein geheimes Wissen preisgebe, als könnte ich aufspringen und mit bloßen Händen unseren Sofatisch zertrümmern. Vielleicht kommt das nur vom Schnaps.

»Früher hatte er keine Schuppen«, sagt sie, ganz die Expertin. »Das kommt bestimmt vom Stress.«

»Schreibt er dir immer noch?«

Jetzt ist sie es, die die Augenbrauen hochzieht, und dabei legt sie den Kopf schief, was zusammen heißt: Ich kann dir was zeigen. Sie zieht ihr Handy aus der Tasche, öffnet den Chat und hält es mir vors Gesicht. Eine unbekannte Nummer hat ihr mehrere Nachrichten geschickt, zum Beispiel: *du sollst wissen wie leid es mir tut.* Oder: *bitte bitte verzeih mir. ich bin kein schlechter Mensch.* Oder: *warum zum Teufel geh ich das Risiko ein wenn du nicht mal antwortest.*

»Bah.« Ich gebe ihr das Handy zurück. »Warum blockierst du ihn nicht?«

Sie betrachtet das Handy so zärtlich, als wäre es ein Goldendoodlewelpe. »Ach, ich weiß nicht. Das erscheint mir unnötig grausam.«

Sie müssen eines über Jane und Mr Taylor wissen. Ich hasse ihn, aber Jane wünschte, ich würde es nicht tun. Einmal hat sie einen gesamten Dreistundenmarathon von *Buffy – Im Bann der Dämonen* lang erklärt, warum er kein schlechter Mensch ist, überhaupt nicht, und als ihre Freundin sollte ich ihr wohl glauben. Das Problem ist nur, dass ich zwei Dinge will. Die Geschichte, in der es Jane gut geht, und die Geschichte, in der ihr Gerechtigkeit widerfährt, auch wenn sie nicht glaubt, sie bräuchte sie.

In der Schule weiß niemand, dass sie das Mädchen ist. Aktuell fällt der Verdacht auf Esther Lundiman, unsere Schulschlampe (nicht meine Bezeichnung, sondern die allgemein verbreitete Überspitzung), Chiara Ricci, die heißeste Austauschschülerin (ebenfalls nicht meine persönliche Bezeichnung, sondern eine allgemein verbreitete Überspitzung), oder Olivia Cushing, weil sie gestört genug ist, dass sie einen Lehrer vögeln würde, nur um ihrer Mutter auf die Nerven zu gehen. Die beliebteste Theorie dürfte sein, dass es Olivia war, weil sie die Schule gewechselt hat und Direktorin Cushing die ganze Geschichte schön unter der Decke gehalten hat. Ich mache mir jedes Mal fast in die Hose, wenn ich ihr im Flur begegne, aber Jane behauptet, sie sei eigentlich richtig nett. Nicht, dass ich Janes Menschenkenntnis trauen würde.

»Glaubst du, du siehst ihn noch mal?«, frage ich.

Jane legt das Handy weg und überlegt. »Weiß ich nicht. Das müsste schon in New York oder so sein. Irgendwo, wo es komplett anonym ist.«

»Ich will in New York zum ersten Mal Sex haben«, vertraue ich ihr an. Eigentlich war das Lucys Idee, kurz bevor alles passiert ist. Wir haben nach dem Unterricht heimlich an dem Workshop über Safe Sex teilgenommen, und bevor wir nach Hause gingen, hatten wir erfolgreich auf zwei gefleckten Bananen Kondome abgerollt. Wir wissen, dass es beim ersten Mal mies wird, sagte sie. Also sollten wir einfach irgendwohin fahren, wo wir Spaß haben können, uns betrinken und irgendwelche Typen kennenlernen, die wir nie wiedersehen. Deshalb hasse ich diese Stadt, sagte sie, und ihr Gesicht wurde hart. Alles, was man hier macht, wird zu einem Makel, der ewig an einem klebt.

Jane wirkt plötzlich deutlich interessierter. »Wirklich?«

»Ja«, sage ich. »Irgendwohin gehen, wo ich Spaß haben kann, mich betrinken und irgendwelche Typen kennenlernen, die ich nie wiedersehe.«

»Typen?«, fragt sie schockiert.

»Einen Typen«, sage ich. »Ich meinte einen Typen.«

»Na gut, warte mal.« Wir sitzen an beiden Enden des Sofas einander zugewandt im Schneidersitz, und sie drückt die Hände auf meine Knie. »Ich weiß, das klingt verrückt, aber wie wäre es, wenn wir dieses Wochenende nach New York fahren?«

Mir kommt der Gedanke, dass man verrückt sein muss, um sich mit einem Lehrer einzulassen. »Was, meinst du das ernst?«

»Ja!« Sie wippt auf und ab, und meine heiße Schokolade schwappt ein wenig über. »Dein Dad ist nicht zu Hause, und meine Mom weiß sowieso nie, wo ich bin.«

Um nicht so langweilig zu klingen, wie ich bin, zeige ich aufs Fenster. »Aber es schneit.«

»Na und? Schmilzt du?« Sie lacht. »Und dein Bruder ist auch da, oder? Das ist perfekt!«

Einer der Unterschiede zwischen Jane und mir: Wenn sie etwas will, brettert sie durch alle Hindernisse, um es zu bekommen. Ich? Wenn ich auf ein Hindernis treffe, will ich das, was mich dorthin gebracht hat, nicht mehr. »Wie sollen wir da überhaupt hinkommen?«

Sie drückt fester auf meine Knie. Es tut weh. »Mit dem Zug! Wir fahren nach Boston und nehmen an der South Station den Amtrak. Der fährt durch.« Sie hebt ihr Handy auf. »Ich kaufe uns jetzt Fahrkarten. Ich habe Geld vom Market; du kannst es mir irgendwann zurückgeben.«

»Äh, äh«, sage ich.

Grinsend tippt sie aufs Display. »Fertig!« Es passt nicht zu Jane, zu kreischen, aber hier ist sie und kreischt, und hier bin ich und mache mit; wir halten uns an den Armen und springen auf dem Sofa auf und ab, als hätten wir uns noch nie im ganzen Leben auf irgendwas so gefreut.

An der South Station gesellen wir uns zu den Leuten, die auf die Anzeigetafel unter der Decke starren. Dad und ich fahren nicht oft in die Stadt, und wenn, nehmen wir das Auto. Ein Mann in einem hellbraunen Mantel schubst mich gegen einen der metallenen Cafétische, die in der Wartehalle verteilt stehen, eine Frau mit einem Yorkie unter dem Arm drängt sich vorbei und stellt sich bei Starbucks an, ein erstaunlich selbstbewusster Fünfjähriger will mir ein Twix aus seiner Tasche verkaufen. Überall sind kleine Kioske mit grünen Markisen – ein Zeitschriftenstand mit Hochglanzmagazinen, die das Neonlicht in der Halle widerspiegeln, eine Kaffeebar mit sanduhrförmigen Kaffeebereitern, ein Bäcker mit tellergroßen Keksen mit Schokostückchen. Ich drücke meine Reisetasche fest an mich, weil Dad sagt, dass es in der Stadt von Taschendieben wimmelt. Bestimmt übertreibt er, aber in diesem Meer von Menschen wirkt es wirklich leicht, sich einfach etwas zu nehmen. Ich will tief Luft holen, aber alles riecht nach angebrannten Bagels und Abgasen von den Zügen draußen. Jane scheint das alles nicht zu beeindrucken, obwohl sie noch nie woanders war als in Connecticut und New Hampshire, um ihre Cousinen zu besuchen. Ich frage mich, was sie beeindrucken würde. Seit wir befreundet sind, habe ich noch nicht erlebt, dass etwas sie aus der Ruhe gebracht hätte.

»Gleis fünf«, sagt sie und nimmt meinen Arm. »Na los!« Sie hat nur ihren Rucksack dabei, den sie zum Übernachten mitgebracht hat, und kann damit viel einfacher rennen als ich. Warum rennen wir überhaupt? Sind wir spät dran? Verpassen wir den Zug?

»Nur zum Spaß!«, sagt sie und stößt die großen Türen auf, die zu den Gleisen führen. »Komm mit!«

Es schneit nicht mehr, aber es ist beißend kalt. Ich vergrabe das Kinn in meinem Schal und denke: Zum Spaß! Nur zum Spaß! Mir dreht sich nämlich der Magen um, als müsste ich mich gleich übergeben.

Draußen sind laute Pfeifen und tuckernde Motoren und Menschen, die tatsächlich spät dran sind und die langen, schmalen Bahnsteige entlangsprinten. Eine Stimme vom Band kündigt leise Abfahrten an, Schaffner lehnen sich aus offenen Türen und rufen dasselbe. Sie tragen sogar diese Schirmmützen mit dem bauschigen Stoff oben. Offenbar starre ich die Mützen zu lange an, denn Jane packt meine Hand und ruft: »Beeil dich!«

Unser Zug ist verdreckt, und jemand hat mit dem Finger *Liebe lügt!* in den Schmutz geschrieben. Jane hat unsere Fahrkarten auf ihrem Handy, deshalb steigen wir sofort ein, aber mir fällt auf, dass sie nicht zum Wagen E geht, wo unsere Plätze sind. »He«, frage ich, »wohin gehen wir?«

Sie drückt einen Knopf, und die Türen zum nächsten Abteil öffnen sich automatisch. »Zum Speisewagen.«

Die Fahrt nach New York dauert vier Stunden, die wir komplett im Speisewagen verbringen. Es ist erst zehn Uhr morgens, und ich bin schon erschöpft von allem, was wir heute getan haben, wozu gehörte, meine Tasche zu packen, das Haus abzuschließen, nachzusehen, ob ich tatsächlich abgeschlossen hatte, zum Bahnhof in Nashquitten zu fahren, meinen Dad auf sein *Guten Morgen!* hin anzulügen, mit dem Pendlerzug zur South Station zu fahren, uns dort einen Weg durch die Menschenmenge zu bahnen und uns schließlich in dieser engen Metallnische auf die Sitze fallen zu lassen, während meine Seite ganz verschwitzt ist, weil ich die Tasche eng an meinen Mantel gedrückt habe.

Ich schlafe für ein, zwei Stunden ein. Als ich aufwache, gibt Jane mir einen Kaffee in einem Pappbecherchen, auf dessen Manschette *Amtrak* steht. »Ruf deinen Bruder an«, sagt sie. »Damit du irgendwo übernachten kannst.«

»Wir beide, meinst du, oder?« Ich reibe mir den Schlaf aus den Augen. Graham ist selten vor Mittag wach, aber jetzt dürfte er auf sein und raucht wahrscheinlich eine CBD-Zigarette zu seinem Kaffee. Zurzeit steht er total auf CBD – er sagt, das sei die cleane Schwester von Gras. Jane und ich ziehen unsere Handys aus der Tasche.

»Ich treffe mich mit Rob«, sagt sie ganz beiläufig. »Ist ja nicht so, als würde er im Sabbatical beobachtet.«

»Was?« Ich schaue von meinem Kaffee auf und versuche, nicht zu erschrocken zu klingen.

»War das nicht der Plan?«, fragt sie. »Wir haben beide in New York zum ersten Mal Sex!« Den letzten Teil flüstert sie über den wackligen Tisch gebeugt.

Ich fühle mich wie damals in der Walzerbahn, kurz bevor ich meinen Mageninhalt und das Molly auf die wirbelnden Metallgitter gespuckt habe. Als wäre mein Verstand fein gewürfelt und ich könnte nur kleine Bruchstücke begreifen. »Was?«, wiederhole ich.

Jane lässt sich gegen die Rückenlehne fallen. »Wer weiß, was passieren wird. Aber ich brauche ein richtiges Ende, verstehst du?«

Meiner persönlichen Meinung nach glauben die Leute nur, sie bräuchten ein richtiges Ende, tatsächlich müssen sie es einfach akzeptieren, wenn etwas, an dem sie festhalten wollen, keine Chance mehr hat. Aber wenn man rumläuft und ihnen die bittere Wahrheit sagt, reagieren sie meist beleidigt, also mache ich nur: »Hm-hm« und versuche, meinen Konfettiverstand wieder zusammenzusetzen. »Ich rufe jetzt erstmal Graham an.«

Er meldet sich beim ersten Klingeln. »Blinkie!« Er singt meinen Namen immer wieder, erst höher, dann tiefer, als würde er Tonleitern üben.

»Hör mal, ich habe was Verrücktes gemacht.«

»Was denn, hast du vergessen, ein Buch in die Bibliothek zurückzubringen?«

»Ha, ha.«

Jane schreibt etwas, und ich recke den Kopf, um auf ihr Display zu schielen, aber sie zieht das Handy näher an sich.

»Ich sitze gerade in einem Zug nach New York. Dad weiß nichts davon.«

Im ersten Moment ist er still, dann tut er so, als müsste er weinen. »Blinkie«, sagt er unter gespielten Tränen, »ich war noch nie so stolz auf dich.«

»Toll, danke.« Ich verdrehe die Augen. »Kann ich bei dir schlafen, nur heute Nacht? Und meine Freundin Jane?«

Jetzt gibt er sich ganz ernst. »Es wäre mir eine Ehre, dich und deine Gefährtin zu beherbergen.«

Jane blickt auf, formt mit den Lippen *ich nicht* und wedelt mit den Händen, aber ich ignoriere sie. »Danke, Graham.«

»Wo kommt ihr an? Penn Station?«

Ich frage stumm *Penn Station*, und sie zuckt mit den Schultern. »Ich glaube ja.«

»Ihr seid im Zug, nicht im Bus?«

»Ja«, sage ich.

»Okay, dann Penn Station. Wann?«

Ich versuche, Janes Aufmerksamkeit zu erregen, aber sie ist zu sehr mit dem Tippen beschäftigt. »Ähm, ich bin nicht sicher.«

»Blinkie! In dieser Stadt gehst du unter.«

»Ich schreibe es dir. Ich bin nicht für den … Reiseplan verantwortlich.«

»Ja, aber –« Seine Stimme nimmt einen tatsächlich ernsten Ton an. Er klingt wie Dad. »Sei einfach vorsichtig, okay?«

»Ich passe schon auf, Graham. Tue ich immer.« Ich versuche, fröhlich zu klingen, aber dadurch wirkt meine Stimme nur verbitterter.

Ich höre, wie er am anderen Ende schluckt. »Ich weiß, Soph. Bis gleich.«

Um neun Minuten nach zwei fahren wir in den Bahnhof ein, genau elf Minuten früher, als ich es Graham geschrieben habe. Schon zwanzig Minuten, bevor wir ankommen, haben sich alle vor den Türen angestellt – ich dachte, sie wollten zur Toilette –, und so warten Jane und ich an die Theke des Speisewagens gedrängt, bis wir aussteigen können. Es dauert so lange, dass ich schon fürchte, der Zug würde zurück nach Boston fahren, wir würden festsitzen und hätten den Tag mit einer nutzlosen, dummen Rundfahrt verschwendet, aber dann berührt Jane meine Schulter.

»Wir haben es geschafft!« Ihre Finger auf meinem Ärmel genügen, um ihre Begeisterung von ihrer Hand in meine Adern fließen zu lassen. Genau wie bei Lucy – ich habe gefühlt, was sie gefühlt hat. Ich weiß nicht, ob das eine meiner schlechtesten Eigenschaften ist oder eine der besten. Alle reden über leicht beeinflussbare Menschen, als wären sie schwach, aber ich glaube, sich an seine eigenen Gedanken und Gefühle zu klammern, ist eine andere Form von Schwäche. Ich lasse mich gern von anderen in ihre Welt ziehen.

Endlich erreichen wir die schmale Tür mit dem Bullauge, und Jane tritt mit Leichtigkeit auf die gelbe Sicherheitslinie.

»Na los«, sagt sie von der anderen Seite. »Kommst du?«

Ich weiß, dass der Zug nur einen Fingerbreit vom Bahnsteig entfernt ist, aber der Abstand kommt mir weiter und gefährlich vor, als würde sich dort ein Strudel drehen und drohen, mich hinunter auf die Gleise zu ziehen.

Jane streckt die Hand aus. »Es ist nur ein Schritt«, sagt sie.

Ich weiß. Ich schließe die Augen, drücke meine Tasche an mich und springe.

Zu meiner Erleichterung wartet Graham auf uns, wie er es versprochen hat. Er winkt uns von einer silbernen Stange in der Ecke aus zu. Seine knittrige Lederjacke wirkt viel zu dünn für dieses Wetter. Ich werfe Jane einen Blick zu, weil sie mir den Eindruck macht, als würde sie ältere Männer in Lederjacken mögen, aber sie dreht sich auf der Stelle und betrachtet die vielen Menschen, die sich in diesen schmalen Gang gezwängt haben.

Zum letzten Mal habe ich Graham bei der Beerdigung getroffen, was auch das einzige Mal war, dass ich ihn habe weinen sehen. Er hat Lucy geliebt. Wir drei waren ständig zusammen – er hat uns nie verscheucht, wie es die meisten Brüder getan hätten. Ich weiß, dass seine Freunde es seltsam fanden, und Dad genauso, er nahm Graham einmal beiseite und sagte: Es gefällt mir nicht, dass du so viel Zeit mit den Mädchen verbringst.

Mir war das immer egal. Ich trete von der Rolltreppe und laufe zu ihm.

Er riecht nach Eau de Cologne auf Schweiß und schmutziger Kleidung. Als wir uns lang genug umarmt haben, schaue ich ihm ins Gesicht, und ich weiß nicht, ob er nicht geschlafen hat, ob ich ihn nur lange nicht gesehen habe, oder ob das die normalen Auswirkungen von New York sind. Die Freude, die Jane auf mich übertragen hat, wird so schal wie eine abgestandene Limo.

»Du siehst toll aus, wie eine richtige Großstädterin!« Er dreht mich im Kreis, meine Reisetasche schlägt gegen meine Hüfte. »Und wer ist deine Komplizin?«

Sie stellt sich vor, und als sie die Hand ausstreckt, küsst Graham sie. Es ist ein bisschen peinlich, aber Jane kichert. Graham hat eine Art an sich, bei der man kaum sagen kann, ob er irgendwas eingeworfen hat oder einfach ungezwungen er selbst ist.

»Wollen wir los?« Diesen Bahnhof mag ich noch weniger als den in Boston – die Decke ist befremdlich niedrig, als wären wir in einem Bunker.

Graham streckt die Faust in die Luft. »Vorwärts!«, sagt er und wendet sich wieder den Rolltreppen zu.

»Wohin willst du?«, rufe ich ihm nach. Ich bin zu dem Schluss gekommen, dass sich unter der Erde nur Nagetiere bewegen sollten, aber keine Menschen, und würde liebend gern in der richtigen Stadt sein, wo es Bäume und Gras und Luft gibt. Links neben mir entdecke ich eine normale Treppe, aber ich habe keine Ahnung, ob sie nach draußen führt.

Er steht schon auf der Rolltreppe und wird immer kleiner. »Du musst zur U-Bahn, Blinkie!« Und dann ist er aus unserem Blickfeld verschwunden.

Jane berührt wieder meine Schulter, aber dieses Mal macht mir die Geste nur bewusst, dass wegen der blöden Tasche mein Arm schmerzt. »Warum nennt er dich so?«

»Das ist eine lange Geschichte«, sage ich, und dann folgen wir Graham zu den Stufen, die uns nach unten tragen, denn wohin sollten wir ohne ihn gehen?

Ich weiß, dass Graham in Brooklyn lebt, aber mehr auch nicht. Eine Weile hat er in der Bronx und in Queens gewohnt, aber da habe ich ihn nie besucht – er sagte, dort könne er niemanden reinlassen, was auch immer das heißen sollte. Auch von seiner jetzigen Wohnung hat er immer gesprochen, als wäre sie nur für den Übergang, aber jetzt klingt es ganz anders. »Ich kann es kaum erwarten, dir meine Freundin vorzustellen«, sagt er. Ich finde es völlig daneben, dass ich von dieser Freundin überhaupt nichts wusste, aber ich spiele mit, damit Jane unsere Familie nicht für einen dysfunktionalen Haufen von Spinnern hält. Ich frage ihn, was sie macht, und versuche mir einzureden, dass ich mich für ihn freuen sollte. Aber als er mir erzählt, sie sei Model und Schauspielerin, bin ich wieder stinksauer. Schönen Menschen traue ich nicht.

Wir brauchen eine halbe Stunde nach Prospect Heights, und während der Fahrt sehe ich, wie ein Mann am Ende des Wagens sich selbst anfasst, wie die Frau uns gegenüber sich die Fingernägel schneidet (die kleinen Schnipsel landen *sehr* dicht vor meinen Turnschuhen) und wie ein kleiner Hund mit dünnem Strahl pinkelt, bevor sein Besitzer ihn durch die sich schließenden Türen zieht. Jane nickt an meiner Schulter ein, ihr Kopf ist so schwer, dass man meinen könnte, er wäre mit Beton gefüllt. Ich beobachte auf der Anzeigetafel über der Tür, wie der Marker sich unserem Halt nähert, und werde wütend, aber nicht auf Jane oder Graham und nicht mal auf mich, weil ich mich auf diese offensichtlich blöde Idee eingelassen habe. Sondern auf Lucy. Sie hat mir diesen Floh ins Ohr gesetzt.

Du kannst sein, wer du willst, hat sie gesagt. Du kannst überallhin laufen und musst nie in ein Auto steigen. Du bekommst in jeder Bar Alkohol, weil niemand nach deinem Ausweis fragt, und du kannst um Mitternacht für einen Dollar Pizza essen. Du kannst kurze Kleider und Blusen mit tiefem Ausschnitt tragen, und niemand interessiert sich dafür; es ist einfach normal. Du musst nicht in die Kirche gehen – du wirst nicht mal jemanden kennen, der in die Kirche geht! Und du begleitest mich zu allen Vernissagen und Filmpremieren. Ach ja?, unterbrach ich. Zu so was wirst du eingeladen? Natürlich, sagte sie, und das war nicht mal ein Scherz, sie meinte es todernst. Sie wusste, dass sie etwas Besonderes war. Es schien, als wüsste sie schon, wie ihr Leben verlaufen würde, und wir anderen müssten einfach abwarten und würden schon sehen.

Graham sitzt hinter mir, jetzt tippt er meinen Ellbogen an, um mir zu zeigen, dass unsere Haltestelle die nächste ist. Ich rüttle Jane wach, sie ächzt und schlägt sich ein paarmal auf die Wangen. Wir stehen auf und halten uns an den Gummischlaufen fest, die von der Decke baumeln, und als wir in den Bahnhof einfahren, verliere ich kurz den Halt und rutsche über den zerkratzten Boden. Mein Fuß gerät unter die Bank, auf der ich gerade noch gesessen habe, und als ich ihn endlich herausziehe, während Graham mich mit den Händen am Rücken stützt, klebt an meiner Ferse ein langgezogenes lila Kaugummi.

»Oh scheiße«, sagt Graham. »Das ist mir letzte Woche auch passiert.«

»Das sind meine Lieblingsschuhe.« Ich warte auf eine Antwort, aber er ist zu sehr damit beschäftigt, über die verschwitzten Köpfe all der Leute vor uns zu schauen.

»Das kriegen wir wieder ab.« Jane drückt meinen Arm. Ich wünschte, sie würde mich nicht ständig anfassen.

Obwohl ich meinen Fuß schüttle und über den Boden schleife, bleibt das Kaugummi kleben. Meine Lieblingssneaker. Die, die Lucy mir letzte Weihnachten geschenkt hat, mit den aufgestickten blauen Muscheln auf der Zunge. In meinem Hals kribbelt es, und es sticht in meinen Augen. Die Türen öffnen sich. Graham schiebt mich sanft aus der Bahn und sagt: »Entschuldigung, Entschuldigung.« Er nuschelt etwas von einem Spachtel, den er zu Hause hat, und von heißem Wasser mit Seife. Er geht voran, um uns den Weg zu zeigen, und Jane dreht sich mit einem aufmunternden Lächeln zu mir um. Plötzlich ist das Lächeln wie weggewischt.

»Was ist los?«, fragt sie.

Die Leute streifen uns mit ihren rauen Wintermänteln und spitzen Ellbogen und bewegen sich so zielstrebig, dass ich überzeugt bin, ich könnte einfach stehen bleiben, und sie würden mich an die Oberfläche tragen, ohne es zu bemerken. Vor dem Drehkreuz zögere ich eine Sekunde, und die Frau hinter mir schreit mich an, ich solle mich verdammt noch mal beeilen. Jane hat schon das Drehkreuz neben mir passiert und streckt eine Hand aus, um mir zu helfen und mich weiterzuziehen. »Ach, nichts«, antworte ich. Aber ich kann es nicht verhindern – mir laufen heiße Tränen über die Wangen.

Jetzt sind wir auf der Treppe, und bei jedem Schritt bleibe ich ein wenig kleben. »Es liegt nicht nur an den Schuhen, oder?«, fragt sie. Sie zieht die Augenbrauen hoch, was so viel bedeutet wie: *Erzähl es mir*, weil ich die Einzige bin, der sie von Mr Taylor erzählt hat, und das ein so großes Geheimnis ist, dass ich ihr für alle Zeiten meine Geheimnisse schuldig bin. Ich sehe schon das Licht der Stadt, das zu uns herunterdringt, wir sind fast draußen, fast frei. »Sie hat mich angelogen«, bringe ich heraus. »Es ist hier ganz anders, als sie gesagt hat.«

»Woher weißt du das?«, fragt Jane. »Wir sind gerade erst angekommen.« Sie wischt mir mit ihrem Taschentuch die

Augen ab. Ich drehe den Kopf nicht weg, obwohl ich es eigentlich gern würde.

Die Öffnung vor uns weitet sich, jetzt sehe ich das Ende der Treppe, den Gehweg und die vorbeihuschenden Schuhe. Als wir endlich auf der Straße sind, habe ich das Gefühl, wir hätten eine Welle durchbrochen.

Graham wartet auf uns, in der Kälte hüpft er von einem Fuß auf den anderen. »Ihr wisst echt noch nicht, wie man sich in New York bewegt«, sagt er. Er reibt über die Ärmel seiner Jacke, als wollte er ein Feuer entfachen. »Los, ab nach Hause.«

Warte erst mal ab, sagt Jane stumm, als wir ihm um die nächste Ecke folgen. Ich drehe meinen Schuh auf dem Gehweg hin und her, und als ich die Sohle begutachte, klebt immer noch ein lila Klecks daran. Er sieht aus wie Schorf.

»Beeilt euch!«, ruft Graham von der Ampel. »Es wird gleich rot.«

Na klar wird es das. Hat hier nichts einen verdammten Moment Zeit? Ich laufe los, um sie einzuholen, aber als ich die Straße erreiche, haben er und Jane sie schon überquert und mich zurückgelassen.

Grahams Wohnung ist nicht schön. Sie riecht wie das Sauerkraut, das unsere Großmutter immer gemacht hat, und wenn ich die Augen zusammenkneife, damit der Boden größer aussieht, kommt sie *vielleicht* an unsere beiden Zimmer zu Hause zusammengenommen heran. Alle Türen stehen offen, als wir durch den Flur gehen (der ziemlich genau so breit ist wie Grahams Schultern), und ich sehe, dass in einem Zimmer nur ein Einzelbett und eine Kommode stehen, der zwei Schubladen fehlen. Das zweite Zimmer unterscheidet sich nicht groß – ein Doppelbett streckt sich von einer Wand zur anderen, man kann sich nur hinlegen, wenn man über das Fußende auf die Matratze krabbelt. »Alles gut ausgenutzt«, erklärt Graham. Der Flur führt zu einer Küche, wie ich sie in einem Campingwagen erwarten würde, mit einer Arbeitsplatte, auf die kaum ein Schneidebrett passt, und einem Ofen von der Größe eines Zierkissens. Über der Küche steht ein Bett auf einer wackligen Zwischendecke, so dicht unter der richtigen Zimmerdecke, dass der Mitbewohner, der dort schläft, kaum mehr machen kann, als sich flach hinzulegen. Graham winkt uns zu zwei Hockern mit glitzernden Plastiksitzen. »Ja«, sagt er und lehnt sich gegen die winzige Arbeitsplatte. »Wir finden es hier ganz großartig.«

Mit geschürzten Lippen, die so viel sagen wie *Großer Gott*, schaue ich zu Jane hinüber, aber ihr Gesichtsausdruck mit den aufgerissenen Augen und dem offenstehenden Mund sagt so viel wie: *Das will ich auch.* Reiß dich zusammen!, würde ich am liebsten rufen, weil ich mich sehr einsam fühle, wenn ich nicht will, was alle anderen wollen.

Wenig später erfahren wir, dass Graham nicht nur eine Freundin hat, sondern auch mit ihr zusammenwohnt. Er nennt mir ihren Namen, aber ich weigere mich, ihn mir zu merken – sie ist bald wieder verschwunden, genau wie all die anderen. Sie kommt aus dem Bad, wirbelt in einem schwarzen Overall durch die Wohnung und fegt dabei mit ihren Socken den dreckigen Boden. Ich kann mich nicht entscheiden, ob sie hübsch ist oder nur dünn. Ihr Gesicht ist verstörend symmetrisch, die Wangenknochen sitzen so hoch, dass der Rest des Gesichts beinahe wie eingefallen aussieht, und ihre Haare haben diesen unnatürlich dunklen Rotton, den man von blöckeweise Henna bekommt. Kein Wunder, dass Graham sie ausgesucht hat. Sie sieht aus wie Mom.

Außer der Freundin wohnen noch zwei weitere Leute hier, die übers Wochenende nach Hudson gefahren sind, wo auch immer das ist. »Kann ich euch Tee anbieten?«, fragt die Freundin und zieht einen kleinen goldenen Servierwagen unter der Theke hervor. Darauf befinden sich eine Holzkiste mit Teebeuteln, ein kleiner Milchaufschäumer, ein winziges Teesieb und mehrere Flaschen Alkohol mit unbekannten Namen.

»Oder etwas Stärkeres?«, fragt sie zwinkernd. Das Zwinkern gefällt mir nicht, und ich schaue weg, damit sie das weiß.

»Wasser reicht«, sage ich, bevor Jane mir zuvorkommen und um ein Glas Everclear bitten kann, oder welcher Fusel sonst auf dem Wagen vor sich hin reift.

»Stört es euch, wenn ich mal telefoniere?«, fragt Jane.

Die Freundin wedelt mit der Hand in Richtung des offenen Fensters, hinter dem die Feuertreppe zu sehen ist. »Nur zu.«

Jane klettert durch den Fensterrahmen, und ich drehe mich auf meinem Hocker um, der vor einer Nische neben der Küche platziert ist. In der Nische steht ein kleines Sofa in der Farbe von Wasabi, und Grahams Freundin hat sich dort neben ihn gehockt und streichelt seinen Arm, als wäre er mit Samt überzogen.

»Also, Soph«, sagt die Freundin und schüttelt den Arm meines Bruders ab, um sich zu mir zu beugen. Ganz schön dreist, meinen Namen so abzukürzen. »Wohin geht's ans College?« Sie zieht die Augenbrauen auf diese scheußliche, erwartungsvolle Art hoch, als wäre es eine vertraute Anspielung. »Vielleicht nach New York?«

»Ach, frag sie das doch nicht«, stöhnt Graham. »Das ist echt das Letzte, worüber jemand an der Highschool reden will.«

Mir dreht sich bei der Frage tatsächlich der Magen um, weil ich mit meinen Bewerbungen extrem hinterherhänge. Ich bekomme meinen Aufsatz nicht ordentlich hin, und meine erste Bewerbung ist nächsten Monat fällig. Ich habe noch diesen halbgaren Text aus dem letzten Frühjahr, aber den findet sogar Ms Layla scheiße, sie hat mir nämlich nicht allzu feinfühlig nahegelegt, ich solle »eine neue Richtung ausprobieren«. Das Problem ist nur, dass sie mir nicht sagen will, in welche neue Richtung ich gehen soll, seit ich leicht gereizt reagiert habe, als sie meine Mom vorschlug. Dad hätte ich davon nichts erzählen sollen, so viel steht fest. Er macht immer einen Riesenwirbel, wenn es um Mom geht. Letzte Woche habe ich vorgeschlagen, ich könnte über meine Entwicklung im Bezug auf Mayonnaise schreiben, die ich früher gehasst habe und mittlerweile tolerieren kann, und Ms Layla hat nicht mal gelacht.

Jane klettert durchs Fenster zurück, die Wangen so rot wie Äpfel, aber nicht von der Kälte. »Er ist auf dem Weg«, erzählt sie mir so aufgeregt, dass sie nicht mal flüstert.

»Oh«, ruft die Freundin auf dem Sofa. »Wer denn?«

Jane setzt sich auf den Hocker neben mir und hält die Hände vors Gesicht, um ihr Lächeln zu verbergen.

»Jane hat einen Freund«, neckt Graham sie. »Was ist mit dir, Blinkie?«

»Nein«, antworte ich schroff, weil das eine dumme Frage ist. Wann hätte ich an Jungs denken sollen? Vor oder nach der Beerdigung meiner besten Freundin?

Graham hört meiner Stimme offenbar an, dass er ins Fettnäpfchen getreten ist, denn er lenkt das Gespräch wieder auf Jane. »Er ist in New York?«, fragt er. »Wo hast du ihn kennengelernt?«

Gespannt darauf, wie sie die Frage beantworten wird, drehe ich mich zu Jane um.

»Er ist von zu Hause«, sagt sie vorsichtig. »Wir kennen uns aus der Schule. Er kommt mit dem Bus.«

»Ach, wie nett. Wir sollten heute Abend was Schickes essen«, sagt die Freundin. »Um neue Anfänge zu feiern!« Sie beklatscht ihren eigenen Vorschlag, und Graham streicht ihre Haare zurück und küsst sie direkt hinters Ohr. Ich weiche zum offenen Fenster zurück, das kalte, schwere Luft in die Wohnung saugt. Für mich fühlt es sich nicht wie ein Anfang an – eher wie ein Ende. Ich schaue zu Jane, um zu sehen, ob sie das auch so empfindet, aber sie hält sich das Handy wie einen Spiegel vors Gesicht. Ich verstehe nicht, warum sie es nicht begreift. Er wird nicht kommen. Hatte er nie vor.

Weil es keinen Esstisch gibt, hocken wir uns zum Abendessen auf das Sofa, Graham und seine Freundin sitzen wie miteinander verschmolzen auf dem Boden – die Freundin sagt, auf dem Parkett zu sitzen sei besser für die Verdauung. Ich stelle mir vor, wie sehr es Dad in den Wahnsinn treiben würde, keinen richtigen Tisch zu haben, keine richtigen Servietten, und begreife, dass wir deshalb noch nie hier waren. Mir ist egal, wie Dad es findet, hat Graham mir eine Million Mal erzählt. Als wäre es so furchtbar peinlich sich zu wünschen, dass die Eltern das eigene Leben gutheißen.

Graham und seine Freundin servieren uns verschiedene Sorten Pasta, die sie in den letzten drei Stunden von Hand gemacht haben, wobei sie sich gegenseitig anschrien, das verdammte Wasser aufzusetzen und die Arbeitsfläche mit Mehl zu bestäuben, um sich anschließend an der Spüle mit Küssen mit deutlich zu viel Zunge zu versöhnen. Früher hat Graham nie in der Öffentlichkeit Zärtlichkeiten ausgetauscht, aber vielleicht empfindet er seine Wohnung nicht als öffentlichen

Raum. Als ich fragte, ob er Hilfe bräuchte, sagte er mit zusammengebissenen Zähnen, ich könnte am hilfreichsten sein, wenn ich einfach den Abend genieße.

Aus irgendeinem Grund haben sie Messingkerzenleuchter, und die Freundin zündet mit einem regenbogenfarbenen Bic, das sie aus ihrer Socke zieht, zwei hohe blaue Kerzen an. Graham steht auf, holt eine Flasche Rotwein vom Kühlschrank und schenkt Wein in vier Kaffeebecher. »Liberté, egalité, fraternité!«, ruft er als Toast, und ich weiß schon, dass Jane darauf abfahren wird. Ich schiele zu ihr hinüber, als ich an meinem Wein nippe, und vor Freude schieben sich ihre Wangen nach oben bis zu den Augen.

Die Hälfte der Teller steht schmutzig im Geschirrspüler, deshalb teilen Jane und ich uns einen in Form eines Hahns. Wir sitzen im Schneidersitz, balancieren den Teller auf unseren Knien, die sich berühren, und passen auf, dass wir uns nicht zu viel bewegen, wenn wir nach Brot und Salat und mehr Wein greifen. Alles schmeckt gut, aber nicht so gut, wie ich es erwartet hätte. Das echte Leben ist nie so gut wie die Sachen in meinem Kopf, hat Lucy immer gesagt.

Sie sagte es auch, als sie mich für ihre Kunstmappe fotografierte, wir beide auf meinem Bett lagen, und sie sich durch die Bilder auf ihrer Canon klickte.

Sehe ich hässlich aus?, fragte ich. Sie ließ den Kopf vom Fußende des Betts hängen, die Kamera unter ihrem Kinn, aber ich hatte ihr den Rücken zugedreht und mich eingerollt. Ich wollte die Fotos nicht sehen.

Natürlich nicht. Du kannst überhaupt nicht hässlich aussehen.

Ich starrte auf meinen Teppich, der mit schmutziger Wäsche übersät war: Socken, die nicht zueinander passten, zerknitterte Shirts, zerknüllte Jeans. Was ist dann das Problem?

Weiß ich nicht. Die Beleuchtung, glaube ich.

Vor ein paar Minuten hatte Lucy noch auf meiner Kommode gestanden und die Kamera hochgehalten in die Ecke, wo zwei Wände und die Decke zusammentreffen. Verhalt dich ganz normal, hatte sie gesagt, als wäre es für mich normal, die Kleider anzuprobieren, die ich aus dem Schrank meiner Mutter gestohlen hatte, bevor sie zurückgekommen war und ihre ganzen Sachen in Pappkartons verstaut hatte. Als ich Lucy gebeten hatte, herunterzusteigen und mir mit dem Reißverschluss zu helfen, hatte sie gesagt, das könne sie nicht. Du musst so tun, als wäre ich nicht hier. Sonst funktioniert es nicht.

Du musst sie nicht verwenden, wenn sie nichts geworden sind.

Natürlich verwende ich sie. Sie müssen nur ein bisschen nachbearbeitet werden.

Wenn du willst, helfe ich dir. Ich drehte mich zu ihr um. Ich habe doch im Herbst diesen Photoshopkurs gemacht.

Ist schon gut. Obwohl sie hinunter auf die Kamera starrte, hörte ich ihrer Stimme an, dass sie das Gesicht verzog. Wenn es um ihre Kunst ging, hielt sie mich immer auf Abstand. Ich weiß nicht genau, ob es ihr wichtig war, dass alles allein ihr Werk war, oder ob sie dachte, ich würde etwas kaputtmachen.

Als ich mich vom Bett rollte, hatte ich das Gefühl, mir sei etwas genommen worden, das ich nicht zurückbekommen konnte. So muss sie sich wohl auch gefühlt haben, als ich ihr das Video aus dem Bus schickte und fragte: *hast du das gesehen?*

Die Freundin stellt ihren Teller klappernd auf das Tischchen. »Wann kommt dein Geliebter?«, fragt sie Jane, die fast an ihrer Weidefleischfrikadelle erstickt.

»Bald.« Sie schaut unter unserem Teller auf ihr Handy. Es ist fast acht, angeblich ist Mr Taylor um zwei in Boston losgefahren. Ich sage dazu nichts.

Wir lecken unseren Teller förmlich ab, weil Jane und ich bemerkt haben, dass die Köche beleidigt wären, wenn wir es nicht täten. Die Freundin steht auf, um zu spülen, behauptet steif und fest, Jane und ich könnten nicht helfen, und bindet sich die Haare mit einer Stoffserviette zurück wie eine aufreizende Milchmagd. Ich bin so satt, dass ich auf den Boden krabble und mich neben Graham lege, der seinen Bauch streichelt, als wäre er schwanger. Er legt sich neben mich, und als sein Kopf gerade den Boden berührt, brummt mein Handy in meiner Tasche. »Oh, oh«, sagt er, weil uns beiden klar ist, wer das ist. Ich hebe das Handy ans Ohr und räuspere mich, bevor ich Hallo sage.

»Wie läuft der Abend?«, fragt Dad. Im Hintergrund reden seine Golfkumpel – einer von ihnen, wahrscheinlich Mr Brown, ruft: »Tagchen, Soph!«

»Ach, gut.« Ich sehe mich im Zimmer nach etwas um, mit dem ich meine Geschichte ausschmücken könnte. »Jane übernachtet bei mir. Ich hoffe, das ist in Ordnung.«

»Kein Problem. Ich wäre in dem Haus auch nicht gern allein.« Dad mag Jane, weil sie still ist, was für ihn bedeutet, dass sie auch besonnen ist. Wenn er wüsste.

»Wann kommst du morgen nach Hause?«

»Mein Flug geht um sechs, also sollte ich um sieben zurück sein. He – habt ihr wirklich zehn Grad minus? Ich habe gerade auf meine Wetterapp geschaut.«

Ich bin wohl blass geworden, denn Graham fragt immer wieder stumm: *Was?* Ich scheuche ihn mit der Hand weg und setze mich auf. »Oh, ja. Es ist ganz schön kalt. Die genaue Temperatur weiß ich nicht, wir waren nicht draußen.«

»Tu mir doch einen Gefallen, ja?«

Graham stützt sich auf einen Arm und lehnt sich zum Telefon, aber ich reiße den Kopf weg. »Klar, welchen?«

»Dreh die Wasserhähne auf, damit die Rohre nicht einfrieren, wie letzten Winter. Nur so, dass ein klein bisschen warmes Wasser fließt, mehr nicht.«

»Ist gut«, sage ich. Meine Wangenknochen kribbeln, als hätte sie jemand mit Schmerzgel eingerieben. »Mach ich.«

»Danke, Schätzchen. Dann kümmer dich mal wieder um Jane. Hab dich lieb.«

»Hab dich auch lieb«, höre ich mich sagen. Das Gespräch endet, und ich lasse mein Handy fallen. »Habe ich komisch geklungen?«, frage ich Graham. »Es kommt mir so vor, als hätte ich komisch geklungen.«

»Du warst ganz normal. Was ist los?«

Nachdem ich mich nicht mehr darauf konzentrieren muss, normal zu wirken, spüre ich ausgewachsene Panik in mir aufsteigen. »Ich soll die Wasserhähne aufdrehen!« Die Worte platzen aus mir hervor, wie ich es mir beim Wasser in unseren beschissenen gefrorenen Leitungen vorstelle. »Wie zum Teufel soll ich die Wasserhähne aufdrehen? Ich bin hier!«

»Was ist?«, fragt Jane vom Sofa. »Ist was passiert?«

Graham schlägt mir lachend auf den Rücken, als wäre alles, wie es sein sollte. »Du steckst zum ersten Mal in Schwierigkeiten! Das ist ein Meilenstein!«

»Das ist nicht witzig.«

»Ach, komm.« Er verdreht die Augen und pikst mir gegen

die Brust, als wäre ich ein kleines Kind. »Dir passiert schon nichts. Du bist Dads Liebling.«

Er sagt das immer, als hätte ich um Dads Zuneigung gewetteifert, als hätte ich gerufen: »Ich, ich, ich!«, und ihm die Fußsohlen geküsst, dabei hat Graham nur alles ungleich schwerer gemacht, und ich habe wenigstens versucht zu helfen. Ich war auch ein Kind, als sie gegangen ist. Mehr Kind als er. Und wo ist er jetzt? Weit weg von uns, wie er es immer gewollt hatte, mit einer Hipsterfreundin und Bahngleisen und einer Million Fremder zwischen uns. »Du hast alle Verantwortung hinter dir gelassen, genau wie sie. Das war deine Entscheidung.«

»Red nicht über Sachen, an die du dich nicht erinnerst.« Grahams Stimme klingt jetzt tief und grollend, als würde sie durch Zahnräder gepresst.

»Warum machst du das? Warum tust du so, als wäre ich nicht dabei gewesen?«

Jane steht jetzt vom Sofa auf, und ich bemerke, dass der Wasserhahn nicht mehr läuft – die Freundin schleicht mit gesenktem Kopf näher. »Wollt ihr nicht lieber draußen reden?«, flüstert sie. »Da seid ihr ungestört.«

Ich rechne damit, dass Graham tut, was er immer tut, und sagt: »Scheiß doch drauf«, aber stattdessen geht er zum Fenster, schlägt mit der flachen Hand dagegen und schiebt es hoch. Als er auf der Feuertreppe steht, dreht er sich um und sieht mich an, als wäre ich der größte Schwachkopf, dem er in seinen dreiundzwanzig Jahren begegnet ist. »Kommst du jetzt oder nicht?«

Ich klettere hinaus, er knallt das Fenster hinter mir mit Wucht herunter. »Beruhig dich mal«, sage ich zu ihm. »Herrje.«

»Ich hasse es, wenn Leute das sagen.« Er hält sich am Geländer fest und schaut hinunter auf die Straße. Sein Atem umweht ihn wie Zigarettenqualm. »Wusstest du, dass Dad dasselbe zu mir gesagt hat, als sie gegangen ist? Ich habe geweint, und er meinte: ›Beruhig dich, beruhig dich. Das ist normal.‹« Er dreht den Kopf zu mir. »Es war nicht normal.«

Grahams Problem ist, dass er in seinem Kopf gefangen ist. Er sieht nur, was Graham sieht; er ist nicht in der Lage, eine andere Perspektive einzunehmen.

»Dad wollte dich nur trösten. Ich meine, was hätte er denn machen sollen? Sagen, dass sie nicht zurückkommt?«

»Etwas sagen, das nicht gelogen war.« Er lässt sich auf eine der Stufen fallen, die zur Wohnung über uns führen, und sie bebt unter dem Aufprall. »Was hat er zu dir gesagt?«

Unsere einzige Regel, jedenfalls bis jetzt, lautete, dass wir nicht über diesen Abend reden. Ich glaube, uns war immer klar, dass wir unterschiedliche Sichtweisen auf das hatten, was geschehen war, und dass es gefährlich sein könnte, sie zu vergleichen.

»Nichts. Er hat nichts gesagt.« Auf der anderen Straßenseite gestikuliert ein Paar so theatralisch, dass man meinen könnte, die beiden würden in einem Stummfilm mitspielen. Sie streiten sich wegen irgendwas – ich höre nur *Arschloch*. »Er war zu sehr mit dir beschäftigt.«

»Das stimmt nicht.«

»Doch. Ganz ehrlich.«

»Und woher wusstest du es dann? Er muss doch irgendwas gesagt haben.«

»Nein. Als ihr beide oben wart, hat das Telefon in der Küche geklingelt. Ich habe abgenommen und mit ihr geredet. Sie hat gesagt: ›Ich habe euch lieb, aber ich kann das nicht mehr. Es tut mir so leid.‹ Sie hat geweint. Und dann hat sie aufgelegt.« Der Wind weht uns eine Wolke eisiger Luft ins Gesicht, und erst jetzt merke ich, dass wir bei Temperaturen unter dem Gefrierpunkt ohne Jacken draußen sind.

»Das hast du mir nie erzählt«, sagt er.

»Weder dir noch Dad. Als er die Treppe runterkam, habe ich nur gesagt: ›Ich weiß es‹, und das war's.«

»Wie alt warst du, elf?«, fragt Graham.

»Neun«, sage ich. »Ich war neun.« Ich versuche, ihn anzulächeln, und es fühlt sich an, als würde mein Gesicht zerbrechen.

Von unten dringt ein Gewirr von Geräuschen herauf, der Lärm des streitenden Paars, einer Krankenwagensirene und knallender Türen. »Ich finde es furchtbar hier«, sage ich, nachdem wir, wie es mir vorkommt, sehr lange still gewesen sind.

»Ich weiß.«

»Lucy hat gesagt, ich würde die Stadt lieben.«

Graham stößt eine weiße Atemwolke aus, als ich das sage. Er tippt sich mit einer Hand aufs Knie und winkt mit der anderen zu seiner Brust. »Komm her, Blinkie.«

Ich gehe zur Treppe und setze mich eine Stufe unter ihn, mit dem Rücken gegen seine Schienbeine. Er beugt sich vor und schlingt die Arme um meine Schultern. »Ich vermisse sie auch«, sagt er.

Weil wir den Streit gerade erst beendet haben, und weil wir sonst nie so miteinander reden, und weil ich ihn wer weiß wie lange nicht mehr sehen werde, sage ich nicht, was ich denke. Und zwar: Du vermisst sie nicht so wie ich. Das tut niemand, und das wird auch nie jemand tun.

»Sie hat geglaubt, dass du Großes vollbringen wirst«, sagt er. »Und das wirst du auch.«

Irgendwie glauben alle, es würde mich aufmuntern, wenn sie ihr Worte in den Mund legen. »Das hat sie nie gesagt.«

»Doch, hat sie.« Er löst einen Arm von mir, und ich spüre, wie er in seiner Tasche herumkramt. Dann hält er mir sein Handy vors Gesicht. »Siehst du?«

Es dauert einen Moment, bis ich begreife, was ich da vor mir habe, wie bei Lucys Leinwänden. Die Reihe von blauen und grauen Chatblasen, der Name, der darüber steht. Meine Augen zucken hin und her, sie bewegen sich so schnell in ihren Höhlen, dass ich nur Bruchstücke der Sätze erkenne. *haha* und *college* und *gemälde* und *lol* und *scheiße* und *was!* und *neeeein* und *new york city* und *omg* und *soph*.

Ich starre durch den Gitterrost unter mir, durch den ich nur weitere Gitterroste sehe. »Warum hast du ihr geschrieben?«, scheine ich zu fragen.

»Wir waren Freunde«, antwortet er, und ich warte einen Moment, ob es ein Scherz sein soll, ein aufwendiger Versuch, mich aufzubauen, wie die ganzen grottigen Kurzfilme über Mütter und Söhne, die er dreht, statt eine Therapie zu machen.

»Wir hatten viel gemein.«

Mein Mund trocknet komplett aus. »Sag jetzt nicht, dass ihr beide Künstler wart. Bitte sag das nicht.« Sein Bein verschiebt sich hinter meinem Schulterblatt. »Du bist kein Künstler.«

»Aber du bist eine Künstlerin?«, fragt er nach einem Augenblick.

»Nein. Natürlich nicht.« Ich stehe auf und stütze die Unterarme auf die Brüstung. Ich kann ihn nicht ansehen. »Werd erwachsen.«

»Sie hatte recht. Du kannst wirklich eine kaltherzige Zicke sein.« Ich höre, wie er hinter mir das Fenster öffnet und in die Wohnung poltert.

»Ich bin gar nichts«, sage ich, und obwohl ich allein bin, kommt es mir vor, als würde ich zu ihr sprechen.

»Ist alles in Ordnung?«, fragt die Freundin. Die Gerüche aus der Küche wehen heraus, Bolognese und gebratene Zwiebeln und Toastbrot, und ich glaube, ich muss gleich spucken. Ich senke den Kopf und lasse Speichel auf den Gehweg tropfen, da tippt mir jemand auf den Rücken. Ich drehe mich um, und Jane steht vor mir.

»Willst du reden?«

»Nein.«

»Na gut.«

Eine Weile stehen wir schweigend da, bis Jane hinter mich tritt und ihre Arme um meine Taille schlingt. Ich sage mir, dass ich schon öfter gedacht habe, mein Leben wäre vorbei, dass es aber nie so war.

»Er kommt nicht«, gesteht sie ein. »Ich glaube, im Grunde war es mir auch klar.« Sie fährt mit einer Hand durch die Haare, die ich mir hinters Ohr gestrichen habe. Sofort findet sie einen Knoten. »Warum will ich immer etwas, von dem ich weiß, dass ich es nicht haben kann?«

»Was hat er geschrieben?«, frage ich, weil ich gerade nicht in der Verfassung bin, heikle Fragen zu beantworten.

»Nichts. Er hat einfach nicht mehr geantwortet.« Mit den Fingernägeln versucht sie, den Knoten zu lösen, und zerrt dabei an meiner Kopfhaut.

»Typisch.«

»Kann man so sagen.«

»Hat er dir wehgetan?« Die Frage beschäftigt mich schon lange, aber ich habe sie noch nie gestellt. Wie es aussieht, sage ich heute Abend so einiges, von dem ich es nie gedacht hätte.

Ihr Lachen klingt hell an mein Ohr. »Das hätte ich nie zugelassen.« Ich versuche, auch zu lachen, obwohl ich nicht gefragt habe, was sie zugelassen hätte oder nicht. Ich weiß gar nicht mehr, ob ich glaube, dass man selbst entscheiden kann. So vieles scheint einfach zu passieren.

Etwas Feuchtes berührt meine Stirn, und als ich den Kopf hebe, sehe ich, dass es schneit.

»Genau wie zu Hause«, sagt Jane. Sie zerrt an meinen zerzausten Haaren, und ich spüre, wie etwas reißt. »Aha!« Auf der flachen Hand präsentiert sie mir den Knoten, der aussieht wie ein Mäusenest, braun und ganz verfilzt. Und dann streckt sie die Hand über die Brüstung und lässt los. Meine Haare fallen viel langsamer, als ich gedacht hätte, sie schweben in der Luft wie eine Feder. Auf der anderen Straßenseite kommt ein Mann mit einem eingepackten Sandwich aus der Bodega, eine Katze huscht über den Gehweg, und die Fenster des Brownstones, in dem das Licht eingeschaltet wird, sehen aus wie die leuchtenden Zähne eines Halloweenkürbisses. Die Stimme einer Unbekannten schwebt zu uns herauf. »Mal ehrlich, für wen hält der sich?« Durch die kalte Luft wirkt alles schärfer, wie beim Optiker, wenn er eine neue Linse vor das Auge klappt.

»Du hast recht.« Jane kommt neben mich, stützt sich mit den Ellbogen auf die Brüstung und legt ihr Kinn auf die gekreuzten Handgelenke.

»Womit?«

»Sie hätte das hier nicht verlassen.« Jane schaut zum Himmel hinauf, und ich muss zugeben, dass mehr Sterne zu sehen sind, als ich es in der Stadt erwartet hätte. Sie sehen aus wie Strasssteine auf schwarzem Samt. »Sie hätte dich nicht verlassen.«

»Ich hoffe es.« Aber das war das Problem mit Lucy. Wenn man gerade dachte, man könnte sie klar sehen, verschwamm etwas. Und das wusste sie; es gefiel ihr so – sie versteckte sich gern hinter verschiedenen Versionen von sich. Ich glaube, genau darum ging es bei den Fotos. Wer man wird, wenn der eigene Körper nicht einem selbst gehört, sondern den Menschen, die ihn beobachten. Als ich das Kleid meiner Mutter angezogen hatte, stellte ich mich sofort gerade hin und nahm die Schultern zurück. Als wäre ich wieder in der Ballettgruppe, die sie unterrichtete, als würde sie wieder eine Hand auf meine Brust drücken, um sie zu öffnen, und die andere unten auf mein Rückgrat pressen.

»He.« Jane sieht mir tief in die Augen, als wollte sie sagen: Komm zurück. »Wir könnten Olivia komplett fertigmachen, wenn wir wollten.«

Lange Zeit wollte ich das tatsächlich. Aber vor allem, weil die Schuld woanders liegen sollte als bei einem nassen Boden oder einem betrunkenen Ausrutscher oder einer Seite meiner besten Freundin, die sie mir nie gezeigt hatte. Am ersten Schultag im September schob ich Marina Nowak auf dem Klo in die Behindertenkabine und drückte mit dem Daumen in ihre Halsgrube, bis sie keine Luft mehr bekam. Ich hatte gehört, Olivia hätte Lucy dazu herausgefordert, aber Olivia hatte die Schule gewechselt, deshalb war Marina das nächstbeste Ziel. Den ganzen Sommer lang hatte ich die Augen offengehalten: Ich hatte die Fotos der billigen Blumensträuße gesehen, die meine Mitschülerinnen auf ihr Grab gelegt und auf Instagram gepostet hatten; Überwachungsvideos, die mir die Polizei gezeigt hatte, die körnigen Standbilder mit Gestalten, von denen sie hofften, ich würde sie erkennen; ordentliche braune Kartons am Fußende von Lucys Bett, die sich langsam mit den Gegenständen aus ihrem Leben gefüllt hatten, Gegenständen, die Brynn mir vor die Nase gehalten und von denen sie gefragt hatte: Willst du das haben? Ich war es leid zuzusehen. Ich wollte handeln.

Wir haben nichts gemacht!, keuchte Marina auf dem Klo.

Ich drückte fester zu. Sie würgte, ihr Hals vibrierte unter meinen Fingern. Mit einem Mal widerte mich ihre Zerbrechlichkeit an. Gott, sagte ich, du bist so nutzlos.

Ich ließ sie los, und sie sackte gegen die Kabinenwand und drückte beide Hände an den Hals. Ein Klumpen Spucke fiel in die Toilette, als sie den Mund öffnete.

Erzähl keinem was davon, sagte ich, bevor ich die Kabinentür öffnete. Soweit ich weiß, hat sie es nicht getan.

In diesem Moment erscheint mir die Schule mit ihren Kunststoffabsperrungen auf dem Balkon im ersten Stock und den Aufklebern mit der Nummer der Telefonseelsorge auf den Türen der Lehrer so weit entfernt wie der Mond. Es wurde auf Selbstmord entschieden, weil die Ärzte kein Anzeichen für einen Krampfanfall gefunden haben und man wenigstens versuchen kann, Kinder davon abzuhalten, sich umzubringen. Aber Lucy hatte so viel vor. Haben Menschen, die sich das Leben nehmen wollen, noch Ziele? Außer, diese Welt zu verlassen? Sterben zu wollen und leben zu wollen schließen sich vielleicht nicht unbedingt aus. Aber eines gewinnt am Ende.

»Lass mal. Olivia ist doch nur ein Haufen Mutterkomplexe in einem Trenchcoat.«

Darüber muss Jane lachen. Sie boxt leicht gegen meinen Arm. »Weißt du was, wir haben immer noch Zeit, unsere Jungfräulichkeit zu verlieren.«

»Großer Gott.« Ich verdrehe die Augen, lasse mich gegen Jane fallen und spüre, wie ihre Rippen beim Lachen über meinen Rücken reiben. »Klar, wir haben unser erstes Mal, nachdem wir in der kleinsten Wohnung von Prospect Heights fünf Teller Nudeln gegessen haben.« Jetzt kann sie sich gar nicht mehr halten und wedelt sich keuchend Luft zu. »Also hast du es wirklich nicht mit ihm getan?«, frage ich, weil mir ihr Lachen Mut macht.

Sie schüttelt den Kopf. »Er war viel zu feige«, sagt sie unter Schluckauf. Nach einem Moment fängt sie sich und wischt sich mit ihrem Ärmel über die Augen. »Ich hätte es getan. Auf jeden Fall.« Sie schmiegt ihr Kinn an meinen Hals. »Wen würdest du nehmen? Ich weiß nicht mal, wer dein Typ wäre.«

Ich spüre ein Gewicht auf mir lasten und überlege, ob es am besten bleiben sollte, wo es ist. »Oh, ich bin keine Jungfrau mehr. Das habe ich nur Lucy gegenüber behauptet, damit sie sich nicht schlecht fühlt.«

Im ersten Moment sagt Jane nichts, und ich spüre, wie sich ihre Meinung über mich verändert. »Echt?«

»Na ja – du weißt ja, wie das ist. Niemand wird gern abgehängt.«

»Ja.«

Obwohl wir uns so eng aneinanderdrängen, habe ich das Gefühl, dass zwischen uns eine Mauer steht. »Willst du nicht wissen, wer es war?«, frage ich schließlich.

Sie löst sich von mir und sieht mich ganz aus den Augenwinkeln an. »Es war niemand«, sagt sie. »Richtig?«

»Richtig.« Ich hatte vergessen, dass Jane etwas begreift, das Lucy nicht begriffen hat. Man muss nicht jedes Geheimnis eines Menschen kennen, um ihn zu verstehen.

Jane und ich schlafen zusammen auf dem Sofa unter einer kratzigen marokkanischen Decke, die Grahams Freundin aus ihrem Kleiderschrank geholt hat. Graham spricht nicht mehr mit mir, er fragt nur noch, ob ich eine Zahnbürste habe, worauf ich Ja sage.

Am Morgen essen wir Joghurt, den die Freundin in einem Instant Pot selbst fermentiert hat und der so schmeckt, wie ich es mir vom Schmutz unter den Zehennägeln vorstelle. Jane lässt von ihrer Portion nichts übrig, weil sie höflich ist, und ich schütte meine in den kleinen Komposteimer, als niemand hinsieht. Während die Freundin unsere leeren Einmachgläser spült, fragt sie, ob wir Hilfe bräuchten, um zum Bahnhof zu kommen. Ich antworte, das würden wir schon allein hinkriegen, besten Dank. Graham kommt nicht mal aus seinem Zimmer, um sich zu verabschieden.

»Solltest du mit ihm reden?«, fragt Jane draußen auf dem Flur, bevor wir die Treppe hinuntergehen.

»Nein. Ich bin immer diejenige, die alles in Ordnung bringt.«

Ich schaffe es ein paar Stunden vor Dad nach Hause. Als wir endlich am Bahnhof von Nashquitten ankommen, ist das Auto so kalt, dass wir mit unseren Schlüsseln das Eis von den vorderen Türen kratzen müssen, um überhaupt einsteigen zu können. Ich fürchte, das Auto könnte nicht anspringen, aber Jane sagt, sie glaube daran. Und sie hat recht. Zitternd klammern wir uns über der Mittelkonsole aneinander, um uns zu wärmen, und die Lämpchen leuchten auf wie immer. »Sieh nur, wie viel Glück wir haben!«, sagt sie, und ich frage mich, welche Geschichte sie über unser Wochenende erzählen wird.

Zu Hause fährt Jane mit dem Auto ihrer Mom rückwärts aus der Einfahrt und hupt die ganze Straße hinunter ein Lied, das ich nicht erkenne. So haben wir uns auch angefreundet. Die Beerdigung war vorbei, wir waren zum Leichenschmaus ins Painted Pearl weitergezogen, wo alle Lasagne und Knoblauchbrot von Warmhalteplatten aßen. Mir kam es irrsinnig vor, dass irgendjemand etwas essen konnte. Deshalb ging ich raus, weg vom Hafen und zu dem kleinen Parkplatz, den die

Leute nutzen, wenn sie durch die Salzwiesen wandern wollen. Dort stand nur ein einziges Auto, ein ramponierter Prius, aus dessen misstönender Hupe eine unbekannte Melodie dröhnte. Als ich vorbeiging, ließ Jane ihr Fenster herunter. Ich kenne dich aus Englisch, sagte sie.

Was machst du da?, fragte ich.

Mit Musik fühle ich mich nicht so traurig.

Das nennst du Musik?

Sie lachte. Mir steht nicht gerade das beste Instrument zur Verfügung. Hast du das Lied erkannt?

Nein.

»Where Have All the Flowers Gone.« Steig ein, dann spiele ich dir die richtige Version vor.

Und so verbrachten wir den restlichen Tag – Jane fuhr uns herum und spielte mir ihre Musik vor, die wie eine Playlist für traurige Dads wirkte, aber das sagte ich nicht. Weißt du, was komisch ist?, fragte sie irgendwann. Was?, fragte ich. Bisher ist noch nie jemand gestorben, den ich kannte. Außer, na ja, meiner Großmutter. Ich drückte die Stirn gegen das Fenster und beobachtete, wie das Glas von meinem Atem beschlug. Ja, sagte ich. Geht mir auch so.

Im Haus laufe ich herum und drehe die Wasserhähne auf, und als alle funktionieren, preise ich Gott zum ersten Mal seit sieben Jahren. Dann lasse ich es so aussehen, als wäre ich nie weg gewesen: Ich stapfe durch den Garten, damit Fußspuren im Schnee sind, ich stelle zwei Schalen und drei Teller in die Spülmaschine und hänge in meinem Bad ein Handtuch über die Stange.

Am Abend beobachte ich, wie Dads Auto langsam unsere Straße entlangfährt, falls irgendwo Glatteis sein sollte. Mom ist immer so gerast, dass die Nachbarn uns sogar einmal einen

Zettel unter der Tür durchgeschoben haben, auf dem stand, sie sei eine Gefahr für die Anwohner der Elm Street. Ein Jahr später folgten die Temposchwellen, und Mom fluchte jedes Mal, wenn wir darüberrumpelten, weil sie natürlich nicht langsamer fuhr. Juchu!, rief Lucy immer, wenn sie mit im Auto saß, und dann drehte Mom sich zu mir um und sagte: Das Mädchen gefällt mir.

Drei Wochen nachdem es passiert war, rief Mom mich an. Seit sie gegangen ist, schickt sie mir zu jedem Feiertag eine Karte und schreibt immer darunter: *Ich hoffe, wir können bald miteinander reden*, aber ich antworte nie. Sie dachte, es würde daran liegen, dass ich ein moralisches Problem mit allem hätte, der Affäre und dem Lügen und natürlich der Tatsache, dass sie uns verlassen hat. Ich meine, klar, dazu hätte ich allen Grund gehabt. Aber daran lag es nicht. Ich habe es getan, weil ich sie für einen Feigling hielt. Wäre sie doch nur mutig genug gewesen und hätte gesagt: So funktioniert es nicht mehr. Aber sie hatte zu viel Angst, um zu verlangen, was sie wollte. Und so wartete sie, bis sie es nicht mehr aushielt und uns alle verletzen musste, um zu bekommen, was sie brauchte.

Sie rief mich auf dem Handy an, als ich gerade am Küchentisch saß und Mathe machte. Dad war noch nicht zu Hause, und ich hatte alle Fenster geöffnet, damit ich das blühende Geißblatt draußen riechen konnte. Ich habe es gehört, sagte sie nur, worauf ich nicht antwortete. Graham musste es ihr gesagt haben.

Dann: Warum kommst du nicht her? Du kannst dein eigenes Zimmer haben. Es ist fast Sommer.

Sie lebt jetzt in Kalifornien, in einer Stadt namens San Luis Obispo, über die ich nichts weiß. Graham hat sie letztes Jahr besucht und fand es großartig, aber das war zu erwarten. Ihr

Freund ist Professor am College dort, und Graham glaubt, die beiden würden sich bald verloben.

Du weißt, dass du nichts falsch gemacht hast, Schätzchen, sagte sie.

Natürlich hatte ich nichts falsch gemacht. Am Abend der Party war ich in Connecticut gewesen und hatte den zwölften Geburtstag meiner kleinen Cousine gefeiert. Am nächsten Morgen war ich auf dem Sofa neben einem Berg ausgepackter Geschenke aufgewacht, und auf meinem Handy, das neben einem vergessenen Pappteller mit angetrockneter Kuchenglasur auf dem Boden lag, waren neun verpasste Anrufe und drei Nachrichten auf der Mailbox.

Ich war kurz davor aufzulegen, und sie muss es gespürt haben, denn sie rief schrill: Warte! Ich wollte dir noch sagen, dass ich dich lieb habe.

Okay, sagte ich.

Das war's?

Das war's.

Lucy fand, ich sei zu streng mit ihr. Dir ist schon klar, dass sie immer deine Mom bleiben wird, oder?, fragte sie mich abends an meinem fünfzehnten Geburtstag. Meine Mom hatte versucht anzurufen, aber ich hatte die Mailbox drangehen lassen, wie üblich. Wir waren gerade mit unseren Fahrrädern zum Strand gefahren, wischten uns den Schweiß von der Stirn und rissen uns Shorts und Shirts herunter, als wir aufs Meer zuliefen. Das hört nicht auf, nur weil du nicht mit ihr sprichst, sagte sie, direkt bevor der Sandboden unter uns abfiel und das Wasser uns bis zur Brust reichte. Ich tauchte mit dem Kopf unter, damit ich nicht antworten musste. Lucy dachte, sie verstünde die Welt besser als die meisten Menschen. In Wirklichkeit gab es vieles, was sie nicht verstand.

Quietschend öffnet sich das Garagentor, wenig später steht mein Vater im Flur und schlägt am Türrahmen den Schnee von seinen Stiefeln. Ich nehme ihm seine Jacke ab, hänge sie in die Garderobe und streiche die Falten aus dem Kragen. »Was zum Teufel ist mit dem Auto passiert?«, fragt er. Ich rücke die Packung Natron auf dem Garderobenbrett zurecht, die den modrigen Geruch feuchter Winterjacken vertreiben soll. »Es ist ja völlig vereist. Hast du es draußen stehen lassen?« Ich höre die typischen Geräusche: Wie die Stiefel auf die Gummimatte neben dem Schuhregal fallen, wie seine Socken über die Knöchel reiben, als er sie hochzieht. »Sophia? Hast du mich gehört?« Ich antworte nicht. »Sophia?«, fragt er wieder. »Soph?«

Ich schließe die Garderobentür. »Ich bin nach New York gefahren und habe Graham besucht.«

Zu einem Fuß hinuntergebeugt hält er inne. »Was?«

»Keine Sorge, ich habe meine Lektion gelernt. Es war eine Katastrophe.«

Er richtet sich langsam auf, als wäre ich ein wildes Tier, das ihn anspringen könnte. »Ich weiß nicht recht, was ich sagen soll.«

»Würde es dir was ausmachen«, frage ich, »wenn ich jetzt sofort Mom anrufen würde?«

Er kommt zu mir und legt mir beide Hände an die Wangen. Von der plötzlichen Wärme im Haus sind sie angeschwollen. »Ist alles in Ordnung?«

Ich nicke. »Es wird schon.«

Brynn

Bevor ich mich entschied, im Internet nach Männern zu suchen, probierte ich es auf die altmodische Art. Ich las Bücher in schummrigen Bars, trank schaumigen Latte macchiato in vollen Bistros, setzte mich an wackelige Straßencafétische und bemühte mich, ansprechbar zu wirken – solche Dinge. Ich gab mich interessant, indem ich bunten Modeschmuck trug oder Bücher las, auf denen goldene Aufkleber verkündeten, welche Preise sie gewonnen hatten. Der Schmuck war unerträglich schwer – ich hatte einen Albtraum, in dem ich auf allen Vieren stand wie eine Kuh, der Anhänger wie ein Joch an meinem Hals –, und die Bücher schienen allesamt irgendwelche untergründigen Gefühle anzudeuten, die ich nie richtig einordnen konnte. Eine Figur sagte etwas wie: Vermisst du ein Leben, das du nie geführt hast? Und eine andere antwortete: Nur, wenn ich vergesse, dass ich dieses führe. Und dann fragte ich mich, ob man heutzutage Bücher las, um die Rätsel des Menschseins noch zu vertiefen, statt sie zu entwirren.

Die Kellnerin in der Bar Hola teilte meine literarischen Einschätzungen. Ich gewöhnte mir an, dienstags, mittwochs und donnerstags hinzugehen, und dann musste sie zuhören, wenn ich ihr Abschnitte aus dem jeweiligen Wälzer vorlas, den ich zuletzt erstanden hatte. Falls Sie sich fragen, warum ich weiterlas, obwohl ich so offensichtlich enttäuscht war, lautet die Antwort, dass ich mich weiterentwickeln wollte, und Bücher zu lesen erschien mir reizvoller, als zum Pilates zu gehen oder meinen Blick auf die Welt an sich zu verändern.

Du solltest diese Liebesromane lesen, die im Supermarkt an der Kasse stehen, schlug die Kellnerin vor. Du weißt schon, diese Taschenbücher, bei denen man das Gefühl hat, sie fallen beim Umblättern auseinander? In diesen schmalen Drehständern? Ich wusste genau, was sie meinte. Die sind vielleicht anregender, sagte sie. Du brauchst was Anregendes. Dem konnte ich nur zustimmen.

Der Vorschlag kam, nachdem ich bei einem unserer Gespräche über Bücher abgeschweift war und ihr erzählt hatte, dass ich in meinem ganzen Leben nur mit einem Mann geschlafen hatte, der zufällig auch mein Exmann war. Ich wollte etwas Bedeutsames über das Leben und Chancen und verpasste Gelegenheiten sagen, aber offenbar kam es nicht richtig rüber, denn die Kellnerin meinte, ich müsse mich flachlegen lassen oder zumindest einen Vibrator kaufen. Ich fand es beleidigend, dass sie mich für die Art Frau hielt, die keinen Vibrator besitzt.

Wie wäre es mit einer App?, fragte die Kellnerin, als sie mir die kleine Kunststoffmappe mit meiner Rechnung gab.

Ha!, rief ich, weil ich zu viel Weißwein getrunken hatte. Das ist was für junge Leute!

Nein, sagte die Kellnerin ganz ernst. Auf diesem Gebiet gibt es Pionierinnen jeden Alters. Als könnte man den Versuch, sich durch Massen untersetzter Männer in den Fängen einer Midlife-Crisis zu wühlen, damit gleichsetzen, eine matriarchale Gesellschaft voller vom BH befreiter und gerecht bezahlter Menschen zu entdecken.

Was mich zu diesem Moment bringt, in dem ich mit einer Siebzehnjährigen neben mir auf dem Sofa in meiner Wohnung sitze. Sophia hat herausgefunden, wie sie mein Handy mit einer offiziellen App, wie sie steif und fest behauptet, mit dem Fernseher verbinden kann, und jetzt starren wir auf einen Mann, dem der Mund offen steht und dessen dünne Haare aussehen, als hätte er sich Wollmäuse auf den Kopf geklebt. »Fangen sie mit den Unattraktiven an?«, frage ich. »Damit man seine Erwartungen nicht zu hoch schraubt?«

»Mrs Anderson!«, ruft Sophia, weil es ihr immer noch unangenehm ist, mich Brynn zu nennen, obwohl ich mich weder als Mrs noch als Anderson betrachte. Sie war schon immer konservativer als Lucy, und ich hätte nichts dagegen gehabt, wenn ein bisschen davon auf meine Tochter abgefärbt hätte. Aber Lucy hat sich nie leicht beeinflussen lassen. Als sie mit sechs eine Erdnussallergie entwickelte, aß sie einen Monat lang heimlich händeweise Erdnüsse, weil sie überzeugt war, sie könnte die Diagnose durch reine Willenskraft aufheben. (Ich hoffe, keine Mutter braucht je so viele Epipens wie ich in diesem Juli.) Sophia dagegen – Sophia ließ sich beeinflussen. Lucy hat sie von einem Mathegenie in eine aufstrebende Schriftstellerin verwandelt, sehr zum Leidwesen von Sophias Vater. Sie hat Lucy sogar zu einem vierundzwanzigstündigen Filmmarathon im Kino begleitet, nachdem ihr Vater und ich uns geweigert hatten. Einen ganzen Tag lang wurden experimentelle Filme gezeigt, die als »verstörend, erleuchtend und zutiefst aufwühlend« angepriesen wurden. Nein, danke. Und jetzt übernimmt dieses Mädchen die bizarre Aufgabe, eine geschiedene, trauernde Mutter durch das Labyrinth der Dating-Apps zu führen – das passt eigentlich nicht zu Sophia. Das ist ganz Lucy.

»So schlimm ist er gar nicht«, sagt sie.

»Ich will einen Jüngeren.« Ich greife über die Armlehne nach dem Pinot Grigio auf dem Beistelltisch. »Ich glaube, was Jüngeres am Arm würde mir gut stehen.«

»Wie viel jünger?« Sophia hat immer noch mein Handy und öffnet die Einstellungen der App, die auf dem Fernseher erscheinen. »So bis vierzig?«

»Sophia, *ich* bin vierzig.« Sie versucht, sich ihr Entsetzen nicht anmerken zu lassen, aber ihre Augenbrauen verraten sie. »Stell fünfundzwanzig ein.« Sie sieht mich mit einem Blick an, der deutlich fragt: Im Ernst? »Na los!«

Der Fernseher zeigt eine Linie, auf der man das Wunschalter eingrenzen kann, und ich beobachte, wie der Punkt darauf von einem Ende zum anderen rutscht. Ich schenke mir Wein nach und schwenke ihn zufrieden im Glas.

»Aber seien Sie vorsichtig.« Sophia navigiert zurück zu den Junggesellen. »Junge Männer nutzen ältere Frauen gern aus. Das gibt ihnen ein Gefühl von Macht.«

»Werde ich im Kopf behalten.«

Die neue Auswahl sieht gleich besser aus – durchtrainiert und mit strahlenden Augen, als würden sie jeden Tag Gewichte heben und acht Stunden am Stück schlafen. »Sag Ja«, bitte ich. »Ja. Ja.«

»Ich soll nach rechts swipen, meinen Sie.«

»Wie auch immer«, sage ich, zu gebannt von dieser Flut jugendlicher, makelloser Gesichter. Ihre Haut ist so straff und glatt, als wären sie aus Kunststoff. »Warum sehen sie so perfekt aus?«

»Filter«, antwortet Sophia sachlich, und ich habe keine Ahnung, was sie damit meint.

In der nächsten halben Stunde swipen wir bei etwa zweiundfünfzig Männern nach ja, woraufhin Sophia sich fragt, ob wir ein gesundes Maß möglicherweise überschritten haben. Die Antwort lautet: mit Sicherheit. Aber zum ersten Mal haben sich meine Gedanken komplett von Lucy gelöst, als

hätte mein Verstand alles andere als diese unbekannten Männer ausgeblendet. Ich glaube, es ist die einzige wirklich neue
Erfahrung seit ihrem Tod. »Einen noch«, sage ich, und Sophia
wirft mir einen vielsagenden Blick zu, scrollt aber trotzdem
zum nächsten Mann. Cole Emerson. Sein Gesicht kommt
mir vertraut vor, ohne dass ich es zuordnen könnte, wie ein
Schauspieler, der in bekannten Werbespots mitspielt, aber
nicht genug Charisma für Filme hat.

»Ach du Scheiße.« Sie beugt sich näher zum Fernseher.
»Das ist Mr Taylor.«

Als sie seinen Namen sagt, setzen sich die einzelnen Pixel zu
etwas Erkennbarem zusammen, als würde bei einer Kamera
die Schärfe eingestellt. Ich warte auf dem Parkplatz der kleinen
Ladenzeile am Hafen, hinter den Milchglasscheiben in der Tür
der Schülernachhilfe taucht Lucys Schatten auf. Die Tür öffnet sich mit einem Ruck, Robert winkt, Lucy kommt in ihrer
feuerroten Jacke heraus, die sie über alles geliebt hat, mit einem
Webkragen, auf den sie mit zarten Schlaufen Blumen gestickt
hat, die an dieser Küste wachsen. Robert beugt sich hinunter
und sagt etwas, und sie verzieht die Lippen zu einem Lachen.

Ich, als sie die Beifahrertür öffnet: Worüber habt ihr gelacht?

Lucy, die sich auf ihren Sitz schiebt und ihren Rucksack auf
die Knie nimmt: Ach, über nichts. Dummes Zeug.

Ich: Also läuft es gut?

Lucy: Ja, meine Mathenote ist schon besser geworden.

Ich lehne mich hinüber und küsse sie auf die Wange, was sie
widerwillig zulässt: Das ist toll, Schätzchen.

Lucy: Rob meint, ich sollte mich in Amherst bewerben. Er
sagt, da gibt es ein tolles Kunstprogramm.

Ich, während ich am Scheibenwischer herumspiele, obwohl
es nicht regnet: Rob? Ich dachte, du nennst ihn Mr Taylor.

Lucy: Nicht bei der Nachhilfe.

Ich: (Wäge schweigend ab, wie sehr ich meiner Tochter vertraue, verglichen damit, wie sehr ich diesem Mann vertraue.)

Lucy: Er hatte als Kind ein paar Krampfanfälle.

Ich (skeptisch, aber bemüht, meine Skepsis mit dem Glauben an das Gute im Menschen zu bekämpfen): Wirklich?

Lucy: Ja. Sie haben von allein wieder aufgehört. Vielleicht haben sie sich einfach ausgewachsen oder so.

Ich: Die Ärzte sagen, das könnte noch passieren.

Lucy: Ich weiß, was die Ärzte sagen. (Schweigend sieht sie durch die Windschutzscheibe zur Ladenzeile, die dringend renoviert werden müsste und nach der Müllhalde am Ende der Straße stinkt.) Warum fährst du nicht los?

Sophia steht vom Sofa auf und stellt sich direkt vor den Fernseher, als könnte sie nicht glauben, was sie sieht.

»Ganz schön unverfroren.« Ich trinke einen großen Schluck Wein und spüre das Brennen bis in die Nase.

»Vielleicht für Rob Taylor.« Sophia berührt den Bildschirm mit einem Finger, bevor sie zum Sofa zurückkommt. »Aber nicht für Cole Emerson.« Mit ihrem Handy macht sie ein Foto von seinem Profil und schickt es ihrer Freundin Jane.

»Sei vorsichtig damit.« Ich weiß gar nicht, warum ich das sage. Der Mann braucht niemanden, der ihn beschützt.

»Keine Sorge. Jane erzählt es keinem.« Sie steckt das Handy wieder in ihre Tasche und dreht sich zu mir um. »Haben Sie gehört, dass er zurückkommt?«

»Nein. Ich bekomme diese Mails nicht mehr.«

Als Sophia die Lippen einsaugt, merke ich, dass ich etwas Falsches gesagt habe; das passiert in letzter Zeit häufiger. Einen Moment lang rechne ich damit, dass sie sagt: »Tut mir leid.« Aber natürlich macht sie das nicht, weil so viele Menschen dasselbe zu ihr gesagt haben. Wenn ich heutzutage etwas spüre, ist es selten etwas anderes als der Drang, aufs Klo zu gehen, oder ein schwaches Magenknurren, aber jetzt regt sich etwas Warmes in meiner Brust. Ein zärtliches Gefühl, erkenne ich nach einem Moment. Für Sophia, die geblieben ist.

»Es ist spät«, sagt sie. »Ich sollte nach Hause fahren, bevor mein Dad anruft.«

»Ist gut. Kannst du denn jetzt fahren?«

Darüber lacht sie, aber ich verstehe nicht, warum. »Ja. Ich schreibe Ihnen, wenn ich zu Hause bin.« Ich sehe ihr zu, als sie die rote Jacke anzieht, die früher Lucy gehört hat. Wenn man eine Spitze des Revers hochklappt, sieht man darunter die gestickten Buchstaben *LA*. Unter der anderen: *SW*. Meine Mutter konnte kaum glauben, dass ich ihr die Jacke gegeben habe. Als hätte sie nicht längst Sophia gehört.

Als sie geht, scheint sich die Wohnung zu einem dunklen, schroffen Raum zu weiten, voll scharfer Kanten und Schatten. Es stimmt schon, dass ich die Wohnung nicht gerade durchdekoriert habe, seit ich im Juli hier eingezogen bin, aber ich habe sie auch von Anfang an als Zwischenstation betrachtet. In dem Augenblick, in dem ich ein richtiges Sofa (im Moment sind es nur zwei zusammengeschobene Sessel) oder eine Pflanze kaufe, gestehe ich ein, dass das hier jetzt mein Leben ist. Und ich hänge dem dummen Glauben an, dass die Weigerung, etwas hinzunehmen, dasselbe ist, wie eine Veränderung anzustoßen.

Ich gehe mit der Flasche Wein ins Schlafzimmer und scrolle durch mein Handy, auf dem mich haufenweise Anzeigen fragen, ob ich nicht vielleicht weniger trinken will. Als ich gerade die Apps ein letztes Mal öffnen will, um zu sehen, ob sich jemand Neues angemeldet hat, rüttelt jemand an der Wohnungstür. Ein Lichtstreif fällt durch meine Schlafzimmertür, die einen Spaltbreit offen steht, begleitet von schweren Männerschritten. Etwas knirscht und poltert. Ein Ruf: »Ach gottverdammt!«

Schließlich öffnet sich die Zimmertür, und Charlie kommt hereingehüpft, einen Fuß gegen das Knie gedrückt, um seinen Schuh aufzubinden. »Dein Schloss klemmt«, sagt er. »Und warum ist deine Stehlampe so dicht neben der Tür?«

»Hast du sie kaputtgemacht?«

»Was, die Lampe?« Der Schuh löst sich, fliegt quer durchs Zimmer und knallt gegen die Wand. »Der geht's gut. Nur mir nicht.«

»Nein?«

Der zweite Schuh folgt, wenn auch weniger dramatisch – er fällt schlicht zu Boden. »Nein! Ganz ehrlich, deine Bude greift mich jedes Mal an.«

»Meine Wohnung.«

»Deine *Wohnung* greift mich jedes Mal an.« Wie der erschöpfte Teenager, den ich mit siebzehn kennengelernt habe, wirft er sich aufs Bett. Charlie war kurz vor dem Schulabschluss, ich beendete mein erstes Jahr an der Highschool. Unser Werklehrer hatte uns überraschend verlassen – irgendein Familiendrama –, und weil es bis zum Sommer nur noch drei Wochen waren, beschloss die Lehrerschaft, Charlie den Kurs zu übertragen. Er hatte ein Talent für Holzarbeiten und außerdem Noten, bei denen ein einziger Test entscheiden konnte, ob er seinen Abschluss bekam, aber wenn er unseren Kurs ohne größere Zwischenfälle zu Ende bringen würde, hätte er seinen Abschluss in der Tasche. Dazu war er so charismatisch, dass er Jahrgangssprecher geworden war, obwohl er nur versprochen hatte, es würde freitags Hotdogs geben. Die Lehrer dachten, wir würden deutlich bereitwilliger auf ihn hören als auf Mr Rogan, und sie hatten recht.

»Hast du die Scheidungspapiere unterschrieben?«, frage ich und lege das Handy weg.

»Das hätte ich dir gesagt.« Er robbt auf der Steppdecke nach oben, bis er mit diesem Hundeblick neben mir liegt, der seit Jahren nicht mehr funktioniert. »Bist du dir wirklich so sicher?«

Ich bin mir sicher, seit er sturzbetrunken nach Hause gekommen ist und auf meinen frisch gepflanzten Rosenbusch gebrochen hat. Ich bin sicher, seit Lucy gefragt hat: Wo ist Dad?, und ich es nicht beantworten konnte. Ich bin sicher, seit ich keine Ahnung hatte, wo er in jener Nacht war, nicht bis Rae ihn vor der Notaufnahme abgesetzt hat. Niemand sagt einem, wie leicht es passiert. Man wacht neben jemandem auf, der seinen schweren Arm über einen streckt, und merkt: Oh, es ist weg.

»Ich bin sicher.« Und dann drehe ich mich zu ihm, weil ich im Gegensatz zu Charlie jemanden vögeln kann, ohne dass es meine Gefühle für ihn im Geringsten verändert.

Am nächsten Tag fahre ich mit dem Zug nach Boston und zurück, ohne auszusteigen; damit vertreibe ich mir oft die Zeit. Ich beobachte gern, wie die Welt um mich herum zu Farbstreifen verwischt – das erinnert mich an die Bilder, die Lucy im ersten Highschooljahr nach ihrer Diagnose gemalt hat. So fühlt sich das an, sagte sie, als sie mir die Leinwand zeigte, die sie ans Fußende ihres Betts gelehnt hatte. Was fühlt sich so an?, fragte ich. Sie fuhr mit einem Finger durch die Farbe, von der ich nicht gesehen hatte, dass sie noch feucht war. Es kommt mir vor, als wäre ich in einer Seifenblase gefangen, sagte sie; scheinbar hatte sie mich nicht gehört. Alles klingt gedämpft, und wenn ich rausschaue, sind da nur verzerrte, undeutliche Formen. Weil ich sie nicht erkenne, sehe ich sie als das, was sie wirklich sind. Und was ist das?, fragte ich. Sie beugte sich zu mir und wischte die Farbe von ihrem Finger auf mein Handgelenk. Farbe, sagte sie. Am Ende sind wir alle nur Farbe.

Der Zug hält an einem betonierten Bahnsteig vor einem Parkplatz. Der Winter naht, und der Himmel ist so violettblau wie ein frischer Bluterguss. Vielleicht gehe ich nächsten Monat wieder arbeiten – im Moment läuft das Geschäft wegen der Feiertage ohnehin schleppend. Seit es passiert ist, nehme ich meiner mentalen Gesundheit zuliebe eine Auszeit, was auch immer das heißen soll. Sie haben darauf bestanden, dass ich mir »so viel Zeit wie nötig« nehme, und wirkten dann überrascht, als diese Zeit recht lang wurde. Alle paar Wochen meldet sich Patty, die Assistentin des Geschäftsführers, und erkundigt sich, wie es mir geht, was natürlich heißen soll: Wann kommst du zurück? Letztes Jahr habe ich eines der Grundstücke an der Klippe verkauft, so geht es mir wenigstens finanziell gesehen gut. Und Gott, dieses Büro vermisse ich nicht mal ansatzweise. Dort müsste ich so tun, als würde ich mich für Coras neue Hüfte interessieren und für Daniels verzogenen Schwiegersohn und Pauls Chihuahua, der ständig kleine Gegenstände wie Münzen oder Flaschenverschlüsse frisst und anschließend ausbricht, worauf Paul sie fotografiert und die Fotos rumschickt, falls uns »mal etwas Ähnliches passieren sollte«.

»Mommy, warum fahren wir nicht weiter?«, fragt ein kleines Mädchen auf dem Sitz hinter mir. Der Zug steht schon ungewöhnlich lange. Ich bin im allerletzten Wagen, und als sich die Türen neben der Treppe öffnen, merke ich, dass ich mir einen schlechten Zeitpunkt für meine Fahrt ausgesucht habe: die katholische Jungenschule in Weymouth hat gerade Unterrichtsschluss.

Eine Herde müffelnder, verschwitzter junger Männer strömt in die Gänge, die Krawatten schief, die Kragen knitterig. Sie rufen und johlen wie eine Gruppe freigelassener Affen und schlagen sich gegenseitig überallhin: Schultern, Köpfe, Hintern. Ich halte den Kopf gesenkt, damit niemand fragt, ob er sich neben mich setzen kann. Aber ehe ich mich's versehe, schiebt sich eine graue Hose mit Grasflecken an den Knien in meine Reihe.

»Wie geht's, Tante Brynn?«, fragt der Besitzer der Hose, und als ich aufblicke, sehe ich, dass mein Neffe Eric neben mir in seinem Rucksack kramt. Er riecht wie ein Teenager, was heißt, er riecht nach Unsicherheit und dem Versuch, sie mit Axe Bodyspray zu überdecken.

»Ach, ich warte nur, dass ich das Zeitliche segne.«

»Du bist witzig«, sagt er. Wenigstens einer, der das findet.

»Ich dachte, du fährst jetzt mit dem Auto zur Schule.«

»Ich habe eine Delle in Moms Kotflügel gefahren, und jetzt habe ich auf unbestimmte Zeit Autoverbot.«

Klingt ganz nach meiner Schwester. Als wir Kinder waren, habe ich einmal einen winzigen Fleck auf einen Rock gemacht, den sie mir geliehen hatte, und durfte mich zwei Monate lang nicht mal in ihrer Nähe anziehen. »Hoffentlich ist unbestimmt nicht allzu lang.«

»Warst du im Museum?« Er wühlt weiter in den dunklen Untiefen seines Rucksacks, in dem so viele Bücher, Schreibhefte und Müsliriegel liegen, dass es Eric nach hinten ziehen muss, wenn er den Rucksack aufsetzt.

»Heute nicht.« Lucy und ich sind fast jede Woche ins Kunstmuseum gefahren, und als er jünger war, hat Eric uns oft begleitet. Er und Lucy sind im Abstand von zwei Tagen auf die Welt gekommen, und sie hatten eine erstaunliche, fast telepathische Verbindung – einmal habe ich gesehen, wie sie stumm ihre Finger aneinanderdrückten und dann gleichzeitig zum Kühlschrank gingen, um Babymöhrchen zu holen.

Damals gab es in Nashquitten noch keinen öffentlichen Nahverkehr, deshalb fuhr ich mit den beiden eine Dreiviertelstunde bis nach Braintree, wo wir an der Endhaltestelle in den Zug der Roten Linie stiegen, bevor wir in der Stadt dann die Grüne Linie nahmen (die Kinder waren immer beeindruckt, dass ich mir den Weg merken konnte – Brauchst du keine Karte?, fragten sie skeptisch). An einem dieser Tage sahen wir eine Frau, die versuchte, sich auf die Gleise zu stürzen.

Wir waren an der Park Street gerade vom unteren U-Bahn-steig die Treppe hinaufgelaufen und warteten auf die Linie E. Die U-Bahnwagen kreischten so laut auf den Gleisen, dass Lucy und Eric sich die Daumen in die Ohren steckten, und ich hielt sie an den Handgelenken fest, während wir uns zwischen den jungen, ernsthaften Berufstätigen und den verwirrten Touristen hindurchdrängten. Die Frau fiel mir auf, als ich die Kinder zu einer Metallbank dirigierte. Sie wedelte mit den Händen wie jemand, der eine wichtige Entscheidung treffen will, sich aber noch nicht ganz durchringen kann, und ihr Blick ging ruckartig hin und her. Ich nahm an, sie sei high, und stellte mich links neben die Kinder, damit die beiden sie nicht sahen. Hurra!, rief Lucy, als die Scheinwerfer der U-Bahn auftauchten, nahm die Finger aus den Ohren und klatschte.

Was macht sie da? Eric reckte den Hals, um über meine Schulter zu schauen.

Was macht wer? Ich hatte mich hingehockt, um mit den Kindern auf Augenhöhe zu sein, aber jetzt stand ich auf. Die Frau hatte sich langsam zum rostigen Bahnsteigrand vorgeschoben und spähte die Gleise entlang, als hätte sie eine Maus über die Metallschwellen huschen sehen. Ich schaute mich um und hoffte, jemand würde etwas tun. Aber niemand rührte sich. Die Scheinwerfer wurden größer, als sie dem Tunneleingang näher kamen, und ich hörte, wie Lucy hinter mir sagte: O nein.

Ich kann mich nicht erinnern, dass ich mich bewegt habe, aber die Kinder erzählten mir nachher, ich sei schneller als ein Gepard gewesen. Die U-Bahn war in den Bahnhof eingelaufen, kam bremsend näher und ließ dabei Funken aufsprühen. Die Frau verzog konzentriert das Gesicht, und ich wusste, dass sie ihren Mut zusammennahm, um zu springen, was gar nicht so viel Mut ist, wenn man darüber nachdenkt – vielleicht genug für eine Millisekunde. Sie lehnte sich nach vorn, und ich packte sie von hinten, grub die Hände in den weichen Fleecestoff ihres Sweatshirts. Jetzt winkten mehrere Leute der Bahn und schrien, sie solle anhalten. Jemand rief etwas von einer Notbremse. Mit einer Hand bekam ich die Kapuze der Frau zu fassen und zog sie daran hinter die aufgesprühte gelbe Linie, wo wir beide auf den schmutzigen Boden fielen. Ich würde gern sagen, dass ich als Nächstes Folgendes tat: sie fragte, ob es ihr gut gehe, ihr aufhalf, ihr meine Telefonnummer gab, falls sie irgendwann reden wollte.

Aber ich habe nichts davon getan.

Ich sprang auf und zog Lucy und Eric fort von der hufeisenförmigen Menge, die sich um uns gebildet hatte. Die Kinder hatten die Nähe einer freundlich wirkenden Frau mit einem Dackel an der Leine gesucht, und ich drückte sie so fest an mich, dass sie sicher meinen Puls an ihrem Hals spürten. Es geht euch gut, sagte ich immer wieder – das war keine Frage. Es geht euch gut, es geht euch gut. Als ich schließlich den Blick hob, hatte sich die Menge zerstreut, die Bahn war weitergefahren, und die Frau war nirgends mehr zu sehen. Vielleicht war ihr klar, was wirklich geschehen war: Dass ich sie nicht aus irgendeiner moralischen Verpflichtung heraus gerettet hatte, sondern weil ich nicht wollte, dass meine Tochter und mein Neffe sie sterben sahen.

»Geht es dir gut?«, fragt Eric. »Deine Wangen sind ein bisschen rot.«

»Erinnerst du dich an die Frau?«, frage ich. »Die im U-Bahnhof, als ihr klein wart? Als wir zu dritt in Boston waren?«

Er holt einen halb gegessenen Schokoriegel mit geschmolzener Schokolade an der umgeklappten Verpackung aus dem Rucksack. »Welche Frau?«, fragt er und beißt ab. »Jemand, den wir kannten?«

»Nein, nur …« Ich überlege, ob ich sie irgendwie anders beschreiben kann, aber ich habe keine Ahnung, wie sie aussah. »Nur eine Frau.«

»Nö.« Er legt den Kopf schief, als würde er überlegen, ob ich jetzt völlig durchgedreht bin oder mich normal verhalte für jemanden, dessen Kind vor sieben Monaten gestorben ist. Ich höre regelrecht, wie er meiner Schwester erzählt: Tante Brynn war ein bisschen neben der Spur; weißt du, ob es ihr gut geht? Und dann meine Schwester, irgendwo zwischen Mitgefühl mit meiner Situation und ihrer klassischen Genervtheit von der kleinen Schwester, die immer alles bekommen hatte: Ach, so ist Brynn einfach.

»Wie läuft es in der Schule?«, frage ich, weil ich dringend das Thema wechseln will.

Er verzieht die Lippe so wie sein Vater, wenn er den Müll rausbringt – wie eine kleine eingerollte Scheibe Aufschnitt. Warum meine Schwester diesen Mann geheiratet hat, ist mir ein Rätsel. Na ja, des Geldes wegen. Man kann wohl niemandem vorwerfen, dass er ein bequemes Leben haben will. Ich bin mir ganz großartig vorgekommen, weil ich zu Hause die Brötchen verdient habe, aber jetzt verstehe ich, dass ich dieses Gefühl brauchte, damit ich mir einreden konnte, die ganze Anstrengung würde sich lohnen. In diesem Leben gibt es keine echte Selbstbestimmung. Nur die Menschen, denen man sich verpflichtet, und die vielen Arten, auf die man einander liebt oder verletzt.

»Nervt«, sagt er. »Integralrechnung und europäische Geschichte werde ich doch nie brauchen. In einem Jahr habe ich alles vergessen.«

»Das stimmt. Du solltest schwänzen.«

Er isst den Rest seines Schokoriegels und wirft die leere Verpackung in die Tiefen seines Rucksacks. »Wenn man richtig schwänzen will, braucht man einen Partner.«

»Was schlägst du vor?«, frage ich.

»Nichts. Aber du warst wirklich immer die coole Tante.« Er wirft mir einen spitzbübischen Blick zu, der mich an seine Mutter erinnert, bevor ihr größter Schatz ein Saugroboter war.

»Hör mal.« Ich lehne mich nah zu ihm. »Ich mache mit. Aber es gibt eine Regel.«

»Kein Wort zu Mom?«, sagt er prompt.

»Kleines Genie.« Ich drücke ihm einen Kuss auf die Wange. »Ich wusste, dass du nicht umsonst mein Liebling bist.«

Mein Auto ist das einzige weit und breit, als ich auf meinen reservierten Parkplatz neben meiner Apartmentanlage fahre. Ich bin zwei Monate nach dem Unfall eingezogen und habe bis jetzt keine Menschenseele gesehen. Es gibt nur ein Dutzend Wohnungen, und die Lage – in der öden Gegend zwischen dem Hafen und dem Leuchtturm, in der sich kaum mehr angesiedelt hat als eine Handvoll Restaurants mit Lieferservice – ist zwar nicht besonders beliebt, aber billig. Ich laufe die Betontreppe an der Seite des Gebäudes hinauf. Jede Etage ist in drei Wohnungen unterteilt, die Stockwerke sind wie zu einer Betontorte ordentlich übereinandergeschichtet.

Drinnen lege ich mich aufs Sofa und swipe mich durch Fotos von käseweißen Männern, die aussehen, als könnten sie eher einen Router einrichten als eine Frau zum Höhepunkt bringen. Seit meinem ersten Streifzug über den Fleischmarkt ist die Qualität deutlich gesunken. Diese Folge von Gesichtern ohne weiteren Hintergrund hat etwas Beruhigendes, sie zieht meine Gedanken nicht in die Vergangenheit und treibt sie auch nicht in die Zukunft, weil ich keinen dieser Männer je treffen werde. Ich benutze sie nur für eine Art geistiges Hintergrundrauschen. Ihre Pfannkuchengesichter, ihre Lieblingsfilme, das gekühlte Bier in ihren Händen – das alles bedeutet mir nichts, so wie ich ihnen nichts bedeute, unsere Interessen und Bilder sind nur ein Schwall ausgewählter Ablenkung.

Aber auf dieses anonyme Rauschen kann man nicht ewig vertrauen, besonders nicht in einer Kleinstadt. Bei einer anderen App – Sophia hat mich bei drei angemeldet – taucht wieder der Name Cole Emerson auf. Ich scrolle durch seine Fotos, auf denen er verschiedenen Aktivitäten nachgeht, von denen Männer glauben, sie würden ihre Männlichkeit unterstreichen: Er mixt einen Cocktail in einem silbernen Shaker, spielt Klavier und tritt dabei mit einem nackten Fuß aufs Pedal, geht mit einem Hund aus dem Tierheim spazieren. Er sieht ganz anders aus als der Mann, der Anfang Mai zu meinem Auto kam, als ich am Straßenrand mit laufendem Motor auf Lucy wartete.

Robert (streicht sich nervös durch die Haare): Hallo, Mrs Anderson! Darf ich Sie etwas fragen?

Ich: Ist alles in Ordnung?

Robert: Oh ja, alles bestens. Ich würde nur gern etwas mit Ihnen abklären.

Ich (argwöhnisch, weil solchen Aussagen nichts Gutes folgt): Okay.

Robert: Lucy hat mich gefragt, ob ich für sie Modell sitzen würde. Für ein Porträt, meine ich. Und ich wollte nur sichergehen, dass Sie einverstanden sind.

Ich (überrascht, skeptisch, immer noch argwöhnisch): Lucy hat *Sie* gefragt?

Robert: Ja. Wir würden es natürlich in der Schule machen. Im öffentlichen Raum. Ich wollte Sie trotzdem vorher fragen.

Ich: Warum?

Robert: Warum was?

Ich: Warum wollten Sie mich fragen?

Robert (dem leichter Schweiß auf der Stirn steht): Oh, ich dachte nur ... Ich wollte nur nicht, dass Sie es falsch verstehen.

Ich (lächelnd): Dass ich was falsch verstehe?

Robert (zieht die Augenbrauen zusammen, lacht nervös, weicht einen Schritt zurück): Da gibt es natürlich nichts falsch zu verstehen! Ich bin nur gern den Eltern gegenüber so offen wie möglich. Sie wissen schon, falls es irgendwelche Bedenken gibt.

Ich: Da Lucy Sie gefragt hat, habe ich keine Bedenken.

Robert (immer noch auf dem Rückzug): Wunderbar, großartig, okay!

Lucy (kommt durch die Milchglastüren): Hallo, Mom.

Robert (verschwindet hinter den Milchglastüren): Einen schönen Tag noch.

Es ist nicht leicht zu erkennen, wodurch das eigene Kind geprägt wird, während man es großzieht, so wie man die Struktur eines Ortes nicht erahnt, wenn man mittendrin steht. Als ich zum ersten Mal in einem Flugzeug saß und nach unten sah, war ich verblüfft über diesen gleichmäßigen Flickenteppich aus sorgsam geplanten Grundstücken und Straßen. Nach Lucys Diagnose wusste ich, dass sich etwas verändert hatte. Ich hätte nur nicht genau sagen können, was oder warum. Die Antwort lautete nicht Epilepsie, zumindest war das nicht alles. Sie war der erste Dominostein, der mehrere andere umwarf.

In der rechten oberen Ecke von Roberts Profil leuchtet ein rotes Herz. Ich tausche schnell meine Fotos gegen drei von meiner Schwester und ändere meinen Namen zu meinem Mädchennamen: Brynn Brady. Danach wirkt es, als würde das Herz noch heller leuchten. Als ich schließlich auf Bestätigen tippe, zerspringt es zu Pixelkonfetti. Ein verfrühter Jubel – ich weiß noch nicht, ob ich auch sein Herz bekomme.

Später an diesem Abend ruft Charlie mich an. Ich liege in der Badewanne und will eigentlich mein Buch lesen, nicke in Wirklichkeit aber mit dem Kopf an der gefliesten Wand ein. Ich trockne meine Hand am Duschvorhang ab und greife nach dem Handy, das auf dem Toilettendeckel liegt. »Hast du die Mail gesehen?«, fragt er.

»Welche Mail?«

»Die von Officer Donelson.«

Meine Magensäure schäumt, als Charlie diesen Namen nennt. Wir beide zusammen auf der Wache an einem kleinen Metalltisch. Donelson in der Tür, die Arme verschränkt, zwischen den Zähnen ein Minzbonbon. Mein herzliches Beileid, sagte er zu uns, und so leicht, wie ihm dieser Satz über die Lippen kam, sagte er ihn nicht selten.

Die Nachricht erscheint zuoberst in meinem Posteingang: *Fall Anderson abgeschlossen.*

»Liest du sie gerade?«, fragt Charlie.

»Nein.«

»Liest du sie später?«

»Nein.«

Ich wollte überhaupt keine Untersuchung, aber Charlie hat darauf bestanden. Als es geschehen war, dachte ich, er könnte tatsächlich jemandem etwas antun. Er klopfte an die Tür von jedem Kind, das bei der Party gewesen war, saß bei Unterrichtsschluss vor der Schule in seinem Auto, lief abends am Strand entlang und suchte nach Lagerfeuern. Er war überzeugt, dass es einen Täter gab, und dass dieser Täter ein anderes Kind war. Für ihn war es einfach unmöglich, dass es ein Unfall gewesen sein konnte, ein einfaches Ausrutschen, ein Sturz. Es wäre eine schreiende Ungerechtigkeit, ein zu hässlicher Gedanke, obwohl wir selbst schon als Kinder gewarnt wurden, wir würden im Leben nicht das bekommen, was wir verdient hatten.

Aber genau das ist passiert. Lucy wollte sich einen unbeschwerten Abend machen, weil sie von der Arbeit an ihrer Kunstmappe für die Bewerbungen gestresst war, sie trank ein bisschen und machte einen falschen Schritt, wo es keinen Boden mehr gab. Sie wurde nicht gestoßen, es gab keinen Hinweis auf einen Krampfanfall, und ganz sicher ist sie nicht freiwillig gesprungen. Es war nur eine schreckliche, nicht wiedergutzumachende Fehleinschätzung. Ich kenne meine Tochter. So ist sie gestorben.

Aber Charlie sah das anders. Wie kannst du einfach nichts tun!, schrie er mich in dem alten Haus an, als wir auf dem Bett saßen, das wir seit Monaten nicht miteinander teilten.

Man kann nichts tun, sagte ich. Womit ich nicht meinte: Wir können sie nicht zurückholen. Eher: Die Welt ist jetzt leer.

Ich lege auf und werfe das Handy auf die dicke Badematte, wo das Display zwischen den langen Schlaufen verschwindet. Als ich gerade untertauchen will, meldet sich mein Handy mit einem ganz bestimmten, glockenartigen Ton, der nur eines bedeutet: Er hat mir ein Herz geschickt.

Zwei Tage später erreiche ich den Parkplatz des Restaurants, fünf Minuten bevor wir reserviert haben. Wir haben uns zum Mittagessen verabredet, was ich meiner Schwester gegenüber fast beleidigend finde, weil es deutlich weniger gilt als ein Abendessen. Er hat für unser Rendezvous das Mill Cove ausgesucht, ein Restaurant mit breiten Fenstern zum Meer hin, in dem noch Bauelemente der alten Mühle erhalten sind. Ich war überrascht, dass er ein Lokal in der Stadt vorgeschlagen hat, aber im Grunde hat Cole Emerson wohl nichts zu verbergen. Kinder, Eltern, Kollegen: Alle wollen ihn zurück. Selbst bei geschlossenen Fenstern kann ich das aufgewühlte Meer hinter dem Parkplatz riechen.

Einen richtigen Plan habe ich für diese Konfrontation nicht. Ich will nur einfache Antworten auf zwei Fragen: (1) Warum hat Lucy Sie für ihr Porträt ausgesucht? Und (2): Wo ist es? Wahrscheinlich wäre es klug gewesen, mir Rat von außen zu holen, aber ich rede nicht mit vielen Menschen – habe ich nie. Ich habe mich immer sehr in mein Innenleben zurückgezogen, was mir nicht auffiel, bis mich in der Highschool eine Freundin fragte, was ich zu Hause machte, wenn meine Eltern nicht da waren. Sie waren beide Pflegekräfte und arbeiteten oft abends und nachts – wenn einer von ihnen zu Hause war, schlief er meistens. Ach, keine Ahnung, sagte ich. Ich lese oder denke nach. Sie machte ein Gesicht, als hätte ich gesagt, ich würde in meiner Freizeit Katzen häuten. Worüber denkst du nach?, fragte sie, was für mich eine absurde Frage war. Über alles, sagte ich. Worüber denkst du nach? Sie starrte blinzelnd in den Himmel, als könnte sie sich kaum erinnern. Wer mich mag und wer nicht. Schon ein bisschen deprimierend, oder?, fragte ich. Ja, sagte sie. Stimmt.

Ich habe nie diesen Drang nach Gesellschaft empfunden, den so viele Menschen scheinbar haben. Ich hatte nicht einmal einen Freund, bevor ich Charlie traf. Aber in diesem Werkkurs kam er eines Tages mit einer kleinen Schatulle zu mir. Das ist für dich, sagte er. Ich habe dich draußen am Picknicktisch spielen sehen. Ich klappte den Deckel auf und sah, dass es gar keine Schatulle war, sondern ein Mancala-Brett. In den Mulden lagen bunte Murmeln in Edelsteinfarben; sie erinnerten mich an die gestreiften Bonbons, die unsere Großmutter immer zu Weihnachten hervorholte. Hast du das gemacht?, fragte ich. Ja, sagte er, klar. Sein Tonfall machte deutlich, dass ich eine dumme Frage gestellt hatte.

Sprachlos über dieses aufmerksame Geschenk strich ich über die Vertiefungen im Holz. Ich dachte darüber nach, dass er gesagt hatte, er habe mich gesehen. Er hatte recht, meine Schwester und ich setzten uns nach dem Unterricht oft an den Picknicktisch und spielten, um etwas Zeit totzuschlagen, bevor wir in unser stilles Haus zurückkehrten. Aber ich hatte keine Ahnung gehabt, dass uns jemand beobachtet hatte. Ich fand es ebenso übergriffig wie schmeichelnd. Und das ist eine sehr gefährliche Kombination – Verletzlichkeit und Ego.

Als ich gerade die Autotür öffnen will, sehe ich ihn. Die lockigen Haare, die ihm früher nur bis zu den Ohren reichten, hängen jetzt bis zu den Schultern und werden von einem unvorteilhaften grünen Beanie plattgedrückt. In seiner schwarzen Skinny Jeans sieht er besonders dünn aus, aber er war schon immer ein zartes Bürschchen. Ich lasse mich auf meinem Sitz herunterrutschen und sehe, wie er mit verkniffenem Gesicht, weil ihm der Wind entgegenweht, seine offene Cordjacke vorn zusammenzieht. Er läuft die Holzstufen zum Eingang hinauf und weiter zum Empfangspult – wegen der großen Glasfenster kann ich alles sehen. Er zieht seine Jacke aus, ohne die Mütze abzunehmen, lässt sich von der Empfangsdame an den Tisch führen und verschwindet aus meinem Blickfeld.

Tja. Jetzt oder nie. Ich stelle mir vor, was meine Schwester sagen würde: Warum bringst du dich in solche Situationen? Ist es so schlimm, sich wie ein normaler Mensch zu benehmen? Oder Charlie: Du bist manchmal echt verrückt, Schatz, weißt du das? Oder Sophia: Ha, ha – nicht Ihr Ernst, oder?

Zum Glück höre ich selten auf andere. Deshalb bin ich auch schon am Empfangstresen, bis ich überlegt habe, was sie tun würden, und sage: »Ich möchte zu Cole Emerson, bitte.« Und die Empfangsdame sagt lächelnd: »Hier entlang.«

Robert sitzt an einem Tisch in der hinteren Ecke des Speisesaals, direkt vor den riesigen Fenstern mit Blick auf die schmale Bucht, auf der Hummerboote und Bojen dümpeln. Im Sommer stehen die Fenster weit offen, und man fühlt sich wie auf dem Deck eines großen Schiffs, mit dem Meer direkt unter sich. Ich überlege, wie ich anfangen soll – Nicht die, mit der Sie gerechnet haben, was, *Cole*? –, da steht Robert auf und dreht sich mit einem gelassenen Lächeln um, ohne eine Spur von Überraschung.

»Mrs Anderson, hallo.« Er streckt die Hand aus, und als ich sie nicht ergreife, deutet er auf den Stuhl gegenüber. »Setzen Sie sich.«

»Also –«, fange ich an und ziehe meinen Stuhl zurück.

»Ich wusste, dass Sie es sind, ja.« Er hält sein Handy hoch, auf dem er mein Profil aufgerufen hat. »Sie haben die letzten beiden Fotos nicht geändert. Und es begegnen einem nicht viele Brynns aus Nashquitten – oder überhaupt Mädchen aus Nashquitten.«

»Frauen«, sage ich. »Frauen aus Nashquitten.«

Sein Gesicht bekommt hektische Flecken, als ich ihn korrigiere. »Natürlich, das meinte ich.«

»Also, was wollten Sie mir sagen?«

»Ich?« Er legt den Kopf schief wie ein verwirrter Hund. »Sie haben mir mit einem falschen Profil geschrieben. Ich habe angenommen, dass Sie mich etwas fragen wollen. Oder mir vielleicht etwas vorwerfen. Ich weiß nicht.«

Ich trinke einen kleinen Schluck Wasser, das wohltuend kalt ist. »Sollte ich Ihnen etwas vorwerfen?«

Er stützt sich mit den Armen auf den Tisch und schüttelt den Kopf. »Nein. Sie sollen nur wissen – und mir ist klar, dass Sie keinen Grund haben, mir zu glauben –, dass alles, was Sie vielleicht gehört haben, völlig falsch ist. Ich hatte keine unangemessenen Kontakte zu einer Schülerin, niemals. Auch nicht zu Lucy.«

Ich verstehe, warum er bei den Kindern so beliebt war. Sein sommersprossiges Gesicht wirkt offen, seine Züge sind so unverkrampft, wie man es selten bei jemandem im öffentlichen Dienst sieht. Ist es das Gesicht eines unschuldigen Mannes? Das wäre es vielleicht gewesen, wenn er nichts gesagt hätte. Ich erkenne eine Lüge am Ton, wenn ich sie höre. Vielleicht bin ich tatsächlich deshalb hier: Um zu hören, wie er sich um Kopf und Kragen redet.

Er beugt sich vor, das Tischtuch spannt sich zwischen seinen Ellbogen. »Wie geht es Ihnen inzwischen?«

Was für eine Frage. Je öfter ich sie höre, desto weniger verstehe ich sie. Sind Sie wieder auf die Beine gekommen?, scheint sie zu meinen, als wäre es eine Option, völlig zusammenzubrechen.

»Es geht mir gut.«

Er sieht auf meine Hand, als wollte er sie gleich ergreifen, aber dann schaut er mir ins Gesicht. »Das freut mich sehr.«

»Stimmt es?«, frage ich. »Hatten Sie als Kind Epilepsie?«

Die Richtung, in die ich unser Gespräch lenke, scheint ihn zu überraschen. »Ach, das. Ja. Es gab keine offizielle Diagnose, aber ich hatte zwei Anfälle. Es war erschreckend.«

»Erschreckend«, wiederhole ich. »Wie hat es sich angefühlt?«

»Wie bitte?«

»Wie hat es sich angefühlt? Als Sie die Anfälle hatten?«

Er wendet den Kopf zum Nebentisch, als könnten unsere Nachbarn ihn plötzlich bitten, ihnen beim Essen ihrer Mozzarellasticks zu helfen. »Oh, ah, das ist schwer zu beschreiben. Wie extreme Kopfschmerzen? Eine extreme Migräne, könnte man vielleicht sagen?«

»Interessant.« Ich nehme meine Serviette vom Tisch, damit meine verschwitzten Finger mit etwas spielen können. »Ich habe noch nie gehört, dass jemand es so beschreibt.«

»Es ist eine ganz eigene Erfahrung. Das habe ich Lucy auch erzählt, wissen Sie. Sie fühlte sich so isoliert und gefangen.«

»Wirklich?« Die Serviette ist glatt und steif, wie billiger Satin.

»Ich glaube, deshalb wollte sie mich für ihre Serie fotografieren. Um eine Aufnahme von jemandem zu haben, der gesund geworden ist.«

»Serie?« Nach dem Unfall haben wir ihre Kamera gesucht, von der Charlie behauptet hat, er hätte sie auf ihrem Schreibtisch gesehen. Wir fanden sie unter ihrem Bett, aber ohne Speicherkarte, die auch nicht wieder auftauchte. Ich vermutete, Lucy habe sie für ein Schulprojekt gebraucht, aber Charlie glaubte nicht daran. Sie hat sich nie für Fotografie interessiert und konnte es nicht ausstehen, selbst fotografiert zu werden. Nach dem Video wurde sie fast paranoid, was das anging, und zuckte schon weg, wenn jemand eine Linse auch nur in ihre Richtung hob. »Lucy war keine Fotografin.«

»Ich glaube, es war etwas Neues, an dem sie gearbeitet hat. Sie hat mir erzählt, sie hätte die Fotos auf Instagram gepostet.«

Und da täuscht er sich, ich kannte Lucys Instagram nämlich genau, und sie hat nichts dergleichen getan. Etwa zwei Monate vor dem Unfall wurde sie immer genervter von mir. Alles, was von mir kam, wurde als persönlicher Angriff gedeutet: mein Tonfall, mein Essen, die Kleidung, die ich ihr vorschlug. Sie warf mir vor, ich wolle sie zu jemandem machen, der sie nicht war, ich würde ihre Persönlichkeit grundlegend missverstehen. Ich machte mir deshalb keine großen Sorgen – für mich waren das normale Teenagernörgeleien. Eine Phase, die wir durchstehen würden wie so viele andere.

Aber dann redete sie nicht mehr mit mir. Sie hatte ihren ausgedruckten Collegeaufsatz auf dem Esstisch liegen lassen, und ich tat das Naheliegendste, ich setzte mich hin und wollte ihn lesen. Ich war erst drei Sätze weit gekommen (die ehrlich gesagt nur ein Räuspern waren), als sie mit einem Glas Wasser das Zimmer betrat und so entsetzt aussah, als hätte ich in ihrem Tagebuch geblättert. Sekunden später hatte sie die zusammengetackerten Seiten vom Tisch gerissen und schrie mich an. Ob ich ihre Privatsphäre nicht respektierte. Ob ich glaubte, nur weil ich sie geboren hatte, würde alles, was sie tat, mir gehören.

Wenn sie nicht ganz so egozentrisch wäre, würde sie vielleicht erkennen, dass nicht jeder ihr was wollte, sagte ich. Ich wusste es damals nicht, aber das Video von ihrem Anfall hatte erst eine Woche zuvor an ihrer Schule die Runde gemacht. Cushing kehrte die Sache unter den Teppich, weil sie um ihr geliebtes Austauschprogramm fürchtete, aber Sophia zeigte es mir eines Morgens, nachdem ich die beiden vor der Schule abgesetzt hatte. Sie tat, als hätte sie ihr Handy vergessen, und kam zurück zum Auto gelaufen. Sie stieg neben mir ein, vergewisserte sich, dass Lucy hineingegangen war, und sagte: Ich glaube, Sie sollten das sehen.

Seltsamerweise schockierte das Video mich nicht. Ich glaube, es löste eine Art geistigen Verteidigungsmechanismus aus, durch den nicht wirklich zu mir durchdrang, was auf dem Display vor mir geschah. Als Lucy ins Bild kam, war mir sofort klar, dass nichts Gutes daraus entstehen würde, sich an die verwackelte Aufnahme zu erinnern. Aber ich dachte: Charlie darf davon nichts erfahren.

Lucys Schweigen hielt einen Monat an, bis sie mich eines Morgens unvermittelt bat, ihr den Orangensaft zu geben, und die Normalität wieder hergestellt war. Aber zu Beginn dieser wortlosen Tage erschien es mir, als könnte sie mich ewig ausschließen. Also tat ich, was jedes vernünftige Elternteil tun würde: Ich behielt sie im Auge. Und der einzige Ort, an dem das möglich ist, ohne aufzufallen, ist das Internet.

Mein Name war *muschel20475*, und mein Profil war leer bis auf eine kurze Info: *Nachwuchskünstlerin*. Lucy fügte mich auf Instagram sofort hinzu. Und dann nahm der Wahnsinn seinen Lauf.

Ich sah immerzu auf mein Handy, das Gerät war permanent warm, weil ich das Display nicht lange dunkel lassen konnte. Obwohl Lucy nur alle paar Tage postete, besuchte ich ihr Profil, als würde sie jede Stunde etwas Neues hochladen. Ich scrollte in die Vergangenheit zurück, zu einem Mädchen, das noch mit mir sprach, das mich für würdig erachtete, mir seine Geheimnisse anzuvertrauen, was jetzt undenkbar war. Oft war ich versucht, ihr eines der alten Fotos zu schicken: *Erinnerst du dich noch daran?*

Als sie endlich mit mir sprach, war ich so erleichtert, dass mein Ellbogen einknickte, als ich ihr den Krug mit dem Tropicana reichte. Mir war klar, dass ich ein neues Exil riskieren würde, sollte ich das Video ansprechen, deshalb entschied ich mich für etwas, das viel leichter war als gedacht: Ich tat, als hätte es diese fünfzehn Sekunden lange Aufnahme nie gegeben. Und Lucy schien dasselbe zu tun.

In der schweren Zeit direkt nach dem Unfall gab es eines, was Charlie gut machte: Er schloss noch vor der Beerdigung all ihre Konten in den sozialen Medien, nachdem er die Fotos in einem blauen Ordner auf seinem Desktop gespeichert hatte. Ich weiß noch, wie er sagte: Eines Tages werden wir sie haben wollen. Es klang, als wollte er uns beide davon überzeugen. Die Polizei hatte uns ihr Handy zurückgegeben, und ein paar Tage lang bemühte Charlie sich, auf alle Kommentare zu antworten; ich hätte das nicht ertragen. Aber dann fand ich ihn eines Abends auf der Veranda, wo er sich mit einer Hand in die Nasenwurzel kniff, um nicht zu weinen, und mit der anderen Antworten tippte. Das reicht, sagte ich und nahm ihm das Handy weg.

»Ich bin nicht in den sozialen Medien unterwegs«, sage ich jetzt zu Robert.

»Na ja, sie waren wirklich gut«, sagt er, als würde mich das trösten. »Sie hat mir bei der Nachhilfe ein paar gezeigt.«

»Wovon waren die Fotos? Von anderen Lehrern?«

»Nein.« Verwirrt zieht er die Augenbrauen zusammen. »Meistens von ihr.«

Nein, waren sie nicht. Lucy wäre eher im Januar ins Meer gesprungen, als sich vor eine Kamera zu stellen. Dieser Mann mit seinen strähnigen Haaren und seiner feuchten Stirn denkt vielleicht, er hätte sie gekannt, aber das hat er nicht. Mir ist egal, ob er die gleichen Grand-mal-Anfälle hatte wie Lucy oder ob er pferdepillengroße Keppra-Tabletten geschluckt oder für ein stundenlanges EKG Schlafentzug auf sich genommen hat. Er ist ein perverser Schleimer, der sich an den Phantasien hilfesuchender junger Mädchen hochgezogen hat. Ich bin ihre Mutter.

»Ich muss jetzt gehen.« Ich schiebe meinen Stuhl zurück, und er scharrt so laut über den Boden, dass sämtliche Gäste aufblicken. »Viel Glück noch, was auch immer Sie vorhaben.«

Er richtet sich ruckartig auf, als gäbe es noch mehr zu sagen. »Oh, nur damit Sie's wissen. Lucy hat mich am Ende doch nicht fotografiert.«

»Ach?« Ich bereue, dass ich Schal und Jacke angezogen habe – ich vergehe vor Hitze.

»Ja«, sagt er. »Ich schätze, sie hat einfach das Interesse verloren.«

Auf der Fahrt nach Hause öffne ich alle Fenster und lasse die kalte Luft herein, bis mein Gesicht kribbelt und ich mich zum ersten Mal seit Wochen hellwach fühle. Ich bin rappelig, aufgedreht, als wäre ein Knoten geplatzt. An einem Stoppschild schreibe ich Charlie: *Ich will die Fotos sehen.* Mit Sicherheit hat Rob gelogen, er wollte mich verscheißern, wollte ein mieses Spielchen mit mir treiben, weil ich eines mit ihm getrieben hatte. Aber leise nagt doch etwas an mir: Was, wenn er nicht gelogen hat? Wenn wir etwas übersehen haben?

Falls Charlie gerade arbeitet, wie er es sollte, muss ich vielleicht Stunden auf eine Antwort warten. Ich schicke die Nachricht ab, und meine Finger trommeln aufs Display, als stünden sie unter Strom. Es kommt mir vor, als würde ich diese Energie nie wieder aufbringen, wenn ich sie jetzt nicht nutze. Also frage ich Eric: *schwänzen?*

Er schreibt sofort zurück: *! ja geil.* Und ein paar Sekunden später: *sorry, falsche Wortwahl.*

Ich schreibe ihm, dass ich unterwegs bin. Die Luft strömt durchs Auto, als ich Richtung Highway abbiege. Ich frage mich, ob Charlie sich so ähnlich gefühlt hat, als er noch Drogen genommen hat. Wie ein zuckender Blitz in einer umgedrehten Flasche.

Als ich ankomme, wartet Eric in der Nähe des Eingangs unter einem Baum, die Kapuze seiner Jacke so weit zusammengezurrt, dass man nur noch seine Augen sehen kann. Er läuft mit gesenktem Kopf zu mir, als ich am Straßenrand halte, und sieht sich alle paar Sekunden um.

»Ich dachte, ich werde bestimmt erwischt«, sagt er. »Vor ein paar Wochen haben sie am Footballfeld zwei Schüler beim Kiffen gesehen, und jetzt bewachen sie uns wie im Knast.«

Er schnallt sich an und trommelt nervös aufs Armaturenbrett. »Ähm, kannst du bitte losfahren?«

Ich drücke aufs Gas, und wir rasen deutlich schneller als mit den angeratenen fünfundzwanzig Stundenkilometern vom Parkplatz. Eric stößt einen kurzen Schrei aus wie ein Cowboy, streckt den Kopf aus dem Fenster und lässt sich vom Wind die Lippen nach hinten pusten.

»Wohin fahren wir?«, fragt er, als er den Kopf wieder eingezogen hat.

»Wohin es uns treibt«, sage ich, und er schlägt sich begeistert auf die Beine. »Sag mal, hat Lucy dir von einem neuen Kunstprojekt erzählt, an dem sie gearbeitet hat?« Aus den Augenwinkeln sehe ich, wie er den Kopf dreht.

»Was, ein neues Gemälde?«

»Nein, was anderes. Fotografie.«

Er kratzt sich am Kopf, und eine Schuppe schwebt hinunter zum Sitz. »Na ja, sie hat nie gern über Arbeiten gesprochen, wenn sie noch nicht fertig waren.«

»Das stimmt wohl.«

»Hast du was gefunden?«

»Nein, ich denke nur laut nach.«

»Ach so«, sagt er in einem Ton, der deutlich macht, dass er mir nicht glaubt.

Ich fahre zurück nach Nashquitten, und als wir die Stadtgrenze überqueren, gebe ich ihm einen Vierteldollar. »Kopf nach rechts, Zahl nach links.« Wir halten an einer roten Ampel und warten. »Also gut, Meister des Universums. Sag mir, wohin ich fahren soll.«

Er schnipst die Münze hoch, fängt sie und legt sie auf seinen Handrücken. »Nach rechts«, sagt er, also biegen wir in diese Richtung ab.

So fahren wir im Zickzack durch die Stadt, vorbei am Schilf auf den Salzwiesen und den Bergen der Müllhalde und dem Gemischtwarenladen, in dem meine Schwester und ich auf dem Heimweg von der Schule Eis am Stiel kauften, um uns später gegenseitig mit dem geschmolzenen Saft zu bespritzen.

»Sieht es für dich anders aus?«, fragt Eric. »Seit sie nicht mehr da ist?«

»Ja«, sage ich. »Tut es.«

Nickend reibt er den Vierteldollar zwischen Daumen und Zeigefinger. »Ich bin froh, dass es nicht nur mir so geht.«

Ich nehme seine Hand. Sie ist kalt und schwielig, wie Lucys es war, weil sie ihre Pinsel und Kohlestifte zu fest hielt. Ich wünschte, ich könnte etwas sagen, um ihn zu trösten. Aber wenn ich wüsste, was, hätte ich es mir selbst vor langer Zeit gesagt.

Am Ende gelangen wir zum Opal Point, wo unser Auto das einzige auf dem Parkplatz ist. Der Himmel über uns ist schiefergrau und verhangen von dicken Wolken, die wild wuchernden Binsenschneiden streifen scharf unsere Ellbogen, als wir auf dem Bohlenweg zum Strand hinuntergehen. Es herrscht Ebbe, und der nasse, von Kieseln und Krabbenpanzern übersäte Sand erstreckt sich bis zum Horizont. Ich gehe voran zu den Gezeitentümpeln, die zu Lucys Lieblingsorten gehörten. Vorsichtig laufen wir über die glatten Felsen und hocken uns neben ein schmales Becken, in dem Einsiedlerkrebse herumhuschen und Strandschnecken sich festgesaugt haben.

»Sieh mal«, sagt Eric und taucht einen Finger ins Wasser. »Ein Seestern.« Da ist er, in der Ecke hält er sich mit seinen dicken orangefarbenen Armen an den Steinen fest. Bald wird es so kalt sein, dass diese flachen Tümpel zufrieren. Ob er das überleben wird?

»Soll ich ihn aufheben?«, fragt Eric und bewegt schon die Hand. Ich halte sie fest.

»Nein, lass ihn.«

Überrascht blickt er zu mir auf. »Willst du ihn nicht berühren?«

»Ich glaube, er möchte nicht berührt werden.«

»Das hätte sie auch gesagt.« Er lächelt, und ich weiß, dass er recht hat.

Er zieht die Hand zurück und schüttelt das Wasser ab. »Du weißt, dass sie sich nur über dich geärgert hat, weil ihr deine Meinung wichtig war, oder?«

»Nein, Charlies Meinung war ihr wichtig.« Wenn sie für eines ihrer Kunstwerke einen Preis gewann, kam sie immer hereingerannt und fragte mich, wo Dad war. Meistens wusste ich es nicht und sagte ihr das. Du kannst es doch mir erzählen, sagte ich dann, ich flehte sie beinahe an. Sie schüttelte bloß den Kopf. Ist schon gut, ich warte.

Eric lacht. »Onkel Charlie ist nicht gerade schwer zu beeindrucken. Nichts gegen ihn.«

»Ja, na ja.« Ich lasse mich auf den Hintern fallen, der Fels unter mir ist kalt und nass. »Auf jeden Fall hatte sie das Gefühl, dass sie von ihm mehr Anerkennung bekommt.« Als Lucy acht wurde, machte er für sie ein Mancala-Brett, genau wie für mich damals. Sie war wie besessen davon, sie klemmte sich die Holzkiste unter den Arm wie eine Clutch und nahm sie mit, wohin sie auch ging. Einmal verlor sie in der Ferienbetreuung eine der Murmeln und geriet so außer sich, dass ich angerufen wurde und sie abholen musste. Auf dem Weg zum Auto wollte ich ihr erklären, dass wir einfach eine neue Murmel kaufen konnten, und sie wurde noch hysterischer. Wie sich herausstellte, war sie überzeugt, Charlie hätte nicht nur das Brett, sondern auch die Murmeln selbst gemacht, und deswegen könnte man sie nicht ersetzen. Sogar nachdem ich es erklärt hatte, lief es bei den beiden so weiter. Sie betrachtete Charlie als eine Art Gott, als jemanden, der mit nichts weiter als seinem Verstand und seinen Händen prachtvolle Dinge herstellen und ihr beibringen konnte, dasselbe zu tun. Ich war nur die Frau, die ihre Wäsche wusch und ihr Essen kochte.

Eric setzt sich neben mich. »Ich weiß nicht, ob es das war. Sie hat mir erzählt, dass sie Angst hatte, sie würde eines Morgens im Bus sitzen und ihn schlafend auf der Bank vor dem O'Dooley's sehen. Oder sie würde aufwachen und merken, dass er weg war, wie das eine Mal.« Diese Intervention habe ich nicht vergessen. Wir haben Lucy gesagt, Charlie mache einen Angelurlaub in Colorado. »Du dagegen.« Er knufft mich leicht in den Arm. »Du bist verlässlich.«

»Verlässlichkeit ist ganz schön langweilig, oder?«

Er zuckt mit den Schultern. »Das sind die meisten Sachen, die einem Sicherheit geben.«

Als wir über den Strand zurückgehen, ruft jemand Erics Namen. »Wer ist das?«, frage ich.

Voll düsterer Vorahnung reckt er den Hals. »Ich weiß nicht.«

Jetzt rennt eine Gestalt über den Sand auf uns zu, und ich bekomme das Gefühl, wir sollten auch laufen, und zwar weglaufen. Ich will gerade vorschlagen, dass wir uns aus dem Staub machen, da höre ich die Gestalt schreien: »Eric Oliver Walsh!«, und weiß, dass es meine Schwester ist.

»Scheiße«, murmelt Eric.

Ich sauge an meinem Daumennagel und suche nach einer plausiblen Erklärung dafür, warum wir mitten an einem

Schultag am Strand sind, aber mir fällt nichts Überzeugendes ein. »Ich bekomme wahrscheinlich mehr Ärger als du, falls es dich tröstet.«

Sie läuft langsamer und wirft die Hände in die Luft, um deutlich zu machen, wie verärgert sie ist. »Was machst du denn, Eric?« Obwohl sie ständig erzählt, sie würde Pilates und Intervalltraining und TRX machen, keucht sie nach jedem Wort. »Die Schule hat völlig panisch angerufen.«

Eric sieht seine Mutter an, dann mich, dann wieder sie.

»Es war meine Idee«, werfe ich ein. »Ich bin schuld.«

Meine Schwester stampft mit ihren unpraktischen Lederstiefeln auf den Sand. »Herrje, Brynn. Was hast du dir dabei gedacht?«

Die Wolken ziehen sich zusammen, im Dunkeln wirkt das Gesicht meiner Schwester noch bedrohlicher. Ich habe keine Chance, es ihr begreiflich zu machen. »Keine Ahnung. Ich weiß nicht, was ich gedacht habe.«

Sie stößt dieses kleine, gemeine Lachen aus, bei dem eine Gänsehaut meine Arme überzieht. »Klar, typisch«, brummelt sie vor sich hin. »Und«, sagt sie zu Eric, als hätte er sofort zum Auto sprinten sollen, als ihre dürre Silhouette in der Ferne aufgetaucht ist, »warum stehst du noch hier? Du hast in einer halben Stunde Geschichte.«

»Tschüss, Eric«, sage ich, aber er ist schon losgegangen und bekommt es nicht mit.

»Was soll die Scheiße, Brynn?«, knurrt sie, als er außer Hörweite ist. »Ich bin durchgedreht. Ich meine, nach Lucy? Dir hätte doch klar sein müssen, dass ich Panik bekomme.«

Ich versuche, nicht zu genau hinzuhören, wenn meine Schwester spricht. Es nimmt nie ein gutes Ende, wenn man sich auf sie einlässt. »Lass sie aus dem Spiel. Es tut mir leid.«

»Was habt ihr überhaupt gemacht? Bist du betrunken Auto gefahren? Ich habe seine Position auf dem Handy verfolgt, und der Weg war völlig unsinnig.«

»Du ortest ihn?«

»Natürlich orte ich ihn! Das machen alle.« Der Sand ist noch weich von der Flut, und ich beobachte, wie sich mein Fußabdruck mit Wasser füllt. »Ich – ich weiß einfach nicht, was du brauchst, Brynn. Ich weiß nicht, wie ich dir helfen soll.«

»Du redest, als wäre ich verrückt. Ich bin nicht verrückt.« Ein paar Seemöwen fliegen tief über uns hinweg, und wir blicken hoch, eine alte Angewohnheit, weil sie uns als Kindern manchmal das Essen gestohlen haben. Meine Schwester wurde so wütend, dass sie Speere aus Treibholz aufhob und die Möwen über den Strand jagte. »Weißt du noch, wie eine deine Tüte mit den Möhren direkt über dir baumeln ließ?«, frage ich, um so hoffentlich das Thema zu wechseln. »Die war echt gemein.«

Sie streckt dem Himmel einen Mittelfinger entgegen. »Die sind alle gemein! Das sind böse Vögel!«

»Wie hast du sie noch genannt? Teufelstauben?«

»Nein, geflügelte Drecksäcke, glaube ich.« Sie lacht. Ich weiß gar nicht, wann ich dieses Lachen, hell und ohne Verbitterung, zum letzten Mal gehört habe. »Na komm«, sagt sie. »Sorgen wir dafür, dass mein kleiner Schulschwänzer zurück in den Unterricht geht.« Wir steigen über die Haufen aus steifem Seetang und verscheuchen mit den Händen die Fliegen. »Es ist ungerecht, dass er dich so sehr mag«, sagt sie.

»Er mag mich nur, weil ich nicht du bin.« Wir erreichen den Bohlenweg und folgen ihm über die Sanddüne. Unten sehe ich Eric, der am abgeschlossenen Auto seiner Mutter lehnt.

Der Wind weht meiner Schwester die Haare ins Gesicht, und ich beuge mich vor, um sie ihr hinter die Ohren zu streichen. Als sie meinen Blick erwidert, hat sie die Augen zusammengekniffen. »Es kommt mir so vor, als wärst du jetzt ein anderer Mensch.«

»Habe ich mich zum Schlechten verändert?«

»Nein. Du bist einfach anders. Das ist nicht gut und nicht schlecht.«

Typisch, dass sie sich um eine direkte Antwort drückt. »Ich glaube, ich wäre gern ein anderer Mensch. Das klingt ganz gut.«

Sie nickt auf ihre knappe, ernsthafte Art. »Na schön, und was will dieser neue Mensch tun?«

»Was meinst du, in meinem Leben, generell?«

»Nein, jetzt, meine ich.«

»Ich dachte, ich wäre in Ungnade gefallen.«

Sie geht vor und winkt dann ungeduldig, als müsste mir klar sein, dass ich ihr folgen soll. »Ach, Scheiß drauf. Ich war nur neidisch, weil du und Eric einfach eine kleine Abenteuerfahrt gemacht habt.« Sie nimmt meinen Arm und schlenkert ihn vor und zurück wie ein Seil. »Ich will auch cool sein.«

Der Weg neigt sich steiler nach unten, und wir gehen schneller. Vom Wasser her weht Wind, der uns wie eine Hand auf dem Rücken dem Parkplatz entgegentreibt. Am Fuß des Bohlenwegs drehe ich mich um und sehe zu den Sandhügeln zurück, aus denen die Binsenschneiden in spröden Büscheln sprießen. Man kann das Meer nicht sehen. Aber ich weiß, dass hinter diesen blassen Hängen die Seemöwen kreischen, die Wellen zurückkehren, unser Seestern sich an seinen Stein klammert. Salz fliegt durch die Luft wie Pollen. Ich wünschte, Lucy wäre hier und könnte all das sehen.

»Wohin fahren wir jetzt?«, fragt meine Schwester.

Ich kneife die Augen zusammen, bis alles zu Farbe verschwimmt, zu unscharfen Streifen Blau und Gelb und Grün. Als würde man die Gegenwart in einen Eindruck verwandeln, in eine Erinnerung. Wie es wohl tatsächlich mit jeder Sekunde unseres Lebens passiert.

Als sie schon mehrere Anfälle erlebt hatte, fragte Lucy nicht mehr: Was ist passiert? Stattdessen: Wo war ich? Als wäre diese verlorene Zeit ein greifbarer Ort. Als würde er irgendwo noch existieren. Als könnte sie dorthin zurückkehren, wenn sie wollte. Und ich wurde eifersüchtig, wenn sie das sagte, weil ich wusste, dass ich ihr nicht folgen könnte.

»Nach Hause«, sage ich. »Ich glaube, ich will nach Hause.«

Meine Schwester schnaubt. »Das ist aber nicht besonders neu.«

»Doch«, sage ich. »Ich war sehr lange nicht mehr zu Hause.«

Im alten Haus steige ich die Treppe zu Lucys Etage hoch. Ich bin nur einmal hier gewesen, kurz nachdem es passiert war, um aufzuräumen. Sie hat mich fast nie in ihr Zimmer gelassen, nicht mal, um die Körbe mit ihrer Wäsche abzustellen, die ich großzügigerweise gewaschen und zusammengelegt hatte. Letzten Endes gehörte sie Charlie. Er war derjenige, der ihr das erste Pinselset kaufte, den dicken Aquarellblock im Kunstladen, die Wachsstifte, deren Spitzen sich wie geschmolzene Kerzen anfühlten. Sicher, ich fuhr mit ihr ins Museum, aber vor allem, weil es erschwinglich und lehrreich war und sie von jedem Bildschirm wegholte. Ich war diejenige, die ihr stattdessen die Übungsbücher für Mathe kaufte, den Leitfaden für die Collegeprüfung, den graphikfähigen Taschenrechner, der so groß war wie ein Handy. Lass sie sein, wer sie ist, sagte Charlie. Aber er verstand es nicht. Es gab nur einen Grund, warum er sein konnte, wie er war. Mich.

Die oberste Stufe der Treppe knarrt unter meinem nackten Fuß, und ich schließe die Augen, bevor ich ihre Etage betrete. Wovor habe ich solche Angst? Ich glaube nicht an Geister. Trotzdem muss ich mich zwingen, die Augen zu öffnen. Ich erwarte, dass es etwas in mir auslöst, ihr Bett zu sehen und den zerkratzten Schreibtisch und den fleckigen Sekretär (warum hat sie nie Untersetzer benutzt, wie ich sie gebeten habe?), aber es berührt mich nicht. Lucy lebt hier nicht mehr. Und ich auch nicht.

Aber dann drehe ich mich zu dem weißen Laken um, das vor ihrer Wand hängt und die Hügel und Grate ihres Gemäldes verdeckt, an dem sie Gott weiß wie lange gearbeitet hat. Charlie hatte ihr erlaubt, unser Haus als ihre Leinwand zu benutzen, als ich bei einer Konferenz in New York war. Ich war so wütend, dass ich fast einen alten Eimer weißer Farbe aus dem Keller geholt hätte, aber Charlie sagte mir, dass sie es mir nie verzeihen würde, wenn ich ihre Arbeit auslöschen würde, und mir wurde klar, dass er recht hatte.

Ein kleiner Ruck genügt, um das Laken herunterzuziehen. Ich bin nie kreativ gewesen, und ich habe keine Ahnung, wie man Kunst interpretiert, statt sich einfach an ihr zu erfreuen, aber ich weiß, dass ich beim Anblick dieser schimmernden Dünen in ihren deckenden, glänzenden Farben etwas empfinde. Es ist, als würde ich durch den Teil ihres Verstandes streifen, der ganz der Kunst gehörte und den ich nie begriffen habe, so sehr ich mich auch bemühte. Ich gehe zur Wand und drücke meine Wange an das Acryl, das ganz kalt und glatt ist und sich wie Glas anfühlt. Unten öffnet sich das Garagentor. Charlie. Die Haustür scharrt über den Boden.

»Brynn?«, ruft er. »Bist du hier? Du hast wie eine Verrückte geparkt.«

»Ich bin oben.«

Seine Schritte dringen als Vibrationen durch das Skelett des Hauses herauf und lassen die trockene Farbe zittern. Ein kurzes Innehalten an der Dachbodentreppe. Ich sehe vor mir, wie er sie anstarrte, als wir ihr Zimmer aufräumen wollten, wie er eine Hand auf eine Stufe legte und sich zu mir umdrehte. Ich kann das nicht, sagte er. Aber heute steigt er herauf.

»Was machst du?« Sein Kopf taucht aus dem Rechteck im Boden auf.

»Mich umsehen.«

Mit keuchenden Atemzügen schleppt er sich hoch. Ich hätte ihm wohl nicht glauben sollen, dass er mit dem Rauchen aufgehört hat. Er kommt zu mir und streicht mit einem Finger über eine Farbspitze. »Ich habe sie.«

Ich strecke die Hand aus, und er legt einen USB-Stick hinein.

»Bist du sicher, dass du sie sehen willst?«, fragt er.

Ich trete zurück, um das ganze Gemälde zu betrachten, und wie bei einem Kaleidoskop verschiebt es sich zu etwas Neuem und doch Vertrautem, zur gleichen Geschichte aus dem Mund einer anderen. »Ja«, sage ich. »Ich bin bereit.«

Dank

Dieses Buch konnte nur dank all der Menschen entstehen, die mich unterstützten. Hier sind einige derjenigen genannt, deren Hilfe das Buch und seine Autorin zum Positiven veränderten.

Duvall Osteen, meine wunderbare Agentin, meistert den Drahtseilakt, Kunst und Geschäft miteinander zu verbinden, wie eine erfahrene Akrobatin. Du hast diesen Roman mit Herz, Humor und viel Vertrauen durch all seine Fassungen geleitet. Und weil du an das Buch geglaubt hast, habe ich es auch getan. Danke auch Kelsey Day und Katie Barasch bei Aragi, durch deren Organisationstalent alles reibungslos lief.

Emily Bell, meine scharfsichtige Lektorin, hat in dem Buch erkannt, was es war und was es sein konnte. Deine Mischung aus sorgsamer Textarbeit und unerschütterlichem Glauben hat mich während der Überarbeitung gefordert und auch getragen. Es ist ein Geschenk, mit jemandem zu arbeiten, der mit solcher Gelassenheit kreative Risiken eingeht.

Alle bei Zando, die *Frauen und Kinder zuerst* mit einem Einsatz unterstützt haben, den ich mir nie erträumt hätte. Caolinn Douglas führte mich behutsam in die Abläufe der Verlagswelt ein. Maya Raiford Cohen hielt dieses Werk und seine Autorin immer auf Kurs zum Ziel. Sarah Schneider verwandelte es in das Buch, das Sie jetzt in Händen halten. Chloe Texier-Rose und Sara Hayet arbeiteten unermüdlich, um *Frauen und Kinder zuerst* mit Leserinnen und Lesern zu teilen. Molly Stern und Sarah Jessica Parker begleiteten den Weg vom Kauf der Rechte bis zur Veröffentlichung mit einem Enthusiasmus, für den ich zutiefst dankbar bin.

Mir wird häufig bewusst, welches Glück ich mit meinen Lehrerinnen und Lehrern hatte. An der Commonwealth School waren das: Eric Davis, Mara Dale, Judith Siporin, Katherine Brewster und Mary Kate Bluestein. An der University of Pennsylvania: Karen Rile, Max Apple, Deb Burnham, Jamie-Lee Josselyn, Al Filreis und Buzz Bissinger. Danke, dass Sie mir geraten haben, weiterzuschreiben.

Das MFA-Programm der Vanderbilt University bot Unterstützung, als ich mit diesem Projekt begann. Carla Diaz, Sam Rutter, Kelsey Norris, Mark Hamlin, Elena Britos, Madelin Parsley und John Shakespear halfen mir zu verstehen, was ich ausdrücken wollte. Lorrie Moore, Lorraine Lopez, Nancy Reisman und Tony Early erweiterten mein Verständnis davon, was in der Literatur möglich ist.

Zahlreiche Einrichtungen und Menschen schufen für mich Räume, in denen ich ohne finanzielle Belastungen arbeiten konnte. Als ich mit diesem Roman begonnen hatte, hießen Buzz Bissinger und Lisa Smith mich in ihrem Haus willkommen. Aspen Words, die Sewanee Writers' Conference, die Squaw Valley Community of Writers und das Juniper Supper Writing Institute gaben mir Stipendien für ihre Programme und schenkten mir damit nicht nur eine Umgebung zum Schreiben, sondern auch Workshops mit Mentorinnen und Mentoren und anderen Kreativen.

Das Schreiben kann ein unsteter, einsamer Prozess sein, und ich bin für meine Freunde dankbar, die immer für mich da waren. Besonders danke ich Allie und Sherry, die von Anfang an dabei waren, die meine Erfolge feiern, als wären es ihre eigenen, und die mich daran erinnern, dass wahre Freundschaft die verborgensten Seiten eines Menschen erkennt.

Meine Eltern, Monice und Neil, bezeichneten mich schon

als Autorin, als ich in Moms Studio erste Comics zeichnete. Ein Elternhaus, in dem der Drang nach künstlerischem Arbeiten normal war, ist ein Geschenk. Danke für die Bücher, die ihr mir gabt, die Museen, in die ihr mich mitnahmt, und die Träume, zu denen ihr mich ermutigt habt. Ich habe nie daran gezweifelt, dass ich Schriftstellerin werden würde, weil ihr beharrlich behauptet habt, es sei möglich.

Matthew war und ist im wahrsten Sinne des Wortes mein Partner. Es gibt dieses Buch vor allem, weil deine unerschütterliche Überzeugung, es sei wert, geschrieben zu werden, stärker war als meine Zweifel. Durch deine Liebe wird die Welt größer und ich mutiger.

Zuletzt noch eine Anmerkung. Die Geschichte von Rebecca und Abigail in Marinas Kapitel basiert auf der (angeblich) wahren Geschichte von Rebecca und Abigail Bates aus Scituate, Massachusetts. In meiner Kindheit ist mir diese Geschichte oft begegnet. Dass sie immer noch erzählt wird, zeigt, dass die Handlungen zweier Mädchen bei vielen Menschen lange nachhallen können. Danke, dass Sie die Geschichten der zehn Frauen gelesen haben, die diesen Danksagungen vorausgehen; jetzt gehören diese Geschichten Ihnen.